DU MÊME AUTEUR

VANESSA ET VIRGINIA, Autrement, 2019

VIRGINIA, MON AMOUR, MA SŒUR, Autrement, 2011

UN OISEAU DE FEU

Susan Sellers

UN OISEAU DE FEU

ROMAN

Traduit de l'anglais
par Constance Lacroix

MERCVRE DE FRANCE

BIBLIOTHÈQUE ÉTRANGÈRE
Collection dirigée par
Marie-Pierre Bay

Titre original :
FIREBIRD

Pour Sue Rabbitt Roff

« La danse ne vous livre aucune contrepartie : nul manuscrit à serrer précieusement, nulle toile à accrocher à un mur, voire, peut-être, à exposer dans les musées, nul poème à imprimer et vendre ; rien d'autre que cet instant éphémère où l'on se sent vivre intensément. »

MERCE CUNNINGHAM

« Ce que l'on attend n'advient jamais ; c'est toujours l'inattendu qui survient. »

JOHN MAYNARD KEYNES

« Que joli fut le moment passé avec vous au château ! »

LYDIA LOPOKOVA

LISTE DES PERSONNAGES

Bien que modelés sur des individus réels, les personnages d'*Un oiseau de feu* sont le plus souvent désignés par leur prénom, puisqu'il s'agit d'une fiction. Quoique je désire qu'*Un oiseau de feu* soit lu comme un roman, on trouvera dans ce qui suit un bref aperçu biographique des figures historiques dont je me suis inspirée. Les événements rapportés ici reposent sur des faits authentiques. Leur interprétation, en revanche, est strictement personnelle.

LE GROUPE DE BLOOMSBURY était un cercle d'artistes et d'intellectuels unis par des liens d'amitié d'une grande souplesse. À son souvenir demeure attachée une réputation d'innovation artistique et littéraire, de pacifisme, de progressisme et de liberté intellectuelle, en particulier dans les domaines de la sexualité et des droits de la femme. Il était issu des « Apôtres », groupe de réflexion philosophique de l'université de Cambridge, où s'étaient formés plusieurs de ses membres masculins. Il emprunta son nom au quartier de Bloomsbury, à Londres, où la plupart de ses acteurs devaient emménager.

BELL, CLIVE (1881-1964), critique d'art britannique, appartenait au cercle de Bloomsbury. Dans *Art*, son traité de 1914,

Bell se fit l'un des pionniers du passage à l'abstraction : il forgea à cette fin l'expression « forme signifiante » pour analyser le mécanisme permettant aux représentations non figuratives de susciter une réponse esthétique. Il épousa en 1907 Vanessa Stephen, dont il eut deux fils, JULIAN BELL (1908-1937, ambulancier volontaire tué pendant la guerre civile en Espagne) et QUENTIN BELL (1910-1996), historien de l'art et céramiste. Bien que son union avec Vanessa ait, en pratique, pris fin avant même le début de la Première Guerre mondiale, tous deux restèrent amis intimes et Bell prêta son nom à la fille de Vanessa, ANGELICA GARNETT (1918-2012), peintre et écrivain. Durant la période où se déroule *Un oiseau de feu*, Bell entretenait une liaison avec MARY HUTCHINSON (née Barnes, 1889-1977), mécène britannique qui posa pour de multiples artistes.

BELL, VANESSA (née Stephen, 1879-1961), peintre et décoratrice britannique, membre du groupe de Bloomsbury, auquel elle donna son nom en décidant, en 1904, de déménager dans le quartier londonien de Bloomsbury avec sa sœur Virginia (voir Woolf, Virginia) et ses frères THOBY STEPHEN (1880-1906, emporté par la typhoïde) et ADRIAN STEPHEN (1883-1948), psychanalyste. Elle étudia à l'Académie royale de peinture de 1901 à 1904 et son œuvre abondante inclut des toiles telles que *Studland Beach* (1912), *Interior with a Table, St Tropez* (1921), divers portraits modernistes aux visages dépourvus de traits de sa sœur Virginia et de nombreuses natures mortes qui tantôt sont l'objet de descriptions dans ce livre, tantôt en inspirent des détails. Au début de la Première Guerre mondiale, Vanessa s'installa dans la ferme de Charleston, dans la province côtière du Sussex, et se partagea par la suite entre Bloomsbury et Charleston. S'y ajoutèrent régulièrement, à compter de 1921, de longs séjours dans le sud de la France. Elle épousa en 1907 Clive Bell, dont elle eut deux fils, puis connut une brève liaison avec

ROGER FRY (1866-1934), critique, historien de l'art et peintre, qui, à l'instar de Bell, demeura un ami intime, mais le grand amour de sa vie fut Duncan Grant, père de sa fille Angelica.

BOWEN, VERA (née Polianov, ?-1967), librettiste et scénographe d'origine russe. Elle fit la connaissance de son second mari, HAROLD BOWEN (1896-1959), riche spécialiste du Moyen-Orient, alors qu'elle montait *Les Trois Sœurs* d'Anton Tchekhov en 1920, dans une traduction dont il était l'auteur.

DIAGHILEV, SERGE DE (1872-1929) joua un rôle majeur dans la diffusion de l'art russe. On le considère généralement comme celui qui révolutionna le ballet en y intégrant les idéaux et les innovations issus d'autres formes artistiques, telles que la musique, la peinture et le théâtre. En 1907, il fonda les BALLETS RUSSES, qu'il emmena en tournée en Europe ainsi qu'en Amérique. En 1909, il commanda à Igor Stravinsky la partition d'un ballet de grande ampleur, *L'Oiseau de feu*, puis celles de *Petrouchka* en 1911 et, en 1913, du *Sacre du printemps* dont la première suscita une véritable émeute. Le critique de ballet britannique CYRIL BEAUMONT (1891-1976) fut un des principaux avocats du Ballet russe en Grande-Bretagne.

GRANT, DUNCAN (1885-1978), peintre et décorateur britannique, appartenait au cercle de Bloomsbury. Jeune garçon, il vécut avec sa tante, Lady Jane Strachey, figure de la lutte pour les droits de la Femme en Grande-Bretagne, et avec ses cousins. À la différence de la plupart des autres membres masculins du groupe de Bloomsbury, il n'étudia pas à l'université de Cambridge, mais à la Westminster School of Art, puis en Italie et à Paris, avant de s'installer à Londres. Grant fit la connaissance de Vanessa Bell en 1905. Il fut l'amant de son propre cousin Lytton Strachey (voir ce nom), de Maynard Keynes et d'Adrian Stephen (voir Bell, Vanessa), ainsi que de l'écrivain britannique DAVID (dit

« BUNNY ») GARNETT (1892-1981). Ce fut avec Vanessa Bell qu'il entretint sa relation la plus longue et la plus durable, dont naquit leur fille, Angelica, qui devait épouser Garnett en 1942. Son œuvre inclut le portrait de Vanessa Bell, vêtue d'une robe bleue et allongée sur un divan rouge, qui est décrit dans cet ouvrage.

HIGGENS, GRACE (née Germany, 1903-1983) fut engagée par Vanessa Bell comme femme de chambre à Gordon Square, Bloomsbury, en juin 1920. Elle remplit les fonctions de femme de charge de la ferme de Charleston jusqu'en 1971, année où elle prit sa retraite. La British Library détient un fonds d'archives, composé des journaux intimes, lettres et clichés qui couvrent la longue période où elle côtoya le groupe de Bloomsbury.

HENDERSON, SIR HUBERT (1890-1952), économiste britannique. En 1923, Maynard Keynes fonda une compagnie pour racheter l'hebdomadaire britannique *The Nation and Athenæum*, et parvint à persuader Henderson d'en prendre la direction, en renonçant à son poste de maître de conférences à Cambridge.

KEYNES, JOHN MAYNARD (1883-1946), éminent économiste britannique, membre du groupe de Bloomsbury. Son père, John Neville Keynes (1852-1949), enseignait à l'université de Cambridge, tandis que sa mère, Florence Ada Keynes (1861-1958), fut la première femme à siéger au conseil municipal de Cambridge, avant de devenir maire adjointe puis maire de Cambridge, et compta parmi les toutes premières magistrates de Grande-Bretagne. SIR GEOFFREY KEYNES (1887-1982), frère de Maynard, grand connaisseur de la littérature anglaise, exerça comme chirurgien, tandis que sa sœur MARGARET HILL (née Keynes, 1885-1970) accomplit une œuvre sociale importante. Éduqué à Eton, Keynes remporta une bourse d'excellence en mathématiques et en lettres à l'université de Cambridge, où il occupa par la suite un poste d'enseignant-chercheur (*fellow*). Durant ses années d'études, il intégra les «Apôtres» de Cambridge, groupe de réflexion nourri de la pensée du philosophe de Cambridge G. E. Moore (1873-1958). Il en conclut que la vie avait pour fins ultimes «l'amour, la création et la jouissance de l'expérience esthétique, et la quête du savoir. Sur tout ceci, l'amour avait de loin la préséance».

Diplômé, il rejoignit la fonction publique et fut affecté au Bureau des Indes (India Office, département du gouvernement britannique chargé d'administrer les colonies britanniques d'Asie du Sud-Est et de l'océan Indien), mais s'y ennuya, et parvint à obtenir un poste de maître de conférences en économie à l'université de Cambridge. Son traité de 1913, *Indian Currency and Finance*, lui valut d'être nommé membre de la Royal Commission on Indian Finance. À compter de janvier 1915, Keynes fut recruté par le Trésor pour travailler au financement de l'effort de guerre britannique. Il assista à la conférence de paix de Paris en 1918, expérience qui lui inspira son ouvrage le plus populaire, *Les Conséquences économiques de la paix*, paru en 1919, émaillé de portraits et de propositions polémiques, telles que la création d'un fonds de garantie pour un emprunt international ouvert à tous les anciens belligérants et l'instauration d'une union libre-échangiste européenne. En 1921, il publia une série de suppléments au *Manchester Guardian* sur la reconstruction économique européenne. Il fit des placements avantageux, bien que ses premières spéculations sur les monnaies étrangères en 1919-1920 se soient avérées, sur le moment, désastreuses, tant pour lui que pour ses amis de Bloomsbury. Parmi ses multiples amants, Duncan Grant et le sociologue britannique SEBASTIAN SPROTT (1897-1971) tinrent le rôle le plus important. Il épousa Lydia Lopokova en août 1925. Il milita pour l'abrogation des lois contre l'homosexualité ainsi que pour l'émancipation féminine et fut vice-président de la Marie Stopes Society en 1932 (voir Stopes, Marie). Atteint d'une grave maladie cardiaque à partir de 1937, il fut soigné avec dévouement par Lydia Lopokova jusqu'à sa mort en 1946. Malgré ses problèmes de santé récurrents, il fut nommé conseiller au Trésor durant la Seconde Guerre mondiale et représenta la Grande-Bretagne à la conférence de Bretton Woods en 1944, avec pour mission de rebâtir les finances de l'après-guerre. Il occupa aussi les fonctions de directeur de la Banque d'Angleterre. Il fut un des avocats des réformes proposées par Lord William Beveridge, membre du parti libéral, qui conduisirent à la création du système de sécurité sociale et du réseau de santé britanniques. Keynes présida également le Comité pour la promotion de la musique et des arts (Committee for the Encouragement of Music and the Arts), organisme précurseur du British Art Council, en 1941. Nommé pair héréditaire en 1942, il reçut le titre de « Baron Keynes de Tilton ».

LOPOKOVA, LYDIA (née Lopukhova ; par la suite, Lady Keynes, 1892-1981), fit ses classes à l'École de ballet impériale de Saint-Pétersbourg, sous la direction d'enseignants tels que ENRICO CECCHETTI (1850-1928), MARIUS PETIPA (1818-1910), et MIKHAÏL FOKINE (1880-1942). Elle y connut les étoiles TAMARA KARSAVINA (1885-1978), MATHILDE KSCHESSINSKA (1872-1971), ANNA PAVLOVA (1881-1931) et ISADORA DUNCAN (1877-1927), que l'on rencontre toutes dans ces pages. Son frère FEDOR LOPUKHOV (1886-1973), sa sœur EUGENIA (1894-1943) et son frère ANDREI (1898-1947) furent aussi danseurs. Fedor devint un chorégraphe et maître de ballet renommé. Son père, VASSILI LOPUKHOV (?-1912) était ouvreur au Théâtre impérial Mariinsky de Saint-Pétersbourg, marié à CONSTANZA (née Douglas, 1860-1942), d'ascendance suédoise et écossaise. Lopokova se produisit avec de nombreux partenaires masculins, parmi lesquels apparaissent ici les Russes LÉONIDE MASSINE (1896-1979), VASLAV NIJINSKI (1890-1950), ALEXANDRE VOLININE (voir Mandelkern, Josef), MIKHAIL MORDKIN (1880-1944), NICOLAS ZVEREV (1888-1965) et SERGE LIFAR (1905-1986). Durant l'été 1910, Lopokova et son frère Fedor participèrent à la seconde tournée de Diaghilev et des Ballets russes en Europe, puis s'embarquèrent pour l'Amérique (voir Mandelkern, Josef). Après une liaison avec Igor Stravinsky et avec le journaliste américain HEYWOOD BROUN (1886-1939), Lopokova épousa l'agent italien de Diaghilev, RANDOLFO BAROCCHI (1885-?), déjà marié à la chanteuse américaine Mary Hargreaves. Après avoir demandé le divorce, Lopokova épousa Maynard Keynes en août 1925. Au début des années 1930, elle donna, aux côtés du danseur, chorégraphe et metteur en scène SIR FREDERICK ASHTON (1904-1988), une impulsion majeure à la Camargo Society, récemment fondée pour promouvoir la danse en Grande-Bretagne.

MANDELKERN, JOSEF, émigré russe et agent théâtral, compta parmi ses clients le producteur de théâtre de Broadway CHARLES FROHMAN (1860-1915), qui attira à New York Lydia Lopokova, son frère Fedor et son partenaire sur scène ALEXANDRE VOLININE (1882-1955) en 1910.

FISKE, MINNIE (née Davy, 1864?-1932), actrice américaine, fut aussi dramaturge et metteuse en scène. Avec son mari, l'agent théâtral Harrison Grey Fiske (1861-1942), elle monta la pièce *The Young Idea* avec Lydia Lopokova dans le rôle principal en 1914.

MORRELL, LADY OTTOLINE (née Cavendish-Bentinck, 1873-1938), mécène anglaise, encouragea les arts en Grande-Bretagne et, à partir de 1907, donna des soirées hebdomadaires dans son hôtel particulier de Bloomsbury. Lors de la Première Guerre mondiale, elle s'établit avec son mari au manoir de Garsington, dans l'Oxfordshire, où de nombreux artistes et objecteurs de conscience trouvèrent refuge.

MORTIMER, RAYMOND (1895-1980), essayiste britannique, écrivit sur la littérature et sur l'art. Il s'installa à Bloomsbury en 1924 et, la même année, entama une liaison avec Harold Nicholson (1886-1968), diplomate et homme politique britannique, qui était aussi l'époux de Vita Sackville-West (voir Woolf, Virginia).

PICASSO, PABLO (1881-1973), peintre espagnol, sculpteur, graveur, céramiste et décorateur de théâtre. En 1917, il conçut les décors et les costumes de *Parade*, chorégraphié par Léonide Massine (voir Lopokova) pour les Ballets russes, sur un livret de JEAN COCTEAU (1889-1963), et une musique d'ERIK SATIE (1866-1925). Au nombre des interprètes de *Parade* figurait la ballerine russe OLGA KHOKHLOVA (1891-1955), que Picasso devait épouser en 1918.

RUCK, BERTA (1878-1978) écrivain britannique à succès, publia des feuilletons et des articles, et fit paraître pendant la majeure partie de sa longue carrière un à trois romans par an, pour la plupart basés sur des intrigues à la *Cendrillon*.

RYLANDS, GEORGE (« DADIE ») (1902-1999), spécialiste de la littérature britannique, s'intéressait tout particulièrement au théâtre, et était membre (*fellow*) de King's College à l'université de Cambridge (voir Keynes, Maynard).

SHEPPARD, SIR JOHN (dit « JACK », 1881-1968), spécialiste britannique de l'Antiquité gréco-latine, membre de King's College à l'Université de Cambridge (voir Keynes, Maynard).

Les SITWELL, DAME EDITH SITWELL (1887-1964), SIR OSBERT SITWELL (1892-1969) et SIR SACHEVERELL SITWELL

(1897-1988) étaient des écrivains britanniques. JOHN SINGER SARGENT (1856-1925), artiste américain né en Italie et professeur de Vanessa Bell à la Royal Academy, les peignit dans le saisissant portrait *La Famille Sitwell* en 1900.

STOLL, SIR OSWALD (1866-1942), impresario d'origine australienne. Il ouvrit le Coliseum à Londres en 1904 pour y présenter des spectacles de variété de qualité, dont des ballets. En 1920, il fonda la société Stoll Picture Productions, devenant un producteur et distributeur de films de premier plan. Célèbre philanthrope, il fut anobli en 1919 en remerciement de ses multiples donations.

STOPES, MARIE (1880-1958), sexologue britannique, fut une des grandes avocates du contrôle des naissances. *Married Love* (*De l'amour conjugal*), son manuel paru en 1918, fut un succès de librairie et, en 1921, elle ouvrit sa première clinique contraceptive et obstétrique.

STRACHEY, LYTTON (1880-1932), biographe et critique britannique, membre du groupe de Bloomsbury. Avec *Victoriens éminents*, paru en 1918, il inaugura une nouvelle forme de biographie, proclamant le caractère fragmentaire de la réalité et la suprématie de la liberté auctoriale. En 1917, il s'installa à Mill House, à Tidmarsh, dans le Berkshire, avec l'artiste-peintre britannique DORA CARRINGTON (1893-1932). Ils y furent bientôt rejoints par RALPH PARTRIDGE (1894-1960), vétéran de la Première Guerre mondiale décoré de la *Military Cross* avec barrette et de la Croix de Guerre. Lytton Strachey s'éprit de ce dernier, qui épousa Dora Carrington. Carrington et Partridge furent tous deux employés à la Hogarth Press (voir Woolf, Virginia), où travailla aussi brièvement Lydia Lopokova.

STRAVINSKY, IGOR (1882-1971), compositeur russe, universellement reconnu comme l'initiateur d'un nouveau courant moderniste en musique. En 1909, Serge de Diaghilev lui commanda la partition d'un ballet inédit de grande ampleur, *L'Oiseau de feu* (voir Diaghilev, Serge).

WELLER, RUBY fut engagée comme femme de chambre par Lydia Lopokova à Gordon Square, Bloomsbury, en 1923. Elle épousa EDGAR WELLER, le voisin des Keynes à Tilton, en 1925 et demeura extrêmement proche de Lydia Lopokova.

WOOLF, LEONARD (1880-1969), écrivain et éditeur britannique, membre du cercle de Bloomsbury. En 1899, il obtint une bourse pour étudier les lettres classiques à Trinity College, à l'université de Cambridge, où il fit la connaissance de certains des membres du groupe. Diplômé, il intégra l'administration coloniale de Ceylan, dont il devint le plus jeune gouverneur adjoint. Cette expérience, qu'il décrivit comme son apprentissage de l'anti-impérialisme, nourrit son roman *Le Village dans la jungle*, publié en 1913. Il épousa Virginia Stephen en 1912 et fonda avec elle la Hogarth Press (voir Woolf, Virginia). En 1919, le couple acquit Monk's House, près de Charleston (voir Bell, Vanessa) et se partagea dès lors entre Londres et le Sussex. Leonard Woolf fut secrétaire du Comité aux questions internationales et coloniales du parti travailliste de 1919 à 1945 et dirigea la section littéraire de la revue *The Nation and Athenæum* de 1923 à 1930 (voir Henderson, Hubert).

WOOLF, VIRGINIA (née Stephen, 1882-1941), auteur et éditeur britannique, sœur de Vanessa Bell, membre du cercle de Bloomsbury. Considérée comme l'un des écrivains majeurs du XXe siècle, elle fut l'une des principales pionnières du roman moderniste. Avec la parution d'*Une chambre à soi* en 1929, elle s'érigea aussi en championne de l'émancipation féminine. Son père, Sir Leslie Stephen, fut un des fondateurs et maître d'œuvre du *Dictionary of National Biography*. Elle publia en 1922 et 1925 respectivement les romans *La Chambre de Jacob* et *Mrs Dalloway*, auxquels il est fait allusion dans ces pages. Elle laissa également de nombreuses critiques, des essais, une abondante correspondance et des journaux. Elle épousa en 1912 Leonard Woolf et se lia intimement avec plusieurs femmes, dont l'écrivain britannique VITA SACKVILLE-WEST (1892-1962), rencontrée en 1922. Elle créa avec son mari la Hogarth Press, qui édita des auteurs tels que le poète américain T. S. (TOM) ELIOT (1888-1965), la nouvelliste néo-zélandaise KATHERINE MANSFIELD (1888-1923), le romancier britannique E. M. (MORGAN) FORSTER (1879-1970), mais refusa *Ulysse* de l'Irlandais JAMES JOYCE (1882-1941), dont l'ampleur excédait les capacités de son archaïque presse à bras. Ils commanditèrent la traduction anglaise de référence des œuvres de SIGMUND FREUND (1856-1939) et, de concert avec l'émigré russe SAMUEL KOTELIANSKY (1880-1955), celles d'écrivains russes tels que FEDOR DOSTOÏEVSKI (1821-1881), LÉON TOLSTOÏ (1828-1910), ou encore les *Souvenirs d'Anton Tchekhov* (1860-1904) de MAXIME GORKI.

Acte I

« Alors qu'il est à la chasse, le prince Ivan entrevoit un bel oiseau dont le plumage flamboie comme le feu. Fasciné, il s'enfonce dans les bois à la poursuite de l'Oiseau de feu. L'oiseau s'échappe, laissant au Prince une plume et la promesse de revenir à son appel. »

Le rideau se lève. Les spectateurs se carrent dans leurs fauteuils et retiennent leur souffle. Londres, en ce printemps 1921, subit l'envoûtement des Ballets russes. Voilà des semaines déjà que l'on s'affronte furieusement : leurs innovations hardies sont-elles une manifestation de génie artistique, ou bien ne reflètent-elles que barbarie et vulgarité ? Mais ce n'est pas la polémique, bien qu'elle s'étale en première page des journaux, qui emplit ainsi tous les sièges du Palace Theatre. Ce qui pousse jusqu'aux plus indifférents au ballet à bouder les divertissements rivaux et à interrompre leurs conversations sitôt que le chef d'orchestre élève sa baguette, ce sont les rumeurs sulfureuses sur la danseuse étoile, Lydia Lopokova, qui revient ce soir dans le rôle de l'Oiseau de feu, après une mystérieuse éclipse, que même les journalistes les plus zélés n'ont pu élucider.

C'est cette même Lydia Lopokova qui, à cet instant précis, patiente dans les coulisses avec son partenaire le prince Ivan, coiffée d'une tiare émaillée de pierreries, où flotte une plume pareille à une langue de feu écarlate. Au murmure assourdi des cordes, elle se signe, mais l'on ne saurait dire si c'est parce que, comme elle l'a affirmé de si touchante manière, elle redoute de décevoir son public après sa longue absence, ou bien si cela est dû à l'atmosphère lourde d'appréhensions vagues que le compositeur, son amant Igor Stravinsky, a su distiller dans ces premières mesures.

Quel qu'en soit le motif, Lydia n'a plus le loisir de songer à Stravinsky et, moins encore, de se livrer à ses craintes qu'il ne puisse jamais se résoudre à abandonner son épouse à la santé chancelante, Katya, et ses quatre enfants, pour passer l'été avec elle comme ils l'ont projeté. Il n'est plus temps non plus de se tourmenter pour son mariage en perdition avec l'impresario Randolfo Barrocchi, ni de revenir sur les raisons qui l'ont contrainte à cesser de danser et à disparaître momentanément. Les violons font entendre un bruissement, tels des oiseaux qui frémissent : c'est le signal. Il lui faut se préparer. Prenant appui sur l'avant-pied, elle effectue des rotations avec chaque épaule, l'une après l'autre.

La scène a pour décor une forêt plongée dans les ténèbres. La lune se découpe, telle une faucille d'argent, sur un ciel de jais. Les arbres eux-mêmes se dessinent comme des ombres, silhouettes obscures aux contours estompés. Voici que résonne un cor de chasse. La palette change soudain, virant d'abord au bleu nuit, puis à un magenta intense. Il se dit que Diaghilev, le flamboyant directeur de la troupe, posséderait, entre autres talents hors normes, des compétences d'éclairagiste, et les pommes rouges qui luisent sur les branches encore fuligineuses semblent l'attester. Un glissando de harpe suggère, en une cascade de notes cristallines, que ces pommes ne sont pas moins maléfiques que toutes celles qui purent jamais frapper la vue d'Ève en Paradis, tandis que le cor anglais vient confirmer par une sinistre intrusion toutes nos craintes : nous nous trouvons bien au cœur d'une forêt enchantée.

Lydia a commencé à compter et, quand résonne le tintinnabulement irréel du célesta, se ramasse sur elle-même, contractant son corps comme un ressort. Le bond par lequel elle fait son entrée en scène est d'une exécution si magistrale qu'il paralyse les applaudissements par lesquels un public idolâtre salue de coutume toute danseuse étoile mondialement renommée. Non : ce que l'on entend, c'est un halètement de stupeur, tandis que les têtes pivotent, que les yeux roulent en une tentative désespérée pour suivre son vol. Mais à peine avons-nous le temps de nous extasier de sa puissance et de cette grâce qui ne semble lui coûter aucun effort : déjà, la scène a pris fin, et le prince Ivan, couronné d'or, vêtu d'un pourpoint écarlate et brandissant un arc magnifique, pénètre dans les bois. L'interprète est une autre vedette des Ballets russes, et pourtant, il émane de la salle, lorsqu'il se retire en laissant le champ libre à l'Oiseau de feu, un soulagement si sensible qu'il est évident que c'est Lydia que l'on souhaite voir.

Cordes, bois, et percussions se déchaînent en un brusque tourbillonnement sonore qui va crescendo. Des cymbales retentissent et Lydia s'envole au centre de la scène, persuadant tous ceux qui attachent leurs regards sur elle que sa première apparition n'était pas un mirage, qu'elle est bien un oiseau fantastique. L'effet est si saisissant que nombre de spectateurs, passé le premier frisson d'excitation, en viennent à la soupçonner d'emprunter cette agilité et cette hauteur surhumaines à un harnais dissimulé sous son costume, relié à un système de câbles actionné en coulisses par des machinistes. Le Prince, caché, l'épie, et d'un seul trait de son arc de chasse, la capture promptement. L'Oiseau de feu se débat, tente de briser son étreinte ; son buste se tord, ses ailes fouettent l'air en un vain effort pour prendre son essor. Les clarinettes et les cors émettent des cris d'alerte, afin d'avertir le public qu'il ne s'agit nullement du pas de deux romantique coutumier en pareil instant, mais bien d'un couple qui lutte à mort. L'Oiseau de feu est courageux, rusé et mû par l'énergie désespérée des créatures piégées. Le Prince doit user de toutes ses forces pour le retenir. Une lamentation s'exhale en un solo de violons ; voici qu'enfin les deux adversaires dansent ensemble, et de cette reconnaissance réciproque de leur égalité semble naître une étincelle de confiance. Quand le couple décrit un cercle autour de la scène, leurs deux silhouettes agiles, pétries de lyrisme, paraissent se refléter et se compléter mutuellement. Le Prince soulève dans les airs sa capture, mais la voici qui redevient l'Oiseau de feu, cet être indompté, ensorcelant, issu d'un autre monde. Au son des flûtes, prises d'une subite effervescence, le Prince repose à terre sa proie, qui, en guise de récompense, lui donne une plume. Puis, la tête haute, agitant ses ailes éployées, l'oiseau disparaît, tandis que le Prince le suit du regard, et que le public s'interroge sur la suite de l'histoire.

*

Attablés près d'une fenêtre qui domine une paisible placette londonienne, quatre hommes, tous aux alentours de la quarantaine, déjeunent ensemble. Ils ont achevé le plat de résistance, qui à en juger par les ossements qui s'enchevêtrent sur leurs assiettes où fige le jus de viande, devait se composer de côtelettes de mouton, et ils attendent le dessert, une tarte aux pommes accompagnée de crème à la vanille. Ils occupent cet interlude en conversant avec une aisance qui dénote l'habitude de se côtoyer régulièrement. Trois d'entre eux logent sur place : l'un est dégingandé, arbore costume et cravate ; le deuxième, conforté par la vision de son front qu'agrandit une calvitie naissante, se flatte d'être un intellectuel qui ne tardera pas à percer ; quant au troisième, l'harmonie de ses traits évoque irrésistiblement quelque divinité grecque, voire hindoue. Le quatrième est un familier de la maison, la bouche cernée d'une barbe mousseuse aussi exubérante que le regard qui pétille de malice derrière son lorgnon, à chaque fois qu'il a l'impression, comme en l'occurrence, d'avoir tout juste formulé quelque bon mot, tourné avec art, et fort vraisemblablement assaisonné d'une pointe de médisance. Si ces quatre hommes ont des relations aussi détendues, cela ne tient pas uniquement à l'affinité et à l'habitude, ni à la complicité que deux d'entre eux ont tissée durant leurs études à Cambridge alors qu'ils appartenaient au même petit cénacle, ni aux liens de parenté de deux d'entre eux, qui sont cousins. Ils le doivent par-dessus tout aux rapports amoureux compliqués – d'aucuns diraient scandaleux – qui les unissent. Car trois d'entre eux ont été amants, avant de devenir amis, formant un triangle qui, malgré ses amères déconvenues et ses rivalités acerbes, a suscité en eux des émotions d'une intensité inoubliable. Le quatrième a pour épouse l'amante du plus beau du trio : c'est assez pour le rattacher à leur complexe réseau sentimental.

Ce n'est pas de ces questions que s'entretiennent toutefois, en attendant le dessert, Maynard (l'homme au costume), Clive aux cheveux clairsemés, Lytton à la barbe fauve et Duncan aux allures de demi-dieu, ce qui n'a d'ailleurs rien que de normal pour des amis de longue date qui déjeunent sans façon ensemble par un jour ordinaire de décembre. Non : la conversation roule sur un ballet dont la première a eu lieu récemment au théâtre de l'Alhambra. Il s'agit de la *Belle au bois dormant*, exécuté par le légendaire Serge Diaghilev et sa troupe des Ballets russes, dont ils ont suivi les précédentes saisons, celle de *L'Oiseau de feu* incluse, avec enthousiasme et admiration – sans parvenir cependant à un verdict unanime. Des quatre, c'est Duncan qui décerne les éloges les plus dithyrambiques à cette nouvelle réalisation, peut-être parce qu'il est peintre, et que Diaghilev, entre autres nombreuses innovations, conçoit ses productions en collaboration avec des artistes, ce qui aboutit, comme tous quatre s'accordent à le reconnaître, à des résultats spectaculaires. Clive, auteur d'un essai sur l'art en sus d'un article sur les Ballets russes, et Lytton, dont le dernier livre a fait sensation, se montrent moins généreux. Maynard, qui n'a pas encore vu ledit ballet et qui songe à demi à son ouvrage en cours, se borne pour l'essentiel à écouter.

« Avec sa *Belle au bois dormant,* Diaghilev ramène le ballet trente ans en arrière, maugrée Lytton de sa voix de fausset un peu rauque. C'est une œuvre pusillanime et sans dessein clair.

— Pusillanime, c'est le mot qui convient », approuve Clive en brandissant d'un air interrogateur la bouteille de vin, puisque le dessert se fait décidément attendre.

Sur les refus de Maynard, qui ne s'autorise guère d'alcool en semaine, et de Lytton, qui est de santé fragile, Clive sert Duncan, puis se verse le restant. C'est un excellent côte-de-beaune, don de sa maîtresse Mary, et il serait regrettable de le laisser perdre.

« Le grand intérêt des Russes », reprend-il, en faisant tourner son verre et en observant avec satisfaction la pellicule bordeaux que la liqueur dépose sur les parois, signe d'un bon cru, « c'est précisément qu'ils étaient prêts à abandonner l'habituelle combinaison maniérée d'effets de pieds et de tutus, pour approfondir les relations entre musique et mouvement. Le résultat est peut-être moins séduisant au premier abord, mais cela élève le ballet au rang d'un art véritable.

— Choisir la musique de Tchaïkovski a été le premier d'une longue série de faux pas, déplore Lytton, et une erreur d'autant moins compréhensible quand on repense à tous les compositeurs avec lesquels Diaghilev a travaillé. En l'occurrence, cela se réduisait à une succession de mélodies sirupeuses, poursuit-il, avec une brève crispation du visage, comme si le souvenir lui en était physiquement douloureux. Sincèrement, j'ai bien cru que j'allais vomir.

— On prétend que la partition a été remaniée par Stravinsky, renchérit Clive avec un hochement de tête, mais on n'en voit guère trace.

— Le décor et les costumes étaient une splendeur », leur rappelle Duncan.

Il extirpe un calepin et un crayon de la poche de sa veste maculée de peinture, bien qu'il ait ôté sa blouse à l'atelier, à quelques rues de là, avant de les rejoindre.

« Le bruit court qu'à la fin les machinistes et les costumières travaillaient seize heures par jour pour tout achever avant la première. Même les robes des dames d'honneur ont été brodées à la main, et quant aux ornements de la tunique du prince, précise-t-il en esquissant un élégant motif de feuilles de chêne, ils ont certainement été rapportés au fil d'or.

— Font-ils recette ? » s'enquiert Maynard.

Il possède une voix sonore et musicale, à la différence de celle de Lytton, que d'aucuns ont parfois comparée, non sans malveillance, à un glapissement rauque.

« La production a dû coûter une fortune.

— Une remarque typique de Maynard ! » persifle Clive, qui examine l'étiquette de la bouteille, vide désormais, partagé entre l'envie d'en ouvrir une autre, et la crainte que ses compagnons ne le jugent par trop prodigue.

Maynard ne relève pas la pique. S'il s'en garde, ce n'est nullement faute de percevoir l'hostilité de Clive envers sa carrière d'économiste, qui l'amène à assumer, de l'avis de ses amis, un nombre démesuré de responsabilités supplémentaires (dont beaucoup leur paraissent incongrues et, dans une certaine mesure, dégradantes pour l'un des leurs, telles ses fonctions d'administrateur de King's College, à Cambridge, où il occupe une chaire) ; mais c'est parce qu'elle induit entre eux une sorte de rivalité, la plupart du temps muette, mais non moins pesante, en matière d'argent. Bien que Clive détienne des actions dans les mines de charbon de la famille Bell, son train de vie hédoniste et sa vocation littéraire à l'avenant font que ses revenus lui donnent rarement toute satisfaction. Maynard, à l'inverse, s'enrichit constamment. Outre son traitement universitaire, ses droits d'auteur, ses articles dans la presse, et ses émoluments de membre de divers conseils d'administration et comités dirigeants, il a cumulé les placements, qui lui ont rapporté des sommes considérables, malgré quelques revers (en particulier durant l'été 1920, quand il a frôlé la ruine après avoir pris la décision désastreuse d'acheter des dollars). Cette réussite est due pour une part à ses connaissances encyclopédiques, pour une part à une passion pour le jeu qui contraste étrangement avec son costume et sa cravate très classiques, mais également à la ferme conviction, étayée sur une réflexion rigoureuse, que l'on ne doit pas laisser dormir l'argent. C'est une théorie qu'il a ébauchée au temps où il occupait un emploi subalterne à l'Indian Office, à Londres, où il avait été embauché au sortir de Cambridge. Il avait alors acquis la certitude que le développement de l'Inde s'accélérerait grandement pour peu que l'on pût persuader la population d'investir ses roupies en surplus, au lieu de thésauriser. Cette thèse détermine toujours non seulement sa doctrine économique et ses allégeances politiques, mais aussi son mode de vie. Dans les faits, à ce jour de décembre 1921, ses gains lui ont permis de se constituer une enviable collection d'éditions rares et de peinture moderne française, qui comprend des œuvres de Seurat, Picasso, Matisse, Renoir, et Cézanne. C'est donc autant par tact envers Clive que de crainte d'irriter ses amis en défendant une fois de plus ses choix professionnels, qu'il répond enfin avec une grande douceur :

« Cela nuira à Diaghilev et à tous ceux qui travaillent avec les Ballets russes, s'ils ne rentrent pas dans leurs frais. J'ai entendu dire qu'Oswald Stoll leur avait avancé d'abord 10 000 livres, puis 20 000, donc ils devaient espérer un bon chiffre.

— C'est un four absolu, convient Clive avec tant d'empressement que l'on croirait qu'il a lu dans les pensées de Maynard, et qu'il lui en sait gré.

— Le théâtre était au trois quarts vide », confirme Duncan dont Maynard renfloue régulièrement les finances toujours en berne par des commandes et des subsides variés.

Lytton s'accoude sur la table et joint ses longs doigts. Il a, lui aussi, bénéficié des largesses de Maynard, et même si les ventes de ses *Victoriens éminents*, un essai biographique délicieusement satirique, les rend depuis peu superflues, il se sent encore trop d'obligations envers son ami pour ne pas éprouver un désagréable sentiment d'infériorité. Il s'éclaircit la gorge.

« Le public britannique aurait-il donc plus de discernement que nous ne lui en supposions ? spécule-t-il, faisant ainsi dévier la conversation sur un autre terrain.

— Non, pas précisément, réplique Clive. Tout vient de la première, qui a été calamiteuse. Tout ce qui pouvait aller de travers est allé de travers. La presse s'en est donné à cœur joie.

— C'était du plus haut comique, à en juger par les comptes-rendus », commente Duncan, qui crayonne toujours, bien qu'il ait délaissé les feuilles de chêne pour les pensions de famille aux façades encrassées par la fumée qui se profilent entre les silhouettes noires et dénudées des arbres, de l'autre côté de la place. « En particulier, quand la Fée des lilas a jeté son sort, et que le mécanisme de la végétation qui devait pousser autour du château s'est grippé, si bien que la danseuse – c'était Lydia Lopokova – est restée à agiter sa baguette en vain.

— J'aurais bien aimé voir ça ! fait en riant Maynard, son sens de l'humour titillé par la description de Duncan.

— Rien ne t'empêche d'y aller ce soir, suggère Clive. Toutefois, on a réglé depuis les problèmes techniques. Quand j'y suis allé, la machinerie fonctionnait impeccablement. »

Maynard, qui attend avec impatience le dessert, porte à sa bouche son couteau enduit de jus de viande et en lèche la lame. Lytton et Clive échangent un coup d'œil. Les manières de table peu orthodoxes de leur ami leur fournissent depuis longtemps prétexte à médisances quand l'un d'eux a pris ombrage d'une des actions ou des paroles de Maynard. Cette habitude ne s'est jamais si vivement manifestée que durant la liaison de Maynard et de Duncan, qui a scellé la fin des longues amours de Lytton avec son cousin, sans pour autant atténuer sa jalousie. Soit que Clive ait perçu instinctivement la délicatesse dont a fait preuve Maynard à son égard, soit qu'il ne souhaite pas réveiller l'animosité de Lytton, il ajoute, presque avec bonhomie :

« Il ne serait pas même nécessaire de s'y rendre à l'avance. Il te suffirait d'acheter un billet au guichet. »

Maynard repose son couteau en secouant la tête.

« Je me suis interdit toute récréation jusqu'à ce que j'aie achevé mon livre. J'y suis presque. Du reste, si c'est aussi raté que vous le dites, cela ne paraît guère valoir la peine. J'ai toujours trouvé Lydia Lopokova détestable. On croirait qu'elle a le derrière en bois.

— Elle t'a pourtant suffisamment plu dans *Les Femmes de bonne humeur* pour que tu ailles lui rendre visite dans sa loge, le taquine Duncan. Il me semble même qu'elle t'a invité à lui tâter les mollets, pour te montrer combien ils étaient musclés. »

Avec un sourire d'amusement, Maynard revoit la ballerine,

débordante d'animation, indéniablement jolie sous son maquillage de scène, qui s'évertue à lui prouver, la jambe tendue, que ses prouesses n'ont rien de magique, mais ne tiennent qu'à son endurance. Tout en discourant, elle glissait des croûtes de pain à travers les barreaux à un canari, affectueusement baptisé « Le Mac ». Ce qui l'a le plus marqué est la volubilité presque ininterrompue avec laquelle elle s'exprimait, dénigrant alternativement son partenaire (trop court sur pattes et inepte, selon elle) et sa propre chorégraphie, qu'elle comparait avec véhémence à une course en sac de plusieurs kilomètres. Il avait cru déceler une volonté de faire rire dans le haussement exagéré de sourcils (encore soulignés de bleu, bien qu'elle eût quitté son costume) qui accompagnait cette diatribe. Il avait également été frappé par la langue dont elle usait, mêlée d'inflexions russes et de choix lexicaux souvent inattendus, parfois même incongrus, qui prêtaient à ses propos une étrange éloquence, évocatrice de celle des fous de Shakespeare, si lucides sous leur bouffonnerie. Il avait eu peine à concilier ses impressions du ballet, qui, de son fauteuil d'orchestre, lui était apparu comme un monde à part, doué d'une autonomie magique, avec cette créature menue, espiègle et gracieuse, vêtue d'un kimono défraîchi, qui soufflait sur une casserole de lait bouillant et distribuait à la ronde des tasses de chocolat chaud.

« J'irai, concède-t-il, avant Noël. »

La cuisinière, le visage rosi par la chaleur du four et par la montée des escaliers, pose une tarte aux pommes et une jatte de crème sur la table.

*

Bien qu'averti par ses amis, Maynard ne peut réprimer un peu d'étonnement à la vue du parterre déserté de l'Alhambra. Au premier rang figurent certes les habituels aficionados du ballet, munis de bouquets de fleurs de serre qu'ils jetteront aux pieds des danseurs les plus brillants. Les baignoires, des deux côtés de la scène, sont peuplées d'hommes en habit de soirée qui ne voient là qu'un agréable préambule à un souper fin, et de leurs compagnes, douillettement emmitouflées dans leurs fourrures pour se protéger d'un froid que les girandoles scintillantes ne dissipent guère. Les autres sièges sont moins occupés : quelques couples dispersés çà et là, des familles, préférant le ballet aux pantomimes de Noël qui attirent les foules dans les théâtres de Londres, et une bande de jeunes gens qui, sitôt assurés qu'il ne viendra plus d'autres spectateurs éminents, migrent hardiment du fond de la salle vers les premières places. Au laisser-aller de leur toilette, il devine qu'il s'agit d'élèves des écoles d'art, peut-être de la Royal Academy, au-delà de Piccadilly, où Vanessa, la femme de Clive, qui se consume à présent d'un amour sans espoir pour Duncan, a suivi l'enseignement du peintre John Singer Sargent. Tout en feignant d'étudier son programme, il examine à la dérobée les jeunes hommes, et, lorsqu'un garçon d'une vingtaine d'années, aux cheveux bruns, avec un visage plein à l'expression engageante, vient s'asseoir sur le fauteuil voisin, il se plaît à lui trouver un air de ressemblance avec Sebastian, son amant du moment.

Il refoule un bref regret à la pensée de l'absent, en se projetant aux vacances de Noël qu'ils se promettent de passer ensemble chez Lytton, dans le Berkshire, où il loue une maison avec son amie peintre, Dora Carrington, mariée depuis peu à Ralph, dont Lytton, soupçonne-t-il, est épris. De surcroît, s'il n'est pas avec Sebastian, il ne doit s'en prendre qu'à lui-même, puisque c'est lui qui a choisi, une fois terminé son trimestre d'enseignement à Cambridge, de partir achever à Londres son livre, objectif atteint cet après-midi même. Il lui faudra relire de près le manuscrit avant de le confier à la dactylo, et certaines sections gagneraient à être retravaillées, mais dans l'ensemble, il n'en est pas mécontent. Il entendait, en l'écrivant, répliquer aux critiques suscitées par son premier ouvrage, intitulé *Les Conséquences économiques de la paix*, où il peignait le naufrage, selon lui, des négociations des traités de paix à la fin de la guerre. Plus haut représentant du ministère des Finances britannique à la conférence de Paris en 1919, il avait été atterré de son issue, qui non seulement contrevenait directement aux accords conclus lors de l'armistice, mais aussi imposait à l'Allemagne des indemnités qu'il lui était impossible d'acquitter. De l'avis de Maynard, les conditions stipulées par ce traité, loin de promouvoir l'harmonie internationale, garantissaient presque inéluctablement un second conflit en Europe. C'était à ses portraits de négociateurs alliés – dont des Premiers ministres et des présidents –, souvent arrogants et d'une dangereuse naïveté, que son premier livre avait dû pour une bonne part son succès. Il n'a rien observé, au fil des trois années écoulées depuis la publication, qui l'ait conduit à revoir ses conclusions.

Pour se libérer de son livre, il étudie le programme. Son regard tombe sur le nom de Lydia Lopokova, qui danse ce soir. Voici que lui reviennent en mémoire les réminiscences de leur entrevue dans sa loge, qu'il évoquait mentalement pendant le déjeuner, ainsi que le souvenir d'une soirée donnée par Clive et lui dans leur maison de Gordon Square, à Bloomsbury, à laquelle elle avait bien voulu assister. Il se rappelle combien il avait été contrarié par les avances appuyées de Clive à Lydia, d'autant que ce dernier avait tenu à parler français, langue dans laquelle Maynard est loin de pouvoir rivaliser avec lui. Est-ce donc à la suite de cet épisode, s'interroge-t-il, qu'il lui a envoyé un exemplaire de son livre, et a reçu en réponse un mot de remerciement dans sa grande écriture aux caractères étirés, dont le ton cérémonieux aurait pu paraître affecté, n'eussent été les fautes d'orthographe, ainsi que la déconcertante singularité de certaines tournures ? Peu après, elle avait disparu en abandonnant la production en cours, ce qui dut coûter une petite fortune à Diaghilev et à la compagnie, et le bruit courut qu'elle s'était fait enlever par un général de l'Armée des Russes blancs, histoire qu'il avait toujours jugée trop romanesque pour lui accorder le moindre crédit. Il paraissait bien plus vraisemblable, aux yeux de Maynard, qu'elle était tombée enceinte et avait quitté la scène pour mettre au monde son enfant, si étonné soit-il que les journaux, qui avaient regorgé de rumeurs sur la ballerine des semaines durant, n'aient pas fait état de celle-ci.

L'ouverture résonne déjà et le rideau se lève. Maynard constate avec satisfaction que la scénographie (l'intérieur d'un palais, peuplé de courtisans aux atours somptueux) est aussi spectaculaire que l'avait promis Duncan. Quoique expressément venu pour voir par lui-même si la dernière création des Ballets russes était aussi décevante et rétrograde que le soutenaient Clive et Lytton, il oublie promptement son dessein et s'absorbe dans les péripéties du baptême de la princesse Aurore, familières depuis les pantomimes auxquelles son père le menait dans son enfance. Quand Carabosse, la fée outragée, fait son entrée avec sa face moustachue, ses mains décharnées, et son long manteau rouge qui serpente derrière elle comme une traînée de sang, il se souvient de l'exquis frisson de terreur qui le saisissait, petit garçon. Mais voici Lydia elle-même, dans le rôle de la Fée des lilas ; envoûté, il la regarde chasser la vindicative Carabosse et transmuer la malédiction qui pèse sur la nouvelle née en un sortilège moins néfaste. Elle le subjugue tant par son feu qu'il en vient à se persuader, alors qu'elle évolue tout autour de la scène, non seulement de la crédibilité de l'univers fictif qu'elle habite, mais aussi qu'en levant hardiment la malédiction, elle incarne le triomphe du bien sur le mal. S'il a naguère décrié le talent de Lydia, il revient à présent sur son verdict. Il a ouï dire que sa technique n'atteignait pas à la même perfection que celle de sa camarade, la danseuse étoile Tamara Karsavina, mais de l'avis de Maynard, elle le compense amplement par ses aptitudes dramatiques. On croirait à la voir que tout ceci se produit pour la première fois ; la spontanéité apparente de ses mouvements ne laisse en rien deviner qu'ils ont été répétés maintes fois dans les moindres détails ou déjà exécutés précédemment. C'est une faculté qu'il admire, tout comme il avait admiré sa repartie lors de la réception à Gordon Square, après que Mary, la maîtresse de Clive, prise de jalousie, fut venue chercher ce dernier, permettant ainsi à Maynard de s'entretenir seul à seul avec la ballerine. Il avait été frappé de la voir accueillir ses questions comme si elles avaient été intéressantes et inédites, et non pas avec la lassitude blasée et mécanique que l'on pouvait attendre d'une personne déjà accoutumée à répondre à mille et mille semblables demandes futiles.

Avec le recul, il perçoit que c'est dès son entrée en scène qu'il a décidé d'aller présenter ses hommages à Lydia, même si ce n'est qu'au moment où le Prince a éveillé la Princesse endormie que sa conscience l'a clairement formulé. Malgré l'enthousiasme des étudiants des Beaux-Arts qui battent des mains à tout rompre, les bouquets qui voltigent et les acclamations des aficionados, les applaudissements qui scandent la descente du rideau et le salut des danseurs semblent trop maigrement récompenser l'extraordinaire interprétation de Lydia. Quand les lumières se rallument et que la salle se vide, il se dirige vers sa loge.

Il s'approche de la porte avec une nervosité inusitée, qui tient aux émotions qu'a suscitées en lui le ballet et non pas à la crainte d'être mal reçu : l'ayant déjà croisée à plusieurs reprises, lui rendre visite dans sa loge, loin d'une initiative déplacée, ne relève manifestement que de la pure courtoisie. S'il a le cœur qui bat follement et les paumes moites, c'est à cause de son estime toute neuve pour Lydia, dont il reconnaît à présent l'exceptionnel talent artistique. Ces sensations, symptômes d'une fébrilité si rare chez lui, le grisent curieusement.

Il s'attarde tout d'abord sur le seuil de la porte en la cherchant vainement du regard. La pièce est emplie d'une nuée d'admirateurs, qui se sont rués en coulisse dans l'espoir d'entrevoir la célèbre étoile. Il ne bouge pas d'un pouce, jusqu'à ce qu'il finisse par la distinguer par une trouée, perchée sur un tabouret, dans le peignoir bleu fatigué qu'il lui a déjà vu. Ses cheveux sont tirés en chignon, et elle arbore encore son maquillage de scène, qui souligne exagérément ses yeux et prête à ses traits naturellement réguliers une amusante dissymétrie. Lydia, pour sa part, semble parfaitement inconsciente de son aspect. Il la contemple, qui, rieuse, abandonne ses mains aux baisers de ses adulateurs, et voici qu'il repense avec dépit à la manière dont Clive l'accaparait durant leur soirée. L'essaim d'amateurs de ballet qui se presse autour d'elle suscite en lui un agacement identique. Il est pleinement comblé par Sebastien et n'a jamais éprouvé de désir charnel pour une femme, sans quoi cette émotion le troublerait peut-être. Il l'impute à l'exaspération de les voir se disputer son attention sans autre fin que de pouvoir se vanter par la suite. Mais lui, de son côté, quelles sont ses raisons ? Certes, il y a mille questions qu'il aimerait lui soumettre, mais il peut difficilement se targuer de quelque motif plus impérieux, à la différence de Clive, fort de son article sur le ballet, ou de Duncan, guidé par son instinct de peintre. Il ne peut pas même se prévaloir de relations sérieuses avec la communauté d'émigrés russes de Londres, comme Virginia, la belle-sœur de Clive et l'épouse de son fidèle ami Leonard, qui a traduit les écrivains russes en anglais. Non, il n'est là que parce que la manière dont Lydia a dansé ce soir l'a profondément ému, et parce qu'il a gardé de leurs précédentes rencontres, si frustrantes parce que brèves et rares, le désir de mieux la connaître.

Dans le couloir, derrière lui, se produit soudain tout un tumulte. Un instant durant, il croit reconnaître les accents de Lady Ottoline Morrell, célèbre protectrice des arts, qui s'est dépensée sans compter en faveur des Ballets russes lors de leurs tournées londoniennes. La personne en question lui tourne le dos, et, avec quelque énergie qu'elle s'exprime, le brouhaha ambiant l'empêche d'identifier avec certitude sa voix. S'il s'agit d'Ottoline, autant renoncer à tout espoir de s'entretenir en privé avec Lydia dans l'immédiat. Il extrait de sa poche crayon et papier et, en se servant du mur comme d'un pupitre, écrit : « Retrouvons-nous pour souper au Savoy, si vous le voulez bien, quand vous aurez un moment. » Il intercepte une cameriste, lui arrache la promesse de remettre son message en mains propres contre un généreux pourboire. Puis il patiente, en la suivant du regard, tandis qu'elle se fraye un chemin dans la cohue jusqu'à Lydia, qui lit son billet, le cherche des yeux et lui sourit en le découvrant enfin.

*

Que Lydia cause donc aisément avec les gens ! constate Maynard, en la regardant bavarder avec le garçon du Savoy auquel elle confie son manteau. Il observe sa silhouette vigoureuse, ses gestes gracieux tandis qu'elle louvoie entre les tables, à la suite de son guide. Il est attiré par-dessus tout par son appétit de vie si rafraîchissant, presque enfantin, et par l'assurance physique qu'elle doit à des années de pratique de la danse. La première de ces qualités lui rappelle Duncan, auquel il demeure extrêmement attaché, même après la fin de leur liaison. Quant à la seconde, il souhaiterait être mieux pourvu lui-même de ce point de vue. Il se sait parfaitement capable de prononcer une allocution publique, et, si besoin est, de triompher d'un contradicteur, mais il n'a jamais aimé sentir peser sur lui le regard d'autrui. Plus encore, il a souvent eu l'impression, au cours de ces réunions académiques où le concours des esprits engendre parfois des débats interminables, qu'il l'aurait emporté plus rapidement s'il était plus séduisant. Il se lève pour l'accueillir et note avec satisfaction que plusieurs tablées ont interrompu leurs discussions, en se demandant visiblement si la femme qu'il embrasse sur la joue ne serait pas la ballerine russe que tous portent aux nues.

Le garçon s'empresse exagérément auprès de Lydia, lui avance sa chaise, lui ouvre son menu, et déploie sa serviette immaculée, avant de la lui étaler sur les genoux. Maynard s'émerveille de la voir se prêter à ces attentions avec un naturel si parfait, comme si elle se devait d'y prendre plaisir. Il compare à cette attitude ses propres réactions, entachées de gaucherie, et sans aucun doute, de morgue, et s'avise qu'elle a raison : mieux vaut témoigner qu'on est sensible au service que l'on vous rend, plutôt que de feindre de ne pas s'en apercevoir ou de le dédaigner comme une bagatelle sans importance. Il la regarde poser son sac à terre, intrigué : comment ce corps, en apparence si ordinaire, qui accomplit à l'instant une action si banale que lui-même en serait capable, a-t-il pu danser si peu de temps auparavant avec cet art consommé ? Il aspire à lui demander comment elle parvient à bondir si haut, ou à courir sur les pointes, mais s'en abstient, non par embarras (l'une des particularités de Lydia, se souvient-il, est qu'elle ne paraît jamais éprouver d'embarras), mais parce qu'il craint de ne pas comprendre sa réponse. C'est, indéniablement, ce qui lui arrive lorsque Duncan ou Vanessa évoquent devant lui la peinture. Quelque peine qu'ils se donnent pour lui expliquer clairement comment l'on obtient tel ou tel effet, il en garde invariablement le sentiment qu'il ne pourrait pas plus le reproduire que marcher sur les mains.

Son sac bien calé sous son siège, Lydia s'accoude sur la table, le menton entre les mains. Ses cheveux, tirés en arrière, sont serrés en chignon sur sa nuque, ce qui souligne son large front et ses yeux d'un bleu saisissant, au regard volatil. Son nez, qui, de face, lui semble aussi finement ciselé que ceux des statues que Duncan et lui avaient admirées lors d'un séjour en Grèce, change du tout au tout lorsqu'on l'aperçoit de côté. De profil, l'extrémité s'en retrousse légèrement, si bien qu'elle lui rappelle, chaque fois qu'elle tourne la tête, ces images à transformations qu'il affectionnait tant dans son enfance. En les faisant défiler très vite, il pouvait métamorphoser un œil en oiseau, ou un homme en femme. Dans le cas de Lydia, songe-t-il en badinant, toujours habité par le souvenir de la Grèce antique, c'est Hélène de Troie, si vulnérable dans sa beauté légendaire, qui se mue en un elfe robuste et malicieux. S'il trouve à chacune de ces figures un charme propre, leur combinaison lui paraît irrésistible.

« Que désirez-vous ? Certes, il se fait tard, et peut-être n'avez-vous plus faim.

— Au contraire, rétorque Lydia en parcourant le menu, je suis excessivement affamée. Quand je danse, le mouvement absorbe tout le contenu de mes entrailles, si bien que je suis toujours toute vide à la fin. J'en voudrais deux de ceux-là, déclare-t-elle, en désignant le faux-filet, mais pas bleu, comme font les Français, si bien qu'il saigne sur l'assiette comme s'il était encore sur l'échine de la vache. Ça n'est pas beau à voir quand on s'apprête à ingérer. J'aime mieux ma viande comme du cuir tanné. »

« Oh, ajoute-t-elle, en sautant directement au bas de la carte, section des desserts, et puis aussi du Chester Pudding, qui a l'air tout pareil à la tarte au citron meringuée que j'ai mangée en Amérique, mais avec un nom plus intéressant. »

Elle s'interrompt, sourcils froncés, le temps d'évaluer la pertinence de cette hypothèse, puis balaye ce casse-tête et gratifie Maynard d'un sourire aussi radieux que si elle venait d'inventer ces mets plutôt que de se borner à les choisir.

Il est frappé, comme en de précédentes occasions, par son anglais peu canonique. Sa prononciation est marquée par le russe, ou du moins le suppose-t-il, car c'est une langue à laquelle il ne s'est jamais beaucoup intéressé par le passé : de là, par exemple, sa tendance à escamoter les consonnes finales, comme celle de son prénom, qu'elle abrège en Maynar, ou à remplacer les *w* par des *v* et vice versa. Mais ses échanges, si limités qu'ils aient été, avec des immigrés russes lors de galas de charité pour les réfugiés de la guerre civile l'y ont peut-être quelque peu préparé. Ce qui le déconcerte davantage et le charme plus encore, c'est que son anglais s'émaille de termes et de tournures qui, sans nuire à la clarté de ses propos en général, ne sont pas ceux que l'on a coutume d'entendre. Cela lui remet en mémoire les jeux linguistiques où il brillait tant dans son enfance, après le repas dominical en famille, ou bien avec ses camarades d'Eton. Il se demande ce que penseraient les écrivains de son entourage des distorsions lexicales de Lydia. Elle serait, soupçonne-t-il, assez savante pour en rectifier d'elle-même certaines. Elles résonnent à son oreille avec une sorte de poésie exotique.

Il est non moins fasciné par son habitude de formuler à haute et intelligible voix tout ce qui lui passe par la tête, comme s'il s'agissait d'une conversation intime, et qu'elle le traitât en confident. Il est accoutumé à débattre en toute franchise avec ses amis, à Gordon Square, où la liberté de ton est de rigueur, mais où il a parfois le sentiment que le caractère sensationnel d'une affirmation prime sur toute impérieuse conviction. De la sorte, les discussions, si nul n'y veille, peuvent être subverties par une provocation obligée qui, paradoxalement, donne aux propos un tour convenu. Avec Lydia, il en va autrement. Non que l'irrévérence la rebute, loin de là (il subodore qu'elle savourerait comme tout un chacun les commérages sulfureux), mais parce que rien de ce qu'elle énonce n'est prémédité. Bien souvent, il ne se doute aucunement de ce qu'elle va dire à la minute suivante, et cela l'enchante.

Le serveur revient noter la commande de Lydia. Il est trop bien stylé, constate avec déception Maynard, pour manifester la moindre stupeur devant cet appétit gargantuesque. Il aurait préféré le voir au moins hausser les sourcils en l'entendant réclamer deux faux-filets, suivis d'un dessert.

« Avez-vous fait votre scolarité à Saint-Pétersbourg ? s'enquiert-il.

— À l'École impériale de ballet, comme ma sœur et mon frère, l'informe-t-elle, avec un orgueil non dissimulé. Pour devenir excellent danseur, il faut commencer très jeune et suivre des cours tous les jours, alors nous dormions à l'internat, même si notre maison n'était pas très loin. Cela ne nous faisait rien, poursuit-elle, devançant sa question inquiète, puisque le Tsar était fou de ballet et veillait à ce que nous soyons bien traités. »

Elle évoque le Tsar presque comme si ce dernier était encore en vie, constate-t-il intérieurement, mais sans lui laisser le temps de commenter, ou de demander qui va bien pouvoir succéder à Lénine, elle poursuit sur sa lancée propre.

« Filles et garçons partageaient les mêmes bâtiments, mais tout était agencé pour que nous ne nous croisions pas. Même lorsque nous dansions ensemble, nous n'avions le droit de nous toucher que si la chorégraphie l'imposait, et pas avec les yeux. Je désobéissais, parce que nous autres filles, n'avions pas d'utérus pour tomber enceintes, et les garçons, rien qui pendouille entre les jambes. Certaines des pensionnaires les plus âgées étaient déjà très expérimentées sexuellement. Il y avait des corridors spéciaux dans les théâtres pour nous mener directement aux loges des grands-ducs. »

Si elle arrivait tout droit de ces étranges nébuleuses qu'Edwin Hubble, dit-on, a observées à travers son télescope, et qui semblent confirmer l'existence de galaxies extérieures à la nôtre, elle ne pourrait l'intriguer davantage. Il se souvient d'avoir eu la même impression lors de leurs précédentes rencontres. Lydia s'aventure avec tant de célérité sur des territoires imprévus, que son esprit à lui (qui d'ordinaire distance de plusieurs longueurs celui de son interlocuteur) peine à la suivre.

Lydia fend en deux le petit pain posé sur le bord de son assiette, pique sur son couteau un bloc de beurre et l'insère entre les deux moitiés. La motte est moulée en forme de trèfle à quatre feuilles.

« Il n'y avait pas de filles, dans ma pension », lui conte-t-il, en s'enhardissant.

Lydia se lèche les doigts, parsemés de miettes et de fragments de beurre.

« Alors il devait y avoir des tas d'amourettes entre garçons. »

De nouveau cette sensation d'atterrir en un lieu inattendu. Il attrape lui aussi un petit pain, qu'il tartine d'une épaisse couche de beurre.

« Un vrai paysan ! » le taquine-t-elle, alors qu'il se lèche les doigts à son tour.

Les cheveux de Lydia ne sont pas tous tirés en arrière. Une grosse mèche, tranchée net, bouffe au-dessus de chacune de ses oreilles. Les deux touffes ébouriffées contrastent par leur désordre avec la netteté du reste de sa chevelure lustrée. Il a envie de tendre la main en travers de la table, pour effleurer du doigt cette broussaille.

« Mon grand-père cultivait des dahlias », dit-il.

Il la voit plisser le front, perplexe.

« Des fleurs, pour le jardin, explique-t-il. Cela s'est avéré une activité des plus lucratives. Il a gagné assez d'argent pour faire faire des études à mon père.

— Lopukhov est un nom de fleur en russe. En anglais, ça s'appelle bardane. La racine est comestible et ça a une manière futée de disséminer ses graines. Mon grand-père labourait les champs, mais plus tard, le Tsar a affranchi les serfs. Ça n'a pas changé grand-chose pour mon grand-père, mais il a fait enrôler son fils dans l'armée. Ça a été l'école de mon père, même s'il n'y a jamais appris à lire ou écrire. »

Le garçon apporte les deux faux-filets de Lydia, empilés l'un sur l'autre, pour que l'assiette puisse aussi contenir des pommes de terre, une tomate grillée et une portion de champignons qu'il n'a pas souvenir de lui avoir entendu commander. Les bords de la viande sont dûment saisis, mais il craint que la cuisson ne soit pas conforme aux exigences de Lydia. Il n'a cependant pas le temps de s'en inquiéter tout haut : elle tranche et mastique déjà comme si elle avait oublié sa requête.

« Keynes est un nom anglais, avance-t-elle, la bouche pleine.

— Français, corrige-t-il. Le premier Keynes est arrivé avec Guillaume le Conquérant, bien que cela ne s'orthographiât pas de la même manière qu'aujourd'hui. Il sortait du lot, car après lui, personne dans la famille n'a voyagé bien loin.

— Bah, il avait juste la Manche à traverser, se récrie Lydia, les bras largement ouverts, comme si elle entendait démontrer qu'elle pourrait, si nécessaire, franchir à la nage une si courte distance. L'arrière-grand-père de ma mère était ingénieur, il a quitté l'Écosse pour la Suède. Son petit-fils s'est installé en Lettonie. C'est là que ma grand-mère est née, mais elle a suivi son mari en Estonie. Il était brigand, pas du tout comme ma mère qui prie et va à l'église chaque jour. »

Des images se bousculent dans l'esprit de Maynard à mesure

que Lydia parle : d'abord, l'ingénieur écossais, qui, si ses calculs sont exacts, a dû émigrer au moment de la grande expropriation des Highlanders, puis le brigand, pistolet au poing, qu'il se figure accoutré d'un kilt et d'une toque écossaise, à la manière des personnages de Walter Scott. Il s'apprête à lui demander si son père a poursuivi une carrière militaire, mais elle prévient sa question.

« Mon père était ouvreur dans un théâtre », révèle-t-elle, en avalant sa dernière bouchée de faux-filet, avant de racler agilement d'un coup de cuillère le reste de champignons.

Il balaye la salle du regard. Son imagination lui jouerait-elle des tours ? Ou bien les autres dîneurs, si ordinaires et si compassés qu'ils ne paraissaient qu'un prolongement de ce décor de colonnes ornementales et de draperies prétentieuses, se seraient-ils véritablement animés depuis l'entrée de Lydia ?

« Votre mère est-elle née en Estonie ?

— À Reval[1], où tout le monde parle allemand. Elle le préfère toujours au russe. »

Elle pique enfin sur sa fourchette la dernière tomate, puis repose bruyamment ses couverts sur son assiette.

« Quand j'étais petit, nous avions des gouvernantes allemandes, déclare-t-il, soucieux de tenir sa partie. C'est la seule langue, à part l'anglais, le grec et le latin, que je pratique couramment. »

Le serveur apporte le dessert. Lydia éventre d'un coup de cuillère les volutes de meringue croustillante, puis rend son verdict :

« Délicieux », et elle y replonge sa cuillère.

« Goûtez », ordonne-t-elle, en lui tendant une cuillerée de l'entremets. Il obéit sans hésiter une seconde.

*

1. Reval : actuellement Tallinn. *(Toutes les notes sont de la traductrice.)*

Une femme se tient devant un chevalet, face à la fenêtre, et peint. Sa haute silhouette svelte est masquée par sa blouse bleu foncé, resserrée à la taille par une écharpe d'homme à rayures. Sa chevelure de lin flotte librement sur ses épaules, mais une étole à motifs rectangulaires orange, bleus et gris, taillée dans un reste d'une étoffe dont elle a conçu elle-même le modèle, lui dégage le visage. L'étole fait ressortir la fraîcheur de son teint typiquement anglais et le gris-bleu de son regard méditatif, qui donne si souvent à ses proches l'impression qu'elle est lointaine ou absente, mais qui pour l'heure s'attache tout entier à son ouvrage.

La vue qu'elle transpose sur sa toile est celle de la baie de Saint-Tropez[1], où elle a loué une villa pour l'hiver avec Duncan, qu'elle aime plus que tout au monde, avec ses deux garçons, Julian et Quentin, et sa fille, Angelica. Car c'est là Vanessa, l'épouse de Clive, avec qui elle a conclu un arrangement conjugal d'une surprenante harmonie qui permet à ce dernier de continuer à cultiver une liaison déjà ancienne avec sa maîtresse Mary, tout en conservant un rôle majeur dans la vie de sa femme et, ce qui importe plus encore, dans celles de ses enfants. Seuls les deux aînés sont de lui, tandis qu'Angelica a pour père Duncan, mais ce n'est pour l'heure qu'un détail dont pas même Angelica n'a connaissance. C'est un fait bien insignifiant, certes, en regard de la somme de labeurs et d'efforts ardus qui lui sont nécessaires pour préserver l'équilibre fragile et la cohésion de ce groupe fusionnel. Elle pose un instant son pinceau et laisse son regard se perdre au-delà des toits de tuiles et des bosquets d'oliviers verdoyants, jusqu'à la mer, mince ruban bleu qui miroite au loin.

De manière caractéristique, Vanessa a choisi de se situer à l'intérieur de la maison de sorte que la fenêtre, fractionnée de barres horizontales et bordée de longs rideaux blancs, aimante

1. *Interior with a Table*, huile sur toile, 1921, Tate Gallery.

autant l'attention que le panorama qui s'étend de l'autre côté. Au demeurant, une petite table de bois, sur laquelle elle a disposé un vase contenant un bouquet, rend plus insistante encore la présence du cadre où vient s'insérer la composition. Le plateau bien ciré de la table reflète une plus vaste portion du ciel bleu que celle qui apparaît sur sa toile, où il est tronqué par le bord supérieur. Si cet effet de miroir constitue un procédé économique pour suggérer l'immensité du ciel, on peine davantage à deviner pourquoi elle a inclus les pieds de la table dans toute leur longueur, ainsi que la moitié d'un fauteuil de rotin garni d'un coussin rouge. Vanessa, l'œil fixé sur le plancher couleur acajou sur lequel repose la table, mesure pleinement que cet alliage d'intérieur et d'extérieur désarçonnera la plupart des spectateurs, et que ceux-ci rejetteront son œuvre comme trop intimiste ou en concluront qu'elle ne sera jamais une artiste de premier plan, faute de savoir se concentrer sur son objet. À la différence de sa sœur Virginia, qui a encore à écrire les livres qui consacreront son génie et dont la soif d'éloges l'alarme, Vanessa balaye aisément ce type de préoccupations. Non que lui manque, comme d'aucuns ont eu la cruauté de l'avancer, ce feu sacré qui habite sa sœur. Ce qui l'en distingue est son indifférence aux événements du monde extérieur, excepté lorsqu'ils influent directement sur sa propre existence. Si elle présentait déjà ce trait de caractère dans son adolescence, à l'époque où elle ne pouvait se soustraire à une vie familiale presque claustrale que le temps de la promenade quotidienne aux jardins de Kensington, le carnage aussi incompréhensible que révulsant des quatre années de guerre n'a fait que le renforcer. À un quelconque intérêt pour le monde s'est substitué le désir d'être constamment entourée de tous les êtres qui lui sont le plus chers, quand bien même cela la contraint parfois à des efforts presque surhumains pour dominer ses sentiments.

Elle mélange sur sa palette du blanc ivoire, un jaune citron très clair, et du gris. Le soleil a chauffé le pan de mur qui sépare le châssis du rideau, apportant une note plus lumineuse qu'elle souhaite reproduire. Cela contrebalancera la masse sombre du parquet, qui, si nécessaire soit-elle, risque de détourner l'œil du bouquet posé sur la table, ainsi que des toits, des arbres et de la mer qui se dessinent par la croisée. Elle calcule qu'il lui reste encore une heure, deux tout au plus, avant que les enfants ne remontent déjeuner, affamés, de la plage où ils ont passé la matinée sous la surveillance de Grace, une jeune fille qu'elle a amenée d'Angleterre, et qui s'est révélée une auxiliaire aussi serviable qu'efficace. Duncan est parti au port armé de son carnet d'esquisses. Elle sait que ce choix est partiellement dicté par l'espoir de retrouver un garçon avec qui il a lié conversation la veille, mais elle ne s'en alarme pas outre mesure. Cela fait déjà plusieurs années que Duncan n'a pas eu d'aventure assez sérieuse pour l'inquiéter au même degré que ses anciennes amours avec Bunny Garnett, qu'elle avait été réduite à accueillir en son foyer, de crainte de perdre Duncan. Bien qu'elle redoute un nouvel épisode similaire, et qu'elle soit trop réaliste pour espérer voir se reproduire cette nuit où Duncan est venu la rejoindre dans son lit, et où Angelica a été conçue, elle savoure ce séjour à Saint-Tropez, où elle est soumise à moins de contraintes et où elle peut consacrer ses journées à la peinture. Malgré son escapade de ce matin au port, Duncan paraît lui être aussi étroitement uni qu'il est possible dans sa situation. C'est avec un sentiment d'absorption, de plénitude, et presque de sérénité qu'elle rehausse de jaune le gris des murs.

Quelque part dans la maison, une porte claque. Lentement, comme pour retarder le moment où il lui faudra s'arracher au problème captivant des coloris de sa toile, elle ajoute une touche de jaune au mur dont le grain se matérialise peu à peu. Puis elle repose pinceau et palette, et considère d'abord la croisée, avec sa table et la vue qui s'encadre entre les rideaux, puis son tableau.

C'est dans cette posture, les poings sur les hanches, la tête légèrement inclinée vers l'épaule, que la trouve Duncan.

« Ici », fait Vanessa en lui indiquant l'ébauche des pieds des tables et des lattes de bois du parquet.

Elle attend que Duncan se soit campé à ses côtés, et puisse suivre son regard, qui glisse du brun rouge du sol au terre d'ombre de la table et, de là, s'échappe par la fenêtre. Sans qu'il dise mot, elle sait qu'il pénètre et son dilemme et ses intentions. Comme si elle pouvait s'approprier sa manière de voir, et ce faisant, aiguiser la sienne, elle a soudain l'intuition que le problème ne provient pas de cette dominante marron, comme elle l'avait tout d'abord cru, mais de ce que rien ne lui fait écho dans le reste de la toile. En un éclair, elle comprend qu'il lui faut d'abord foncer les toits de tuiles rouge brique qui ondulent au-delà de la croisée, et peut-être, discerne-t-elle dans un élan de joie fulgurante, accentuer le brun des graines qui composent le cœur de ses tournesols. Ce sont de tels moments qui lui permettent de tout endurer, songe-t-elle, en souriant à Duncan : ces nuits où elle va se coucher seule, taraudée par le désir, l'angoisse qui l'étreint, chaque fois que, hantée par la crainte d'un abandon définitif, elle le voit entamer une nouvelle liaison.

Duncan a rapporté son courrier de la poste. Elle passe précipitamment en revue les missives, en range la plupart dans la poche de sa jupe. Elle s'en occupera plus tard. Elle fait une exception pour celle de Maynard, dont elle a immédiatement reconnu l'écriture régulière, aux lignes soigneusement espacées. Elle ouvre l'enveloppe et se figure Maynard à son bureau, sa plume hâtive balayant les feuillets en un effort désespéré pour ne pas se laisser déborder par le flux rapide de ses pensées. Elle s'est souvent demandé si le vide qui bée entre le dernier mot et le point final de ses phrases est dû à cette vitesse même, si c'est là le lieu où il reprend haleine.

« Lydia ? » s'enquiert Duncan, alors qu'elle se plonge dans sa lecture.

C'est une allusion aux dernières lettres de Maynard, juste avant Noël, où il leur confiait qu'il avait invité la ballerine russe à dîner après avoir assisté à *La Belle au bois dormant*. Ils s'étaient étonnés de voir Maynard y encenser Lydia comme une créature parfaite à tous égards. Puisqu'il était censé passer les vacances avec Sebastian (une liaison qu'il avait décrite, de manière très rassurante, comme tempérée et fort éloignée d'une grande passion), ils avaient pour finir conclu qu'il ne s'agissait que d'un engouement éphémère, qui trouvait sans doute sa source dans son goût ingénu pour les spectacles fastueux.

« Éperdument amoureux, rapporte Vanessa, en se reportant aux propos de Maynard, qu'elle cite mot pour mot. Et paniqué. »

Duncan garde le silence, et s'absorbe apparemment dans la contemplation des plages brunes de la toile. Vanessa sent instinctivement combien il est désemparé. Il aura peine à accepter que Maynard s'éprenne de Lydia, même si c'est par sa faute que leur liaison a pris fin. Elle se souvient d'une conversation avec Maynard où ce dernier lui avait confié son désarroi devant le penchant de plus en plus marqué de Duncan pour Adrian, le frère cadet de Vanessa. Il y a, conclut-elle après avoir de nouveau survolé sa lettre, deux formes d'amour. L'une ne s'éteint jamais entièrement, l'autre, pareille aux petits personnages des baromètres, ne se montre que lorsque le soleil brille et s'évanouit à jamais sitôt que la température baisse. Les sentiments que Duncan voue à Maynard, aussi immuables que ceux qu'elle éprouve pour Duncan, sont exacerbés en ce moment par la crainte nouvelle que Maynard ne reporte sa tendresse sur une femme. Elle sait que Duncan subit encore le contrecoup du mariage de Bunny avec Ray Marshall, qui l'a amené à se demander s'il ne devrait pas, lui aussi, s'efforcer de changer d'orientation. Certes, rien ne comblerait davantage Vanessa, mais elle n'escompte nulle évolution de leur relation actuelle, qu'elle préfère infiniment, si peu satisfaisante soit-elle, à tout mensonge ou simulacre.

« Lydia est un vrai boute-en-train », déclare enfin Duncan, dont la générosité naturelle l'emporte.

Il s'empare d'un pinceau et se met en devoir de rectifier les angles des toits de Vanessa, à petits coups brusques, avec une violence contenue.

« Souviens-toi de la soirée à l'institut Courtauld où elle a dansé sur le piano, avec des gestes saccadés de poupée mécanique. »

Vanessa contemple ses toitures, qui se détachent désormais nettement sur le vert des arbres et des champs.

« Quoi qu'il en soit, cela ne durera pas, assure-t-elle. Maynard connaît des douzaines de femmes brillantes. Il n'a jamais manifesté la moindre attirance pour une seule d'entre elles. Pas même pour cette secrétaire qui s'est littéralement jetée à sa tête. Il ne tardera pas à se lasser de Lydia. »

Ses mots opèrent l'effet désiré. Duncan continue de retoucher les toits, mais ses gestes ont perdu de leur férocité, comme si la peinture, de pure manœuvre de diversion, était redevenue un plaisir. Bien que loquace d'ordinaire, Vanessa se force à poursuivre :

« Clive juge Lydia incapable de soutenir une conversation digne de ce nom. Il me racontait dans sa dernière lettre un déjeuner à Gordon Square où Maynard l'avait invitée. La discussion portait sur le bonheur. On se demandait s'il était légitime de privilégier son épanouissement personnel sur le Bien commun. Au plus fort du débat, voilà Lydia qui bondit sur ses pieds en réclamant qu'on ouvre la fenêtre, afin d'entendre le gazouillis des étourneaux dans un arbre voisin.

— J'ai toujours pensé que Clive avait un faible pour elle, s'étonne Duncan, sans détacher les yeux de la toile. Souviens-toi de cette soirée où il a accaparé Lydia jusqu'à ce qu'une Mary furibonde vienne le décrocher de vive force. »

Vanessa se met en quête d'un chiffon, puis s'essuie les mains en ruminant cette remarque. Elle a été, elle aussi, surprise de la hargne de Clive envers Lydia, dans cette lettre. Si elle s'est complu à lire ses commentaires, et s'en est amusée, elle n'en a pas moins douté de leur sincérité, le soupçonnant de tenter de se convaincre lui-même qu'il ne pouvait aucunement apprécier Lydia.

« Une chose est claire, énonce-t-elle, tant pour elle-même que pour rassurer Duncan : Lydia est bien trop évaporée et frivole pour intéresser durablement un homme de l'envergure de Maynard.

— Il n'aime rien tant que la plaisanterie », fait observer Duncan en examinant d'un œil critique ses contributions picturales.

Une série d'arcades, le long du mur blanc du plus vaste bâtiment, attire son attention. Il cherche des yeux les tubes de peinture.

Vanessa, qui le regarde charger sa palette de vermillon et d'ocre, perçoit son hésitation. Il ne veut que le bien de Maynard, quoi qu'il lui en coûte personnellement.

« Il est absurde d'envisager que cela puisse dépasser un flirt sans lendemain. Imagine Lydia à Cambridge, ou à un de ces dîners ministériels où l'on ne parle que politique et finance, affirme-t-elle en tamponnant son doigt taché avec le chiffon. C'est bien beau de vivre comme une tête couronnée au Waldorf, mais que se passera-t-il quand elle arrêtera de danser, ce qui ne saurait tarder ? Elle doit avoir près de trente ans. »

Avec un froncement de sourcils, elle constate que la tache ne s'effacera pas sans térébenthine. Elle fouille à droite et à gauche, à la poursuite du flacon.

« La lettre de Maynard est un appel au secours, c'est évident. S'il ne parvient pas à se tirer d'affaire seul, il faut que ses amis lui viennent en aide. Combien de temps doit-il passer en Inde avec la commission ?

— Plusieurs semaines. Pourquoi ?

— Cela lui permettra de prendre ses distances avec Lydia, et lui donnera le temps de réfléchir. »

Elle entend la porte d'entrée s'ouvrir et le martèlement des pas des enfants dans le vestibule. Pourquoi se ruent-ils toujours dans la maison comme une horde de bêtes sauvages en pleine charge ? se demande-t-elle en enfonçant le chiffon dans sa poche.

« J'écrirai à Maynard après le déjeuner pour lui conseiller de se concentrer sur sa mission en Inde. Je ne lui cacherai pas qu'aucun d'entre nous ne juge Lydia à sa hauteur. »

*

Sitôt que Lydia pénètre dans le hall de l'hôtel, un chasseur accourt et lui propose d'appeler un taxi, ou, si elle ne le souhaite pas, de lui fournir un parapluie, puisqu'il pleut. Lydia refuse le taxi, car elle aime marcher, mais, conciliante, accepte le parapluie. Au Waldorf où elle vit depuis les premières représentations de son ballet, cet automne, elle est très populaire auprès du personnel, ce qu'elle doit en partie à sa célébrité, en partie à ses excentricités occasionnelles qui épicent un peu les journées de travail monotones, comme la fois où elle est entrée en trombe dans la cuisine et s'est s'engouffrée dans un de leurs réfrigérateurs flambant neufs pour se rafraîchir. Ce qu'ils apprécient par-dessus tout, cependant, c'est qu'elle est toujours prête à bavarder avec eux. Le chasseur, qu'elle appelle Fred, lui tend un parapluie et lui ouvre la porte. Elle se met en route pour le Ritz où Maynard Keynes l'attend pour prendre le thé.

Ce sera la première fois qu'ils se reverront depuis Noël, que Maynard est parti fêter chez des amis, loin de Londres. Lydia s'adonne rarement à l'introspection, car une existence passée pour l'essentiel en tournées lui a enseigné que les événements suivaient inéluctablement leur cours propre, que ni nos vœux ni nos inquiétudes ne pouvaient infléchir, mais elle ne peut s'empêcher d'être intriguée par Maynard. Ce n'est pas un passionné de ballet et pourtant, sauf lorsqu'il s'absentait de Londres, il n'a manqué aucune représentation de *La Belle au bois dormant* depuis le début décembre, souvent tout seul sur son fauteuil d'orchestre dans une salle chaque jour plus désertée par le public. Cela pique assez sa curiosité pour lui faire braver la froidure et l'humidité, en cet après-midi de janvier où elle eût pu rester à se prélasser sur les coussins de satin de son lit moelleux, au Waldorf, en piochant des forces pour le spectacle de la soirée dans une boîte de petits fours de chez Fuller.

Chaussée de ses solides bottines de cuir, une de ses premières emplettes à son arrivée en Angleterre, elle remonte le Strand en enjambant les flaques d'un pas assuré. Son regard glisse sur les vitrines illuminées. Elle s'émerveille de la surabondance des devantures, réprimant de son mieux le souvenir des terribles échos qui lui parviennent de la Russie, où la vie quotidienne est devenue si rude. Comment est-ce possible ? Des queues de plusieurs heures pour se ravitailler à Saint-Pétersbourg, une telle pénurie de combustible que les plus riches en sont réduits à brûler leurs meubles, voire leurs tableaux pour se chauffer. Comme la plupart des anciens de l'École de danse impériale qui sont venus rejoindre les Ballets russes de Diaghilev en Europe, elle n'a de Lénine et des bolcheviques qu'une vision fragmentaire et disparate, composée de bribes d'articles, des rares lettres de sa famille, qui, soupçonne-t-elle, édulcore la vérité pour ne pas l'alarmer, et des récits d'autres émigrés de plus fraîche date, souvent répercutés par des tiers qui les ont sans doute déformés en les transmettant. L'idée que la Russie est en proie à la guerre civile l'horrifie, d'autant que nul ne semble en mesure de prédire avec certitude le vainqueur ou la suite des événements une fois que l'un des partis l'aura emporté. Elle a toujours peine à croire à l'exécution du Tsar, devant lequel elle s'est produite à maintes reprises. Elle se remémore encore leur première entrevue, où il lui avait offert une broche, pour la récompenser de la manière dont elle avait dansé Clara dans *Casse-Noisette*, alors qu'elle n'était qu'une petite pensionnaire de l'École de ballet. Elle est fermement convaincue que son fils Alexei, qui doit avoir seize ans selon ses calculs, a survécu et croupit dans un cachot ; elle nourrit le secret espoir qu'il succédera un jour à son père et restaurera le ballet dans tout son éclat.

Bien qu'elle soit sans nouvelles des siens depuis longtemps et qu'elle craigne que ses lettres ainsi que ses colis ne leur parviennent pas, elle décide de faire la tournée des boutiques le lendemain matin, et, avec l'aide éclairée de Fred, un nouvel envoi. Elle a aperçu chez Fuller de gros cakes aux fruits confits dans des boîtes métalliques, auxquels elle joindra des paquets de thé et de café, ainsi que des tablettes de chocolat, denrées qui ne se gâteront pas quand bien même leur acheminement prendrait des mois et des mois. Elle a atteint l'extrémité du Strand, et doit s'arrêter pour attendre une interruption dans le flot de véhicules à moteur et à cheval qui s'écoule devant elle. Elle tourne son visage vers le ciel, le présentant à l'averse. Le soleil brillait, à Saint-Pétersbourg, le jour où elle a embrassé sa mère pour la dernière fois, avant de monter dans le train de Paris avec son frère Fedor et tous les camarades qui allaient participer à la tournée estivale de Diaghilev. Comme elle s'était moquée de sa mère, qui s'affligeait de l'absence de pluie, car celle-ci eût été gage, selon le proverbe, d'un prompt et heureux retour ! Elle lui avait promis de revenir avant la fin des vacances d'été, à temps pour répéter les spectacles de l'automne. C'était, se souvient-elle avec un coup au cœur, plus d'une décennie auparavant. Tandis que les gouttes s'écrasent sur son visage, elle est soudain taraudée par la peur de ne jamais revoir la Russie. Même si elle avait une raison valable de regagner son pays, ce serait une folie tant que le chaos y règne. Une petite foule patiente désormais derrière elle sur le trottoir. À cet instant, elle discerne une brèche dans la circulation et s'y engage la première, ouvrant la voie.

Elle fait halte à Trafalgar Square devant la colonne élancée qui supporte la statue de l'illustre marin, et embrasse du regard le portique à la grecque et le dôme de la National Gallery, qu'elle a visitée sous la houlette de son amie Vera Bowen, une compatriote mariée à un Anglais. Des enfants jouent à chat autour des quatre lions de bronze qui veillent sur la place, tandis que les gouvernantes, blotties sous leurs parapluies, s'agglutinent près du bassin central, en grande conversation les unes avec les autres. À sa droite est posté un joueur d'orgue de Barbarie, avec un petit singe tout frissonnant sous son manteau et son chapeau de poupée, qui danse à contrecœur au son des notes grêles. Sur sa gauche monte une alléchante odeur de châtaignes grillées. Elle tire son porte-monnaie, puis réchauffe ses mains gantées au-dessus des braises rougeoyantes du poêle, tandis que le marchand prélève une portion de marrons qu'il introduit dans un cornet de papier. Comme tous les bancs et même le rebord plan de la fontaine sont trempés, elle jette son dévolu sur la croupe arrondie d'un des fauves de bronze. Avec un sourire complice à un groupe d'enfants éberlués de voir un adulte investir ce qui ne peut être, à leurs yeux, qu'un terrain interdit, où seuls les plus braves d'entre eux osent se risquer, elle retrousse sa jupe et se hisse sur le dos de la bête. Les marrons lui brûlent la langue, mais la saveur en est délectable. Elle cherche des yeux, en vain, quelque horloge à consulter, envisage une minute de héler un passant, puis se dit qu'elle se soucie peu de manquer Maynard. Trois fillettes aux manteaux de lainage brun et aux bérets identiques jouent à la marelle parmi les flaques. Elle décortique une seconde châtaigne en les observant. Peut-être est-ce le souvenir de sa mère, ravivé par les bérets écossais des petites, qui la pousse soudain à se reprocher sa discourtoisie et à se laisser glisser de sa monture, pour offrir ses derniers marrons aux enfants. Ceux-ci, décontenancés par cette conduite incongrue, se bornent à secouer la tête. Elle se penche alors vers le petit singe et lui tend le cornet où il prélève une châtaigne d'une main menue et gracile. Elle jette le reste aux pigeons qui se les disputent gloutonnement, en battant des ailes avec un vacarme qui arrache même les gouvernantes à leur discussion.

Elle remonte Haymarket en direction de Piccadilly à pas pressés, prise d'une soudaine crainte d'être en retard. Et si Maynard avait un autre rendez-vous, et ne pouvait l'attendre ? Elle recule du bord du trottoir, pour éviter les gerbes d'eau qui giclent au passage d'un omnibus à deux étages couvert de réclames pour les cigarettes Player's. C'est alors qu'elle prend conscience de la sympathie qu'il lui inspire. Elle aime le feu d'artifice perpétuel de cet intellect si vif et si effervescent, si richement cultivé que sa conversation vaut en soi toute une éducation. Pour autant, loin de l'écraser de sa supériorité, il ne manque jamais d'écouter attentivement toutes ses interventions. Il n'est pas beau, c'est là chose que nul ne saurait prétendre, certes, mais ses yeux bleu-gris au regard bienveillant sont rehaussés par de longs cils ainsi que par l'arc sombre de ses sourcils, et sa voix, musicale et expressive, lui rappelle celle de son père. Elle apprécie la compétence qu'il déploie en tous domaines, de sorte qu'elle a toujours l'impression en sa compagnie qu'il saurait l'aider à résoudre tous les problèmes qu'il lui plairait de lui confier. Elle repense à leur dîner au Savoy, et revoit sa bouche charnue et sensuelle, qu'elle a aperçue sous son épaisse moustache, lorsqu'elle lui a fait goûter son dessert, cuillerée par cuillerée. Ses cheveux plaqués sur son crâne mettent en évidence son vaste front. Son nez, à la différence de celui de Lydia, qui, vu de côté, paraît retroussé, est long et parfaitement rectiligne.

Un chasseur du Ritz la guide à travers une galerie voûtée jusqu'à une salle éclairée par une grande verrière ainsi que par une série de lustres étincelants, et agrémentée de palmiers en pots. Toutes les tables sont occupées, mais elle distingue sans peine Maynard auprès d'une colonne de marbre. Bien qu'un journal soit ouvert devant lui, il ne doit pas le lire, car il la repère aussitôt et agite le bras. Elle abandonne au garçon son manteau trempé et le parapluie dont Fred l'a munie d'autorité, toujours fermé, l'étoffe soigneusement roulée autour du manche. Elle se dégante, s'arrête un instant devant la cheminée où ronfle une belle flambée pour s'y rôtir les mains et sécher ses bottines à la flamme, un pied après l'autre, jusqu'à ce qu'elle ait les joues cramoisies et que ses vêtements fument. Maynard, qui lui paraît plus grand que dans son souvenir, se lève pour l'accueillir. Elle se faufile entre les tables vers lui.

« Vous êtes mouillée jusqu'aux os ! constate Maynard en lui avançant une chaise. Ne vous a-t-on pas fourni de parapluie à l'hôtel ?

— Si, mais je ne m'en suis pas servie, réplique Lydia, puisque ce n'était qu'une petite bruine, et pas la vraie pluie qui tombe à pleins seaux. Ah, non, rectifie-t-elle, il y a l'expression que j'ai apprise l'autre jour : en anglais, vous comparez la pluie à des chiens et des chats, et pas à des seaux, même si je ne peux deviner pourquoi.

— C'est un peu retors, en convient Maynard, mais il y a bel et bien une raison, même si elle manque de charme, je le crains.

C'est une locution qui remonte à l'époque des toits en chaume. Parfois, lors d'une forte pluie, il arrivait que les animaux qui nichaient dans la paille soient emportés et en dégringolent.

— Oh non ! proteste Lydia, le nez froncé en une moue dépitée. En Russie, nous parlons bien de seaux. De l'anglais, j'espérais quelque chose de plus poétique !

— Par exemple ? glisse Maynard, en s'accoudant au guéridon.

— Eh bien, Odin, dieu des orages, est toujours entouré d'une meute de chiens. Ils doivent donc être présages de pluie.

— C'est incontestablement une explication bien plus satisfaisante. Et les chats ?

— Facile ! En Russie, les chats portent bonheur, mais ici, ils accompagnent les sorcières. Probablement qu'ils tombent de leurs balais, parce qu'ils ont plus de peine à rester en équilibre par temps humide. »

Maynard salue cette suggestion d'un gloussement.

« Cela fait plaisir de vous revoir, Loppy. Cela fait des siècles, il me semble, que nous avons dîné ensemble.

— Encore une expression que je ne comprends pas ! Quand vous dites des siècles, cela ne signifie que quinze jours.

— Exact. Songez au nombre de jours, d'heures, de minutes, de secondes que cela représente ! »

Lydia croise les bras. Elle perçoit que Maynard lui fait la cour, et en est flattée. Elle entre dans le jeu de son interlocuteur.

« Si on compte comme ça, alors oui, ça fait un nombre immense. Il y a des milliers de secondes dans une journée.

— Quatre-vingt-six mille quatre cents, précisément. Si on multiplie par, voyons, que disiez-vous, quinze jours, ou plutôt quatorze, calcule promptement Maynard, cela donne un million deux cent neuf mille six cents.

— Oh, Maynar', s'écrie Lydia en riant, pourquoi perdre votre temps à prendre le thé avec moi ? Vous êtes bien trop intelligent, vous qui jonglez dans votre tête avec des nombres si gigantesques sans même un crayon pour vous aider. »

Comme s'il avait saisi au vol le mot « thé », le serveur accourt, muni d'une théière d'argent, et emplit deux tasses.

« Il ne faut pas croire que je sois si intelligent que cela, proteste Maynard, une fois le garçon parti chercher canapés et petits fours. L'arithmétique demande moins de science que la plupart des gestes que vous exécutez en scène. Et où en est votre ballet, d'ailleurs ? Est-ce qu'il y a un peu plus d'affluence ?

— C'est comme danser à la morgue au temps de Noël. Le bruit court que si les ventes de billets n'augmentent pas, et vite, Stoll, qui finance, pourrait interrompre les représentations.

— Ce serait très malheureux, constate Maynard, après tout le travail que vous avez fourni les uns et les autres.

— Le travail, ce n'est pas grave. Manquer d'argent, ça, ça l'est.

— Vous voulez dire que l'on n'honorera pas vos contrats ?

— Comment pourrait-on ? fait Lydia avec un haussement d'épaules. Mais ça sera encore pire si Diaghilev ne peut même pas nous payer pour les spectacles qui ont eu lieu.

— Mais de quoi vivrez-vous, en pareil cas ? » s'émeut Maynard, atterré.

Il regarde Lydia sucrer paisiblement son thé, et admire le flegme avec lequel elle envisage une telle catastrophe.

« Mes économies, si j'en ai. Il faut que je demande à Fred.

— Fred ?

— Le chasseur du Waldorf. C'est lui qui garde mon argent, dans un coffre-fort.

— C'est un chasseur qui vous sert de banquier ? Loppy, c'est de la folie pure !

— Fred est de toute confiance », l'assure Lydia.

Bien que touchée par sa sollicitude, elle ne peut réprimer une certaine hilarité devant l'incrédulité qui se peint sur ses traits.

« Ce n'est pas une affaire de confiance, proteste-t-il, c'est une question de bonne gestion. Correctement placée, cette somme fructifierait.

— Ça me plairait bien. Mais je ne suis pas sûre que ça soit possible, puisque je ne sais pas du tout combien de temps je vais rester à Londres, et mon adresse est à l'hôtel.

— Cela pourrait compliquer les choses, en effet, concède Maynard. Mais quand même, un chasseur d'hôtel ! »

Méditatif, il verse une cuillerée de sucre dans son thé.

« Je sais. Prenez-moi pour banquier – au moins tant que vous serez en Angleterre. Je placerai votre argent de telle sorte qu'il vous rapportera des intérêts conséquents, et que vous puissiez cependant en disposer aisément. Et cela me donnera la meilleure excuse qui soit pour vous revoir », conclut-il avec un sourire, en se renversant légèrement contre le dossier de sa chaise.

*

À l'entrée de chez Fortnum & Mason, Maynard se fait indiquer l'éventaire des fleurs, niché dans un coin au-delà des rangées de comptoirs chargés de fruits de serre, de bocaux de confitures, d'assortiments de chocolats de luxe, de paquets de thé et de café. Il s'arrête devant l'étalage et le parcourt des yeux. Si tout ce qu'il a conté à Lydia sur l'ascension de son grand-père horticulteur, source de la prospérité familiale, est strictement exact, il est lui-même d'une scandaleuse ignorance en matière de botanique. Durant ses jeunes années, à Cambridge, sa mère, Florence, avait la haute main sur le jardin et la maison, en sus d'une kyrielle d'œuvres de charité et de responsabilités civiques, dont un siège au conseil municipal, le premier occupé par une femme, et une charge de juge de paix. À la différence de Geoffrey, son frère chirurgien, à qui ses dispositions scientifiques permettaient d'identifier n'importe quelle plante avec une facilité déconcertante, ses souvenirs du jardin de son enfance se limitent essentiellement aux amoncellements de roches de sa mère et à une aire gazonnée où il perfectionnait son swing en prévision de sa prochaine partie de golf avec son père. Indécis, il examine d'un œil critique les taches de couleur vive qui s'étagent sur les gradins de l'éventaire. Il reconnaît les dahlias, certes, mais il scrute en vain les rangées de corolles rouges, roses, jaunes, orange et même violettes, sans rien discerner dont la forme ou la taille lui convienne. Une jolie vendeuse accourt à son secours, et, informée que le bouquet est destiné à la ballerine russe Lydia Lopokova, suggère une gerbe de deux douzaines de roses rouges.

L'atmosphère est plus calme que d'ordinaire. Lors de son dernier passage, pendant l'Avent, les chalands s'y pressaient, en quête de cadeaux de Noël. Il patiente, sa serviette à ses pieds. Face à lui, sur le mur opposé, une affiche encadrée proclame fièrement que Fortnum fournira les vivres de la prochaine expédition britannique sur le mont Everest. Sur un cliché en noir et blanc, un groupe d'hommes barbus, chaussés de gros brodequins, pose à côté d'une tente de toile, sur fond de pics enneigés. Il les identifie comme les membres de la mission de reconnaissance de l'année précédente. Il détaille cette collection curieusement disparate de visages burinés par les intempéries, qui fixent en souriant l'objectif sous leurs couvre-chefs hétéroclites. Il se rappelle avoir lu que l'équipe a dû au préalable cheminer à travers l'Inde, puis le Tibet pour rallier le pied du massif, car la route la plus directe, qui traverse le Népal, demeure fermée aux étrangers. Avec un choc, il prend brutalement conscience que dans quelques semaines à peine il sera sur le paquebot de Bombay avec la commission spéciale, une tâche acceptée impulsivement dans l'espoir de sauver le libre-échange aux Indes, ce qui le retiendra des mois durant au loin. C'est alors que lui reviennent en mémoire les recommandations de Vanessa, dont la lettre lui conseillait sagement de profiter de son séjour aux Indes pour dompter les émotions tumultueuses que Lydia a si inopinément soulevées en lui. Il sait que Vanessa, qu'il a suppliée de l'aider à se libérer de son obsession amoureuse, n'a fait que s'efforcer de répondre à son appel au secours, et il ne doute pas que Duncan et elle n'aient rien d'autre à cœur que son intérêt. Mais ce qui le tourmente par-dessus tout, c'est la crainte que les propos de Lydia et les rumeurs qu'il a entendues ne se vérifient, et que le ballet ne s'interrompe prématurément, privant Lydia de toutes ressources. En pareil cas, elle quittera Londres, certainement, et peut-être s'écoulera-t-il bien des années avant son éventuel retour.

L'on est en train d'ôter les décorations de Noël. Un jeune homme dresse un escabeau pour aller décrocher les guirlandes de verdure enrubannées de rouge qui ornaient un des lustres. Il arbore le même uniforme que le portier, mais a abandonné son calot sur l'échelon inférieur, et exhibe une toison de boucles blondes singulièrement indisciplinées. Il détache le dernier feston de lierre, le laisse tomber au sol, et surprend alors le regard de Maynard, posé sur lui, qu'il soutient pendant une fraction de seconde. Puis il se tire légèrement l'oreille gauche et esquisse un signe de tête en direction de la porte. Le geste est presque imperceptible, et cependant sans ambiguïté aucune. Voilà plusieurs années que Maynard n'a pas eu d'aventure avec un parfait inconnu, mais il n'en est pas moins rasséréné par cette invite cryptée, qui survient au moment précis où il s'apprête à rendre visite à Lydia à l'hôtel. Il repense à ses vacances de Noël, qui lui apparaissent désormais comme une succession de jours sereins aux côtés de Sebastian, chez Lytton, loin du souvenir troublant et obsédant de Lydia. Le jeune homme redescend de son perchoir, rassemble verdure et rubans dans un sac, puis s'en va en frôlant délibérément du bras la manche de Maynard. Maynard ramasse sa serviette, mais ne montre nulle velléité de le suivre. En d'autres temps, il lui aurait emboîté le pas sans hésitation. S'il n'en fait rien cette fois, cela tient à ses yeux à la stabilité et l'équilibre du couple qu'il forme avec Sebastian.

La vendeuse achève de choisir ses roses, les dispose sur le comptoir et, armée d'une paire de ciseaux, dépouille les tiges de leurs épines. Il se figure Lydia dans sa loge encombrée de bouquets, hommages de ses admirateurs, et craint que sa propre offrande, à son arrivée à l'hôtel, ne paraisse bien banale. Il regrette de ne pas avoir opté pour autre chose, des chocolats peut-être ou du parfum, mais il est trop tard pour y remédier. La vendeuse lie la gerbe d'un ruban rouge, et lui tend une petite carte où inscrire un message. Il sort son stylographe, médite un instant. Ce n'est pas la première fois qu'il écrit à Lydia, mais toute leur correspondance s'est bornée jusque-là à des arrangements prosaïques ou des remerciements. Il ne s'est jamais risqué à lui dévoiler les sentiments complexes qu'elle lui inspire, non pourtant que le désir lui en ait manqué. Il serait erroné d'attribuer cette réserve à quelque scrupule envers le mari de Lydia : de toute évidence, leur vie conjugale a pris fin, et leurs rapports ne sont plus déterminés que par son statut d'agent de la compagnie de Diaghilev. Elle ne résulte pas davantage des rumeurs qui font de Lydia la maîtresse de Stravinsky, bien que, de source certaine, ce dernier ait fréquenté la ballerine à Londres, alors qu'il adaptait la partition originale de *La Belle au bois dormant* pour leur ballet. Non : sa retenue, tout comme son hésitation au moment d'écrire son message, ne vient que de ce qu'il ne sait, en toute sincérité, que dire. Il range son stylo et annonce à la demoiselle qu'il ne joindra aucune carte.

Enveloppé de papier de soie, le bouquet est prêt. Il le paie, puis ramasse sa serviette. Le garçon aux boucles blondes est de retour, son sac vide. Il traîne son escabeau sous une autre guirlande de lierre, et décroche feuillages et rubans, sans un regard pour Maynard cette fois. Cela n'est guère surprenant, étant donné la réaction de ce dernier et l'extrême circonspection que nécessitent ces pratiques. Néanmoins, Maynard se prend à déplorer cette indifférence soudaine. Il aurait aimé une nouvelle assurance que son attention n'avait pas déplu au jeune homme. Maintenant que, dûment nanti d'un présent, il ne lui reste plus d'autre alternative que de gagner l'hôtel de Lydia, il sent la nervosité l'envahir. Il repasse devant les éventaires de fruits et de chocolats, se dirige vers un comptoir où sont exposées des écharpes et où trône un miroir. Une seconde durant, il entrevoit ses cheveux clairsemés, son front dégarni, ce nez qu'il a toujours jugé trop saillant, ces lèvres pleines qui le font irrésistiblement penser à du caoutchouc. Il grimace et masque son visage derrière sa gerbe comme derrière un écran, tout en regrettant de ne pas avoir hérité du physique avantageux de son frère Geoffrey, en sus de ses connaissances botaniques.

*

Une camériste introduit Maynard dans la chambre de la suite qu'occupe Lydia au Waldorf. À la vue de la ballerine affalée parmi les coussins de satin, vêtue de son vieux kimono, il ne peut se défendre d'une crainte : se serait-il trompé de jour ? Livres, journaux et revues gisent épars autour d'elle sur la courtepointe. Il distingue la couverture de *Vogue,* un numéro du *Daily Herald*, un dictionnaire russe-anglais, ouvert, qui a dû faire beaucoup d'usage à en juger par sa reliure fatiguée et ses pages cornées. Il s'efforce de déchiffrer le titre inscrit sur le dos du volume qu'elle lit et découvre avec étonnement qu'il s'agit des œuvres complètes de Shakespeare.

Comme pour dissiper ses inquiétudes, Lydia bondit à sa rencontre. Elle salue ses roses d'une exclamation ravie, déchire le papier de soie, et enfouit le nez parmi les corolles, puis se dresse sur la pointe des pieds, attire à elle la tête de Maynard avec son bras libre, et lui plaque un baiser sur chaque joue.

« Magnifique ! s'écrie-t-elle en confiant le bouquet à une femme de chambre pour qu'elle le mette dans un vase. Je suis si contente que vous soyez venu ! J'ai des questions sur *Le Conte d'hiver*.

— Je suis navré, s'excuse Maynard, en désignant vaguement le lit. Vous ne m'attendiez pas... »

Lydia croise les bras, la tête un peu de côté. Ses cheveux, lissés en un chignon qu'il en est venu à considérer comme sa coiffure habituelle, dégagent ses traits, où l'on voit instantanément se peindre toutes ses expressions. Elle fronce les sourcils.

« Oh, Maynar', vous avez donc oublié ? Vous avez décrit si éblouissamment la pièce que ça m'a donné une envie folle de la lire. J'en suis là où Antigonus est poursuivi par un ours, proclame-t-elle avec un petit rire, avant de reprendre immédiatement son sérieux. Mais j'ai le cœur qui bat à tout casser dans ma poitrine quand je pense à la pauvre Perdita, seule au monde. J'espère que Shakespeare a prévu un heureux dénouement pour elle. »

Elle passe son bras dans le sien, et l'entraîne dans la pièce voisine, meublée de deux canapés et d'une table basse sur laquelle les attend un plateau à thé.

« Vous voyez, déclare-t-elle, d'un ton de reproche, vous avez tort : certainement que je vous attendais ! »

Elle se laisse tomber sur un des canapés, en l'invitant d'un geste à en faire autant.

Maynard, toujours engoncé dans son pardessus, son feutre à la main, cherche en vain des yeux la femme de chambre. Il y a certes un portemanteau dans un coin, mais en fait de manteaux, deux cages à oiseaux métalliques y sont accrochées, dont l'une abrite un couple de canaris qui sautille et gazouille avec excitation à la voix de Lydia, et l'autre un volatile aux couleurs de l'arc-en-ciel que Maynard ne saurait identifier.

« Ne vous tracassez pas. Le manteau ne le gênera pas, celui-là. Il est empaillé. Cadeau des Sitwell[1]. Avez-vous déjà été chez eux ? Ils ont une merveilleuse collection d'oiseaux. »

Maynard étouffe une forte envie de rire, car il ne sait si Lydia s'est aperçue de la confusion, ou si elle n'a pas choisi à dessein ses mots, à des fins comiques. Il la regarde timidement, à l'affût de quelque indication, mais elle verse le thé d'un air absorbé, vivante image de la concentration. Il aimerait bien que la femme de chambre apporte le vase de roses. Il préférerait lui remettre son manteau et son chapeau plutôt que d'affronter les oiseaux.

« J'ai promis à Ethel de lui prêter mes illustrés pendant que nous prenons le thé, explique Lydia, comme s'il avait pensé à voix haute. Elle et moi, nous avons un petit faible pour Charlie Chaplin. Il a droit à un numéro spécial. »

Maynard drape son manteau sur le dossier du canapé et prend place face à Lydia. Elle ne semble nullement s'offusquer de la désertion de la femme de chambre, qui s'est éclipsée après l'avoir introduit, en les abandonnant en tête à tête. Il cale sa serviette à ses pieds, et, après une minute d'hésitation, la couronne de son chapeau.

« Chaplin fait une tordante imitation de Nijinski dans *L'Après-midi d'un faune*. »

1. Les très aristocratiques écrivains Edith, Osbert et Sacheverell Sitwell tenaient un éminent salon artistique, rival du cercle de Bloomsbury, et leur demeure familiale, Renishaw Hall, dans le Warwickshire, s'enorgueillissait d'une célèbre volière néo-gothique.

Elle se lève, fait saillir son arrière-train, qu'elle frotte vigoureusement en roulant des yeux comme un ivrogne.

« Il s'assoit sur un cactus, et les épines le font danser malgré lui. Mais pas du tout comme Nijinski ! »

Elle gambade autour du sofa en agitant les bras comme si elle s'était vraiment piquée, puis glousse d'allégresse. Maynard lui fait écho. C'est plus fort que lui. Il lui souvient qu'il a entendu comparer, par un admirateur peut-être, le rire de Lydia à un bouchon de champagne qui saute. C'est inexact, décrète-t-il en son for intérieur. Son rire est bien plus irrésistible encore.

« Allons, exhorte Lydia, lorsqu'ils se sont ressaisis, racontez-moi vos vacances de Noël. Les miennes ont été excessivement monotones. Danser chaque soir devant des sièges vides, parce que les gens de bon sens étaient tous allés voir une pantomime...

— Les recettes ne s'améliorent donc pas ? Et Stoll, où en êtes-vous avec lui ? »

Lydia, qui s'est remise à verser le thé, fait une moue.

« Diaghilev a réussi à le persuader de cracher encore des fonds, mais Stoll a averti que c'est la dernière fois. »

Elle ajoute du sucre et du lait, puis tend à Maynard la tasse, munie de sa soucoupe, mais dépourvue de cuillère. Elle a négligé de se servir d'un passe-thé, de sorte que des feuilles vagabondes flottent à la surface du liquide brun, d'où monte un filet de vapeur. Maynard hésite une seconde à lui signaler ces menues omissions, puis préfère s'abstenir. Qui sait, après tout, si ce n'est pas la coutume, en Russie, de boire son thé avec les feuilles, sans dissoudre le sucre ?

Pendant qu'elle s'en prépare à son tour une tasse, qu'elle additionne d'une rondelle de citron, Maynard examine le décor. Un tapis s'étale devant la cheminée, que surmonte une glace ovale. Sur le mur qui lui fait face trône une huile déjà ancienne, un paysage de rivière et bosquets, encadré, dont l'académisme terne et servile ferait frémir Vanessa et Duncan. Les quatre coins du petit salon sont garnis de lampes d'un modèle banal, encore éteintes. L'atmosphère contraste avec celle de la chambre, où non seulement le lit en désordre, mais aussi le parquet étaient jonchés de livres, de journaux et d'illustrés, tandis que des vêtements épars festonnaient le dossier de l'unique fauteuil, au milieu d'une telle multitude de chapeaux perchés sur leurs cartons que l'on avait peine à croire qu'ils puissent tous être portés par une seule et même femme. Seule une vieille malle de cuir bosselée, qui dépasse de derrière un des canapés, atteste avec les oiseaux que Lydia occupe également cette pièce.

« Ma maison ambulante, proclame Lydia, en désignant la malle. La fidèle compagne de beaucoup de voyages : Paris, New York, Buenos Aires, Lisbonne, Madrid.

— J'espère que vous n'allez pas repartir de sitôt ! » proteste-t-il, enhardi par l'assurance que Lydia l'attendait bel et bien, et qu'elle lisait même *Le Conte d'hiver* sur ses recommandations.

« J'espère aussi. Ce n'est pas très drôle toujours de partir au pied levé. »

Un cake aux cerises confites attend sur le plateau. Lydia en coupe deux tranches généreuses, en place une sur une assiette et la fait glisser vers Maynard, de l'autre côté de la table. Puis elle mord dans la seconde.

« Mais vous, vous allez bientôt partir. »

Maynard est pris de court par cette remarque. Il n'a pas le souvenir d'avoir évoqué son expédition aux Indes devant Lydia.

« Il n'y a encore rien d'arrêté », affirme-t-il, bien que ce ne soit pas la stricte vérité. Les termes exacts de sa mission font toujours l'objet de négociations, mais il a déjà réservé un billet de train pour Venise et là, une cabine sur un paquebot en partance pour Bombay. Jusqu'à présent, il n'a jamais envisagé ce périple que sous le jour rassurant d'un événement situé dans un futur lointain. Il songe au moment où il lui faudra monter dans son train, puis à celui où il embarquera et il mesure pour la première fois combien de temps il passera au loin.

« Il se peut que je n'y aille pas, lâche-t-il brusquement. J'ai accepté d'écrire des articles dans le *Manchester Guardian*, ce qui sera difficile si j'y vais. »

Il ne s'agit pas d'une pure invention, mais cette considération ne lui était encore jamais apparue comme un obstacle.

« Splendide, s'exclame Lydia, en avalant sa dernière bouchée de cake, et en battant des mains. Vous êtes tellement intelligent ! Comme je serai fière de voir votre nom dans le journal et de me vanter d'avoir pris le thé avec vous. Quel sera le sujet ?

— Le moyen de nous sortir de la crise économique que nous traversons actuellement. Et puis il y a un sommet à Gênes au printemps dont je dois rendre compte. »

Il s'interrompt, ignorant si l'enthousiasme de Lydia est sincère, ou s'il n'est que feint par politesse. Dans ce dernier cas, il sera déçu, certes, mais ne s'en étonnera pas outre mesure. Il s'est accoutumé de longue date à l'indifférence de ses amis à chaque fois qu'il évoque son travail. Il sait que Duncan et Vanessa sont déroutés par les flots de chiffres qu'il déverse si aisément, et que cette incompréhension, chez Clive et Lytton, est très largement mêlée de dédain. Ramené mentalement à la période de la guerre, il se souvient de la réprobation de ses amis lorsqu'il avait accepté un poste au sein du Trésor, au lieu de professer comme eux son pacifisme au risque de se voir emprisonner. Ils lui savent gré, sans conteste, d'avoir usé de son statut officiel pour les faire exempter, quand il a témoigné pour eux à la barre du tribunal, mais il n'en est pas moins conscient qu'ils le considèrent comme complice du carnage. Il a vainement tenté de leur démontrer que, faute de pouvoir abroger les lois qui envoyaient des millions d'hommes à la mort, il a pu veiller à ce que la Grande-Bretagne et son armée fussent dotées de tout le nécessaire, à la différence de certaines nations belligérantes, et qu'il s'y est consacré sans relâche. Il coule un regard à Lydia : loin de trahir le moindre ennui ou la moindre désapprobation, son visage ne reflète qu'un vif intérêt.

« Toute la difficulté, lui confie-t-il, encouragé, est que je devrai écrire dans un style accessible au grand nombre, ou du moins m'y efforcer.

— Vous réussirez très bien, soutient Lydia, parce que chaque fois que vous expliquez quelque chose, j'en saisis tout de suite le sens. Et pourtant, j'ai fini mon éducation le jour où j'ai quitté l'Académie ! »

Maynard sourit, s'apprête à l'assurer qu'elle est tout à fait capable de comprendre tout ce qui lui plaît sans sa médiation, lorsqu'il est pris d'éternuements. Elle accourt aussitôt à ses côtés, toute sa sollicitude en alerte à l'idée qu'il pourrait être malade et convoque sur-le-champ sa femme de chambre.

« Vous avez pris froid, s'inquiète-t-elle, en lui palpant le front pour vérifier s'il a de la fièvre, bien qu'il lui affirme que ce n'est rien.

— Ethel, ordonne-t-elle à cette dernière, qui surgit de nouveau dans l'encadrement de la porte, une couverture. Nous allons faire du feu. Et demandez plus de thé, bien chaud. »

Docilement, Maynard, qui se sent parfaitement bien portant, prend la couverture que lui tend Ethel, puis absorbe une seconde tasse de thé. Il se rend compte que son attitude manque de droiture, mais il jouit trop des petites attentions de Lydia et de sa proximité physique pour en changer. Elle a délaissé le canapé opposé pour venir s'asseoir si près de lui qu'il respire son parfum, aussi suave que celui des lis, avec, en arrière-fond une note plus capiteuse, plus exotique, qui évoque les épices de Noël. Ethel apporte en dernier lieu le vase de roses, qu'elle dépose sur la table. Il n'a qu'à se louer du résultat. La fleuriste de Fortnum & Mason a bien travaillé. La pénombre s'est insinuée pendant qu'ils conversaient. Les rideaux sont restés ouverts, mais aucune lumière ne filtre de la rue. Ethel propose d'allumer les lampes, mais Lydia, secouant la tête, la congédie en l'invitant à emprunter tous les illustrés qu'elle voudra.

« J'aime le crépitement des flammes, quand elles brûlent, fait Lydia, rêveuse, une fois Ethel partie. Quand j'étais enfant, je dormais sur l'étagère au-dessus du feu.

— Voilà qui paraît assez inconfortable, et plutôt dangereux », avance Maynard, toujours enfoui sous sa couverture, bien qu'il n'ait pas froid.

Cela lui rappelle la période où, jeune garçon, il a souffert de rhumatisme articulaire. Sa mère, Florence, l'emmitouflait d'édredons. Des jours durant, elle était demeurée à son chevet à lui faire la lecture.

« Au contraire, corrige Lydia, j'avais la meilleure place de la maison. Quand le feu brûlait, je ne me couchais pas dessus ! Mais les charbons rougeoyaient toute la nuit et me tenaient chaud. Ça m'a manqué quand j'ai dû rester dormir à l'École.

— Quand était-ce ?

— J'avais neuf ans.

— C'est encore bien jeune, convient Maynard. Je n'ai été envoyé en pension qu'à treize ans. Mes deux premières écoles étaient assez proches pour que je puisse y aller à pied.

— J'habitais tout près, moi aussi, mais une fois admis à l'École, nous n'avions le droit de sortir que dimanche. À condition que le Tsar n'ait pas besoin de nous, bien sûr – comme pour danser à des fêtes au Palais. »

Avec quel naturel Lydia mentionne le Tsar, note Maynard, comme si elle le connaissait personnellement !

« Étiez-vous heureuse à l'École ? »

Lydia gonfle les joues.

« On y travaillait terriblement dur. Pour devenir danseur, il faut s'entraîner comme une brute. Les gens n'arrivent jamais à comprendre ça. Aujourd'hui encore, si je ne m'exerce pas chaque jour, j'en pâtis. Et si je reste deux jours comme cela, c'est le public qui pâtit. »

Comme pour illustrer cette affirmation, elle dresse la jambe au-dessus de sa tête, les orteils pointés vers le plafond.

« Et vous ? » interroge-t-elle, en laissant retomber sa jambe, qu'elle replie gracieusement sous son corps, sur le canapé.

« J'avais plaisir à apprendre, et je m'entendais bien avec un certain nombre de mes professeurs. Et je m'étais fait des amis. Mais l'école avait aussi ses inconvénients. Les jeunes garçons sont parfois cruels.

— Oh, mais les filles aussi ! se récrie Lydia.

— Peut-être, maintient Maynard, mais à Eton, où j'étais pensionnaire, le système semblait presque expressément conçu pour favoriser les jalousies et les rancœurs. Et le fait que je bénéficie d'une bourse d'excellence, ou que je remporte des prix, en mathématiques en particulier, ne facilitait pas les choses. Et, continue-t-il en détournant les yeux, le regard perdu dans les flammes, mon physique non plus. Pas plus que ma nullité en sport.

— Votre physique ?

— Trop long, explique Maynard, en tapotant son nez. On me surnommait "Du Pif". »

À sa grande stupeur, Lydia éclate de rire au lieu de s'apitoyer.

« Sornettes ! Comme je voudrais avoir un aussi ravissant nez bien droit. »

Elle se penche si près qu'il sent son haleine sur sa peau, puis tourne la tête et lui présente son profil.

« En trompette, lâche-t-elle d'un ton définitif. C'est pour cela qu'on a changé le nom du ballet. Quand on a envisagé que je puisse danser la princesse Aurore à certains spectacles, Diaghilev s'est plaint que je ne pouvais passer pour une beauté aux yeux de personne. Donc, c'est devenu "la Princesse au Bois dormant". Vous ne me croyez pas ? accuse-t-elle.

— Non, en effet ! avoue-t-il, en riant à son tour. Vous êtes extraordinairement belle, comme vous le savez à merveille. Mais l'histoire ne manque pas de saveur.

— Eh bien, demain, nous demanderons à Diaghilev, qui confirmera. »

Elle attrape l'étui à cigarettes posé sur la table, l'ouvre d'une chiquenaude et le tend à Maynard. Au moment où il se sert, Lydia s'empare de sa main.

« Oh, mais je n'avais jamais remarqué !

— Accident de bicyclette », explique-t-il en dépliant son petit doigt tordu, afin qu'elle puisse l'examiner plus aisément.

La pénombre s'est encore épaissie, et la seule lumière provient de l'âtre.

« J'avais une douzaine d'années. Rien de grave, mais Dieu sait pourquoi, ce doigt-ci ne semble jamais s'en être tout à fait remis ! »

Il ne parle que pour faire durer la conversation, dans l'espoir que Lydia conservera sa main entre les siennes, s'il ne fait rien qui détourne son attention.

« Vous avez de beaux ongles, remarque-t-elle en caressant le doigt blessé. Mon père ne jurait que par son excellente manucure. Du coup, je ne fais jamais confiance aux hommes qui ne soignent pas leurs mains.

— Je ne peux pas souffrir que l'on se ronge les ongles. Cela me révulse tant que lors des oraux d'admission à Cambridge, j'évite de regarder les ongles des étudiants, de crainte que cela n'influence ma décision. »

À son grand regret, Lydia abandonne sa main pour saisir une cigarette.

« Mais est-ce que vous n'avez jamais aimé que des garçons ? » s'enquiert-elle en cherchant des allumettes dans sa poche.

Elle allume la cigarette de Maynard, puis la sienne.

« Oui, confirme-t-il. Rien que des garçons.

— C'est pareil pour beaucoup de danseurs que je connais. C'est plus dur à imaginer entre deux femmes – au lit, je veux dire. Je suppose que c'est affaire de doigts. Et de langue. Avez-vous déjà essayé les femmes ?

— Une seule fois, à Alexandrie. Je suis allé au bordel.

— Et alors, que s'est-il passé ? »

Ils restent un moment à fumer en silence. S'il ne distingue de Lydia qu'une silhouette obscure, sa présence s'impose intensément à lui. L'énergie qui émane d'elle a quelque chose d'électrique. Il fixe le bout de la cigarette de Lydia, qui rougeoie à chaque bouffée.

« Rien.

— Bah ! » s'écrie Lydia en jetant son mégot au feu, imitée par Maynard quelques secondes plus tard.

Il aimerait qu'elle le touche de nouveau. À peine en a-t-il formulé mentalement le souhait, que leurs mains s'enlacent. Voilà qu'il lui caresse non seulement la paume, mais aussi le poignet, l'avant-bras. L'instant d'après, sa main s'est glissée sous la manche soyeuse du kimono, remontant jusqu'à la chair tendre du bras, qui est aussi lisse que du beurre, songe-t-il non sans se reprocher le manque de poésie de la comparaison.

« Quels bras exquis vous avez, Loppy », murmure-t-il.

Lydia pivote légèrement pour lui faire face. Il scrute son visage à la lueur du feu, plonge son regard dans les yeux clairs, tout pétillants d'une contagieuse gaîté, et pourtant voilés par moments d'une telle tristesse qu'il aspire à la consoler. Il effleure sa joue de ses lèvres, avant de trouver sa bouche. Elle se laisse embrasser, et voilà qu'elle lui rend son baiser avec tant de fougue et de passion qu'il en ressent une sorte d'ébranlement. Quand Lydia se renverse pour le fixer, il ne lit rien, dans son regard si franc et si direct, de ce rejet qu'il redoute toujours en pareil cas, où son corps lui apparaît sous le jour le plus répugnant. Bien au contraire, ses yeux n'expriment qu'une invitation indulgente.

Lentement, comme pour lui laisser le temps de l'arrêter si tel est son désir, Lydia fait glisser sa main le long de son corps, jusqu'à ce qu'elle atteigne le sexe qui se raidit.

« La femme d'Alexandrie, déclare-t-elle solennellement, ne devait pas être la bonne. »

Elle commence à le masser avec une technique si sûre qu'il s'en étonne. Maynard voudrait garder son regard fixé sur le sien, mais constate qu'il ne le peut pas. Il se laisse aller contre le dossier avec un soupir d'aise.

« Vous voyez, c'est agréable, n'est-ce pas ? Nous autres danseurs, on nous apprend à prendre soin de notre corps et on nous recommande tout spécialement le sexe. Sans excès, bien sûr. Il y avait une ballerine en Amérique du Sud qui en a abusé, mais elle était nymphomane, avec un utérus irritable. Eh bien, quoi ? » s'inquiète-t-elle, tandis que Maynard s'esclaffe. « N'est-ce pas le bon terme ? Mon anglais est un peu rebelle.

— Non, proteste-t-il en l'étreignant. Les mots devraient toujours être un peu rebelles. C'est ainsi que l'on bouscule toutes nos certitudes. »

Les doigts de Lydia déboutonnent agilement sa braguette.

*

« Audacieux ! juge Vera, qui inspecte le nouveau logement de Lydia, en effleurant de ses doigts gantés le mur peint à la détrempe qu'ornent les toiles de Duncan et de Vanessa, les étagères, qu'on dirait confectionnées par un menuisier novice, le tapis indien aux coloris clairs étalé sur le parquet, les coussins brodés qui capitonnent le fauteuil, et les rideaux de perse blanche et verte. Plus grande que Lydia, Vera est coiffée à la garçonne, comme le veut la mode. Elle a conservé son chapeau cloche et son manteau trois-quarts à collet de vison, car aucun feu ne brûle dans l'âtre.

« Je trouve ces artistes de Bloomsbury primaires et malhabiles. Combien de temps pourras-tu demeurer ici ?

— Cela dépend de Vanessa. Elle est partie peindre tout l'hiver à Saint-Tropez. Les enfants sont restés, car ils ont classe. Mais Maynar' assure qu'elle me gardera comme locataire après son retour. Elle a des chambres inoccupées.

— Maynard ne vit pas ici ? » s'inquiète Vera en gagnant la fenêtre.

Ses talons claquent sur le plancher. Elle contemple Gordon Square à travers la vitre.

« Non, il habite une maison un peu plus loin. Clive, le mari de Vanessa, y a une garçonnière. Pour recevoir sa maîtresse Mary. »

Vera se retourne d'une pirouette.

« Et Vanessa ne dit rien ?

— Elle aime Duncan, qui lui, bien sûr, ne s'intéresse qu'aux hommes. »

Vera examine le portrait d'une femme en bleu, allongée sur un sofa rouge. Celle-ci porte une capeline de paille et croise les chevilles, ce qui expose à la vue ses semelles. On distingue derrière elle des rayonnages où s'entassent à la diable les volumes aux dos multicolores, voisinant avec une fenêtre encadrée de rideaux à grosses fleurs cramoisies et feuilles vertes. Les yeux de la femme, du même bleu barbeau que sa robe et trop vastes pour son visage, braquent sur le spectateur un regard d'une intimidante fixité.

« C'est Vanessa ?

— Oui, peinte par Duncan. C'est à Charleston, où ils ont passé toute la guerre. Maynar' y a toujours sa chambre attitrée. Il dit que c'est cela qui l'a empêché de devenir fou.

— Il te plaît ? s'enquiert Vera, qui ouvre son réticule et en extrait un paquet de cigarettes De Reszke.

— Oui. Il me fait l'effet de quelqu'un de solide et de fiable. J'ai l'impression de pouvoir m'appuyer sur lui, sans qu'il se casse en deux ou disparaisse. »

Vera tire son briquet d'émail à rayures noires et turquoise, où est serti un cadran de montre. Elle le maintient allumé le temps que Lydia approche sa cigarette.

« Ton mari t'a quittée pour de bon, cette fois ?

— Oui, il y a deux semaines, juste avant que Stoll ne mette fin aux représentations et que Diaghilev ne prenne la fuite. Il savait que cela n'allait pas tarder. Il comptait comme d'habitude piocher dans mes économies, mais j'ai été plus maligne que lui, ce coup-ci. J'avais remis à Maynard presque tout mon argent pour qu'il le place en banque. J'ai pu payer toutes mes notes.

— Et cela t'est égal ?

— Égal ? rétorque Lydia avec un ricanement méprisant. Au contraire, je suis ravie ! Bon débarras. »

Elle s'assied sur un tabouret bas garni d'une tapisserie au petit point, où deux anges ailés brandissent leurs glaives. Pour lutter contre le froid ambiant, elle a boutonné un long gilet de laine sur sa robe, et s'est emmitouflée d'un châle écossais.

« C'est vrai, tu sais, insiste-t-elle. J'aimais bien Randolfo au début, mais ça m'a vite passé. Et d'ailleurs, notre mariage n'aurait jamais dû être autorisé.

— Ah bon ? s'étonne Vera en se serrant frileusement dans son manteau.

— Très peu de gens sont au courant».

Lydia baisse la voix, bien qu'elles soient seules dans la pièce, et que personne de la maisonnée ne comprenne le russe.

« Randolfo avait déjà une épouse.

— Il est bigame ? Mais est-ce que ce n'est pas illégal ?

— Sa femme était en Amérique. Ils n'avaient pas vécu longtemps ensemble, mais cela a entraîné des difficultés au niveau des formalités administratives. »

Quelque part dans la maison, une porte claque.

« C'est Adrian, le plus jeune frère de Vanessa, explique Lydia. Il habite au sous-sol, avec sa femme. »

Elle pointe le pied vers le parquet.

« Ils apprennent à soigner les fous. Ce sont des disciples de Freud et de sa thérapie par la parole.

— Le désaxé qui voit du sexe partout ? Quelle famille ! Il y a encore une sœur, n'est-ce pas ? Mariée à un socialiste ? Harold cite sans cesse ses critiques littéraires. Et elle, comment est-elle ?

— Virginia ? fait Lydia, avec une mimique qui lui étire et amincit le visage. On a toujours l'impression qu'elle n'écoute pas, et qu'elle est dans un autre monde. Et puis tout d'un coup, crac ! s'exclame-t-elle en frappant vigoureusement du talon le plancher. Une phrase cinglante comme un coup de fouet. »

Elle se perche de nouveau sur son petit escabeau.

« Elle est très intelligente. Alors j'en rajoute sur les pitreries.

— Elle a l'air redoutable. »

Vera cherche des yeux un cendrier. Lydia pousse dans sa direction une jatte de céramique bleue à grosses pommes jaunes, posée au centre de la table.

« Elle l'est, oui, mais elle a le sens de l'humour. Et elle apprend le russe, quoique pas aussi vite que son mari.

— Et quels sont tes projets ?

— Je vais attendre de voir comment cela tourne. J'ai écrit à Diaghilev, pour lui rappeler dans quelle mauvaise passe nous nous trouvions tous. Par bonheur, Massine[1] a de quoi financer une nouvelle saison à Covent Garden, si bien que j'ai du travail.

— Massine ? Je savais qu'il était revenu d'Amérique du Sud. Quel est son programme ?

— As-tu déjà entendu parler de Walter Wanger ? C'est un producteur de cinéma. Il voudrait avoir les Ballets russes pour danser à l'entracte.

— C'est donc Massine qui succédera à Diaghilev ?

— Si je peux faire autrement, non. Mais tant que Diaghilev n'aura pas de quoi payer ses créanciers, il est préférable qu'il reste à Paris, déclare Lydia en secouant la cendre de sa cigarette au-dessus de la jatte. Je suis une des mieux loties. Massine ne peut se permettre d'engager tout le monde. »

Elle coule un regard à Vera, soudain songeuse.

« Et toi, as-tu des perspectives ? Je sais que tu mets en scène Tchekhov en ce moment, mais pourquoi n'ajouterais-tu pas un ballet ? Tu connais tous les ingrédients d'un bon livret, tu as autant l'œil que Diaghilev pour les éclairages et les costumes. Plusieurs de nos danseurs ont des dettes et seront bientôt à la rue ; il y en a même un ou deux qui envisagent de retourner au pays, malgré toutes les nouvelles qui arrivent de là-bas.

— On raconte des choses terribles, effectivement. Et on ne sait que faire pour aider. Je me borne à des productions modestes. À moins que… »

Elle écrase sa cigarette.

1. Léonide Massine (1896-1979), danseur étoile et chorégraphe, remplaça notamment Nijinski après son départ des Ballets russes, dont il fut aussi le principal chorégraphe entre 1915 et 1921, puis, à partir de 1933, prit la tête des Ballets russes de Monte-Carlo.

« Ton nom attire les foules et les capitaux. Peut-être que nous pourrions monter un ballet à nous deux ? En nous associant ? »

*

Maynard met le point final à sa phrase. Ses doigts, crispés sur son stylo, se détendent. Un coup d'œil à la pendulette posée sur la cheminée lui apprend qu'il rédige depuis trois heures. Il rassemble ses feuillets en une pile bien nette et calcule combien de mots il a écrits. C'est une habitude qu'il a gardée de l'époque où il était encore écolier. Il notait alors déjà quotidiennement dans son journal le nombre d'heures étudiées, afin de pouvoir comparer le rendement de la semaine avec celui des précédentes. Il tend à penser, depuis longtemps déjà, que ce rituel trouve sa source dans les rythmes de travail réguliers qu'il a acquis dès l'enfance, sous le toit paternel où il voyait son père enchaîner la rédaction de ses traités de logique et d'économie politique, secondé par sa mère Florence. Quelle qu'en soit l'origine, elle est devenue partie intégrante de sa routine, tout comme la manie de consulter les résultats des tournois de cricket, sport que ses règles empreintes de nonchalance rendent improductif au possible, de son propre aveu, mais qu'il idolâtre nonobstant. Quoique satisfait du total atteint ce matin, il n'a pas la naïveté de croire qu'on le jugera sur la quantité. Il n'en demeure pas moins, argue-t-il en jouant les avocats du diable selon une stratégie qu'il adopte avec succès dans toutes ses entreprises intellectuelles, qu'il importe de mener à bien toute tâche dans les délais impartis. Le fait qu'il traitait plus vite que tous ses collègues les dossiers qui arrivaient sur son bureau, lorsqu'il occupait encore un poste subalterne au département militaire de l'India Office, a fortement contribué à son entrée au ministère des Finances. Il quitte le divan sur lequel il s'était allongé, posant à terre liasse de feuilles et crayon.

Il gagne la fenêtre qui donne sur la cour du College, de l'autre côté de la pièce, et regarde les étudiants de King's, en toge noire, se hâter, tête baissée contre le vent qui, à en croire la légende, déferle tout droit du cœur des chaînes russes de l'Oural. En prévision de son séjour en Inde, il s'est dispensé cette année de toute charge d'enseignement, qui eût entraîné des interruptions à heure fixe. Il regrette le contact de ces élèves aux visages juvéniles, l'atmosphère masculine qui lui est si familière, et leurs personnalités si variées : ceux qui dissimulent leur timidité derrière une expansivité de façade, ceux qui, plus réservés au premier abord, sont en fait pétris d'une calme assurance. Il aime débusquer les failles de leurs raisonnements et de leurs questions, et s'il a une préférence pour les plus brillants, avec lesquels il peut se mesurer intellectuellement, il est toujours disposé à réexpliquer patiemment les points non compris à ceux chez qui il sent un intérêt sincère. Il s'assoit à son bureau. Il lui reste une heure pour faire son courrier avant le déjeuner, servi dans la grande salle lambrissée, sous les portraits des présidents successifs de l'université depuis Henry VI.

Vanessa figure en tête de sa liste. Sa réponse laconique, lorsqu'il lui a demandé si Lydia pouvait s'installer à Gordon Square, ne laissait rien transparaître de sa réaction. Il ne lui a pas encore avoué que loin de profiter, conformément à ses recommandations, de sa mission aux Indes pour prendre ses distances avec Lydia, il a annulé son voyage et s'est lié plus intimement avec elle. Il cherche la lettre de Vanessa et la relit. Est-ce son imagination qui lui joue des tours, ou y perce-t-il une note d'hostilité envers Lydia ? Certes, elle consent à lui louer les deux pièces dont elle n'a pas l'usage, mais c'est du bout des lèvres, comme si, au lieu de compatir à la situation difficile de Lydia, maintenant qu'il est devenu évident que Diaghilev ne peut payer personne, elle aurait préféré la laisser se tirer d'affaire seule. Il reprend sa première lettre, où elle le pressait de partir aux Indes et d'oublier Lydia. Là aussi, son ton a quelque chose de contraint, comme si elle s'appliquait à lui dissimuler quelque arrière-pensée. Il mesure bien le saisissement de ses amis, apprenant qu'il s'est épris d'une femme, quoiqu'il ne soit nullement le premier de leur cercle dans ce cas. Adrian, le frère de Vanessa, qui fut naguère l'amant de Duncan, est à présent marié à Karin et père d'une petite fille. Mais le problème est autre, croit-il deviner. Il est certain que Vanessa aurait réagi avec moins de raideur s'il s'était agi de quelqu'un d'autre, d'une des jeunes artistes peintres de la Slade, peut-être, ou d'une des étudiantes des *colleges* féminins de Cambridge.

Pour dissiper le malaise que fait naître en lui ce soupçon, il se replonge dans la dernière lettre de Lydia, arrivée le matin même. Il goûte les commentaires de Lydia sur son article dans le *Manchester Guardian* : « C'est, l'assure-t-elle, un télescope magique, grâce auquel je vois plus loin et plus distinct. » N'est-ce pas ridicule d'être aussi sensible aux éloges ? Il approche de la quarantaine et a déjà moissonné plus de triomphes que le commun des mortels. Mais son enthousiasme contraste avec le verdict de Lytton et de Clive qu'il a entendu qualifier le journalisme de « forme d'art bâtarde », bien qu'ils ne se privent pas eux-mêmes d'écrire pour divers journaux et revues. Il a parfois songé à leur expliquer qu'il espérait, à la faveur de cette expérience, définir plus clairement les problèmes qu'il compte analyser dans son prochain ouvrage. Il a été tenté de leur révéler les honoraires que ses éditoriaux lui rapporteraient, mais s'est abstenu, non seulement pour éviter de leur rappeler trop ostensiblement la supériorité de ses revenus, mais surtout, parce qu'il n'ignore pas que leur dédain se fonde pour une part sur la conviction qu'il est aussi dangereux, intellectuellement, de juger son propre travail d'après ses retombées financières que de pactiser avec le diable. Cette attitude, au demeurant, n'est pas l'apanage de ses amis de

Bloomsbury, car il s'y est heurté également à Cambridge, un jour qu'il vantait à tel de ses collègues sa généreuse rétribution d'administrateur d'une compagnie d'assurance-vie. Les préventions de son interlocuteur l'avaient confondu par leur inanité : il ne craignait pas que cet argent compromît son impartialité, mais qu'il ne faussât son discernement universitaire. À l'inverse, Lydia, apprenant qu'on lui avait offert de rédiger pour un temps l'éditorial d'un grand quotidien, avait levé un de ses sourcils arqués, et demandé, avec un sourire taquin :

« Combien ça rapportera ? »

Il lève les yeux. Sur le mur qui fait face à son bureau, au-dessus de la bibliothèque, sont peintes quatre muses, deux féminines, deux masculines, allégories des arts et des sciences. C'est l'œuvre de Duncan et de Vanessa. Il contemple d'abord la femme en rouge, qui lit un grand rouleau de papier blanc, puis le corps dénudé de l'homme, le bras droit dressé en un geste plein de solennité. Sebastian n'a posé pour aucun des deux nus virils, mais Maynard retrouve toujours un reflet de son amant dans les contours de la seconde silhouette. Il s'attarde sur les épaules larges et les bras vigoureux, le torse musculeux et le sexe saillant, les longues cuisses et les pieds d'une étonnante finesse. Sebastian ne le rejoindra pas avant l'heure du thé et il se réjouit déjà de le revoir.

Ces dernières semaines ont été éprouvantes pour Sebastian, et, s'il est venu à Cambridge, c'est, entre autres objets, pour le rassurer en lui prouvant que son engouement pour Lydia ne menace nullement leur relation, qui demeure toujours aussi essentielle pour lui. Il a perçu dans les lettres de Sebastian toute son impatience et son anxiété, et compte se racheter en lui proposant cet après-midi un voyage ensemble pendant les prochaines vacances de Pâques. Il aimerait emmener à nouveau Sebastian en Afrique du Nord, où ils ont fait une expédition l'année précédente, et peuvent s'afficher en couple au grand jour.

Non que ses orientations sexuelles lui aient jamais attiré de réactions ouvertement hostiles. Bien au contraire, à Eton, puis Cambridge, et même au ministère des Finances, il a toujours été, sinon explicitement reconnu, du moins tacitement entendu que sa vie privée ne concernait que lui et devait être respectée. Indéniablement, il n'a jamais vécu dans la hantise d'une arrestation et d'un procès, à la différence de nombre d'autres hommes dans son cas. Il attribue cela à la tolérance de ses amis de Bloomsbury, ainsi qu'à la vigilance qui est devenue chez lui une seconde nature. Même s'il a jadis multiplié les liaisons avec autant de licence que Duncan, et catalogué, à une certaine époque, ses conquêtes dans son journal avec autant de zèle et de fierté que ses prouesses académiques, il n'a jamais ignoré le danger, et c'était avec une extrême circonspection qu'il abordait chaque nouvelle aventure. Il se tourmente régulièrement pour Duncan, dont le caractère chaleureux s'accommode mal de toute prudence. Néanmoins, ce séjour en Afrique du Nord, où Sebastian et lui pourront partager la même chambre d'hôtel, voire se toucher en public sans risque d'être inquiétés, ne saurait que leur être salutaire à tous deux.

Son regard s'oriente de nouveau vers la fenêtre. Son horizon est délimité par deux bâtiments plus anciens, dont le pâle soleil hivernal fait luire les vitres à croisillons de plomb, juste de l'autre côté de la cour. Il n'a pas encore invité Lydia à Cambridge, bien qu'il en ait la plus vive envie. Il a rarement croisé personne plus avide d'informations. Il inventorie mentalement toutes celles qu'il pourrait lui communiquer : comment l'on a rasé une église, plusieurs auberges et un tronçon de rue pour édifier la chapelle de King's College, comment la pierre de calcaire que l'on a employée pour ce faire a été charroyée depuis le Yorkshire, à 150 miles de là, par des attelages de bœufs. Il scrute son écriture et ses tournures inattendues, et souvent ingénieuses. Ses articles, lit-il, vivifieront autrui, comme ils l'ont vivifiée, elle, et l'inciteront à mettre en pratique ses idées. Les marges de la lettre sont étoilées de taches d'encre. Il s'efforce de l'imaginer en train d'écrire. Peut-être, conjecture-t-il, était-ce dans les intervalles d'une répétition de son nouveau ballet, à Covent Garden, ou bien pendant une pause de l'entraînement auquel elle se livre chaque matin avec toute la ferveur que Vanessa et Duncan réservent à la peinture. Elle voudrait, l'informe-t-elle, l'envelopper de la surabondance que ses articles lui ont insufflée, formule qu'il juge digne d'un poète. Les lignes suivantes, où elle lui promet de couvrir tout son corps de baisers brûlants, le laissent frémissant de désir. Il saisit son stylo et se met à écrire à la hâte. Il a si longuement médité sa réponse à Vanessa qu'il lui reste à peine un moment à consacrer à Lydia avant le déjeuner. Sa missive partira cet après-midi même, pour peu qu'il la confie au portier à deux heures, en se rendant à la session de la commission des Finances. Puis, à quatre heures, il regagnera son bureau, allumera le feu et préparera le thé en attendant Sebastian.

*

Lydia pousse la porte du 50, Gordon Square, et cherche des yeux une éventuelle lettre de Maynard sur la table du vestibule. Elle examine en vain le vide-poche orné d'une Vénus bleue où l'on dépose ordinairement le courrier des occupants de la maison, puis se souvient que c'est un dimanche. Elle a passé l'après-midi avec des amis danseurs, à débattre des dernières rumeurs sur Diaghilev, qui, dit-on, serait en train de lever des fonds pour une tournée en Europe. Quelques lignes de Maynard l'auraient rassérénée. Bien qu'elle ait justifié la fuite de Diaghilev par les menaces de Stoll, qui, selon elle, l'y ont acculé, elle n'a pas eu le courage d'avouer qu'il n'a répondu à aucune de ses deux missives. Au contraire, quoiqu'elle espère toujours des retrouvailles en son for intérieur, elle les a incités à accepter toutes les offres qui leur seraient faites, en attestant qu'elle s'était elle-même produite, quand elle tirait le diable par la queue, aux côtés de sosies de célébrités et même d'une troupe de caniches savants sans que sa carrière en pâtisse. Il régnait, dans la chambre exiguë et rongée de moisissures que se partagent deux des danseuses, un froid si pénétrant que même la vodka et les cigarettes russes apportées par Lydia n'en pouvaient triompher. Des seaux étaient disposés çà et là sur le parquet sous les fuites du toit ; le matelas du lit double aux montants de fer rouillés tenait lieu d'unique siège, ce qui avait du moins le mérite de les obliger à se serrer les uns contre les autres et à se tenir chaud mutuellement. Un rat avait soudain jailli de derrière la plinthe vermoulue. Ils avaient réussi à le piéger, mais, apitoyés par la terreur de la créature, l'avait relâchée après l'avoir baptisé Diaghilev. Les heures passant, ils avaient eu faim. Lydia regrette que Diaghilev n'ait été présent, pour constater par lui-même que le placard à provisions ne contenait en tout et pour tout qu'une boîte de sardines et un demi-paquet de biscuits ramollis. Lydia suit du bout des doigts le motif de croisillons orange ponctués de pois bleus qui borde le vide-poche, et jure comme un charretier en russe, non sans se féliciter d'être seule dans le vestibule, à l'abri de toute oreille tierce. Alors qu'elle ôte manteau et chapeau, elle aperçoit son reflet dans la glace ovale suspendue au-dessus du guéridon. Elle a de la chance, s'admoneste-t-elle dans le miroir. Elle a non seulement celle d'avoir pour partenaire Massine lui-même sur la scène de Covent Garden, mais aussi celle d'avoir Maynard dans sa vie pour lui trouver un logement et gérer son argent. Sitôt qu'elle en a besoin, il lui suffit de demander pour toucher une pleine enveloppe de billets de banque. Elle se remémore le partage scrupuleux des sardines et des moindres miettes de biscuit, qui se confond dans son esprit avec les images lancinantes de la famine en Russie, désormais largement diffusées dans tous les journaux. Dimanche prochain, se promet-elle, elle conviera à Gordon Square tous les membres de la troupe qui sont encore à Londres et leur fera faire une telle bombance qu'ils en ressortiront engraissés pour toute une semaine.

Tout en combinant déjà une grande tournée des boutiques pour se procurer caviar et pain d'épice, elle repense à sa conversation avec Vera, et à son projet de monter toutes deux un ballet sur des fonds obtenus grâce à ses relations personnelles. Bien que Lydia n'ait jamais dirigé de compagnie, elle a beaucoup appris au fil de ses deux décennies de carrière et elle se fie entièrement à l'instinct dramatique de Vera ainsi qu'à son sens pratique. Maynard se montrera sans aucun doute de bon conseil, et pourrait même avancer quelques capitaux. Elle se demande si Sam Courtauld, ce millionnaire qui l'accable de compliments et d'invitations, consentirait à soutenir leur entreprise. Peut-être, maintenant que la situation de Diaghilev est claire, pourrait-elle sonder Oswald Stoll pour son propre compte. Elle accroche à la patère son manteau et son chapeau.

Ce n'était pas malin de penser au caviar et au pain d'épice, se reproche-t-elle en gravissant l'escalier. Elle a abandonné sa part de l'unique boîte de sardines aux onze autres danseurs, sous prétexte qu'elle n'aimait pas cela, si bien qu'elle n'a rien avalé depuis le petit-déjeuner, hormis un biscuit rassis. Elle s'apprête à rebrousser chemin, pour aller faire main basse sur une bonne ration de pain et de miel à l'office, quand fuse un rire féminin, qui semble monter de la cuisine. Elle doute qu'il s'agisse de Mary, la maîtresse de Clive, qui ne fait que de rares apparitions au numéro 50 ; quant à Vanessa, elle est encore en France. Ce n'est certainement pas Karin, la femme d'Adrian, dont elle aurait reconnu les inflexions typiquement américaines. Ce doit être, présume-t-elle, Grace, la jeune fille que Vanessa a engagée pour s'occuper des enfants et qui a ramené ces derniers de Saint-Tropez afin que les deux aînés puissent poursuivre leur scolarité. Le Ciel fasse que ce ne soit pas la cuisinière, dont l'accent est pour elle une barrière insurmontable, et dont les manières suggèrent constamment que les intrusions de Lydia sont aussi intempestives que trop fréquentes ! Elle pirouette sur ses talons, décidée à tirer cela au clair.

Elle pousse la porte de la cuisine. La pièce baigne dans une chaude lumière rosée. Grace a relevé ses cheveux bruns, ce qui souligne l'extrême finesse de ses traits, au dessin aussi pur que le cristal taillé. Elle préside la tablée et emplit de lait les tasses des deux cadets de Vanessa. Son regard sombre, ensorcelant aux dires unanimes de tous les visiteurs de Lydia, s'illumine, et elle avance aussitôt une chaise. Les enfants sont tout sourire eux aussi. Ils affectionnent Lydia, non seulement parce que ses poches regorgent invariablement de bonbons qu'elle leur distribue généreusement, et parce qu'elle est toujours prête à danser pour eux, mais surtout parce qu'elle peut faire l'équilibre plus longtemps que les deux garçons, et parce qu'elle permet à Angelica de tresser de rubans sa chevelure. À peine s'est-elle assise que les petits réclament à grands cris une histoire. Elle repasse promptement toutes celles qu'elle leur a déjà narrées : les parties de patinage sur la Neva gelée, à deux pas de chez elle à Saint-Pétersbourg, les trajets en calèche fermée, tous rideaux baissés, de l'École au palais du Tsar, où les attendait immanquablement un samovar de thé bouillant flanqué de zakouski chauds et froids. Grace lui propose une tasse de lait, mais elle confesse qu'elle préférerait une de ses fameuses omelettes, et toutes deux de rire, car le dimanche précédent, Lydia n'en a englouti pas moins de trois à la file.

« Vous ai-je déjà raconté, demande-t-elle aux enfants, tandis que Grace prend dans les placards poêle et œufs, la fois où j'étais au beau milieu de la révolution au Portugal ?

— Tu veux dire, au milieu de gens qui se battaient, avec des fusils ? fait Quentin, onze ans, le front balayé par ses mèches blondes en bataille, les yeux écarquillés.

— Mais oui, c'est exactement cela. Ils ont tiré sur notre hôtel. Nous avons dû dresser les matelas contre les fenêtres pour nous protéger. Pendant trois jours, nous n'avons pas osé pointer le nez dehors. Une des danseuses, qui était sortie lorsque les tirs ont commencé, a trouvé son oreiller criblé de balles à son retour. Elle les a récupérées pour en faire une ceinture. »

Elle marque une pause, le temps que les enfants assimilent ces détails, tout en observant Grace qui prélève un morceau de beurre sur la motte et le fait fondre dans la poêle. Au numéro 46, où les résidents prennent tous leurs repas, Grace fait presque autant figure d'intruse à la cuisine que Lydia et doit se cantonner à des tâches étroitement définies : épluchage des pommes de terre, vaisselle… Mais au 50, et le dimanche, jour de congé de la cuisinière, elle règne en maîtresse incontestée, libre de suivre sa fantaisie. Dimanche dernier, devant les coquilles de la douzaine d'œufs que Grace avait cassés pour confectionner ses trois omelettes, Lydia avait émis la crainte que la cuisinière ne récriminât sur une telle consommation de ce ton acariâtre qu'elle réserve d'ordinaire à ses doléances sur ses genoux « démolis ». Grace, rassurante, lui avait affirmé que c'était hautement improbable, puisque n'importe lequel des hôtes de Gordon Square, pourvu qu'il détienne une clef, pouvait s'en être servi, à commencer par Mr Keynes, qui payait les gages de tout le personnel. La première fois que Lydia avait entendu la cuisinière se lamenter sur ses genoux « démolis », elle s'était inquiétée, jusqu'à ce que Grace ne lui ait expliqué que cela désignait seulement une usure du cartilage, et que personne n'avait brutalisé la pauvre femme.

« Et puis, que s'est-il passé, réclame Quentin, au Portugal ?

— Nous avons donné le spectacle. Mais en plein air, pour que tous puissent y assister. »

Grace verse les œufs battus allongés de lait dans le beurre qui grésille, ajoute du poivre et du sel et y râpe une pincée de fromage. Lydia la regarde incliner la lourde poêle pour répartir également la mixture, frappée par sa jeunesse, car elle semble à peine sortie de l'adolescence.

« Et qu'est-ce que vous avez mangé ? s'informe Angelica, quatre ans, qui est déjà en chemise de nuit. Comment avez-vous fait, dans la chambre d'hôtel ? »

Elle racle de l'index les traces de lait sur les parois de sa tasse vide.

« Par bonheur, le roi d'Espagne m'avait donné des chocolats, et une autre danseuse avait du saucisson fumé. Nous n'avons pas trop souffert le premier jour, du coup.

— Du chocolat et du saucisson, fait Quentin, en se léchant les babines, comme s'il goûtait en imagination à cette conjugaison de saveurs.

— Nous avions aussi des cigarettes. Sauf le dernier jour, où il ne nous en restait plus une seule. Quand le directeur est venu frapper à la porte pour nous annoncer la fin de l'insurrection, nous avions nos estomacs qui grondaient comme des loups ! »

Elle plaque ses deux mains sur ses tempes, les doigts pointés vers le plafond pour mimer des oreilles de loup.

« Une danse de loup ! Fais-nous une danse de loup ! » implore Angelica en battant des mains.

Grace fait glisser l'omelette sur l'assiette et secoue la tête.

« Il faut manger pendant que c'est chaud, tranche-t-elle d'une voix ferme. Angelica, voilà déjà une heure que tu devrais être au lit. Et toi aussi, Quentin, il est temps d'aller te coucher. Sinon, que pourrais-je dire à votre mère quand je lui écrirai ? »

Les enfants ne protestent que mollement. Ils sont fatigués, et après avoir encore un peu cajolé Lydia, dans le vain espoir de lui faire faire le loup, Angelica leur dit bonsoir d'un baiser. Quentin, plus lent à obéir, s'efforce de convaincre Grace de lui confectionner une omelette à lui aussi, mais se résigne pour finir à suivre sa sœur.

« Un délice ! » déclare Lydia, qui ne fait qu'une bouchée de son souper.

Elle traduit l'expression en français, langue qu'elle aide Grace à apprendre, afin qu'elle puisse communiquer avec la population locale lorsqu'elle accompagnera de nouveau la famille en France.

« Parle-moi de Vanessa », prie-t-elle Grace, sitôt que s'éteint le bruit des pas des enfants dans l'escalier.

Elle a dévoré l'omelette et détache un bon quignon de pain de la miche pour essuyer les dernières traces de beurre. Il fait chaud à la cuisine et elle n'est pas pressée de retrouver sa chambre où elle n'a personne pour bavarder.

« Mrs Bell ? Mais vous l'avez déjà rencontrée.

— Jamais seule. Nous n'avons jamais eu une conversation en tête à tête. Quel genre de femme est-ce ?

— C'est quelqu'un de très calme. »

Telle est la conclusion de Grace, après un moment de réflexion. Elle ne sait trop comment répondre à la question.

« Que souhaitiez-vous savoir précisément ? »

Lydia s'accoude sur la table et, le menton entre les paumes, interroge :

— Maynar', Mr Keynes, dit que c'est une mère très aimante. Alors, que fait-elle en France quand les enfants sont ici ?

— Elle peint.

— Mais elle a un atelier, là-haut ! »

Grace empile les tasses des enfants et l'assiette de Lydia sur un coin de table.

« Elle aime la lumière du Midi en cette période de l'année. Et à Paris, elle fréquente d'autres peintres. »

Elle jette un coup d'œil à Lydia, incertaine, ne sachant trop si c'est ce type de renseignements qu'elle désire. Lydia l'encourage d'un hochement de tête.

« Elle déteste qu'on la dérange quand elle peint. Pour cette raison aussi, je suppose, c'est plus commode pour elle d'être seule là-bas. »

Lydia médite ce point. Elle se figure Vanessa au milieu d'une pièce inondée de soleil, en train de copier un bouquet de fleurs pareil à celui qui orne le mur de la salle à manger.

« Elle doit se sentir très seule, remarque-t-elle. Je n'aimerais pas la solitude. Les danseurs vivent comme des abeilles dans une ruche, en particulier juste avant la représentation, quand tout le monde s'affaire en tous sens. On doit faire attention à ne pas rentrer dans le décor pendant les changements, ou à ne pas se cogner aux autres danseurs qui s'échauffent.

— Ça ne serait pas du tout du goût de Mrs Bell, assure Grace. Les interruptions l'empêchent de se concentrer.

— Eh bien, elle n'aura pas à se soucier de moi. Je ne reviendrai que pour dormir. Sauf dimanche prochain, où je donnerai une fête à tout casser. »

Elle lorgne Grace du coin de l'œil, en proie à une idée naissante.

« Viens, et amène les enfants. Il y aura un général russe pour enseigner l'escrime aux garçons. Angelica sera le chouchou universel. Et, achève-t-elle, un sourcil levé, l'œil scrutateur, j'inviterai le jeune livreur. Celui qui se transforme en betterave chaque fois qu'il t'aperçoit. »

*

La pluie s'atténue, laissant place à une fine bruine. Lydia chemine bras dessus bras dessous avec Vera, dont la haute silhouette élégamment vêtue contraste vivement avec la sienne. Ce n'est pas un duo banal que celui qu'elles forment, alors qu'elles remontent Regent Street en contournant les flaques, avec des pauses régulières pour inspecter les vitrines. Les Londoniens se sont accoutumés au fil des dernières années à voir des Russes dans la capitale, ont soutenu l'envoi de secours et ont même adopté, dans certains cercles, des traits de comportement qui passent pour typiquement russes, telles que des manifestations d'émotion plus libres et plus fréquentes que le tempérament britannique ne le permet ordinairement. Néanmoins, les sonorités du russe conservent assez d'exotisme pour attirer l'attention. La dernière apparition de Lydia dans les pages de *Vogue* est encore suffisamment récente pour que les passants se retournent dans son sillage, en se demandant s'il s'agit bien de l'illustre ballerine. Son indifférence apparente ne fait qu'enflammer leurs spéculations. Si elle ne semble pas percevoir ces hommages, cela ne tient pas, comme d'aucuns, froissés de son dédain supposé, le présument avec rancœur, à ce que la gloire l'a blasée, mais bien plutôt à ce qu'elle ne souhaite pas interrompre son entretien avec Vera. Elle fait part à son amie d'une lettre préoccupante de sa sœur, à Saint-Pétersbourg, reçue peu auparavant, qui la conforte dans ses craintes : une grande partie de ses envois ne parviennent pas à sa famille.

« Eugenia me remercie des chaussons de danse, mais ne dit rien des gants et des souliers que je lui avais expédiés en même temps, ni des vestes de lainage et des châles. Elle se plaint que mes dernières nouvelles remontent à une coupure de journal annonçant *La Belle au bois dormant*, il y a des mois. Pourtant, j'écris au moins une fois tous les quinze jours.

— La censure, sans doute », suggère Vera en manœuvrant

pour esquiver une meute de jeunes femmes accourues à l'entrée du Café Royal, qui, pressent-elle, ont dû reconnaître « Loppy » et, dans une minute, la harcèleront de demandes d'autographes.

« Quoique, dans le cas des colis, cela ressemble plus à un geste désespéré. »

Elle presse le pas, entraînant Lydia à sa suite. Comme prévu, les jeunes femmes se poussent du coude et fouillent dans leurs sacs, à la recherche de leurs porte-mines.

« Si j'étais une employée des postes en Russie, et que je tombais sur des vêtements chauds que je pourrais porter ou vendre, poursuit Vera, une fois l'embuscade déjouée, la tentation serait rude. Je m'étonne que les chaussons soient arrivés à bon port. Que te racontait d'autre ta sœur ?

— Que c'était un cruel hiver. Au théâtre, qui, soit dit en passant, ne s'appelle plus le Théâtre impérial Mariinsky mais Théâtre national, il fait si froid que l'eau des bains de pied des danseurs gèle dans les bassines. »

Elle agrippe Vera par sa manche :

« Le jour de l'anniversaire d'Eugenia, la troupe a fait du feu avec les panneaux d'un vieux décor et, pour tout festin, a dû se contenter de soupe aux choux et de harengs.

— Un peu maigre, comme réjouissances, en effet. Et le reste de ta famille ? Comment vont-ils ? »

Vera a beau ne pas mentionner explicitement l'épidémie, Lydia sait qu'elle fait allusion aux vagues de choléra et de typhus, qui, selon les journaux, se sont propagées des campagnes décimées par la famine aux grandes villes où règne la disette. Elle soupire. Elle a l'impression qu'on ne parle plus de la Russie, désormais, que pour évoquer un nombre inconcevable de morts, emportés par les maux les plus atroces.

« Eugenia décrit des monceaux d'ordures qui pourrissent à l'air libre, des rats gros comme des sangliers. Les gens en sont réduits à troquer ce qu'ils ont de plus précieux contre un peu de pain ou un fagot de petit bois. Le pire est que je suis certaine qu'elle ne me dit pas la moitié de ce qu'il en est réellement. »

Elle s'arrête brutalement, ce qui provoque une collision avec les deux hommes qui marchent juste derrière elles.

« Parfois, Verochka, avoue-t-elle, tandis que les deux passants s'inclinent en signe d'excuse, je crains que nous ne puissions plus jamais retourner au pays. »

Elles sont tout près du magasin Liberty, à présent, et, pour lui changer les idées, Vera lui montre, de sa main libre, les tenues exposées dans une des vitrines.

Lydia fait la moue devant un long manteau au col exagérément ample et à poignets ornés de parements.

« Ce mannequin doit faire le double de ma taille. Mais le chapeau m'irait sans doute, avance-t-elle en admirant ses vastes bords, quoique je risquerais de rester coincée dans les portes !

— Non, pas celui-là. L'ensemble juste à côté, corrige Vera en désignant une jupe vert sinople et une veste à taille basse, garnie par-devant, sur toute sa longueur, d'une mince bande de fourrure noire. Le vert te va bien.

— Le chapeau pourrait faire l'affaire. Et la jupe ne bouffe pas trop, convient Lydia, conciliante, puisque leur expédition a pour but de rafraîchir sa garde-robe.

— Un chapeau neuf ne suffira pas à te donner l'air chic à lui tout seul, se récrie Vera. Non, sérieusement, si nous devons fonder une compagnie, il faut que nous inspirions confiance. Personne ne consentira à nous financer si tu te présentes accoutrée comme si tu sortais des vestiaires du Fonds d'assistance aux réfugiés russes. Souviens-toi de Diaghilev. C'est un véritable génie quand il s'agit de faire bonne impression aux bailleurs de fonds.

— Je vais me tremper une mèche dans la peinture blanche, épingler une orchidée à ma boutonnière, et toiser le monde à travers un monocle. C'est une riche idée, tiens! Pourquoi ne pas me travestir en homme? Mais non, je plaisante, assure-t-elle, en apercevant l'expression de Vera. Que dis-tu du second manteau, le bleu marine, là, au fond? Je crois qu'il pourrait me faire de l'usage.

— Est-ce que j'arriverai un jour à t'habiller au goût du jour, Lidulechka? gémit Vera.

— Ce n'est pas nécessaire. Il suffit que j'aie l'air un peu soigné.

— Ce sont des choses qui vont de pair, rétorque Vera en la poussant vers la porte, qu'un commis en uniforme ouvre devant elles. Allons, tu pourras aussi essayer des chapeaux, va!»

Une heure plus tard, toutes deux sont attablées dans un coin du salon de thé, au calme. Elles ont achevé leurs emplettes. Si elles n'en sont pas également satisfaites (car le nombre des chapeaux tend à excéder celui des autres vêtements), du moins ont-elles l'âme en paix, Lydia parce qu'elle a acquis une toque pareille à un béret basque, ornée d'une aigrette, et un bibi plat comme une soucoupe, qui se porte sur la tempe, crânement incliné, et Vera, parce que Lydia possède désormais un ensemble convenable pour rencontrer Oswald Stoll, auprès de qui elles ont fait des travaux d'approche.

Ce ne sont pas de leurs achats, cependant, ni, pour l'instant, de leurs projets de spectacle que débattent les deux amies, mais de Vanessa Bell, de retour à Gordon Square après son séjour en France.

«C'est une chance que mon contrat avec Massine se termine, explique Lydia, parce que cela veut dire que je suis davantage à la maison. Mes relations avec Vanessa n'avaient pas très bien débuté. Après chaque représentation, je déborde toujours d'énergie. Je ne tiens pas en place, et je fais tout valser. Vanessa s'est plainte à Maynard de mon tapage, le soir. Alors, maintenant, je m'efforce de nous ménager de bons moments en tête à tête.

— Et de quoi causez-vous ?

— De danse, principalement. Vanessa est très anglaise, elle ne dit pas grand-chose, pas du tout comme nous autres Russes, qui pouvons parler pendant des heures, sans jamais tomber à court de choses à dire. Je dois faire appel à mes instincts de loquacité les plus vigoureux quand je suis avec elle.

— Peut-être qu'elle apprécie le silence », suggère Vera.

Lydia soulève la théière pour se verser une seconde tasse, mais le récipient est vide. Elle fait signe à une serveuse, qui acquiesce d'un hochement de tête.

« Elle ne manifeste jamais, si légèrement que ce soit, qu'elle a envie de tranquillité. Et il arrive que mon bavardage l'intéresse. Quand c'est aux dépens de Mary, par exemple. C'est la maîtresse de Clive », rappelle-t-elle à son amie.

La serveuse revient avec une nouvelle ration de thé. Quand elle a rempli leurs tasses et qu'elles l'ont additionné de citron, ainsi que de sucre pour Lydia, Vera tire une liasse de papiers de son sac et la pose devant la ballerine.

« *Masquerade*, une comédie amoureuse, dans la Venise du XVIIIe siècle, lit Lydia. Eh bien, espérons que Stoll voudra bien mettre la main à la poche. Et que le Coliseum acceptera.

— Tu as donc définitivement rompu avec Massine ?

— Ce misérable phasme ! Tu as vu ses affiches : son nom en gigantesques capitales, et le mien, en tout riquiqui, tassé dans un coin. Il a été odieux quand nous avons salué, à la fin. Il m'est passé devant comme si j'étais invisible. On ne peut même pas dire qu'il ait spécialement de talent. La chorégraphie de *Togo* était absurde, pleine de chausse-trappes dangereuses pour les danseurs, et si abstruse qu'il a semé en route la moitié du public. Cela ne m'étonne pas qu'il n'ait rien d'autre à aligner que des music-halls. »

Elle se penche vers Vera.

« Il me doit de l'argent. Maynar' a prié son avocat de lui écrire.

— Où en es-tu avec Maynard ? » s'enquiert Vera, avec un détachement feint.

Elle ne connaît guère les amis de Lydia à Bloomsbury, mais ils ont le don de la mettre mal à l'aise. Un jour où, chez les Sitwell, elle décrivait les rénovations qu'elle avait fait effectuer dans la demeure familiale de Harold ainsi que dans leur habitation londonienne, elle a eu la nette impression que Vanessa se gaussait d'elle avec sa sœur. Si ses soupçons sont justifiés, cela révèle bien leur hypocrisie. Car, en somme, la plupart des membres du groupe se partagent eux aussi entre deux résidences. Maynard lui paraît dogmatique et arrogant, mais elle dissimule avec soin cette opinion à Lydia. Elle a rarement vu son amie prendre autant à cœur une liaison.

« Il est à Gênes, où il rend compte d'un sommet pour le supplément du *Manchester Guardian*. Mais, par bonheur, il ne travaille que dans la journée, de manière à pouvoir passer la soirée au casino.

— Il joue ? s'étonne Vera, un sourcil levé.

— Maynar' a un système infaillible pour gagner à tous les coups », explique Lydia. Elle souffle sur son thé.

« Il s'est donné une journée de congé, reprend-elle, et a engagé un chauffeur pour nous faire faire le tour de Londres, avec des haltes à tous les lieux importants. Il est horrifié de voir à quel point j'ignore tout de l'Histoire. »

Elle étreint de ses deux mains la tasse ; ses yeux quémandent l'approbation de Vera.

« Il a entrepris de faire ton éducation ?

— Oui. J'ai souvent regretté de ne pas être allée à l'université, comme toutes ces étudiantes que l'on voit aujourd'hui. Avec Maynar', je comble mes lacunes. Je l'ai surnommé mon livre parlant. On pourrait se figurer que c'est ennuyeux, mais c'est tout le contraire. Nous avons joué un de ces tours aux gardiens de la Tour de Londres ! J'ai tellement ri que j'ai cru que mes côtes allaient éclater.

— Et Sebastian ? » risque Vera.

Lydia, l'œil rivé sur sa tasse de thé, fronce les sourcils. Lorsqu'elle relève la tête, son visage trahit une certaine perturbation.

« Le dernier soir avant que Maynar' ne prenne le train pour Gênes, nous avons fait griller des brioches sur le feu, et il m'a fait la lecture. Il a une si belle voix ! C'est comme d'écouter Shakespeare. J'étais si heureuse que je devais régulièrement me pincer. Mais le lendemain matin, quand je suis arrivée pour déjeuner au 46, j'ai aperçu une lettre adressée à Sebastian, qui attendait sur le guéridon qu'on la poste. Et moi, il m'est insupportable de le partager, conclut-elle en secouant la tête.

— Et tu as bien raison, renchérit Vera en pressant la main de Lydia. Lance-lui un ultimatum. Que Maynard choisisse une bonne fois pour toutes ! »

*

Des pas font crisser le gravier de l'allée. Un pinceau à la main, sa chevelure protégée par une étole à motifs cachemire, Vanessa s'accroupit sur ses talons, et accueille d'un sourire sa sœur, qui appuie sa canne, fidèle compagne de toutes ses promenades à travers les collines du Sussex, contre le jambage de la porte-fenêtre ouverte, et secoue la boue de ses galoches.

Son long cardigan gris épouse sa silhouette maigre et anguleuse. Son manteau, vraisemblablement emporté sur les instances de Leonard, est plié sur son bras, car il fait chaud, bien qu'on ne soit encore qu'en avril.

« Tu as bonne mine », la complimente Vanessa en échangeant un baiser avec elle, soulagée de voir s'épanouir sur les joues de sa sœur une teinte rosée, fruit des huit kilomètres et quelques qu'elle a parcourus pour venir de Rodmell (Virginia et Leonard y ont une maison de campagne, où ils se réfugient à chaque fois que la vie londonienne menace l'équilibre de sa sœur). « Que disent les médecins ? »

Au lieu de répondre, Virginia détaille la collection de brosses à récurer, de flacons de détergent et de pots de peinture épars aux pieds de sa sœur.

« La même chose que d'habitude, réplique-t-elle enfin d'un ton vague. Hamill recommande tel traitement, Sainsbury tel autre. C'est l'humidité ? »

Elle désigne le mur, tapissé de taches d'un vert noirâtre.

Vanessa hoche la tête.

« Oui, il y a eu des infiltrations partout cet hiver. Même dans cette pièce, malgré l'exposition plein sud. Je ne crois pas que Clive ou Maynard aient séjourné une seule fois à Charleston quand Duncan et moi étions en France. J'espérais avoir un peu de temps pour peindre, en venant seule. Et voilà que je passe mes journées à gratter la moisissure et à m'évertuer à restaurer un semblant d'ordre au jardin. »

Elle embrasse la pièce d'un regard navré, comme si elle était environnée d'un spectacle de ruine et de désolation.

Les yeux de Virginia suivent ceux de sa sœur, mais ne perçoivent que les rideaux turquoise et terre de Sienne imprimés manuellement, qui ondulent dans la brise légère, le vase de tulipes rouges cueillies au jardin, le tapis à motif géométrique de losanges et de carrés dessiné par Duncan, et, au-dessus de la cheminée, le miroir ovale déniché sur un marché aux puces français. Elle admire depuis longtemps le talent de sa sœur pour faire de tous les lieux qu'elle vient à habiter un foyer accueillant et une œuvre d'art tout à la fois. Où que se pose le regard de Virginia, de séduisantes combinaisons de formes et de couleurs le retiennent, ou bien c'est quelque objet fascinant, souvent façonné à la main, qui captive son attention. Même la caisse à charbon, que Duncan a grossièrement menuisée de chutes de bois, est décorée d'un ange luthiste, aussi enchanteur que tous ceux qu'elle a découverts avec Leonard dans les églises italiennes et espagnoles au cours de leur lune de miel, voilà presque une décennie. Un instant, elle est tentée d'exposer tout cela à sa sœur, de lui faire observer le jeu du soleil de l'après-midi, qui entre à flots par la fenêtre ouverte en illuminant les pois bleu cobalt et les croisillons orange peints au pochoir sur les pieds de la table basse, ou le contraste saisissant entre le magenta éblouissant des fleurs brodées sur un napperon de dentelle et les rayures noires et blanches du zèbre de porcelaine que son neveu Quentin affectionne particulièrement.

Vois donc, aimerait-elle lui dire, comme, sous ta main, tout ceci se fond harmonieusement, comme si le monde avait retrouvé son équilibre premier, et que mes afflictions dérisoires s'étaient envolées.

Elle se garde bien, cependant, de lui communiquer ses pensées, car quatre décennies d'une intimité encore resserrée par la perte de leur mère durant leur adolescence lui ont enseigné que le meilleur moyen de triompher des résistances de Vanessa était de soutenir un point de vue diamétralement opposé.

« *Tum me et te* , amorce-t-elle, avant de se repentir de cette formulation, car sa sœur n'a jamais partagé son goût pour le grec et le latin. Je n'ai rien fait d'autre, depuis mon arrivée, que de récurer, jardiner, repeindre et cuisiner. Je n'ai pas ouvert la plupart des livres que j'avais apportés pour en faire la critique. J'ai passé toute la journée d'hier à badigeonner en jaune les cabinets. »

Comme prévu, Vanessa est horrifiée par l'image que lui renvoie en reflet sa sœur.

« Mais ton roman ? L'histoire du jeune homme qui meurt à la guerre ? Ne voulais-tu pas l'achever ?

— *La Chambre de Jacob* ? fait Virginia, qui se rembrunit à son tour. J'ai bien peur que cela ne soit rien de plus qu'une série d'acrobaties stériles. En particulier, comparé à l'*Ulysse* de Joyce, où il y a du génie, si cru que paraisse l'ensemble, ou encore à côté du dernier recueil de nouvelles de Katherine Mansfield. Et c'est sans compter le nouveau poème de Tom Eliot, qui fait un volume à lui seul, et doit sortir cet automne. Eh bien, quoi ? se rebiffe-t-elle, piquée par le sourire narquois de sa sœur.

— Tu te démontes donc ? Allons, je vais nous préparer une bonne tasse de thé, et tes craintes s'évanouiront quand tu sauras combien j'ai peu de toiles de prêtes pour la nouvelle exposition que Roger[1] a organisée. »

Vingt minutes plus tard, raffermies par un échange, qui, comme souvent, a ravivé leurs ambitions artistiques, les deux sœurs contemplent le jardin du fond de leurs transatlantiques et admirent les nappes de myosotis sauvages qui ont essaimé sous la blanche cascade des pommiers et des poiriers en fleur. Elles se sont lamentées de concert sur la difficulté d'entretenir deux maisons sans ressources adéquates, sont convenues que les enfants de Vanessa (auxquels Virginia est infiniment attachée) poussent magnifiquement, ont analysé les tensions irlandaises (bien que Vanessa répugne ordinairement à aborder les questions politiques) ; elles se versent à présent une nouvelle tasse de thé, et Vanessa étale sur l'ultime scone restant la confiture de framboises qu'elle a mise en pot l'été précédent. Après quoi, elles s'attaquent à l'épineuse charade que constitue à leurs yeux la récente toquade de Maynard pour Lydia.

1. Le critique d'art, essayiste et peintre britannique Roger Fry (cf. « Bell, Vanessa » dans la « Liste des personnages »).

« Ça ne durera pas », pronostique Virginia en acceptant la moitié du scone.

Comme la plupart de leurs amis, elle est persuadée que ce couple mal assorti et franchement ridicule ne doit l'existence qu'à une aberration temporaire, qui ne tardera pas à se dissiper en rendant Maynard à ses multiples aspirations professionnelles ainsi qu'à sa prédilection initiale et bien établie pour les amours exclusivement masculines. Et, point plus crucial encore en ce qui concerne sa sœur, que Maynard pourra continuer de jouer un rôle de premier plan dans la vie de celle-ci, comme il en va depuis la période de la guerre, durant laquelle il a passé à Charleston chaque moment dérobé au ministère des Finances. Il y loue d'ailleurs toujours une chambre. Virginia a beau ne pas être aussi intime avec Maynard, auprès de qui elle se sent fréquemment sur la défensive et intellectuellement médiocre, et dont, en toute sincérité, le manque d'imagination et la voracité lui font tant horreur qu'elle l'a récemment caricaturé dans son journal sous les traits d'un phoque repu et bouffi de graisse, elle n'en prise pas moins hautement son intelligence et considère son ouvrage sur les traités de paix comme un des textes majeurs de l'immédiat après-guerre. Elle ne peut concevoir comment un esprit aussi brillant a pu s'enticher de Lydia, dont la cervelle n'abrite pas une seule pensée sérieuse, et qui semble incapable de soutenir la moindre conversation digne de ce nom.

« Lytton, qui prend pourtant un malin plaisir à voir Maynard se couvrir de ridicule, ne peut la souffrir. Il la décrit comme une simplette, avec un cerveau du même calibre que celui des serins en cage dont elle raffole tant. Il la juge ignare et stupide. Apparemment, lorsqu'ils l'ont interrogée sur le régime bolchevique en Russie, ils n'ont rien pu en tirer, sauf une plaisanterie grivoise.

— On pourrait m'en reprocher autant, à la plaisanterie grivoise près, toutefois, confesse Vanessa. Sitôt que j'ouvre un journal, je suis assaillie par le souvenir de toutes les corvées qui m'attendent encore.

— Mais tu n'as pas l'intention de t'embarquer dans une aventure avec Maynard, toi ! La politique, voilà son élément. Quand le charme initial se sera dissipé, ce qui arrivera fatalement, de quoi peut-il espérer causer avec une femme qui n'est pas même capable de formuler un point de vue rationnel sur la situation de son propre pays ? Non », conclut-elle, en tirant de sa poche un carnet de papier à cigarette et une petite tabatière en métal, « il y a un fossé trop profond entre eux. Maynard a beau se comporter comme un rustre, c'est un homme cultivé, et il n'aime rien tant que l'élégance linguistique. Or l'anglais de Lydia est criblé d'incongruités et de fautes de grammaire.

— Mais il adore ça, justement ! objecte Vanessa. Il prétend qu'elle a un don inné pour la poésie. T'ai-je raconté que Duncan et moi l'avions invité à Paris, pendant notre séjour ? Il a décliné par retour du courrier en citant Lydia comme principal motif de refus. C'était peu après la fin de son ballet. C'est bien la première fois que Maynard boude Paris. Je crois que la situation est grave, insiste Vanessa en posant sa tasse dans l'herbe. Et nous, pendant ce temps, nous nous emberlificotons dans nos doutes, sans savoir comment intervenir.

— Selon Leonard, Maynard et Sebastian projettent de retourner en Afrique du Nord, annonce Virginia, qui lisse une feuille de papier sur son genou et y laisse tomber un filet de tabac. C'est donc qu'il n'est pas si profondément attaché à Lydia que cela.

— Ce n'est pas un voyage qui changera grand-chose, tranche Vanessa, en saisissant la cigarette tout juste façonnée, et en cherchant des allumettes dans sa poche. La lettre de Maynard était de toute évidence un appel à l'aide. Si nous n'y mettons pas bon ordre, il se retrouvera avec une femme sans aucun moyen de subsistance ni perspective d'avenir sur les bras. La saison avec Massine s'est soldée par un fiasco ; Lydia elle-même reconnaît que Diaghilev aura peine à trouver des financements avec ses dettes colossales, et la troupe qu'elle veut monter avec Vera Bowen semble vouée à l'échec. Sais-tu que Maynard nous doit encore de l'argent ?

— Le reliquat de ses placements malheureux ? Il vous remboursera. Avec intérêts. »

Cette situation n'a rien de nouveau, mais Virginia n'en est pas moins alarmée par le trouble manifeste de sa sœur, d'ordinaire si calme et si maîtresse d'elle-même.

« Mais si Lydia l'en empêche ? Elle a des goûts de luxe. Elle vivait au Waldorf avant de s'installer à Gordon Square », s'inquiète Vanessa, en craquant une allumette, puis en tirant sur sa cigarette jusqu'à ce que le bout rougeoie. « Le problème est que Duncan et moi avons absolument besoin de Maynard. Pas seulement pour remettre d'aplomb nos finances. J'aurais peine à assumer Charleston sans sa contribution. Et il nous épaule de toutes sortes d'autres manières.

— Peut-être, médite Virginia, en répartissant une seconde pincée de tabac sur un autre petit rectangle de papier qu'elle roule prestement, peut-être que nous devrions faire plus d'efforts envers Lydia.

— C'est l'avis de Duncan. Il trouve que Lydia a un heureux naturel. Et c'est exact, j'imagine, même si son sens du comique n'est pas le nôtre. »

Elle tend sa cigarette à sa sœur pour que celle-ci puisse allumer la sienne à son tour.

« Le dernier dimanche avant mon départ, Angelica n'est pas descendue petit-déjeuner. Je l'ai trouvée dans son lit, en train de manger des tartines de pain et de confiture qu'elle avait soutirées à Grace la veille au soir. En guise de justification, elle a invoqué l'*oblomovchtchina*, ce qui désigne apparemment l'art délectable de ne rien faire[1]. C'est l'influence de Lydia, bien entendu.

— Allons, allons, cajole Virginia, en réprimant de son mieux un sourire.

— Mais qu'aurions-nous accompli si nous avions passé nos journées à nous prélasser, quand nous étions plus jeunes ? s'écrie Vanessa. Jamais je n'aurais été reçue à la Royal Academy, et quant à toi, tu n'aurais rien publié, si nous n'avions pas travaillé dur pendant toutes ces années.

— Cela aurait consterné Père », concède Virginia.

En silence, les deux sœurs songent un moment à leur père, compilant son dictionnaire, à l'étage supérieur, juste au-dessus de leur chambre, dans la demeure familiale de Hyde Park Gate. Que les jours semblaient donc longs, tout entiers consacrés aux exercices de dessin de Vanessa, aux lectures et à l'écriture pour Virginia, ponctués uniquement par la promenade de midi et le rituel incontournable du thé !

« Je voudrais bien que Lydia ne me dérange pas en permanence, soupire Vanessa dont la voix s'adoucit, comme si elle se repentait de sa sévérité passée. Sitôt que je suis prête à me mettre au travail, elle m'assiège. C'est essentiellement pour cela que j'ai dû venir ici. J'ai beau m'échiner à lui rappeler que j'ai besoin de finir des toiles pour l'exposition, au lieu de me laisser en paix, elle se plante sur un tabouret et bavarde pendant des heures sans se taire une minute. C'est comme ces trains qui traversent vos cauchemars, et que nul ne peut jamais arrêter. Je ne lui réponds quasiment jamais, mais elle continue à débiter des niaiseries. Le

1. Ou « oblomovisme », concept dérivé d'un célèbre roman d'Ivan Gontcharov (1812-1891) *Oblomov* (1859), qui décrit l'existence inerte d'un hobereau russe aboulique, abîmé dans une continuelle rêverie sur un vieux divan.

peu de temps que j'arrive à dégager s'évanouit sans que je puisse accomplir quoi que ce soit.

— C'est horripilant, acquiesce Virginia, en contemplant un massif de giroflées qui chatoient de toutes leurs nuances jaunes et fauves sous le soleil printanier. Moi aussi, je déteste que l'on s'invite à l'improviste, en espérant une tasse de thé et un brin de conversation, quand je compte écrire. »

Elle coule un regard à sa sœur.

« Mais es-tu certaine que Lydia a compris ? Peut-être interprète-t-elle à tort ton silence comme un consentement, puisque tu ne dis mot. Elle ne brille pas par sa finesse de perception.

— Mais il me serait difficile d'insister », proteste Vanessa en s'empourprant.

À contrecœur, certes, elle s'incline devant la pertinence de la remarque de Virginia. Elle a toujours eu peine à exprimer ce qu'elle avait sur le cœur, surtout dans les situations délicates. Elle suit des yeux un moineau qui picore les miettes tombées à ses pieds.

« Lydia seule est déjà un sérieux problème, mais en plus, elle a sans cesse de la visite. Elle passe son temps à faire la fête avec ses amis à la maison, en particulier le dimanche, quand les autres danseurs ont congé. Cela dure toute la journée, et parfois aussi toute la nuit. Or le dimanche, c'est le jour où je m'occupe de toutes les tâches ménagères.

— Et si Lydia s'installait chez Maynard ?

— Elle ne veut pas en entendre parler. Sous prétexte que cela va la perdre de réputation, puisque Maynard et elle ne sont pas mariés. »

Le rire de Virginia fuse.

« Qui se serait figuré une chose pareille ? Elle est notoirement séparée de son époux, ses amants, à en croire la rumeur publique, incluent un comte polonais et un général russe, et elle tremble à l'idée d'enfreindre les convenances ! »

Elle jette son mégot dans l'herbe et l'éteint d'un coup de talon.

« Maynard devrait se méfier ! Lydia va finir par le faire virer au conservatisme. Il a toujours eu une tendance conformiste.

— Je redoute qu'il ne l'invite à Charleston cet été, confie Vanessa, en se débarrassant à son tour de son mégot. Tu imagines un peu ça ? Adieu nos matins tranquilles. Lorsqu'elle s'exerce, elle martèle continuellement le plancher, et personne d'autre ne parvient à travailler. Elle sabotera tous nos repas et toutes nos excursions avec ses singeries. Son verbiage sans queue ni tête et ses plaisanteries ineptes rendront impossible toute conversation après le dîner ! »

Elle écrase le bout de sa cigarette, encore incandescent, avec tant de violence qu'elle en arrache une touffe de gazon, mettant la terre à nu.

« Lydia ne laisse que désordre et crasse dans son sillage, comme si elle avait une armée de domestiques à son service. »

Virginia est tentée, l'espace d'une seconde, de suggérer que Lydia pourrait apporter beaucoup aux pièces de théâtre amateur qu'on met souvent en scène à Charleston, mais le visage grave de sa sœur l'en dissuade. Elle est aussi surprise que satisfaite d'apprendre que Vanessa apprécie les discussions auxquelles leur cercle se livre régulièrement, car il est rare que sa sœur y prenne part. En général, elle se contente de tricoter dans son fauteuil, avec une physionomie impassible qui ne permet pas de discerner si elle écoute ou s'abîme dans ses propres réflexions. Lydia, avec son agitation exaspérante, mesure-t-elle, introduirait une note discordante en pareille occasion. Accoutumée comme elle l'est à exprimer les moindres lubies qui lui traversent l'esprit, elle ne se bornerait pas à leur interdire tout examen approfondi de leur objet, mais risquerait de surcroît de condamner leur démarche même au farcesque. Elle-même abhorrerait la présence de Lydia, si elle devait la recevoir à Rodmell.

« Que comptes-tu faire ? interroge-t-elle, désemparée.

— Louer quelque chose à Saint-Tropez.

— Mais c'est absurde ! Tu passes toujours l'été chez toi. Il est impensable que tu sois obligée de changer tous tes projets à cause de Lydia ! »

Virginia est atterrée. En venant dans le Sussex, elle espérait notamment voir davantage Vanessa, qui lui a terriblement manqué durant ses absences, cet automne et cet hiver. Il lui semble qu'elle ne pourrait supporter que Vanessa s'exile en France tout l'été.

« Il faut raisonner Maynard, tranche-t-elle, prise d'une franche aversion pour Lydia, qui jusqu'alors la faisait osciller entre fascination, étonnement amusé et léger agacement. Écris-lui ! Explique-lui que tu ne peux en aucun cas héberger Lydia. C'est ta maison, après tout ! »

*

Lydia tourne la clef dans la serrure du numéro 46 et s'immobilise un instant dans le vestibule. Elle arrive tout droit du théâtre et hésite à quitter manteau et chapeau. Assurément, elle doit empester comme un putois, car elle porte désormais double épaisseur de vêtements aux répétitions, dans l'espoir de suer ses kilos superflus. Elle a même acheté exprès une deuxième paire de gants. Elle laisse tomber son manteau en tas sur le sol, fait face à son reflet dans la glace de l'entrée, lève les bras pour mieux les voir et pince vigoureusement les chairs potelées. Elle conserve son couvre-chef, qu'elle a agrémenté de deux aigrettes supplémentaires, une au-dessus de chaque oreille.

Maynard ne lui a fixé rendez-vous que plus tard dans la soirée, et elle sait bien qu'il serait plus raisonnable de regagner sa chambre au numéro 50 pour s'y baigner et s'y reposer. Mais elle y répugne, de crainte, pense-t-elle, de se heurter à Vanessa dont l'hostilité paraît s'être encore durcie depuis son dernier séjour à Charleston. Quand Lydia s'est installée au 50, elle a imputé la froideur ostensible de Vanessa à l'anxiété des préparatifs d'une prochaine exposition. Durant ses moments de loisir, elle s'est employée à la rassurer de son mieux, dans l'espoir de détendre l'atmosphère, en restant à ses côtés à lui faire la conversation pendant qu'elle peignait. Mais bien qu'elle enchaînât les anecdotes cocasses sur des représentations qui avaient frôlé la catastrophe, comme cette fois, en Amérique, où elle partageait l'affiche avec une troupe de poneys savants dont l'un s'était échappé sur la scène en plein milieu de son solo, tous ses efforts pour dérider Vanessa et la persuader que tout irait bien semblaient échouer. Bien au contraire, les étranges silences, si glacés, de Vanessa, s'étaient faits de plus en plus pesants et plus prolongés, tandis que les petits affronts, inattendus et cuisants, se multipliaient. La veille encore, en rentrant du théâtre, elle a trouvé sur le perron du numéro 50, abandonnés à l'intention du chiffonnier, les rubans et les dentelles qu'elle avait mendiés auprès d'une des costumières pour les déguisements d'Angelica.

Lydia redresse les plumes de sa toque. La conduite déroutante de Vanessa n'est pas la seule raison qui l'a amenée d'abord au 46. La journée a été rude ; elle a besoin des conseils judicieux de Maynard. Elle a hâte de se jucher sur ses genoux, d'enfouir son visage contre sa poitrine et de sentir ses bras se refermer sur elle. Quel que soit le problème qu'elle lui soumet, il ne manque jamais de lui proposer des solutions. C'est un trait qu'elle chérit particulièrement chez lui. Les répétitions du ballet qu'elle monte avec Vera ne se sont pas si mal déroulées que cela, aujourd'hui, en somme, d'autant qu'elle s'est avisée d'un expédient pour distribuer entre les membres de leur petite troupe exclusivement féminine l'unique rôle de danseur étoile. Son idée d'entremêler les solos de courts intermèdes exécutés par des combinaisons inédites de danseuses fonctionne bien, et en décidant d'adapter des figures empruntées à des ballets antérieurs, elle a restreint la part de chorégraphie qu'il lui incombe d'inventer, tout en limitant le nombre de pas nouveaux à apprendre. Bien entendu, elle aurait la tâche plus facile si elle avait réussi à persuader Stoll de mettre la *Masquerade* de Vera pour huit semaines d'affilée à l'affiche du Coliseum, comme elle l'escomptait initialement, mais Stoll, malgré sa politesse et sa réserve tout anglaises, ainsi que son élégance méticuleuse, s'était révélé bien moins naïf et moins sensible à son charme qu'elle ne l'avait prévu. Il avait refusé d'engager des capitaux sur leur projet avant qu'elles n'aient fait leurs preuves.

Les déboires de la journée, s'avouent Lydia en gravissant l'escalier, sont un peu plus graves que les mécomptes qui guettent toute troupe de récente création et sans un sou vaillant. La matinée a commencé par une longue mercuriale de Vera, qui lui a reproché sa lenteur à composer une séquence où figureraient leurs trois solistes, et l'a accusée de gaspiller de précieuses heures de répétition, pour lesquelles elles ne disposaient que d'un budget limité. Quand Lydia avait plaidé l'épuisement, puisqu'elle avait à la fois à diriger les danseurs et à danser elle-même, Stoll ayant exigé qu'elle paraisse au moins pendant la moitié du programme, Vera s'était emportée et l'avait traitée de dilettante frivole. Ce à quoi Lydia avait rétorqué que Vera ne pouvait comprendre, faute d'être elle-même danseuse. Sur ces entrefaites, Vera avait claqué la porte, en laissant Lydia si effondrée qu'elle avait envisagé de renoncer à toute l'entreprise, et de chercher un engagement de tragédienne. Elle n'avait retrouvé un peu de sérénité que lorsqu'une de ses camarades solistes lui avait rappelé que Vera débutait une grossesse, ce qui, sans aucun doute, expliquait son irritabilité.

Il y a pire encore que l'algarade avec Vera. Dans l'après-midi est tombée la nouvelle que Enrico Cecchetti, qui fut son professeur durant son adolescence, à Saint-Pétersbourg, et qu'elle nomme toujours Maestro, va fermer le studio qu'il a ouvert à Londres lorsqu'il a suivi Diaghilev, pour aller finir ses jours dans son Italie natale. En l'absence du maître elle craint que ne s'accélère la dégradation de sa technique, déjà sensible quand elle se produit aux côtés de jeunes collègues plus récemment formés. Certes, la discipline des entraînements réguliers est si bien devenue une seconde nature qu'elle s'exerce même les jours où Cecchetti n'est pas libre, seule dans sa chambre au 50, mais ce n'est pas pareil. Comme tous les enseignants d'exception, certifie-t-elle à un interlocuteur inexistant, figée au milieu de l'escalier, Cecchetti est un génie. Ses injonctions rauques, le battement impérieux de sa baguette la poussent plus loin qu'elle ne s'aventurerait d'elle-même, tout en l'empêchant de tenter de parvenir à ses fins trop vite, erreur à laquelle elle est sujette. Ainsi peut-elle perfectionner son exécution sans risquer de se blesser. Elle ne sait comment elle pourra se passer de lui.

Ces pensées se bousculent dans son esprit, et elle les traduit déjà en anglais, à l'intention de Maynard, non sans les enjoliver de manière à se ménager un maximum d'attention et de sympathie, quand elle entend s'élever une voix féminine dans le salon. Ce n'est pas celle de Vanessa, ni celle de l'obséquieuse secrétaire que Maynard emploie à l'occasion, et qu'elle soupçonne de nourrir une passion secrète pour lui. Dépitée, car elle comptait avoir Maynard pour elle seule, elle toque à la porte.

Adossé à la cheminée éteinte, Maynard converse avec une femme dont le vaste front, l'expression de profond sérieux, et les bandeaux gris, relevés sur la nuque, lui semblent vaguement familiers. La visiteuse se tient très droite sur sa chaise, et arbore un corsage à collet montant, qui, même à l'œil inexercé de Lydia, paraît quelque peu désuet. Une tasse de thé est posée sur ses genoux. Les yeux de Maynard se tournent vers Lydia à son approche, mais il se borne à lui tendre la main, au lieu de l'accueillir avec l'affection qu'elle escomptait. S'il vise, par cette réception plus cérémonieuse que de coutume, à la dissuader de lui sauter au cou en le couvrant de baisers, son objectif est atteint. Peu s'en faut que Lydia, son élan brusquement coupé, ne perde l'équilibre. Elle serre la main de Maynard, en cherchant vainement son regard. Il semble fasciné par les zigzags bleus et bordeaux du tapis. L'inconnue la dévisage avec curiosité.

Maynard s'éclaircit la gorge, mais avant qu'il n'ait pu prononcer un mot, Lydia s'empresse de s'excuser, d'abord d'avoir fait irruption sans se faire annoncer, puis, avec un coup d'œil à son justaucorps trempé de sueur, de ce second manquement, avant de se lancer dans le récit de cette journée infernale. Une fois sa narration entamée, elle répugne à la laisser en suspens, d'autant que sa voix résonne comme le seul point d'ancrage dans cette situation qui la décontenance et l'angoisse simultanément. Elle conte sa démarche infructueuse au studio de Cecchetti, qu'elle a sans succès adjuré de ne pas quitter Londres. Elle explique, d'une voix qui s'emballe, car le silence de Maynard lui pèse plus insupportablement de minute en minute, que la séquence qu'elle a spécialement conçue en s'inspirant de la tragédie grecque pour réunir les trois étoiles féminines est vouée au fiasco, si elle ne peut obtenir des répétitions supplémentaires. Elle s'apprête à leur relater, sur le mode dramatique, sa querelle avec Vera, quand Maynard esquisse de nouveau un geste. Cette fois, c'est pour l'interrompre.

« Puis-je », commence-t-il, avec un aplomb retrouvé, tourné vers sa visiteuse, chez qui Lydia reconnaît soudain le front et les yeux de Maynard, « vous présenter ma mère, Mrs Florence Keynes, de passage à Londres pour voir mon frère ? Et voici, poursuit-il, avec un décorum qui la transperce comme une lame d'acier, la nouvelle pensionnaire de Vanessa, la ballerine russe, Lydia Lopokova. »

*

Lydia s'arrête net, freinée par le spectacle de cette multitude de tableaux. La porte de l'atelier de Vanessa est entrebâillée, et, poussée par la curiosité, elle ne peut s'empêcher de l'entrouvrir un peu plus. Elle arrive du 46, où elle a décliné le thé que Maynard lui offrait à contrecœur, en invoquant la fatigue et le besoin de se laver. S'entendre présenter à sa mère comme la pensionnaire de Vanessa, comme si elle ne comptait pas plus qu'une voisine, l'a tout à la fois désorientée et blessée. Elle appréhende de se retrouver dans la solitude de sa chambre, où elle devra affronter la crainte de n'être rien de plus qu'une passade sans lendemain dans la vie de Maynard. Elle fait un pas à l'intérieur. Ce sont certainement les tableaux que Vanessa a peints dans le Midi, devine-t-elle, en considérant tour à tour une flottille de voiliers blancs sur une mer émeraude, puis une vigne éclaboussée de soleil, chargée de grappes violacées aux contours estompés, puis des mas à toits de tuiles, dont les fenêtres rutilent de géraniums écarlates. Deux d'entre eux – une femme assise dans un fauteuil, dont le visage n'est encore qu'un ovale vierge de traits, et un bouquet de fleurs sauvages dans un vase, dont le fond est inachevé – reposent sur des chevalets, tandis que les autres sont perchés sur les chaises et les tables, ou appuyés contre le mur. Depuis son installation à Gordon Square, elle s'est accoutumée au style des œuvres de Vanessa, qu'elle juge pour la plupart gauches et disgracieuses, comme les lourdes et massives assiettes dans lesquelles ils prennent leurs repas. Elle a été confortée dans ce verdict par Vera, qui, après examen de l'intérieur décoré par

Vanessa, lui a dénié tout talent et, plus grave encore, tout goût. Vanessa, estime Vera, ferait mieux de s'occuper davantage de ses enfants, dont elle désapprouve la turbulence. Et pourtant, il y a, dans l'ensemble même que forment toutes ces toiles, un je-ne-sais-quoi qui l'interpelle, comme si, par leur conjonction, elles s'imposaient avec plus de force au spectateur, soudain sensible à la cohérence insoupçonnée des couleurs qui lui ont d'abord paru mal choisies ou étrangement réparties. Elle étudie un groupe de pommes aux contours irréguliers dans une jatte rayée, quand des pas résonnent.

« Elles me donnent envie de manger ! » proclame-t-elle avec un enthousiasme qui désarme Vanessa, sur le point de protester contre cette intrusion.

Depuis des semaines, elle nourrit une secrète rancœur contre les hôtes de Gordon Square, dont pas un n'a apparemment remarqué les deux nouveaux tableaux dont elle a orné, voilà peu, le salon de Maynard. Même ce dernier n'a rien dit, lui à qui elle a confié jadis sa peur de n'avoir ni le temps ni le talent nécessaires pour prétendre sérieusement à une véritable création artistique.

« J'ai encore beaucoup à faire », avertit-elle avec insistance, d'un ton aussi détaché que possible, car, après tout, que valent les éloges de Lydia ? « Les employés de la galerie viendront à la fin de la semaine. »

Elle se poste devant l'un des chevalets, embrasse du regard le bouquet de fleurs sauvages. Il faut qu'elle le termine avant que les enfants et Grace ne rentrent de promenade, afin de libérer le lendemain pour le portrait de Virginia. Elle passe une blouse sur sa robe, emprisonne sa chevelure dans une écharpe, dans l'espoir que ces préparatifs feront battre en retraite Lydia.

Lydia, cependant, ignore entièrement ces signaux. Au contraire, elle propose ses services, s'offre tout d'abord à faire les mélanges, puis, en l'absence de réponse, à nettoyer les pinceaux.

Comme pour lui démontrer que cette tâche lui est familière, elle s'empare d'un gros flacon de térébenthine qu'elle débouche.

« En tournée, explique-t-elle en extrayant un pinceau d'un bocal et en s'armant d'un chiffon, il y a si peu de temps avant les représentations que tout le monde, danseurs inclus, doit mettre la main à la pâte. »

Elle imbibe généreusement l'étoffe de térébenthine et frotte vigoureusement le pinceau. Le liquide résineux étoile le parquet de gouttes poisseuses et huileuses. Vanessa réprime la tentation de prier Lydia d'arrêter. Elle a conscience que Lydia fait un effort de cordialité. Aussi va-t-elle chercher un des journaux qui s'amoncellent près de la fenêtre, pour le déployer au sol, là où Lydia s'active. Puis elle retourne à son chevalet et à ses fleurs.

« J'aime comment tes pommes flottent au-dessus de la jatte », annonce Lydia en désignant la toile d'un grand geste de pinceau, qui asperge de térébenthine le tapis voisin, si bien que Vanessa doit se déranger pour y étaler un second journal.

« C'est comme ça que Picasso peint. Il a travaillé avec nous à Paris, et y a épousé mon amie Olga Khokhlova. Quand il a fait son portrait, il lui a placé les yeux à des niveaux différents, comme ça. »

Elle ferme l'œil droit et esquisse du bout du doigt un cylindre imaginaire tout en haut de son front.

« Vous connaissez Picasso ? s'étonne Vanessa.

— Cette canaille ! Sur ses croquis, j'ai l'air grassouillette et banale, comme n'importe quelle épouse bien nourrie. Même lorsqu'il m'a dessinée à cheval dans *Parade*, il m'a fait des bras dodus et les jambes arquées ! »

On peut toujours se fier à Lydia pour tout ramener à elle, même les conversations les plus intéressantes potentiellement, songe Vanessa en regrettant l'absence de Virginia, qui la prive de ses analyses sans aucun doute cinglantes. Elle n'a pas encore écrit à Maynard, selon les conseils de sa sœur, pour régler la question de Charleston, mais elle se promet de prendre sa plume dès ce soir. Si sincère que semble le zèle de Lydia, si bien intentionné que soit son empressement à se rendre utile, il est intolérable de se voir envahir jusque dans son atelier. Elle surprend Lydia qui abandonne le pinceau enduit de térébenthine sur un siège, et étouffe à grand-peine une exclamation irritée. Si elle avait requis davantage de preuves que la présence de Lydia sous son toit tout l'été sonnerait le glas de tous les projets qu'elle a minutieusement élaborés, séances de travail avec Duncan, excursions avec les enfants, et repas détendus avec ses amis, elle est servie. Elle ôte le pinceau de la chaise et tamponne le coussin avec un coin de sa blouse. Voici que tinte sur la cheminée la pendule, un des rares souvenirs d'enfance que la fratrie ait emportés à Bloomsbury après la mort du père. Elle opte pour le mutisme, tactique la plus susceptible de la débarrasser de Lydia, ce qui lui permettra de consacrer à son tableau le temps qui lui restera.

Lydia, qui semble avoir oublié la mission qu'elle s'est assignée, s'accroupit sur un tabouret pour l'observer tout son soûl. Vanessa est une énigme pour elle. C'est une figure intimidante, douée d'une beauté austère et délicate que Lydia compare à l'éclat d'une étoile lointaine. Malgré l'hostilité ouverte de Vanessa et les rebuffades essuyées tout au long des semaines précédentes, en certaines occasions, comme lorsqu'elle a évoqué Picasso tout à l'heure, Lydia la sent se dégeler un peu et caresse l'espoir de conquérir son amitié. Elle se remémore la fois où elle est rentrée à pied d'une soirée en compagnie de Duncan et de Vanessa. La réunion avait été bien arrosée, et ils étaient tous trois un peu émoustillés par l'alcool, en particulier Duncan, incapable de marcher droit, qu'il avait fallu empêcher de descendre zigzaguer sur la chaussée au milieu de la circulation. Pour les divertir, elle avait mimé les frasques des cochers de Saint-Pétersbourg lorsqu'ils étaient ivres, et quand elle s'était lamentée sur sa séparation avec les siens qu'elle n'avait pas revus depuis des années, Vanessa l'avait réconfortée d'un baiser. Arrivée devant la pelouse de Gordon Square, Lydia les avait entraînés en dansant bras dessus bras dessous à travers le gazon. Lorsqu'ils avaient atteint l'autre côté, Vanessa riait de si bon cœur qu'elle avait dû s'appuyer aux grilles pour reprendre haleine. Lydia ne désirerait rien tant que de voir ressusciter cette camaraderie avec Vanessa dès maintenant. Elle aimerait la consulter au sujet de Maynard puisque, de l'aveu même de ce dernier, Vanessa est la seule femme de son entourage dont l'opinion lui importe. Il lui est venu à l'esprit que si Maynard rechignait ainsi à présenter leur relation sous son jour véritable à sa mère, cela pouvait tenir à Sebastian, que, suppose-t-elle, la famille a déjà rencontré. Quant à savoir si les siens l'ont officiellement admis comme l'amant de Maynard, ce qui frapperait de nullité ses propres prétentions, c'est là une question dont elle brûle et redoute simultanément de découvrir la réponse.

Elle s'éclaircit la gorge, désireuse de parler de Maynard, mais le visage fermé de Vanessa l'en dissuade. Bien qu'elle n'ait pas touché à sa toile, elle la fixe avec une concentration farouche, qui indique clairement que son attention est déjà tout entière absorbée. Lydia se rabat donc sur le récit de sa querelle avec Vera, que Vanessa, soupçonne-t-elle, ne considère que comme une riche dilettante. Elle décrit avec moult amplifications comiques la manière dont Vera a imprimé à sa chorégraphie un tempo si frénétique que les vierges grecques s'en sont trouvées métamorphosées en essaim de guêpes furieuses, sans parvenir à tirer la moindre réaction de Vanessa. Elle ne tourne les yeux vers Lydia que lorsque celle-ci mentionne que Duncan lui a conseillé d'ajouter un solo inspiré des gigues écossaises qu'il a apprises dans son enfance.

« Même Vera, qui trouverait encore à redire au Paradis si Dieu lui accordait une place là-haut, renchérit Lydia, approuve le costume que Duncan a conçu pour moi. As-tu vu le dessin où je danse la gigue ? Il m'a fait douze jambes, pour représenter les coups de talon. Je ressemble à une pieuvre volante en délire », conclut-elle avec un petit rire.

Vanessa a cessé d'examiner son tableau pour écouter. Elle blêmit. Duncan ne lui a pas montré ce dessin. En soi, cela n'a rien d'inhabituel, surtout s'il ne s'agit que d'un simple croquis. Néanmoins, l'intérêt de Duncan pour la gigue écossaise qu'évoque Lydia fait soudain planer de sinistres présages. Bien qu'elle soit parvenue à se résigner, grâce à une stricte autodiscipline, à ce que des pans entiers de la vie de Duncan lui demeurent inaccessibles, leur collaboration artistique n'en conserve pas moins un prix infini pour elle. Elle est consciente du génie de Duncan, point qui prime dans son esprit sur toute considération secondaire, comme de savoir qui est son amant du moment. Quoique trop honnête pour nier que les liaisons de Duncan ne l'aient réduite au désespoir à certaines époques, elle a toujours trouvé moyen de les surmonter. Elle doute d'y réussir si Duncan se détourne du partage créatif sur lequel repose leur intimité, surtout s'il dispose d'une nouvelle confidente douée de talents dont elle-même est dépourvue. Tout exaspérante que lui paraît Lydia, elle sait qu'elle possède des qualités qui charment Duncan, telles que son goût pour les pitreries et son imprévoyance, aussi délibérée que téméraire. Vanessa ne se voit aucunement cultiver pareille attitude, pas plus qu'elle ne pourrait imaginer de vivre sans ses enfants. Bien au contraire, depuis son adolescence, et les morts successives de sa mère puis de sa demi-sœur Stella, qui ont fait retomber sur ses épaules, en tant qu'aînée, la charge de la maison familiale, elle a constamment le pénible sentiment que la moitié de son énergie mentale est sacrifiée à la satisfaction des besoins innombrables de son entourage. Lydia, a-t-elle constaté, est non seulement incapable de se passer d'une armée de domestiques, mais affiche aussi la plus grande désinvolture en matière d'argent. Ce serait excusable si Lydia était riche, mais dans sa situation présente, cela semble à Vanessa irresponsable, et même condamnable. Il lui est venu à l'esprit que si Maynard cessait d'entretenir Lydia, cette dernière serait forcée de quitter Gordon Square, pour aller courir sa chance ailleurs. Elle se souvient d'une conversation avec Mary, après une soirée en l'honneur des Ballets russes organisée par Maynard et Clive au sortir de la guerre, alors qu'elles connaissaient à peine la danseuse. Au détour d'un de leurs rares échanges de confidences, Mary lui avait dévoilé ses craintes que Clive ne se laisse captiver par les charmes de Lydia. Il lui avait adressé un poème amoureux truffé de tant d'hyperboles prétentieuses et de rimes alambiquées que Virginia l'avait salué comme un chef-d'œuvre en son genre.

« C'est un oiseau de feu, dans la vie comme sur scène, avait conclu Mary, qui aguiche et ensorcelle, avant de s'envoler en ne laissant qu'une traînée de plumes derrière elle. »

Elle jette un coup d'œil à Lydia qui médite sombrement, l'air abattu, sur son tabouret. Elle se demande si Mary a raison, et si Lydia est bien une créature sans cœur, une de celles qui collectionnent avec délectation les nouvelles conquêtes. Elle songe à la lettre qu'elle écrira ce soir à Maynard. Si elle compte lui remettre en mémoire son appel au secours initial, elle ne s'illusionne nullement sur sa réaction. Il semble chaque jour s'enamourer davantage de Lydia.

Lydia se retourne en entendant un soupir. Voilà qu'elle a chagriné Vanessa, avec son babil stupide, réalise-t-elle, en luttant contre le désir de bondir sur ses pieds pour aller la serrer dans ses bras. Lydia a remarqué la sérénité que Duncan apporte instantanément à Vanessa par sa seule présence, et elle aimerait l'interroger sur leur relation. La prédilection de Duncan pour les hommes est loin d'être un secret. Une conversation à ce sujet, outre qu'elle réconforterait sans doute Vanessa (car Lydia est fermement convaincue que la parole est une panacée), pourrait aussi l'aider à y voir plus clair parmi les tourments de sa liaison triangulaire avec Maynard. Mais avant qu'elle n'ait pu aborder le sujet, les notes grêles d'un orgue de Barbarie montent de la rue.

Vanessa observe Lydia qui fait coulisser le châssis à guillotine pour jeter des piécettes puisées dans sa poche au musicien en contrebas. Si intempestive que soit cette interruption, le visage de Lydia, tel qu'il s'encadre dans la fenêtre, éveille son intérêt. Elle se saisit d'un carnet et un crayon. Puisqu'elle n'a pas les moyens de s'offrir des modèles, autant tirer parti des intrusions de Lydia.

« As-tu déjà rencontré la mère de Maynard ? demande Lydia tandis que la ritournelle de l'orgue mécanique s'affaiblit progressivement. Elle prend le thé avec Maynard, mais quand j'ai toqué à la porte, il a eu l'air gêné de me voir. Alors je me suis sauvée. »

Vanessa est prise au dépourvu par cet aveu. Ce ne doit pas être facile d'être l'amante de Maynard, comblé comme il l'est par sa liaison avec Sebastian. Elle est frappée par le parallèle entre leurs deux situations. Toutefois, si elle s'est résignée à la longue à accepter tous les sacrifices qu'implique son amour pour Duncan (dans son propre intérêt comme dans celui de leur fille), rien n'oblige Lydia à faire ce choix difficile. Soulagée, car elle n'a aucune envie de faire souffrir Lydia, elle s'avise qu'en soustrayant Maynard à une idylle que, soupçonne-t-elle, il regrette sans doute déjà, elle épargnera aussi des chagrins à Lydia.

« Ne pensez plus à Maynard, assène-t-elle, avant que son courage ne l'ait désertée. Vous appartenez l'un et l'autre à des univers différents, ce qui ne peut qu'être néfaste à long terme. Il vaut mieux rompre tout de suite et rester bons amis. »

Puis, pour prévenir les objections qu'elle sent s'accumuler, elle ajoute : « Savez-vous que Maynard et Sebastian ont prévu un second voyage en Afrique du Nord ? »

*

Lydia dévale les escaliers du numéro 50, ouvre à toute volée la porte d'entrée, et monte quatre à quatre le perron du 46. Sans se soucier un moment de savoir si Maynard n'est pas encore avec sa mère, elle se rue dans son salon.

« Est-ce vrai, tempête-t-elle, trop bouleversée par les révélations de Vanessa pour frapper avant d'entrer, que tu vas partir en Afrique du Nord avec Sebastian ? »

Elle se campe devant le fauteuil où Maynard lisait.

« Hier encore, nous avons partagé tous les secrets de nos corps, et j'étais certaine qu'il n'y avait pas au monde deux créatures plus proches que nous. Tu as envisagé que nous passions l'été tous les deux ensemble. J'ai même recommandé à Vera de ne pas compter sur moi en août. Et maintenant, je découvre que tu as machiné d'autres projets tout du long, sans me crier le plus petit "gare", si bien qu'il faut que ce soit Vanessa qui me l'apprenne ! »

Maynard, plongé dans un article de journal sur le procès de Gandhi, lève les yeux. Lydia se tient à quelques pas de sa chaise, les poings serrés, comme si elle grillait de lui allonger un crochet dans la mâchoire. Et nul doute qu'elle n'hésiterait pas, et que ce ne serait pas de main morte, car, sans en avoir l'air, elle est musclée par la danse. Il ne doute pas, du reste, qu'il ne le mérite amplement ; il n'a cessé de se reprocher, depuis que sa mère est partie reprendre le train pour Cambridge, de ne pas lui avoir présenté Lydia comme il aurait dû le faire. Il sait que cette omission a blessé Lydia et que c'est ce qui l'a conduite à décliner la tasse de thé qu'il lui offrait.

« Je suis content que tu sois repassée, Loppy. J'ai une question à te poser. J'ai vu mon avoué cet après-midi, et je lui ai exposé ta situation. Cela pourra prendre quelque temps, mais a priori, selon lui, rien ne s'oppose à ce que tu puisses te remarier à terme. »

Il quitte sa chaise, puis, à la profonde stupeur de Lydia, met un genou en terre.

« Ce serait par conséquent un grand honneur pour moi si tu consentais à devenir Mrs Keynes »

*

Maynard dépose l'assortiment de gâteaux de chez Fuller sur la coiffeuse de Lydia. Il est déçu de l'avoir manquée. Même si sa répétition était fixée à dix heures, et qu'il est presque onze heures, il caressait néanmoins l'espoir que ce serait un de ses jours de retard. C'est pour cette raison qu'il s'est rendu en hâte chez elle au sortir de chez l'avoué, qu'il a prié d'informer la première Mrs Barocchi et le mari de Lydia que celle-ci demandait le divorce. Il jette un coup d'œil au salon, et le trouvant vide, comme prévu, il griffonne un mot qui accompagnera son offrande.

Tout en écrivant, il se figure Lydia en train de s'arracher au dernier moment à son lit, d'enfiler les premiers vêtements à sa portée et de se ruer à la cuisine pour faire main basse sur tous les restes qu'elle aura pu dénicher, en guise de petit-déjeuner. Quand Lydia lui a décrit ces amalgames insolites, il n'avait pas voulu la croire, jusqu'au jour où il l'avait vue de ses yeux dévorer les fragments de viande encore attachés à l'os d'un jambon, agrémentés de débris de fontainebleau aux fruits. Quant à ce que la cuisinière pense de ces extravagantes combinaisons, elle le garde sagement pour elle. Il n'ignore pas que ces rafles contrarient Vanessa et l'a signalé par le passé à Lydia. Elle a réagi, fort judicieusement à son sens, en s'entendant avec une des femmes de chambre pour que celle-ci lui apporte chaque matin son petit-déjeuner dans sa chambre, contre gratification. Il lui est toujours apparu que Vanessa avait eu tort de mettre fin à cet arrangement, sous prétexte que cette rétribution supplémentaire risquait de causer des dissensions entre les domestiques.

Maynard regrette tout particulièrement de n'avoir pu offrir à Lydia ses gâteaux à temps pour son petit-déjeuner, car le vendeur de chez Fuller l'a aidé à choisir ceux qu'elle préfère. En constatant la faveur dont elle jouit manifestement auprès du personnel, il a failli divulguer sa grande nouvelle : que Lydia et lui se marieront sitôt qu'elle sera officiellement divorcée. Bien qu'il ait eu toute la nuit et la matinée pour assimiler cette exaltante perspective, il ne peut s'empêcher de revenir indéfiniment sur leur conversation de la veille, moitié pour s'assurer qu'il s'en souvient exactement, moitié par pure et simple jubilation. Il se demande si Lydia l'a annoncé à Vera ou à l'une des autres danseuses, et si cette décision la comble autant que lui. Lui qui s'est toujours targué d'obéir à la raison plutôt qu'à ses émotions, voilà qu'il peut à peine cesser de sourire, tant il tire de plaisir de la certitude que Lydia va désormais faire partie intégrante de son existence. Il s'est d'ailleurs surpris deux fois de suite à siffloter une rengaine amoureuse en vogue en se rendant chez son avoué, sous l'œil interloqué d'un groupe d'infirmières qui quittaient l'hôpital, leur service achevé. Il s'était même attiré un sourire complice de l'agent qui régulait la circulation dans Euston Road. Les paroles de la chanson s'insinuent de nouveau dans son esprit, et le voilà qui pèse si, en s'exerçant un peu au préalable, il ne pourrait pas en régaler Lydia ce soir. Après tout, il n'y a pas beaucoup de femmes auxquelles on puisse appliquer aussi justement qu'à sa Loppy le titre de la ritournelle, « Mon petit ange ».

Il ajoute une ou deux ultimes phrases à son billet, pour prier Lydia, en sa qualité de bonne fée, de le transformer lui aussi en gâteau et lui procurer ainsi l'affriolante expérience d'être croqué tout cru par elle. En traversant le palier, il remarque une série de toiles emballées de papier brun et ficelées. Ce sont sans doute les tableaux de Vanessa qui attendent là que les employés de la galerie viennent les enlever en vue de l'exposition. Il ne s'est pas encore interrogé sur les motifs qui ont pu pousser Vanessa à informer Lydia de son projet de voyage en Afrique du Nord avec Sebastian, et il craint qu'elle ne l'ait fait par malveillance, mais il est d'humeur trop euphorique pour lui réclamer des explications dans l'immédiat. Bien au contraire, il est pris d'un soudain désir de lui apprendre ses fiançailles. Peut-être espère-t-il ce faisant apaiser définitivement les tensions engendrées par l'installation de Lydia à Gordon Square. Quoiqu'il ait initialement lutté contre les sentiments qu'elle éveillait en lui, sa présence lui paraît aussi nécessaire à son existence que l'oxygène qu'il respire. Par-dessus tout, il aspire à se confier à Vanessa, qu'il considère toujours comme la plus intime de ses amies.

Il frappe à la porte de l'atelier de Vanessa, qui s'ouvre brusquement sous la pression de ses doigts. Des toiles s'amoncellent à l'intérieur, certaines emballées, d'autres non, d'autres, enfin, inachevées. Ses yeux s'arrêtent sur un bouquet de fleurs dans un vase à demi esquissé, et sur un visage qui n'a pas encore de traits, mais qui lui rappelle non moins Virginia. Convaincu que Vanessa ne peut être loin, il s'approche de la table voisine de la fenêtre, pour examiner une composition de fruits et de légumes. Il passe en revue les carottes terreuses, les pommes à divers stades de maturité, et même une pomme de terre, intacte, de la variété que les enfants de Vanessa se plaisent à transformer en faces humaines en y piquant deux boutons en guise d'yeux et des brindilles pour faire les cheveux. Elles côtoient une feuille de journal humide, dont un coin se redresse comme la tête d'un serpent irrité. Elle contient les fanes de carottes, qui, devine-t-il, ont été coupées pour des raisons esthétiques, soit que leurs plumets légers aient desservi les formes plus massives des tubercules, soit que leurs nuances de vert aient juré avec celles des pommes. Si ce ne tenait qu'à lui, il jetterait papier et fanes, mais il se garderait bien de toucher à quoi que ce soit. Jadis, durant des vacances avec Duncan, il a débarrassé un bureau d'une collection d'objets hétéroclites, ce qui a condamné Duncan à abandonner le croquis qu'il avait entrepris. Il enfonce donc ses mains dans ses poches en fredonnant l'air de « Mon petit ange ».

« Félicitations ! attaque-t-il lorsque Vanessa paraît enfin. Il y a au moins vingt-cinq toiles ici ! »

Cette remarque lui est dictée par le souvenir d'une de ses conversations précédentes avec Vanessa où elle avait émis la crainte d'avoir à exhumer des œuvres anciennes pour couvrir les murs de la galerie, faute de pouvoir réunir assez de peintures nouvelles pour son exposition. Il espérait ce faisant la rassurer, mais elle ne répond pas, le poussant à ajouter, d'un ton encourageant :

« Mets-m'en deux de côté. Je suis preneur. »

Vanessa pose le pot d'eau et les pinceaux propres qu'elle apportait. Elle ne s'attendait pas à voir Maynard, qu'elle croyait en route pour Cambridge, où il assure de nouveau ses cours. S'il est venu, suppose-t-elle, c'est parce que c'est elle qui a dévoilé à Lydia le projet d'expédition en Afrique du Nord, et, quoique exempte de tout remord, elle n'a ni le temps ni l'envie de subir une scène.

Elle s'approche de la toile appuyée sur le chevalet. Ce qu'elle a accompli pour l'instant se limite à une ébauche sommaire, étoffée de quelques touches colorées, mais elle n'en est pas moins satisfaite de ce qu'elle voit. Le centre du tableau est occupé par trois pommes, à peine esquissées, et, en traçant les contours des fruits de la main, elle se demande, comme malgré elle, si Lydia parlait sérieusement, lorsqu'elle a comparé son style à celui de Picasso. Bien qu'elle sache pertinemment qu'il serait plus raisonnable de continuer le bouquet et le portrait de Virginia, qui sont presque terminés, ils ne font que reprendre des idées déjà exploitées, et, en toute franchise, ne l'intéressent plus. Les pommes, en revanche, scintillent de mille possibilités.

Debout près de la fenêtre, Maynard la regarde travailler. Même si ses amitiés artistiques l'ont habitué à ce spectacle, il est toujours fasciné par la lente, mais visible métamorphose d'un espace vierge en œuvre. Il songe à Charleston, où Duncan et Vanessa résidaient en permanence pendant la guerre et se rappelle un certain matin où, arrivé de bonne heure par le premier train, il avait découvert Vanessa agenouillée devant la bibliothèque de sa chambre. Il n'a plus en mémoire la date précise, ni l'article de journal, ou plutôt le témoignage de blessé (plus crédible, car épargné par la censure) qui avait pu la bouleverser aussi intensément, mais il se souvient qu'elle l'avait accueilli avec un accablement si profond qu'il n'avait pu trouver un seul mot pour la réconforter. Il s'était contenté de s'asseoir en silence sur son lit, sa serviette bourrée de dossiers du ministère des Finances posée à côté de lui sur la courtepointe. Jamais il n'avait discerné si clairement le non-sens absolu de ce sacrifice toujours plus démesuré d'argent et d'existences à une victoire, qui, à ses yeux désormais, ne pourrait jamais justifier son coût. Il ne saurait dire combien de temps il était demeuré ainsi, ou s'il s'était ouvert à elle de ses doutes, mais il sait qu'il avait été apaisé à la longue par le bruissement régulier de son pinceau, calme et discret, sur la bibliothèque de bois laqué gris qu'elle avait entrepris de décorer. Quand elle s'était enfin accroupie sur ses talons pour juger de l'effet d'ensemble, en lui proposant de peindre en jaune le dos de ses classeurs s'il le souhaitait, sa question lui avait paru plus urgente et plus rationnelle que toutes les sollicitations du ministère des Armées.

Comme si elle avait deviné qu'il songe à Charleston, Vanessa tourne les yeux vers Maynard. À sa grande surprise, il ne paraît ni irrité ni peiné qu'elle ait précipité la fin de sa liaison avec Lydia par ses révélations sur Sebastian et le voyage en Afrique du Nord, mais semble, au contraire, le visage serein, captivé par le tableau qui prend forme. Il lui vient soudain à l'esprit une hypothèse si renversante que son couteau à palette lui tombe des mains. Se pourrait-il, suppute-t-elle, en se baissant pour le ramasser, que loin d'être finie, l'idylle de Maynard et de Lydia ait franchi un nouveau stade ?

Maynard, qui exulte toujours à la perspective de ses noces avec Lydia, croise son regard.

« Deux de tes toiles, répète-t-il. N'importe lesquelles – quoique j'aie un faible pour ces pommes, je dois dire. »

Il désigne la nature morte admirée la veille par Lydia, qui n'a pas encore été emballée pour partir à la galerie.

Comme une corde trop tendue, prête à se briser à la moindre traction supplémentaire, Vanessa se réfugie dans un fauteuil dont le dossier à oreillettes la dérobe au regard perçant de Maynard. Quelle suffisance que de se porter acquéreur de deux de ses œuvres, alors qu'il n'a aucun goût, manifestement, pour sa peinture ! Elle lui en veut toujours de ne pas avoir émis un seul commentaire sur les dernières toiles qu'elle a accrochées dans son salon. Son indifférence éclate dans le fait même qu'il n'a pas jugé bon de lui indiquer lesquelles lui réserver. Son offre n'est motivée que par la pitié et par la conviction qu'elle n'en vendra que très peu, comme lors de sa précédente exposition. Elle a conscience qu'elle devrait être reconnaissante, car Dieu sait si elle a besoin de cet argent, mais elle est envahie par le ressentiment et l'aversion.

Elle en vient à espérer qu'il n'a pas rompu avec Lydia. Ces deux-là se méritent mutuellement.

Pour se libérer de ces pensées, qui, elle le sait bien, ne sont pas seulement injustes, mais aussi purement temporaires, elle se campe à nouveau devant son chevalet.

« Je voulais t'écrire, hier soir », lui dit-elle en cherchant le tube de rouge cadmium qu'elle presse au-dessus de sa palette.

Maynard distingue dans sa voix une tension qui lui ôte toute envie de lui annoncer la grande nouvelle. Vanessa, sent-il, est épuisée, et affiche cette expression de calme forcé qui est un sûr indice de nervosité, comme le lui a appris l'expérience. La litanie de griefs et de récriminations dérisoires à laquelle la présence de Lydia à Gordon Square a donné lieu ne lui permet guère de s'illusionner sur le regain de frictions que provoqueront ses fiançailles. Même si, avec optimisme, il prévoit que ses noces apaiseront à terme ces divisions, ceci ne se produira pas du jour au lendemain. D'ailleurs, l'heure est mal choisie pour se quereller. Il souhaite le succès de l'exposition de Vanessa, et s'il s'est engagé à acheter deux de ses toiles, c'est mû par un désir sincère d'y contribuer. De surcroît, il n'a pas envie que la réprobation de ses amis douche déjà son allégresse. Il voudrait pouvoir jubiler tout son soûl encore un petit moment, avant de s'attaquer pour de bon à ces deux rudes tâches : affranchir Lydia de son premier mariage et plaider sa cause auprès de ses contempteurs de Bloomsbury. Il aimerait aussi s'entretenir au préalable avec Sebastian. Bien que certaines remarques de ce dernier laissent présumer qu'il s'est à demi préparé à un tel dénouement, Maynard préférerait qu'il ne l'apprenne pas par un tiers. Il doit bien cela à Sebastian.

« Quant à cet été… poursuit Vanessa, en striant de rouge ses pommes, nous serons ravis, naturellement, de t'avoir à Charleston, mais j'en ai parlé avec Clive, et il nous semble à tous deux impossible d'y recevoir aussi Lydia. »

Maynard manque tout d'abord d'éclater de rire. Il est soulagé, quoique peu étonné, que Vanessa n'ait pas mentionné Duncan, qui semble affectionner Lydia. Et il trouve à ces conciliabules avec Clive un certain sel, pour le moins. S'il comprend que Vanessa souhaite que Clive, père de ses enfants, passe autant de temps que possible auprès de ceux-ci à Charleston, il ne lui a pas échappé que les visites de ce dernier étaient plus brèves et plus rares que Vanessa ne l'aurait désiré, et que Mary était souvent de la partie.

« Tu sais comment nous vivons, là-bas. Nous avons notre routine.

— Je ne vois pas en quoi Lydia la perturberait. »

Bien qu'il se soit promis, tout à l'heure, de ne pas déranger les objets que Vanessa a disposés sur la table pour les peindre, il s'empare d'une des pommes. Cela l'irrite d'entendre insinuer que Lydia troublerait la règle de vie qu'ils ont instaurée à Charleston, où les matinées et la plupart des après-midi sont consacrés au travail. Il grille de rappeler à Vanessa que Lydia, danseuse de renommée internationale, ne saurait avoir atteint une telle stature sans une rigoureuse discipline. Il est même tenté de souligner qu'elle a suivi sa vocation avec plus de succès qu'aucun d'entre eux, et en particulier, que Vanessa, sa sœur Virginia et Clive. Il s'en abstient néanmoins, conscient de ce que la remarque aurait de cruel et de déplacé à la veille de l'exposition de Vanessa.

« Elle n'a pas besoin d'un calme ininterrompu pour travailler, comme nous, s'obstine Vanessa. Elle est la première à reconnaître que rien ne lui réussit si bien que la cohue, l'agitation et le vacarme. »

Maynard tourne et retourne la pomme dans sa paume, en s'astreignant à raison garder.

« Je suis sûr que Lydia trouverait amplement de quoi s'occuper, si je lui expliquais la situation. C'est une lectrice insatiable.

— Encore faudrait-il savoir ce que nous ferions d'elle le reste du temps. »

Bien que Vanessa ait évité toute référence explicite aux longs débats ardus qui sont devenus un des temps forts de leurs réunions, Maynard saisit parfaitement le sous-entendu. Il n'ignore pas que Clive, Lytton et Virginia estiment unanimement que Lydia n'a pas grand-chose à apporter intellectuellement, et qu'ils la jugent ignare, vulgaire et égocentrique. Il envisage un instant de lui communiquer les verdicts plus flatteurs d'autres membres de son entourage, tel son ami, l'écrivain Morgan Forster, qui suggérait de noter systématiquement les observations pleines d'originalité et de profondeur de Lydia. Il songe même une minute à signaler à Vanessa qu'elle brille rarement au cours de ces discussions collectives, puisqu'elle garde le plus souvent le silence.

« Lydia participera avec avantage à nos représentations théâtrales, plaide-t-il, dans l'espoir de faire dévier la discussion sur un terrain moins défavorable, et si jamais elle ne sait pas jouer aux quilles, nul doute qu'elle apprendra en un rien de temps. »

Vanessa repose son pinceau et saisit un chiffon.

« Honnêtement, te figures-tu vraiment qu'elle puisse passer l'été en toute harmonie avec nous à Charleston ? Ce serait comme de lâcher un paon au jardin, et de le laisser faire la roue sans autre public que nous autres, pauvres moineaux bien incapables de jouir comme il se doit de cette débauche de plumage exotique. »

L'image a tant de relief et de mordant que Maynard l'attribue d'emblée à sa sœur. Quoiqu'il ait plus d'une fois, par le passé, écouté avec délices Virginia croquer avec une causticité souvent désopilante les folies et les vices de son prochain, il n'en est pas moins chagrin de constater que Lydia et, fort vraisemblablement, lui-même en ont fait les frais. Écolier, il avait déjà horreur que l'on se moque de lui, et il redoute la verve de Virginia. Si Lydia est un paon, il ne peut que comparer Virginia à un faucon, qui surveille de loin sa proie jusqu'au moment où elle fond sur elle avec une précision et une férocité meurtrières. Il n'a nullement l'intention d'immoler sa Loppy à ses serres acérées.

« Dans les faits, nous avons d'autres projets. Lydia va travailler pendant la majeure partie de l'été, et en septembre, lorsqu'elle aura relâche, on nous propose une maison dans les environs de Bornemouth. Nous ne viendrons donc pas à Charleston. »

Il repose la pomme sur la table, sans se préoccuper de savoir s'il l'a bien remise à sa place initiale.

*

La lumière s'allume brutalement, en faisant tressaillir Lydia, pelotonnée au milieu d'un amoncellement de fourrures et de plumes, dans la garde-robe du théâtre. Vera, qui explore depuis vingt minutes loge par loge, le dédale des coulisses du Coliseum, considère la silhouette endormie. Avec consternation, elle note que son amie s'est assoupie dans l'élégant tailleur vert qu'elles ont acheté pour faire bonne impression à leurs éventuels commanditaires. Seul semble épargné le chapeau de Lydia, qu'elle a troqué contre une perruque, et qui coiffe une des marottes de carton-pâte alignées contre le mur. Vera se faufile entre les rangées serrées de costumes, les étagères de chaussures, et les boîtes d'accessoires soigneusement étiquetées, pour rejoindre Lydia.

« Mal dormi ? »

Elle ôte un masque d'âne du banc sur lequel s'est allongée Lydia, pour s'asseoir à côté d'elle. Elle sait que, ces derniers temps, le sommeil de Lydia a été troublé par des cauchemars, et elle compatit, car depuis le début de sa grossesse, elle est également sujette aux insomnies.

« Atrocement, avoue Lydia en se redressant sur ses coudes, les paupières papillotantes, éblouie par cette brusque illumination. J'ai rêvé que je dansais joyeusement sur un paquebot, quand les sirènes ont donné l'ordre d'évacuer. »

Elle s'extrait des plis d'une robe de bal en satin toute chiffonnée, qui s'enchevêtre avec une paire d'ailes et ce qui semble être le reste du costume d'âne.

« Cela m'a rappelé ma traversée de l'Atlantique, lorsque je suis partie pour l'Amérique pendant la guerre, parce que je me retrouvais soudain entourée de soldats qui échangeaient des tirs. J'ai été transpercée par une balle, et j'ai eu beau constater en me réveillant que j'étais bien en vie, j'étais trop secouée pour me rendormir.

— Toujours aucune nouvelle de ton divorce ? » s'enquiert Vera, les mains sur son abdomen, que l'on voit désormais nettement s'arrondir. Elle n'a pas encore senti son bébé bouger, mais le médecin lui a promis que cela ne tarderait guère.

« Apparemment, j'ai des papiers en souffrance dans trois pays différents.

— Maynard doit pouvoir tirer quelques ficelles », l'encourage Vera en la regardant se redresser sur son séant. Par miracle, son tailleur ne paraît pas trop froissé.

« As-tu vu Stoll ? Qu'a-t-il dit ?

— Comme d'habitude. Il trouve les critiques encourageantes, mais il persiste à dire qu'il est encore trop tôt pour décider d'une prolongation. »

Lydia attrape un calepin noir qu'elle a coincé sous un sabot d'âne en guise de presse-papiers. Elle l'ouvre sur une page où s'étire une longue liste de chiffres, ponctuée de soulignements, de ratures et de nombreux pâtés. Elle a porté à droite les 900 livres avancées par Stoll, à gauche, ses frais, cachets des danseurs inclus, de même que les droits versés à Vera pour son livret, le prix des décors et même un paiement, tout à fait imprévu, aux pompiers de service du Coliseum. Le déficit atteint le montant colossal de 177 livres.

« Je suppose que tu ne… » risque-t-elle, en tapotant du bout du doigt la ligne des 300 livres dues à Vera, avant de renoncer.

Elle a déjà tenté de persuader Vera d'en rabattre sur ses prétentions, sans rien récolter d'autre qu'une vigoureuse rebuffade. Quand elle a raconté cet épisode à Maynard, il a souligné, avec un grognement méprisant, que cela représentait un tiers des subsides de Stoll. Puisque Vera et Harold ne manquaient nullement d'argent, il ne pouvait imputer qu'à l'avarice une si flagrante surévaluation du rôle de Vera dans leur entreprise. Il avait incriminé Harold, dont il s'était toujours défié, et avait conseillé à Lydia de mettre fin à ses relations avec Vera. Pour la ragaillardir, il avait cité les multiples articles qui louaient sa chorégraphie, ainsi que ses talents de danseuse, et lui avait affirmé qu'il valait mieux perdre noblement que vaincre sans péril.

Lydia referme son carnet. La confiance inébranlable de Maynard est une indéfectible planche de salut, mais elle est bien consciente que l'avenir radieux qu'il augure n'est qu'un mirage naïf. Certes, elle a réussi à inventer un ballet pour Stoll, mais n'y est parvenue qu'en puisant dans son répertoire familier. Si elle avait à créer de toutes pièces une œuvre inédite, il n'est pas certain qu'elle s'en acquitterait aussi aisément. Elle sait également que Stoll n'a consenti à la laisser chorégraphier son spectacle qu'à la condition qu'elle y figurerait et que seule sa renommée de danseuse lui assure du travail. Or, bien qu'elle espère avoir encore devant elle quelques années de carrière, l'heure sonnera bientôt où elle n'attirera plus les foules. Elle tire de dessous le banc les deux paires de chaussons de danse qu'elle y a rangées, et examine la semelle pour y détecter d'éventuelles craquelures. En Amérique, où elle gagnait des milliers de dollars en une semaine, elle n'avait guère à se soucier de faire durer ses souliers au-delà d'une représentation. Combien elle voudrait pouvoir disposer d'une fraction de ces sommes, à présent ! Elle lorgne Vera à la dérobée, mais devant son visage pâle et tiré, renonce à évoquer l'état désastreux de leurs finances, et, plus encore, à provoquer une nouvelle escarmouche au sujet de ses tarifs exorbitants.

« Au moins, tu auras un événement sensationnel pour t'occuper tout l'été, lance-t-elle avec une petite tape affectueuse sur le ventre de Vera. Alors que moi, je dois danser avec ce minable grippe-sou de Massine. Dans des trous dont personne n'a jamais entendu parler. Même Maynard refuse de venir me voir à Harrogate ! »

Vera extrait des sels de son sac. L'odeur de naphtaline lui soulève le cœur. Elle aimerait bien un verre d'eau, mais ne trouve pas l'énergie de remuer.

« Et Maynard, que fera-t-il ?

— Il compte écrire. Et aller en Allemagne. Il conseille le gouvernement fédéral. »

La voix de Lydia trahit sa fierté. Le nombre et l'importance des fonctions de Maynard sont une inépuisable source d'émerveillement pour elle.

« Est-ce qu'il séjournera à Charleston ? »

Lydia ôte son chapeau de la marotte sur laquelle elle l'a posé. Elle cherche la perruque qu'elle lui avait substituée, s'en coiffe et se penche pour se mirer dans une glace en équilibre sur une étagère.

« Tu crois que Maynard m'aimerait encore plus si je me faisais couper les cheveux court, comme un garçon ? » badine-t-elle.

Puis, comme pour clore la question, elle troque la perruque contre son chapeau.

« Il ira peut-être à Charleston. D'autant que Vanessa a écrit pour dire que je serai moi aussi la bienvenue.

— Ne comptais-tu pas refuser ?

— Oui, cela tient toujours. Maynard envisage d'y aller malgré tout. Selon lui, la lettre de Vanessa est un rameau d'olivier. »

Vera change de position, en se demandant si une cigarette atténuerait sa nausée.

« Mais vous avez officialisé vos fiançailles ?

— Aucun d'entre eux ne croit que cela se concrétisera. Et il se peut qu'ils aient raison, vu l'impasse juridique que causent mes papiers, réplique Lydia en jouant avec les oreilles de la tête d'âne, dont elle s'est emparée. Mon tout premier rôle, à l'école, a été celui d'une fée dans *Le Songe d'une nuit d'été*. Que mes frères ont donc ri, quand je leur ai raconté que Titania tombait amoureuse d'un âne ! »

Elle attire le masque sur ses genoux.

« Je ne comprends pas. Moi qui me suis toujours fait des amis facilement, plus je fais d'efforts avec Vanessa, plus elle semble me prendre en grippe.

— Elle s'amadouera », promet Vera, à qui rien ne permet d'en être certaine, mais qui se sent trop mal en point pour aborder de nouveau l'épineuse question des relations délicates de Lydia avec les amis de Maynard à Bloomsbury. « En écrivant, Vanessa montre bien combien il leur en coûterait de le perdre. Et Maynard prendra toujours ta défense.

— Peut-être. Il n'en pense pas moins, comme Vanessa, qu'il vaudrait mieux que j'aille m'installer à un autre numéro de Gordon Square. »

Elle ajuste le masque d'âne sur son visage et émet un hi-han aussi retentissant que plein de défi.

« Au moins, nous pourrons passer septembre ensemble, Maynard et moi. Il a loué une maison pour tout le mois. À deux pas de la mer. »

*

Arrivé à la fin du chapitre, Maynard place son livre à l'envers sur ses genoux et se renverse dans son transatlantique.

La matinée n'est pas encore très avancée, mais le sable chauffe déjà sous ses pieds nus. Il abaisse son canotier sur ses yeux pour se garantir du soleil et promène lentement son regard alentour. La plage de Studland, que borde dans son dos une dune herbue, s'étire à perte de vue sur sa gauche, tandis qu'elle s'effile sur sa droite en un long promontoire, qui s'achève par trois gigantesques rocs, baptisés Rochers du Vieux Harry par les habitants du pays. Devant lui, s'étend à l'infini la mer dont seuls les crêtes dentelées des vagues et un voilier blanc çà et là rompent le bleu uniforme.

Il se courbe pour remonter un peu plus haut les jambes de son pantalon. À la différence de la plupart de ses compagnons, qui, sitôt après leur arrivée à Studland, ont revêtu leur maillot de bain et se sont baignés, il s'est abstenu en invoquant la faible température de l'eau et en vantant la supériorité de la lecture. Il incline un peu davantage le rebord de son chapeau et passe en revue ses invités. Voici, en grande conversation avec son vieil ami de Cambridge Jack Sheppard, Hubert Henderson, qui dirige avec lui la rédaction de *The Nation*. Dadie Rylands et Raymond Mortimer, deux autres de ses anciens camarades de Cambridge, paressent sur des serviettes en fumant. Ils ont été les premiers dans l'eau ce matin, et se sont éloignés à larges brasses puissantes et régulières, jusqu'à ce que l'on ne puisse plus distinguer que leurs têtes, pareilles à deux flotteurs tressautant à l'horizon.

Maynard cherche des yeux Lydia, qu'il aperçoit assise sur une couverture aux côtés de Leonard. À en juger par le ballet auquel se livrent ses mains, elle doit être en train de lui conter une de ces anecdotes dont elle a le secret. À voir l'attention avec laquelle Leonard écoute, estime Maynard, il doit être captivé. Lydia et

Leonard se plaisent ensemble, visiblement, ce qui lui paraît un signe encourageant. Il ne lui a pas échappé que Vanessa, bien qu'elle ait transigé sur la question de Charleston, a été soulagée que sa visite coïncide avec la tournée de Lydia à Harrogate.

Il renverse la tête en arrière et fixe le ciel, en laissant ses pensées vagabonder aussi librement que les mouettes qui tournoient dans les airs ou les nuages protéiformes. Il sent bien que Lydia est dépitée qu'il ait invité tant de gens à les rejoindre dans le Dorset. Et c'est à bon droit, concède-t-il, puisque lui-même s'était figuré, en combinant ces vacances, qu'ils passeraient plus de temps l'un avec l'autre. De son rôle de maître de maison découlent de multiples responsabilités, car même si le duc de Hamilton, leur propriétaire, possède un personnel aussi nombreux que bien stylé, abondance de décisions ne lui en incombent pas moins chaque jour, telles que de répartir les chambres entre ses hôtes, et d'arrêter les menus. Hier encore, il a bouleversé toute une organisation bien huilée en oubliant d'avertir d'une excursion à Bindon Abbey, ce qui l'a obligé à annuler au dernier moment le déjeuner. Il a regretté une fois de plus que Vanessa, riche de son sens pratique et de son expérience domestique, ait décliné son invitation.

Il suit des yeux une mouette isolée qui rase les flots, à la recherche de poissons. Il se remémore la vue de *Studland Beach* que Vanessa a peinte avant la guerre. Un groupe d'enfants y joue autour d'une femme, debout devant une cabine de bain. Les autres personnages se réduisent à des formes sommairement dessinées. Il s'est jadis demandé ce qui avait conduit Vanessa à représenter de la sorte ce paysage. Perdu dans la contemplation de la grève, il commence, lui semble-t-il, à l'appréhender sous le même jour que Vanessa : une étendue de sable blanc, délimitée par le bleu indissociable de la mer et du ciel, sur lequel toute silhouette humaine se détache à peine.

Son regard revient à Lydia. Elle coquette avec Leonard, devine-t-il, et comme s'il voyait non seulement la baie, mais aussi la ballerine avec les yeux de Vanessa, il se surprend à désirer de tout son cœur qu'elle cesse son manège, non pas dans son intérêt à lui, car il ne s'agit que de Leonard qui ne lui inspire aucune jalousie, mais dans son intérêt à elle. Il croit entendre à nouveau la mise en garde de Virginia à Lydia la veille, alors qu'ils savouraient leur café sur la terrasse dans l'après-dîner : Lydia n'aura pas le droit de se plaindre que les hommes se refusent à la prendre au sérieux si elle persiste dans son comportement. Un peu plus tard, Lydia, après l'avoir rejoint dans sa chambre, avait éclaté en sanglots en accusant ses amis de systématiquement envisager ses moindres actions sous l'angle le plus défavorable, tandis que lui-même ne daignait pas lever le petit doigt pour la défendre.

Le regard de Maynard se concentre à présent sur Virginia, allongée sur son transatlantique. Elle tient un livre ouvert, mais c'est Lydia qu'elle considère. Juste comme Vanessa, qui s'empare de tout ce qui est à sa portée pour le représenter sur sa toile, s'avise-t-il, il se peut que Virginia fasse provision d'observations sur Lydia en vue de son prochain roman. Quelle que soit la scène qu'elle compose mentalement, il est peu probable qu'elle soit flatteuse pour Lydia. Son esprit alerte est souvent impitoyable.

À cet instant, il sent une légère tape sur son épaule. C'est Jack qui désire lui soumettre un problème si complexe et si captivant qu'il leur faut plusieurs minutes pour l'analyser. Quand ils l'ont résolu de manière satisfaisante et qu'il peut de nouveau tourner son attention vers la plage, la couverture que partageaient Lydia et Leonard est désertée. Il repère sans peine Leonard, qui, penché sur sa femme, s'assure vraisemblablement qu'elle n'a besoin de rien. Il cherche Lydia, mais elle n'est pas avec ses amis. Elle n'est pas non plus en train d'arpenter la grève, ou de s'exercer sur le sable. Il fouille les dunes, puis, avec une inquiétude croissante, les flots. Il la distingue enfin, couchée à plat dos de telle sorte qu'elle passe aisément inaperçue. Sa posture lui rappelle leur excursion à Bindon Abbey, lieu où Thomas Hardy a situé la célèbre scène durant laquelle son héroïne Tess repose dans les décombres d'une tombe. Enchantés par les ruines, ils avaient entamé une grande discussion sur le démantèlement des monastères par Henry VIII, et s'étaient demandé si Thomas Cromwell méritait être reconnu comme le plus habile homme d'État de toute l'histoire d'Angleterre. Lydia ébauchait un parallèle avec la Russie, où le régime bolchevique réquisitionnait constamment des bâtiments, quand la conversation avait été interrompue par la découverte de ladite tombe, annoncée à grands cris. Elle était moins profonde et plus étroite qu'ils ne l'avaient imaginé, et tandis qu'ils faisaient cercle autour, Virginia avait relaté l'épisode romanesque concerné à l'intention de Lydia. Celle-ci s'était alors introduite dans la sépulture et s'était étendue à même le sol, ses jambes gainées de bas de soie blanche bien alignées, et les bras croisés sur la poitrine. Elle avait gardé la pose si longtemps que Maynard avait presque fini par croire qu'il contemplait son cadavre. Il avait éprouvé un brusque élan d'affection, non seulement pour Lydia, mais aussi pour tous ses amis.

La plage, éclipsée temporairement par le souvenir de l'abbaye, est soudain masquée par les deux mains chaudes et sableuses qui se plaquent sur ses yeux.

« La place est enfin libre ! » proclame Lydia, qui se juche sur ses genoux bien qu'il proteste que le transatlantique ne pourra soutenir leur double poids.

« Tu étais en grande conversation avec Leonard.

— Je lui racontais ma leçon d'équitation. Aujourd'hui, c'était le trot ; on m'avait dit que ça secouait horriblement, mais pour une ballerine avec un peu de métier, ça n'est pas pire que d'être soulevée et reposée par terre par un partenaire maladroit.

— Tu es donc contente d'être venue, fait Maynard avec un petit rire.

— Oui. J'aimerais bien rester plus longtemps sur cette plage, au soleil, tous nos soucis oubliés.

— Nous avons encore quelques jours devant nous.

— Et puis je pars chez les Johnston, et toi, chasser le daim. Tu es sûr que je ne peux pas t'accompagner ? Même s'il n'y a que les hommes qui soient invités, je pourrais toujours me faire passer pour ton fidèle chien de chasse. »

Comme pour lui prouver ses aptitudes à tenir ce rôle, elle entreprend de lui lécher la joue avec tant d'ardeur qu'il doit l'emprisonner dans ses bras pour la neutraliser.

« Tu as joliment renversé le personnel, murmure-t-il avec affection. Ma pauvre Loppy, c'était une manière un peu rude de découvrir combien la moindre entorse aux convenances nous horrifie, nous autres Anglais, malgré notre légendaire impassibilité. »

Une ombre s'abat sur le couple. C'est Hubert, qui brandit un journal, désireux de parler politique avec Maynard, dont Lydia, à contrecœur, libère les genoux. Elle aurait aimé lui demander comment il était au courant de sa mésaventure avec le valet, mais est encore trop échaudée par l'humiliation subie dans la matinée pour aborder le sujet devant Hubert. Elle les laisse analyser les derniers rebondissements du conflit gréco-albanais en prétextant qu'elle veut se rafraîchir les pieds dans l'eau.

Lydia fait une douzaine de pas sur le sable, puis se retourne. Comme prévu, Maynard parcourt attentivement le journal, tout à leur controverse sur Mussolini. S'il ne l'a pas déjà oubliée, cela ne saurait tarder. En quête de nouveaux compagnons, elle guigne Dadie et Raymond qui partent en flânant du côté des dunes, puis Leonard, qui a laissé sa femme à sa lecture et devise à présent avec Jack. Chacun semble déjà absorbé par quelque discussion ou quelque activité qui ne requiert aucunement sa participation. Une minute durant, cédant à un petit grain de folie, elle caresse la fantaisie d'ôter tous ses vêtements, et de courir dans le plus simple appareil jusqu'à la mer, rien que pour voir s'ils le remarquent.

Elle contemple Virginia qui scrute la baie, une main sur son livre, l'autre en visière sur ses yeux. Elle se remémore le commentaire mordant de Virginia sur son choix de lecture, la veille, au jardin, lorsqu'elle s'est étonnée de la voir s'attaquer à Shakespeare dans le texte avec une maîtrise si imparfaite de l'anglais. Lydia aurait abandonné définitivement *Le Roi Lear*, si Virginia, comme pour expier cette brimade, ne lui avait pas soudain montré un papillon d'un bleu argenté qui prenait le soleil, les ailes déployées. Toutes deux l'avaient regardé, envoûtées, jusqu'à ce qu'il s'envolât ; alors Virginia avait passé son bras autour de la taille de Lydia qui, enivrée, avait cru percevoir chez elle une certaine attirance.

Dadie et Raymond se sont arrêtés auprès de Virginia, qui doit, à en juger par leurs éclats de rire, les régaler d'un de ses récits impayables. Lydia ne peut résister au désir de partager leur gaîté. Elle se dirige vers eux. À mesure qu'elle se rapproche, elle saisit çà et là un mot au vol. Elle distingue « valet », « soudoyer ». La suite, qui fait s'esclaffer bruyamment Dadie et Raymond, est prononcée si bizarrement que Lydia ne parvient pas à la décrypter. Elle presse le pas, l'oreille tendue, jusqu'à ce qu'elle comprenne, avec un choc, que c'est son accent russe que Virginia singe ainsi. Elle se pétrifie, certaine désormais que Virginia est en train de narrer l'histoire des dessous maculés de sang menstruel, qu'elle a abandonnés dans la cheminée du salon pour qu'on les y brûle.

« Et on nous parlera encore de la noblesse de l'âme russe, ce composé de passions si volatiles qu'elle se fait amis et ennemis en un même instant ! » conclut Virginia.

Lydia voudrait qu'un trou s'ouvre devant elle pour pouvoir y plonger tête la première. Elle se hâte vers les dunes, puis emprunte le sentier qui mène aux terres du duc. Lorsqu'elle atteint le parc, elle avance à si vive allure que les jardiniers qui coupaient l'herbe s'interrompent pour la regarder. L'un d'entre eux, craignant qu'un des invités n'ait été victime d'un accident, hésite à donner l'alarme. Lydia s'engouffre dans la demeure, monte quatre à quatre les escaliers en laissant dans son sillage une série d'empreintes sablonneuses. Parvenue à sa chambre, elle extirpe de dessous le lit un sac de voyage en cuir où elle entasse les premiers effets qui lui tombent sous la main. Une fois rempli, elle le boucle en faisant claquer le fermoir, sans se soucier des habits qui restent dans la penderie ou des livres qui gisent sur la table. Toujours vêtue de son costume de plage, elle se chausse précipitamment, traîne sans douceur son sac jusque dans le vestibule, et ordonne au majordome effaré d'appeler un taxi pour la conduire de toute urgence à la gare.

*

« Tu n'as prévenu personne de ton départ ? interroge Vera, en faisant signe à la femme de chambre de servir le thé.

— Personne, confirme Lydia. J'ai attendu le taxi au bout de l'allée, et j'ai sauté dans le premier train qui passait ici.

— Mais qu'est-il donc arrivé ?

— Ce n'était d'abord que des vétilles : un coup d'œil réprobateur, un commentaire un peu vexant. Parfois, je ne savais pas toujours si c'était volontaire. Puis nous sommes allés à l'abbaye de Bindon, et Virginia a fait tout un topo sur le rôle de ces lieux dans un certain roman. Bien entendu, c'était à mon intention, parce qu'elle me juge a priori trop ignare pour avoir jamais ouvert Thomas Hardy. J'ai bien peur que cela n'ait réveillé tous mes démons.

— Qu'as-tu fait ?

— Je me suis couchée dans une tombe en feignant d'être morte. Je faisais un cadavre ridicule, vu que je portais ma veste rose, celle qui est garnie de fourrure, mais j'espérais que ce spectacle ferait réfléchir Maynard et qu'il me serait plus attaché après. Mais il causait avec Leonard. »

Elle accepte la tasse qu'on lui tend et la vide goulûment.

« Je n'avais pas imaginé une seconde, lorsque nous avions envisagé ces vacances, qu'il inviterait autant de monde. Nous n'avions presque jamais de moments d'intimité. »

Vera prie d'un geste la femme de chambre de resservir Lydia.

« Ça ne me paraît pas si terrible que cela, jusque-là. Il n'y avait certainement pas de quoi prendre la fuite.

— Je raconte mal, ce n'est pas facile d'expliquer comment les choses se passent avec Virginia. Un soir, au jardin, après une pique sur le livre que je lisais, elle m'a fait admirer les papillons. Elle sait tous les noms. Il y en a un, le *Vanessa Atalanta*, que les Anglais appellent "amiral rouge". Je me suis figuré Vanessa en amiral en habit rouge, et cela m'a fait rire. Virginia aussi. Elle avait passé son bras autour de ma taille, et… eh bien, j'ai cru que peut-être nous pourrions devenir amies. »

Elle boit d'un trait son thé.

« Allons, quand pourrais-je donc embrasser ton petit Nicholas ?

— Nous irons le voir à la nursery après le thé, promet Vera, mais il faut d'abord que tu te restaures. »

Silencieusement, elle invite la femme de chambre à trancher le cake aux fruits confits, puis, consciente que Lydia s'épanchera plus librement en tête à tête, la congédie.

« Voilà, nous sommes seules, assure-t-elle d'une voix

caressante, en lui tendant une assiette. Dis-moi ce qui t'a forcée à prendre le train pour venir te réfugier ici. »

Lydia attrape un morceau de cake.

« On a passé la matinée sur la plage, commence-t-elle. Quand je suis arrivée, plus tard que les autres à cause de ma leçon d'équitation, Virginia racontait une histoire qui les faisait tous tordre. Je me réjouissais déjà de rire avec eux, mais en me rapprochant, je me suis aperçue que c'était de moi qu'il était question. Seulement, elle ajoutait et déformait les éléments de telle sorte que j'avais l'air à la fois d'une barbare et d'un guignol. »

Elle s'arrête, le temps d'avaler quelques bouchées, puis reprend avec fureur :

« Je n'ai jamais embrassé le valet ou sangloté aux pieds de la cuisinière ! C'est une pure invention de Virginia. »

Elle se penche pour déposer tasse et assiette vides sur la table, puis, remarquant pour la première fois qu'elle porte encore sa tenue de plage, les cale de nouveau sur ses genoux, comme pour camoufler ce costume peu approprié.

« Et puis d'abord, qu'est-ce que ça peut faire si nous, nous brûlons nos *proklada* dans l'âtre, à la maison plutôt que dehors dans le jardin ? S'il y a une femme frivole et stupide dans le prochain roman de Virginia, pas de doute, ce sera moi.

— Et Maynard n'a pas volé à ton secours ?

— Il était plongé dans une grande conversation avec Hubert, à l'autre bout de la plage. Mais même s'il avait entendu, il n'aurait pas réagi comme je le souhaitais.

— C'est-à-dire ?

— En tonnant et en rageant jusqu'à ce que l'abcès soit crevé. Maynard a beau avoir des ancêtres français, il est anglais jusqu'à la moelle. Il ne conçoit pas que rien ne vaut en pareil cas une bonne querelle à la russe, qui assainit une fois pour toutes l'atmosphère, si bien qu'après, tout le monde peut pleurer et se réconcilier. »

Quoique Vera soit habituée aux hauts et aux bas que traversent constamment les amours de son amie et de Maynard, il y a dans le ton de Lydia quelque chose qui la frappe. C'est la première fois qu'elle l'entend analyser les faiblesses de son amant avec autant de lucidité, ou qu'elle la voit si abattue. Tentée une minute de changer de sujet, elle se demande si le moment n'est pas venu de l'entraîner sur la pointe des pieds à l'étage pour jeter un œil sur Nicholas dans son berceau. Elle observe son amie dont la silhouette se découpe sur les hautes fenêtres qui donnent sur le domaine des Bowen dans le Bedfordshire, puis se ravise. Pour l'instant, mieux vaut que Lydia demeure là, où elles peuvent s'entretenir en toute discrétion.

« Tu n'avais donc aucun autre allié ?

— Si, quelques-uns. Leonard, le mari de Virginia, se montre toujours très gentil, et je m'entends très bien avec Jack Sheppard. Il enseigne le latin et le grec à Cambridge, avec Maynard, mais c'est tout le contraire d'un docte professeur. Je lui ai suggéré pour le taquiner qu'il devait avoir du sang russe, ajoute-t-elle, en se déridant un peu, car il adore autant que nous les plaisanteries et les farces idiotes. Il regrettera mon départ, lui. »

La femme de chambre surgit de nouveau pour informer Vera qu'on la réclame au téléphone. Vera la renvoie, en la chargeant de dire qu'elle n'est pas disponible. Elle prend sur la table un étui à cigarettes en argent et le tend à Lydia.

« Ce sera Maynard, j'imagine, qui se tracasse à cause de ta brusque disparition. Il doit se demander où tu es passée.

— Eh bien qu'il se tracasse ! De toute façon, il part dans le Devon vendredi. Apparemment, les femmes sont considérées comme indésirables aux parties de chasse. J'ai été jusqu'à proposer de feindre d'être son chien pour pouvoir l'accompagner, mais l'idée ne lui disait rien qui vaille.

— Et Sebastian, en sera-t-il ?

— Si ce n'est pas Sebastian, ce sera un autre. Ça m'est assez égal, en fait.

— Mais que comptes-tu faire ? insiste Vera, surprise par son accent résigné.

— J'envisage de retourner en Russie.

— Comme danseuse ?

— Je n'ai pas le courage de me produire dans des clubs d'ouvriers pour gagner à peine de quoi ne pas crever de faim. »

Lydia prend une cigarette.

« Le ballet auquel j'ai été formée toute ma jeunesse n'existe quasiment plus. Sais-tu que Lénine a réquisitionné l'hôtel particulier de la famille de la Kschessinska[1] pour en faire son quartier général ? Mais les miens me manquent, avoue-t-elle, les yeux rivés sur ses jambes nues. Cependant, avant cela, j'irai peut-être à Monte-Carlo, au cas où cette vieille crapule de Diaghilev aurait un petit rôle à m'offrir.

— Et tes fiançailles avec Maynard ? s'enquiert Vera en lui présentant un briquet.

— C'est fini. Nous n'aurions jamais été heureux en ménage. »

1. Mathilde Kschessinska (1872-1971), célèbre danseuse étoile du Mariinsky, issue de la noblesse polonaise. Elle avait été la maîtresse du futur Nicolas II et dut se réfugier en 1920 à Paris où elle épousa un des grands-ducs rescapés et ouvrit une école de danse.

Acte II

Berné par de cruels démons, je m'enfonce au cœur de la forêt où je m'égare insensiblement. Un à un, mes refuges sont découverts et anéantis.

Mon père m'empoigne par la main et nous nous élançons entre les tramways et les voitures à cheval qui embouteillent la principale artère de Saint-Pétersbourg, en faisant sonner le pavé sous nos bottines. Nous passons devant des marchands ambulants munis de tonnelets de poissons qu'ils prétendent tout juste sortis de la Neva, et des jeunes garçons qui veillent sur des éventaires de légumes, oignons, navets et pommes de terre encroûtés de boue gelée. Des femmes chargées de bourriches de pommes ou de corbeilles de bouquets tirent mon père par la manche, mais il les repousse en souriant. L'une d'entre elles, la plus jolie, les joues rougies par le froid, pique une rose sous le collet de fourrure de mon père. Il se laisse fléchir et fouille dans sa poche. Avec sa casquette d'huissier, son collier de barbe bien taillée et la démarche un tant soit peu bravache qu'il a acquise à l'armée, mon père a fière allure et la jeune fille s'empourpre lorsqu'il glisse quelques piécettes dans sa paume tendue. Je porte un manteau confectionné tout exprès pour moi, une robe héritée de ma sœur Eugenia, dont les usures sont masquées par des volants de dentelle neufs. J'ai gardé mes cheveux en papillotes toute la matinée, et ils forment à présent de grosses boucles élastiques qui oscillent et tressautent au rythme de mes pas.

Nous pénétrons à l'intérieur du Mariinsky par une entrée latérale. Père me remet entre les mains de la femme qui veillera sur moi pendant qu'il assurera son service à l'Alexandrinsky, non loin de là. Elle tient une paire de jumelles de théâtre à manche de nacre. J'espère qu'elle me laissera les emprunter. Je gravis à sa suite quatre volées de marches et débouche sur un balcon où nombre de spectateurs sont déjà installés : familles endimanchées, gouvernantes tout de noir vêtues qui s'agitent autour de leurs élèves, telles des corneilles… L'orchestre accorde ses instruments. Les musiciens sont invisibles, mais je sais, grâce à mon père, qu'ils se trouvent dans une fosse obscure au pied de la scène. Bouche bée, je contemple les galeries de bois doré et le grand lustre qui inonde de lumière, comme une cascade inversée, le plafond au-dessus de ma tête. Je me dévisse le cou dans l'espoir d'apercevoir la couronne impériale et constate avec déception que les rideaux bleus de la loge sont clos, signe que le Tsar n'assistera pas à la représentation. À l'étage inférieur, princes et comtes échangent des salutations, accompagnées de dames aux toilettes exquises. Je les observe attentivement afin de pouvoir les décrire à ma mère, mais c'est tout juste si j'ai le temps de noter les médailles suspendues à des rubans qui étoilent les poitrines des gentilshommes et les tiares étincelantes de pierreries des dames, quand des applaudissements crépitent autour de moi.

Un homme à moustaches noires s'incline devant le public, du haut d'une estrade située près de la scène. C'est le chef d'orchestre et, sur un geste de sa main, la musique s'élève. J'en conclus sur-le-champ que tous les chefs d'orchestre sont des magiciens. Je me figure Eugenia et mon frère Fedor parmi les danseurs qui patientent derrière le rideau, bien que mon père m'ait expliqué qu'ils étaient entrés trop récemment à l'École de ballet pour se voir allouer un rôle. Je m'efforce de me rappeler leurs récits lors de leurs visites dominicales, mais seul me revient le sobriquet dont sont affublés les professeurs : les « crapauds ». Je me demande si les danseurs éprouvent de l'appréhension, et comment ils se préparent, et je me jure que si jamais je me retrouvais à leur place, je respirerais un grand coup, me remplirais les poumons d'air, et n'aurais pas peur du tout.

Le rideau se lève. Des anges, vêtus de tuniques blanches qui leur tombent à hauteur du genou, voltigent devant une forêt, les bras gracieusement arrondis au-dessus de la tête. À ma vive stupeur, ils évoluent sur la pointe des pieds, avec autant de légèreté et d'aisance que si c'était la chose la plus naturelle du monde. Je ne peux deviner comment ils s'y prennent et me penche pour mieux voir. Je suis tentée, une seconde durant, de prier ma compagne de me prêter ses jumelles, mais elle les a portées à ses yeux, et je n'ose pas. Un nouvel ange, la tête ceinte d'une couronne, sa tunique festonnée de guirlandes de fleurs, fait son entrée. Elle contemple longuement, avec tristesse, les arbres au loin puis se met à décrire une lente série de cercles, tandis que ses mains s'élèvent et retombent dans les airs tels des oiseaux. Ma voisine repose ses jumelles dans son giron et me chuchote qu'il s'agit d'une princesse amoureuse, mais je me soucie peu de son identité ou de son histoire. Je ne désire que la regarder se mouvoir. Je me dresse dans l'étroit intervalle entre les sièges pour imiter ses gestes. Il est heureux que je sois si menue, car il y a très peu de place. Soudain, un personnage enturbanné bondit à ses côtés et l'enlève à une telle hauteur que j'en ai le souffle coupé. La voilà devenue un ange en plein essor, et, tandis que son ravisseur l'emporte vers la forêt, je rêve, les paupières closes, que je vole moi aussi.

Devant moi, dans la rangée précédente, deux jeunes garçons

en costume marin s'agitent. Désœuvrés, ils cherchent quelque sottise à faire. L'un d'eux déniche un sachet de raisins secs. Après s'en être gorgés un moment, il leur vient une meilleure idée. Ils s'amusent à présent à les lancer par poignées par-dessus le rebord du balcon, en comptant les points à chaque fois qu'ils atteignent quelqu'un. En temps normal, je trouverais cela drôle moi aussi, mais cette fois-ci, je m'irrite de cette diversion et je tousse pour alerter leur gouvernante. C'est avec soulagement que je l'entends les réprimander. La scène s'obscurcit et voici que se dessine un jardin ainsi que la muraille d'un temple. Les anges s'alignent sur deux rangées, puis, en s'inclinant si bas que leur front effleure presque le sol, lèvent tous une jambe. Saisie d'émulation, je pointe pareillement la mienne, mais bascule de côté et m'écroule sur le parquet. Après cela, je ne tente plus de copier leurs pas, mais me contente de les observer, immobile, depuis mon fauteuil.

Mon père se fait longtemps attendre après la fin du spectacle. Cela ne me gêne pas, car le foyer est bien chauffé et ma gardienne me laisse babiller tout mon soûl. Je reconnais en elle une habituée des lieux en voyant plusieurs huissiers bavarder avec elle. Je lui demande de me mener faire connaissance avec les danseurs, mais elle me répond en riant que j'en aurai bien assez tôt l'occasion. Il fait déjà nuit lorsque nous reprenons le chemin de la maison. Mon père est de belle humeur. Il nous boutonne jusqu'au cou dans nos pelisses pour nous garantir de la neige qui s'est mise à tomber. Sur la perspective Nevski, colporteurs et petits maraîchers ont disparu, délogés par les policiers à la solde des boutiquiers qui exposent sous la lumière éblouissante de leurs vitrines illuminées leur profusion de cigares, de vins, de soieries, de tabac à priser et de chocolats venus de lointaines contrées comme la France, l'Italie, les Pays-Bas et l'Angleterre. Les marchandes avec leurs paniers sont encore là, en revanche, ainsi qu'une poignée d'enfants transis accoutrés de hardes crasseuses et trop amples, qui proposent des champignons, mais ils ne nous importunent pas. Mon père m'interroge sur le ballet et j'étaye mes réponses d'une démonstration des plus poussée, malgré l'hématome que je sens naître sous mes boucles. Lorsque nous atteignons notre immeuble, je monte en courant les escaliers et ouvre vivement la porte. Ma mère, coiffée de sa toque écossaise, est en train de coudre. Elle m'accueille d'un sourire quand je me jette dans ses bras.

« Alors, demande-t-elle, en me dépouillant de mon manteau humide, as-tu aimé le spectacle ? »

Sans me laisser le temps de répondre, mon père se campe devant elle, et la baise au front. Elle se raidit. Intuitivement, je comprends qu'elle a senti les relents de vodka qui chargent l'haleine paternelle. Sans mot dire, elle tend la main pour le débarrasser de sa pelisse. Je vois des larmes perler dans ses yeux tandis qu'elle la suspend avec la mienne près du feu. Je présume que c'est à cause de la vodka, source de notre retard, et dans l'espoir de désamorcer la querelle qui, je le sais, en découlera inévitablement, je me lance sur-le-champ dans un récit circonstancié du ballet, que j'agrémente d'une foule de détails.

C'était aussi saisissant que le grand dôme de la cathédrale de Notre-Dame-de-Kazan, aussi spectaculaire que le palais Stroganov, aussi enivrant que de lutter de vitesse avec les trains qui quittent la gare de Vitebsk.

« C'est comme si on avait jeté tous les contes de fées de notre livre dans un chaudron et qu'on les avait brassés pour n'en faire qu'un seul ! »

Mère m'attire sur ses genoux. Je lui ai rendu sa gaîté et je m'en réjouis. Elle caresse mes boucles, je me contracte brièvement lorsque ses doigts frôlent la meurtrissure. Elle écarte aussitôt mes cheveux, à la recherche de traces de sang.

« Comment es-tu tombée ?

— Je regardais les anges en robe blanche, tous bien alignés avec leur jambe en l'air. Comme ça ! »

Sur ces mots, je me laisse glisser de son giron et agrippe l'accoudoir du fauteuil. Cette fois-ci, je parviens à lever la jambe sans perdre l'équilibre.

« Cette petite a la danse dans le sang ! » déclare mon père en coulant un regard à ma mère, qui l'ignore ostensiblement.

Elle me juche de nouveau sur ses genoux et continue de vérifier que je ne me suis pas entaillé le cuir chevelu. Après s'être assurée que les dommages se limitent à une bosse de la taille d'un petit œuf de caille, elle me fait tourner vers elle, afin que nous nous trouvions face à face :

« Lydia, en voyant les danseuses, t'es-tu dit que tu aimerais bien être l'une d'entre elles ? »

Je rajuste une des mèches blondes, qui s'est échappée de sous sa toque écossaise, et rétorque :

« Non. Je ne veux pas être un des anges de la rangée. Je veux être l'ange le plus important, celui que tout le monde regarde. »

*

Je sommeille sur ma banquette au-dessus du poêle de la cuisine, lorsqu'une voix m'éveille. Il est très tôt : la fenêtre n'est qu'un carré de ténèbres, et mes deux petits frères, Nikolai et Andrei, dorment pelotonnés sous leur couverture. Ma couchette est chaude, bien que le foyer n'ait pas encore été vidé de ses cendres et regarni d'une pelletée de charbon. Je me redresse sur le coude pour mieux entendre.

« Nous en avons déjà discuté mille fois, proteste mon père. Si elle est admise à l'école, elle y sera nourrie, vêtue et instruite gratis. Est-ce que tu ne veux pas qu'elle reçoive une bonne éducation ? »

Je ne distingue pas la réponse de ma mère, qui parle à voix trop basse, mais quand mon père reprend, je comprends qu'il s'agit de moi.

« Sacrebleu, elle pourrait gagner le double de mon salaire, même dans le corps de ballet. Et pour peu qu'elle travaille dur et réussisse bien, cela pourrait aller jusqu'au décuple. Le bruit court que Mathilde Kschessinska possède plus de vêtements et de bijoux qu'elle n'en peut porter, même si elle devait vivre jusqu'à cent ans. Sans compter les voitures et les hôtels particuliers. »

Ma mère réplique de nouveau d'une voix inaudible.

« Elle serait sous la protection directe du Tsar. Sûrement, cela devrait te suffire ! Ou préférerais-tu la voir marcher sur tes traces et devenir masseuse ? Ce n'est pas précisément une profession lucrative. Ou spécialement respectable, puisque nous y sommes. »

Le ton de mon père a viré au sarcasme. Je prie le Ciel de prolonger encore un peu le sommeil de Nikolai et d'Andrei pour leur épargner cette scène.

« D'ailleurs, tu sais très bien combien la discipline de l'École est rigoureuse. Notamment pour les filles. Eugenia dit qu'on les met à l'amende sitôt qu'elles se permettent le moindre regard à un garçon. Même s'il s'agit de leur partenaire. Lorsqu'elles sont sélectionnées pour un spectacle, on les conduit en voiture au théâtre, tous rideaux baissés. Et toujours sous la garde d'une surveillante. »

Silence. Je me figure mon père, ses sourcils noirs froncés, le visage orageux, tandis qu'il s'efforce de contrôler son irritation.

« Quand je t'ai expliqué toutes les démarches nécessaires pour la faire inscrire sur la liste, tu n'as pas émis une seule protestation.

— Quel autre choix avais-je ? »

Pour la première fois, ma mère a suffisamment haussé la voix pour qu'elle filtre à travers le mur qui sépare le salon de la cuisine.

« Je ne peux pas quémander une nouvelle augmentation à l'Alexandrinsky, si c'est ce que tu as en tête. De tous les ouvreurs, je suis déjà le mieux payé. »

Je descends sans bruit de ma couchette et enfile ma jupe. Si cette querelle-ci se déroule sur le modèle des précédentes, ma mère va d'un moment à l'autre lui reprocher tous les roubles gaspillés en vodka. Si mon père ne bat pas sa coulpe en promettant de s'amender, elle passera aux combats de coqs et aux cartes. Et si elle se croit hors de portée de nos oreilles, elle en viendra peut-être même à l'accuser de vices plus inavouables encore.

« Et tes pourboires ? entame ma mère.

— Ils servent à rembourser l'argent que nous avons dû emprunter pour l'enterrement d'Anna. »

Il est cruel de sa part d'invoquer ainsi la mort de ma sœur. Je tiraille un fil de ma jupe, en croyant voir ma mère se raidir sur sa chaise, les mains crispées sur le livre de prières où elle puise consolation. Elle s'en sera saisie instinctivement, mais le geste n'aura fait qu'exaspérer davantage mon père, qui estime que sa dévotion tourne à l'obsession. Il fera le compte de ses dépenses en cierges et oboles avec une hargne croissante, et peut-être finira-t-il par la frapper, non qu'il se soucie réellement des sommes en question, qui sont minimes, mais parce que sa piété l'effraie. À mon vif soulagement, cependant, c'est un tout autre angle d'attaque qu'il adopte.

« Au moins, elle ne sera pas serve, à la merci d'un maître qui peut la vendre, la jouer aux cartes ou l'expédier Dieu sait où sur un coup de tête ! » rétorque-t-il.

De toutes les histoires qu'il aime à raconter, cette référence à ses ancêtres pourrait bien être la seule à contenir une once de vérité. Il y a communément recours lorsqu'il tente de se concilier ma mère, comme en cette occasion.

« Laisse-la passer l'audition d'entrée. Tu as bien vu comme

elle s'est illuminée quand j'ai annoncé qu'ils étaient disposés à examiner sa candidature. »

« L'École m'a déjà pris Eugenia, Fedor, et voilà qu'elle me réclame ma mignonne chérie… »

La voix de ma mère s'éteint, sur une note désespérée.

« Elle ne serait pas d'emblée pensionnaire, plaide mon père d'un ton caressant. Elle n'a que huit ans, et sera autorisée à rentrer dormir à la maison, la première année au moins. Tu pourrais la conduire chaque matin et l'École la ferait raccompagner après les cours. »

Je retiens mon souffle, en souhaitant de toutes mes forces que ma mère consente. Cependant, mon père reprend la parole, comme s'il avait perçu ma prière muette à travers la mince cloison et en avait tiré un regain d'inspiration.

« Des milliers de familles sollicitent chaque année de l'École le droit de présenter leur enfant à l'audition. On ne sélectionne que trois cents candidats, dont vingt seulement seront admis. Imagine un peu combien elle sera déçue si nous ne lui permettons pas même de courir sa chance ! »

*

J'attends dans un couloir de l'École de ballet impériale mon tour de passer devant la commission de sélection. C'est mon père qui m'escorte. Il échange quelques propos avec un autre père, dont j'observe avec méfiance la fille, une enfant au teint pâle, et aux longues jambes. J'apprends non sans surprise, au fil de leur conversation, que mon père est en termes fort intimes avec une série de jeunes ballerines. Le corridor bruit comme une ruche du babil sonore des enfants et des accents plus posés de leurs parents. Juste en face de moi, une fillette en robe de velours, chaussée d'escarpins de cuir flambant neufs, plie les genoux et pointe le pied, telle une danseuse chevronnée. La gorge serrée, je prends conscience qu'elle a bénéficié de leçons. Je me demande combien des enfants qui concourent ont déjà suivi des cours de danse.

On m'appelle, et un appariteur nous introduit dans une vaste salle parquetée, dont une extrémité est occupée par une estrade qui supporte une grande table. De l'autre côté de celle-ci siègent une vingtaine d'hommes et quelques femmes, dont aucun ne sourit. Je grille de savoir qui sont ces gens, et pourquoi les messieurs portent d'élégants costumes, tandis que les dames arborent toutes des robes noires, mais mon père me fait taire lorsque je lui chuchote ma question. Devant leur mine solennelle, je me promets de leur arracher à tous un sourire quand mon tour sera venu. Notre guide nous conduit d'abord à une petite table, rangée contre un des murs latéraux, où l'on m'ordonne de me mettre en chemise afin d'être examinée par un médecin. Je demande si je dois aussi retirer mes bas, un cadeau de ma mère censé me porter chance, et l'on me répond par l'affirmative. Lorsque je suis prête, une infirmière me hisse sur la table pour me mesurer. Le docteur approche, répandant une odeur de savon phéniqué. Son crâne est presque entièrement chauve. Il m'examine d'un regard perçant à travers son lorgnon, déploie mes bras, et me fait même ouvrir la bouche pour vérifier ma dentition, tout comme si j'étais un cheval. Quand il m'a assez inspectée de face à son gré, il me fait pivoter et frappe mes omoplates de son doigt recourbé. L'infirmière consigne ses commentaires dans un registre.

« De petite taille pour son âge, quoique bien proportionnée, sauf les bras qui sont trop potelés. Jambes robustes, et pieds particulièrement vigoureux. Jolie fillette, ajoute-t-il, sur un ton qui n'a pourtant rien d'élogieux. Nez légèrement retroussé, mais beaux yeux. Bleus. »

On me mène à une seconde table, occupée par un homme

grisonnant, muni d'une canne à pommeau d'argent. L'appariteur cherche mon nom sur sa liste et le coche. Une autre enfant attend devant moi. Je reconnais la fillette du corridor, dépouillée de sa robe de velours et de ses élégants escarpins. Je contemple ses mollets marbrés et décide en mon for intérieur que nous sommes désormais à égalité. Le monsieur à cheveux gris tapote ses pieds nus du bout de sa canne.

« Plats ! » laisse-t-il tomber, avant d'ordonner à l'appariteur de la rayer de la liste. « Vous pouvez rentrer chez vous », assène-t-il sans même lever les yeux.

La scène m'a terrifiée. Je m'applique à cambrer le plus possible la plante des pieds, de crainte que le vieillard ne les juge plats.

« Rapprochez les genoux, m'enjoint-il, tandis que l'appariteur me pousse vers lui. Maintenant, redressez bien les jambes. »

Il porte son monocle à son œil, me lorgne un bon moment au travers, puis hoche du chef. Puis, d'un simple geste, il me congédie. Il ne me reste plus qu'à danser devant le jury qui se trouve sur l'estrade.

« Pense à bien tourner les pieds vers l'extérieur », me souffle mon père, lorsque je rejoins la petite file d'enfants qui attendent.

De là où je suis, j'aperçois la fillette aux pieds plats qui pleure à côté de la porte. Son père se répand en doléances auprès d'un huissier, mais je ne crois pas que ce dernier l'écoute.

Quand vient mon tour, je m'avance vers la longue table avec mon sourire le plus avenant. Un comte aux joues roses, vêtu d'un habit chamarré de galons d'or, me rend mon sourire, ce qui m'encourage.

« Nous voulons vous voir courir, m'explique une des femmes en jouant avec son collier de perles. D'abord à l'opposé de la table, puis dans l'autre sens, en revenant vers nous. Avez-vous compris ? »

Je m'élance. L'heure est venue de faire mes preuves, je l'ai bien compris. Je cours comme lorsque je vais au parc avec ma mère et m'efforce d'égaler en vitesse les trains qui quittent Saint-Pétersbourg vers les marches de la Russie. Je cours comme si mon avenir entier en dépendait. En un rien de temps, mes paumes se plaquent contre le mur opposé. Je fais volte-face, avale une goulée d'air, et repars. Cette fois, c'est au vent que je songe, le vent qui déchaîne sur la Baltique des tempêtes où les vagues se jouent des plus puissants navires comme de simples totons. Ce n'est qu'en atteignant la table, hors d'haleine, mais triomphante, que je me souviens que mon père m'a recommandé de tourner les pieds vers l'extérieur.

*

Les jours, à l'École de ballet impériale, ont la régularité géométrique de l'étoffe écossaise des toques de ma mère. Nous nous éveillons au tintement d'une cloche et, debout au pied de nos lits, subissons un premier comptage. Puis, en file indienne, nous allons faire nos ablutions au lavabo, à l'eau froide. Des caméristes nous aident à nouer nos tabliers d'alpaga blancs sur nos robes de cachemire bleu, à fixer nos bas de laine blanche et à lacer nos souliers de cuir noir. Nous disons nos prières avant le petit-déjeuner, que précède un nouveau comptage, avant que l'on ne nous serve petits pains beurrés et œufs. Il est mal vu de parler au réfectoire, à moins que ce ne soit à une fin bien précise, telle que de réclamer le sel ou une nouvelle tasse du thé que contient le samovar tout fumant. Vient ensuite une heure d'étude. Celle-ci écoulée, on nous mène au vestiaire, où nous troquons nos robes bleues contre des tenues d'étoffe grise amidonnée, et nos bas blancs contre des roses. Nos chaussons sont faits de coton écru, avec de longs rubans qui se nouent autour des chevilles, et dont on doit soigneusement contrôler la tension. Si nous venons de nous blesser ou d'être malade, ou que nous avons lieu de craindre, pour quelque raison, un entraînement douloureux, nous crachons sur le nœud pour nous porter chance.

Les quatre murs de la salle où sont dispensés les cours de danse sont équipés d'une rampe, et nous disposons d'un grand miroir dans un cadre de bois, dont l'angle peut être modifié à volonté, afin que chacune ait la possibilité de s'y voir. Durant ma première année à l'École, j'y faisais des grimaces, à la grande joie de mes camarades, chaque fois que je croyais échapper à la surveillance. Cela m'a passé depuis que je suis interne. Nous avons pour professeur, cette année, Enrico Cecchetti, qui est italien, et que nous appelons « Maestro ». Jadis, il fut le danseur le plus illustre du Mariinsky et la légende veut que le Tsar, la première fois qu'il le vit en scène, ait déclaré que ce devait être un démon, entièrement fait de caoutchouc. Dans les premiers temps, j'ai pris le Maestro en aversion, car il ne m'adressait jamais la parole sinon pour me crier après, jusqu'au jour où une élève des grandes classes m'a expliqué, en confidence, qu'il réservait ce traitement aux élèves qui lui paraissaient le plus prometteuses. Depuis, je ne l'entends plus qu'avec fierté m'ordonner, d'une voix de stentor, de redresser la tête, ou d'abaisser les épaules, et je m'enorgueillis de ses imprécations autant que s'il s'agissait d'éloges.

La leçon du matin dure deux heures. Nous les passons pour l'essentiel la main sur la rampe, que l'on nomme « barre », à répéter les positions des pieds et les mouvements tels que les pliés et tendus. « Les pierres angulaires de la danse », aime à dire le Maestro. Nous travaillons d'abord un côté, puis changeons de main, et reproduisons la même séquence sur l'autre jambe. Cela fait, nous nous plaçons au centre, où nous recommençons, mais cette fois sans l'aide de la barre. Parfois, si le Maestro est satisfait de nous, nous pouvons passer à des pas plus complexes, comme le développé ou le jeté. C'est cela que je préfère, le jeté en particulier, car le Maestro lui-même doit convenir que je bondis plus haut que toutes les autres élèves de mon âge. Tout notre vocabulaire est français, car c'est à la cour du roi Louis XIV, en France, qu'est né le ballet. Quelques-unes d'entre nous se plaignent que nous consacrons trop de temps aux étirements et aux échauffements, mais je ne me joins pas à leurs récriminations. Je sens mon corps gagner chaque jour en force et en souplesse, ce qui signifie qu'un jour tout proche, je danserai comme un ange.

Si le temps s'y prête, on nous accorde un quart d'heure de récréation dans la cour centrale après le déjeuner. Le temps que nous y passons est strictement minuté pour que les garçons puissent y prendre leur tour après nous. Tout notre emploi du temps est agencé afin que nous nous croisions le moins possible, même lorsque nous devons danser avec eux. En pareil cas, les contacts sont autorisés si la chorégraphie l'exige, mais nous n'avons pas le droit d'échanger un regard ou un mot. Même dans l'atmosphère un tant soit peu plus relâchée du réfectoire, je ne suis pas censée saluer mon frère Fedor, quoique j'enfreigne souvent la règle. Par bonheur, ma petite taille me vaut l'indulgence du personnel, bien que je sois déjà en troisième année. Le moment que nous passons dans la cour est le seul où le monde extérieur se rappelle à notre souvenir. Toutes les fenêtres de façade sont garnies de vitres dépolies, et nos dortoirs, en sous-sols, en sont purement et simplement dépourvus. Bien qu'elles ne fassent l'objet d'aucune interdiction explicite, les conversations ne sont pas encouragées pendant la récréation. Notre quart d'heure échu, nous nous alignons pour être de nouveau comptées.

Nos après-midi sont dévolus à l'enseignement des matières telles que l'histoire, la géographie et les mathématiques. Je m'exerce à écrire, en caractères cyrilliques et romains. J'apprends toutes sortes de faits curieux, que je mémorise avec soin pour en distraire ma mère et mes jeunes frères lors de mes visites dominicales. Nos crapauds nous font bûcher dur, car il faut que les danseuses de l'Empereur soient des personnes instruites ; il en va de l'honneur de l'École. Malgré leur sévérité, ils ne se montrent jamais injustes ou cruels. On ne nous bat jamais, même si l'on nous distribue d'une main libérale les sanctions pour des délits dont la liste est si longue que j'aurais peine à les énumérer tous. Mes infractions les plus fréquentes consistent en bavardages intempestifs et tenue négligée.

On nous recompte avant le souper. L'étude occupe le reste de la soirée, avec pour seules variantes la pratique musicale ou la broderie. J'ai opté pour la musique, car il est de notoriété publique que la broderie s'adresse aux élèves qui ont peu de chances d'intégrer le corps de ballet, et qui auront besoin d'une source de revenus alternative. J'ai choisi pour instrument le piano.

Quand nous sommes en tenue de nuit, nous nous plaçons au pied de nos lits dans notre vaste dortoir. Officiellement, c'est pour la prière commune, mais dans les faits, cela facilite l'ultime décompte, puisque nos alcôves sont surmontées d'écriteaux où sont inscrits nos matricules scolaires. D'ordinaire, je ne tarde pas à m'assoupir, fourbue par la journée, mais il arrive que je m'imagine sur la scène du Mariinsky, où je fais des jetés devant le Tsar. C'est un canevas sur lequel je peux broder à volonté, si bien que je dors souvent déjà à poings fermés avant d'avoir atteint le moment où mon nom est cité avec une mention spéciale sur l'ordre du jour quotidiennement placardé dans le hall. J'ai une autre histoire, où je m'enfuis pour rejoindre un cirque, sur laquelle je me rabats dans mes accès d'abattement ou quand je veux étouffer le bruit des sanglots d'une de mes camarades. Nous n'avons pas le droit de quitter nos lits sans l'autorisation du crapaud de surveillance cette nuit-là, fût-ce pour consoler une amie en proie à la nostalgie du foyer.

Le bain hebdomadaire que nous prenons chaque vendredi soir dans un bâtiment de bois édifié dans une des cours latérales est la seule occasion où nous jouissons d'un peu de liberté. Nos crapauds nous abandonnent aux mains des servantes et nous pouvons échanger des confidences, entre deux fous rires, sans crainte d'être entendues et réprimandées, pendant que nous nous savonnons de la tête au pied et rinçons dans l'eau chaude. C'est là que j'ai entendu pour la première fois l'histoire de l'élève qui s'était enfuie avec un officier de la garde montée du Tsar. La camarade qui m'a rapporté cette aventure scandaleuse me jure qu'elle s'est véritablement produite, et que c'est pour cette raison que l'on nous compte désormais cinq fois par jour. Elle me certifie que, faute de la croire, je peux consulter moi-même la chronique de ces amours interdites, griffonnée au jour le jour au fond d'un placard, à même la paroi. Elle ne précise pas lequel et, après quelques recherches infructueuses, je renonce à ma quête. Je n'en garde pas moins son récit en tête, dans le dessein d'en faire profiter ma mère lors de ma prochaine visite, mais le moment venu, seule avec elle, je me ravise. J'ai l'intuition que c'est une page de l'histoire de l'École que ma mère goûterait peu.

*

Assise sur un banc d'un des vestiaires du Mariinsky, à côté d'Eugenia, j'attends le moment de paraître dans le ballet de ce soir, où je figure un corbeau, rôle que j'ai déjà dansé précédemment. J'ai dûment enfilé ma tunique noire, me suis poudré les joues, et j'ai lacé mes chaussons correctement ; j'ai obtenu la permission de rester avec ma sœur jusqu'à la première sonnerie. Je devrai alors rejoindre les autres élèves qui ont été choisis pour incarner des bouquetières ou des pages, et patienter avec eux jusqu'à ce qu'on nous confie au machiniste chargé de veiller à ce que nous entrions en scène en temps voulu et par l'aile requise. Je profite des instants qui m'ont été alloués auprès de ma sœur pour observer les ballerines. Plusieurs d'entre elles se maquillent ou se coiffent mutuellement, agglutinées autour de la glace, tandis que les autres s'échauffent à la barre, au fond de la salle. Eugenia prend un bain de pied dans une cuvette où elle a dissous une copieuse dose de sels d'Epsom. Elle appartient au corps de ballet et a déjà participé à la matinée tout à l'heure, dans l'après-midi. Elle appuie la tête avec lassitude contre le mur auquel nous sommes adossées. Je contemple ses pieds meurtris, violacés et enflés, tout bosselés de cals dont certains sont écorchés. Ses chaussons en loques gisent à côté de la bassine.

« Il te faut une nouvelle paire, dis-je. Si tu montes sur les pointes avec celle-ci, tu vas te blesser davantage. Les bouts perdent leur rembourrage.

— Mais c'est la troisième cette semaine, gémit Eugenia. On m'a avertie que je les usais trop vite. On ne m'en accordera pas une nouvelle pour ce soir.

— Mais tu ne peux pas danser avec celle-ci ! Pourquoi n'en rachètes-tu pas une paire ? »

Il est difficile de s'entretenir dans le brouhaha et l'agitation du vestiaire bondé. J'enlace la taille de ma sœur et me blottis contre elle.

« Si je gagnais 600 roubles chaque mois, je m'offrirais tous les chaussons dont j'aurais besoin. Je passerais mes heures de liberté à écumer les boutiques et je reviendrais à la maison les bras pleins de paquets. » Puis je rectifie juste à temps, en me souvenant que Père a écopé d'une nouvelle amende pour s'être présenté ivre à son travail et que Fedor et Eugenia versent à Mère l'essentiel de leur traitement :

« Enfin, je donnerais d'abord des sous à Mère. »

« Ces deux ballets sont particulièrement éprouvants », déplore Eugenia, en extrayant un pied de la cuvette d'eau trouble pour illustrer ses propos d'une série de mouvements rapides, au rythme haché. « Les chaussons n'y survivent guère plus d'une journée. »

Elle se masse le pied, avec une grimace de douleur, avant de le replonger dans son bain.

« Et nous sommes censées faire durer les nôtres bien plus longtemps que cela.

« Et Mme Pavlova[1], alors ? Elle en a sans cesse des neufs !

— Oh, mais rien n'est trop beau pour Anna Pavlova ! C'est la favorite du Maestro Petipa[2], on ne lui refuse rien. »

Dans un soudain élan de loyauté envers ma sœur, je me récrie avec fougue : « Je ne vois vraiment pas pourquoi ! », avant d'ajouter en baissant la voix : « Sais-tu qu'elle a été recalée à sa première audition et n'a décroché de place qu'à onze ans, ou presque ? »

Il est consolant de se dire qu'Eugenia, Fedor et moi avons tous été admis à la première tentative, avant même nos neuf ans.

« Alors, elle ne doit pas être si douée que cela. »

Eugenia sort ses pieds de l'eau et les éponge soigneusement avec une serviette. Puis elle se met à les emmailloter d'étroites bandes de coton, tâche qui demande du temps.

« Son en-dehors manque de symétrie, et ses genoux ne sont jamais totalement alignés. Elle n'a pas véritablement un pied de danseuse. Nous faisons la même pointure, elle et moi, mais

1. Anna Pavlova (1881-1931) probablement la plus illustre des ballerines russes. Étoile du Mariinsky issue d'une famille très modeste, formée par Cecchetti, elle était particulièrement célèbre pour son interprétation de *La Mort du cygne*.

2. Marius Petipa (1818-1910), célèbre danseur et chorégraphe français, fit l'essentiel de sa carrière en Russie.

elle a une faiblesse dans les chevilles et la voûte plantaire trop allongée, avec une cambrure excessive. Mais le moindre mot de Petipa a valeur de loi. Il adapte sans cesse les pas à sa morphologie. »

Eugenia cherche une épingle, en suce la pointe, puis perce une ampoule sur son talon. Nous regardons toutes deux goutter le liquide translucide.

« Mais elle a ce je-ne-sais-quoi de spécial, reprend Eugenia, en replaçant l'épingle dans l'ourlet de son tutu, puis en appliquant un tampon d'ouate sur l'ampoule. Quand elle a remplacé la Kschessinska… »

Eugenia me jette un coup hésitant, en se demandant ce que je sais au juste. Je complète obligeamment : « Quand la Kschessinska était enceinte. ». Eugenia rit.

« Eh bien, tout le monde la croyait choisie tout exprès parce que, précisément, elle ne risquait pas de faire d'ombre à la Kschessinska. Et voilà que le public s'est pris de passion pour elle. C'est cette présence éthérée et ensorcelante sur scène, comme si elle était une créature surnaturelle plutôt qu'humaine. Elle envoûte littéralement les spectateurs. »

Je n'en perds pas un mot, fascinée par cette évocation de l'univers encore si lointain des solos et des prima ballerina.

« J'ai entendu dire qu'elle bourre de sciure le bout de ses chaussons et qu'elle colle une plaquette de bois à la semelle.

— Je ne suis pas au courant, mais j'ai déjà vu sa camériste les doubler de cuir et aplatir la pointe pour en renforcer la stabilité.

— Mais est-ce que cela n'abîme pas les chaussons ?

— Elle s'en moque bien. Quand elle a tout son content de fleurs et de bijoux, elle demande des chaussons à ses admirateurs. Fabriqués en Italie. Si tu voyais sa loge… Il y a à côté de la porte une grande corbeille pleine de chaussons mis au rebut. La plupart ont à peine servi. »

Trop heureuse de la faire bénéficier de mes propres informations, je confie : « Ma tutrice, Tamara Karsavina[1], préfère ceux de chevreau suisse. »

Eugenia ne répond pas. Elle enfile ses bas en contemplant avec affliction ses chaussons.

« Prête-les-moi une minute. J'ai une idée. »

Sans laisser à Eugenia le temps de protester, je cale la paire sous mon bras et me faufile parmi cette dense forêt de corps humains jusqu'à la sortie. Dans le couloir, c'est un défilé de costumières qui se hâtent, chargées de tenues fraîchement repassées, tandis qu'un groupe de jeunes machinistes manœuvrent un chariot recouvert d'un monceau de feuillages artificiels. Nul ne me prête la moindre attention. Je passe devant deux portes, m'arrête devant la troisième. Je respire un grand coup et l'entrebâille. Je ne vois tout d'abord que des gens et des vases de fleurs sur des sellettes. Mme Pavlova, assise à son miroir, me tourne le dos. Une camériste ajuste sur sa chevelure une guirlande de roses cousues sur un ruban. À ses côtés, une habilleuse lui présente son costume, tandis qu'une seconde s'affaire auprès d'un guéridon où sont disposés un pichet de citronnade, des pots de chocolat et des compotiers emplis de cerises. Une troisième, accroupie sur le parquet, retouche une paire de chaussons. J'essaie de discerner si elle est en train de les renforcer de cuir, quand la porte s'ouvre de nouveau. Trois femmes en robes rebrodées de perles passent majestueusement devant moi, balayant le sol de leurs traînes à dentelles. Elles entourent l'étoile, qu'elles nomment « Anna chérie », et ce faisant me dérobent à sa vue.

La corbeille à chaussons est située, conformément à la description d'Eugenia, juste à côté de la porte. Je la jauge d'un

1. Tamara Karsavina (1885-1978), célèbre étoile du Mariinsky et des Ballets russes de Diaghilev, réputée pour sa beauté.

coup d'œil. Elle doit bien contenir une trentaine de paires au moins. Je plonge la main au milieu et ménage un creux où je glisse les chaussons hors d'usage d'Eugenia. Puis j'escamote une des paires du dessus. Les rubans en sont dénoués, mais elle est encore loin d'être en fin de course. Je l'aplatis sous mon aisselle, puis me ravise et l'enfouis sous ma tunique. Cela forme une saillie, comme s'il m'avait soudain poussé de la poitrine et m'oblige à garder un bras plaqué en travers de mon buste pour la maintenir en place, mais c'est un bon camouflage. De ma main libre, j'arrange les souliers qui se trouvent à la surface du panier de telle sorte que l'on ne puisse remarquer que l'on y a fouillé. Puis j'embrasse d'un regard furtif toute la pièce pour en graver dans ma mémoire tous les détails luxueux et confortables, avant de rouvrir la porte. Je me promets en la refermant d'avoir un jour à mon tour ma loge personnelle, avec des pots de chocolat, des coupes de cerises, et des essaims de visiteurs qui viendront me féliciter. Voici que la première sonnerie retentit. Je remonte le couloir aussi vite que me le permet mon buste protubérant.

Lorsque je débouche dans le vestiaire du corps de ballet, Eugenia me cherche partout.

« Vite, vite, mes chaussons ! »

Avec une courbette de prestidigitateur, je tire mon larcin de dessous ma tunique. Eugenia écarquille les yeux, mais n'a pas le temps de m'interroger. Nous entendons toutes deux crier mon nom.

« Personne ne m'a vue, dis-je en lui fourrant la paire entre les mains. Tu as raison, Anna Pavlova en a tant qu'elle ne s'en apercevra même pas. »

*

Je suis en vacances et j'aide ma mère à confectionner la brioche que nous porterons à l'église le dimanche de Pâques. Je suis chargée de veiller à ce que la casserole de lait qui frémit sur le fourneau ne déborde pas. La cuisine embaume la vanille et la cannelle. Je trempe en cachette la main dans le pot de miel ouvert sur la table, et lèche les suaves gouttes d'or qui ruissellent le long de mes doigts. Mère me prend en flagrant délit, mais ne me gronde pas. Elle est heureuse de me voir de retour à la maison. Je ne le suis pas moins. Mon livret scolaire est meilleur que je ne le craignais et je leur réserve à tous une surprise. Ce trimestre, j'ai réussi à me faire verser directement les cachets de tous les spectacles où j'ai figuré, jusqu'alors touchés par mon père. Je compte acheter des œufs en chocolat pour ma sœur et mes frères, ainsi que du muguet pour Mère.

Nikolai et Andrei peignent des œufs durs. Andrei est trop petit pour atteindre la table sans l'aide d'une chaise, et le pinceau, dans sa menotte, paraît gigantesque. Il orne ses œufs d'animaux de zoo, à l'exception d'un seul, destiné, je subodore, à Mère, où sont représentés les clochers à bulbes de l'église Saint-Vladimir. Quatre des œufs de Nikolai sont d'un rouge sang uniforme, sans autre décoration que son nom. Il les réserve pour le concours de lancer d'œufs qui aura lieu demain sur les pentes de la colline d'Orekhovaya[1] même si Mère n'y a pas encore formellement consenti. Je le regarde les soupeser un à un dans sa paume, pour évaluer les dommages qu'ils pourront causer à ceux de ses adversaires. Il barbouille tous ceux qui lui paraissent trop légers de rayures arc-en-ciel, disposées au petit bonheur la chance.

Le lait bouillonne dans sa casserole et Mère me prie de ne pas le laisser attacher. Elle mesure la bonne quantité de raisins

1. Une hauteur du sud de Saint-Pétersbourg, dont elle est le point culminant.

secs. Traditionnellement, on les imbibe de vodka, mais Mère s'y refuse. Elle préfère une recette estonienne qui se transmet de génération en génération dans sa famille, où on les fait macérer dans du jus de citron avant de les saupoudrer de sucre.

« À quelle heure rentre Père ? je demande.

— De bonne heure, réplique ma mère. Comme il n'y a pas de représentation ce soir, il finit après la matinée. »

Bien que je sois accoutumée depuis toujours à entendre ma mère s'exprimer en allemand, sa langue natale, cela me prend par surprise chaque fois que je reviens de pension.

« Pourquoi ?

— Il va nous jouer la dernière pièce. »

Le lait écume jusqu'au bord de la casserole, aussi je le retire du feu et souffle à la surface pour l'attiédir. Nikolai dresse l'oreille en m'entendant.

« Laquelle ? s'enquiert-il en cessant un instant de trier les œufs. Nous aimons tous à écouter Père interpréter les dernières productions de l'Alexandrinsky, telles qu'il les a suivies depuis son strapontin d'huissier.

« *Le Marchand de Venise*, dis-je, fière d'avoir retenu le titre en replaçant la casserole sur le fourneau.

— C'est de Tolstoï ? » suppute Nikolai, qui a volontairement échoué à son audition en dansant avec la grâce d'un ours, mais ne souhaite nullement paraître moins instruit que nous.

— Non, de Shakespeare. »

Nikolai fait grise mine. J'ajoute alors, pour ménager son amour-propre, quoique je ne sois pas absolument convaincue de la véracité de cette affirmation :

« Mais c'est un grand ami de Tolstoï. »

Je suis soudain assaillie par un doute. Et si Shakespeare n'était pas russe ?

« Mais je ne le sais que parce que j'ai tenu des rôles dans deux autres de ses pièces, j'ajoute d'un ton léger en m'efforçant de faire dévier la conversation sur un terrain moins périlleux. Dans l'une d'entre elles, un homme se retrouve changé en âne. C'est le roi des fées qui fait cela, pour ennuyer sa reine. L'homme ne s'aperçoit pas d'abord de la métamorphose et ne comprend pas pourquoi tout le monde s'enfuit à sa vue.

— Est-ce que l'acteur porte un masque avec de longues oreilles ? interroge Nikolai, amusé.

— Est-ce qu'il faisait hi-han comme un âne ? » fait la petite voix flûtée d'Andrei, qui n'a pas perdu un mot de la conversation.

Je me lance dans le récit du sortilège, et leur décris les scènes si cocasses où la Reine des fées, sous l'empire d'une illusion, soupire après un baudet dodu, quand ma mère pousse une exclamation. J'ai complètement oublié le lait qui bout à présent furieusement et se déverse par-dessus les bords de la casserole.

La brioche est enfournée, les œufs peints sèchent, lorsque la porte d'entrée s'ouvre, et que des pas résonnent.

« J'amène de la compagnie », annonce mon père, tandis que trois voix masculines nous saluent bruyamment.

Mère s'essuie les mains sur son tablier et sort accueillir les visiteurs dans le vestibule. Nikolai et moi échangeons un coup d'œil. Si Père a invité des amis, adieu la soirée au coin de l'âtre, à l'écouter narrer la pièce.

Mère revient à la cuisine les sourcils froncés et les lèvres pincées. Sans mot dire, elle saisit des verres sur le dressoir et les dispose sur un plateau. Nikolai et moi l'observons.

« Porte ceci à ton père », m'ordonne-t-elle en me tendant le tout.

Les trois hommes ont ôté leur manteau et se réchauffent auprès du feu du salon. Mon père tient une bouteille de vodka. Il remplit les verres.

« Jolie fillette, commente un de ses hôtes, le visage étroitement encadré par les oreillettes de sa chapka fourrée. Alors comme ça, tu es une des petites danseuses de la famille de Vasili. J'espère que tu nous feras une démonstration ce soir ?

— Halte là, propriété de l'Empereur ! » intervient mon père, qui bat un paquet de cartes, assis derrière la table.

« Demande à ta mère du pâté en croûte, reprend-il, l'index pointé vers le plateau vide. Et une bonne ration de cornichons. Je n'ai pas mangé de la journée. »

Je regagne l'abri de la cuisine, auprès des autres, et transmets le message de mon père.

« C'est carême ! » se récrie ma mère à ces mots.

Bien que, luthérienne, elle ne nous fasse pas observer un jeûne aussi strict que celui de l'Église orthodoxe, la viande est proscrite. Elle prend une miche de pain dans le placard, la débite en tranches épaisses et, armée d'une louche, puise dans une casserole de soupe aux choux qui mijote sur le fourneau de quoi remplir quatre assiettes.

« Porte-leur cela. »

Les hommes font cercle autour de la table, et ont entamé une partie de cartes. Je pose le plateau au milieu. Mon père mise 50 kopecks, puis remplit de nouveau les verres de vodka. La bouteille ne tardera pas à se vider et il intimera à grands cris à Nikolai d'aller leur en acheter une autre sans traîner. Je me hâte de sortir.

« Est-ce qu'ils jouent pour de l'argent ? » demande ma mère, qui prélève des zestes de citron à l'aide d'une râpe.

Elle soupire lorsque je le lui confirme. Nikolai prend la casserole qui contenait la soupe et se met à la laver. Je me juche sur la table pour aider Andrei. Du bout des doigts, il vérifie si les œufs sont secs. Ses mains potelées de petit enfant effleurent aussi délicatement chaque coquille que s'il craignait de les briser. Aucun de nous ne parle. Nous écoutons les bruyants échos de la partie de carte en cours de l'autre côté de la cloison.

« Qu'est-ce que c'est que ça ? mugit soudain mon père. Du pain sec et de la soupe aux choux, alors que j'avais réclamé de la viande ! »

Sa chaise grince sur le sol. Une seconde plus tard, la porte de la cuisine s'ouvre à toute volée.

« Est-ce un affront délibéré à nos hôtes ? »

Mon père a la face congestionnée et vacille légèrement.

Mère fixe son écorce de citron comme s'il n'existait rien d'autre au monde.

« Je peux vous apporter du poisson », propose-t-elle calmement.

Comme s'il n'en pouvait croire ses oreilles, mon père se tape sur la cuisse. Il répète la phrase allemande de ma mère, puis la traduit ostensiblement en russe. Je ne vois que le dos de Nikolai, mais je le sens se raidir. Nous savons tous deux que rien n'irrite tant mon père que de l'entendre recourir à sa langue natale.

Mon père titube jusqu'au garde-manger, dont il sort, au hasard, paquets et bocaux. Faute de trouver ce qu'il cherche, il en claque la porte.

« Qu'est-ce que cela sent ? »

Il hume l'atmosphère chargée d'épices et des arômes chaleureux de la pâte qui lève dans le four.

« La brioche de Pâques, fais-je, dans un souffle.

— Parfait. Apporte-la-nous sitôt cuite.

— Mais… »

Ma voix se brise. Il n'est jamais judicieux de rappeler à mon père la piété de ma mère.

« Elle sera bénie comme d'habitude par le pasteur le matin de Pâques », déclare ma mère.

Bien qu'elle ait parlé en russe, sur un ton conciliant, ses propos produisent le contraire de l'effet recherché. En deux bonds, mon père se dresse à ses côtés et, durant un court laps de temps, je crains qu'il ne la frappe. Nikolai, mû par la même idée, abandonne sa casserole dans l'évier. Nous nous rangeons, épaule contre épaule, devant notre mère. Si la querelle s'envenime, nous savons l'un et l'autre, sans l'ombre d'un doute, pour qui nous prendrons parti.

Désarçonné par notre hostilité, mon père hésite.

« Ça me serait égal s'il n'y avait que moi, mais nous avons des invités... plaide-t-il, mi-plaintif, mi-caressant.

— Tu avais promis aux enfants une soirée en famille. Sans tes amis », rappelle ma mère.

Père tente un de ses sourires les plus enjôleurs.

« Mais tu étais contente, autrefois, quand je ramenais du monde. Souviens-toi de nos petites réunions amicales, dans le temps. Tu faisais du bortsch. Et après avoir desservi, nous ouvrions le bal, toi et moi.

— Tu ne buvais pas autant, à l'époque, et tu ne dissipais pas tout notre argent aux cartes.

— Notre argent? C'est moi qui vais chaque jour m'enterrer vivant dans ce théâtre de malheur et passe la journée le petit doigt sur la couture du pantalon!

— Sauf que ce n'est pas précisément ce que tu fais, rétorque ma mère. Tu as failli être chassé pour avoir refusé d'aider un spectateur éminent à ramasser sa monnaie.

— C'était une ignominie que d'attendre de moi que je me mette à quatre pattes, et aille ramper sous son siège pour récupérer quelques kopecks! se récrie mon père, en se frappant la poitrine, comme pour y désigner une médaille, bien qu'il ait engagé ou vendu toutes les décorations qu'il a pu gagner. Je suis citoyen honoraire de Saint-Pétersbourg, ne l'oubliez pas. »

Sans un mot, Mère recommence à râper son écorce.

Lorsque mon père voit que ses paroles demeurent sans effet, il parcourt la pièce du regard, qui tombe enfin sur les œufs peints.

« Qu'est-ce que c'est que ça? interroge-t-il, en se tournant de nouveau vers ma mère. Tu me reproches de jeter l'argent par les fenêtres et tu laisses tes enfants gâcher d'excellents œufs ! »

Il en saisit un et le précipite sur le carreau. La coquille se fracasse et la trompe d'un éléphant bleu, ainsi que la crinière jaune d'un lion ricochent à ses pieds.

Lentement, ma mère pose sur la table le citron désormais dépouillé de son zeste et la râpe. Elle va prendre son châle, le drape autour de ses épaules, et le noue sur son buste. Puis elle décroche le manteau d'Andrei de la patère et le lui enfile.

Comme deux acteurs mus par un même signal, Nikolai se munit du livre de prières de ma mère, tandis que je lui apporte son réticule, afin qu'elle ait de la monnaie pour un cierge. Puis nous revêtons nos propres manteaux. Nous allons disparaître, chercher asile à l'église, jusqu'à ce que ma mère juge que mon père a eu le temps de se calmer. Ainsi s'achèvent toujours ces scènes.

« Arrêtez ! ordonne mon père, quand ma mère passe devant lui, étroitement escortée de nous trois. Je te défends de sortir. C'est ici qu'est ta place ! »

Sa voix résonne encore à nos oreilles dans l'escalier et jusqu'à la porte d'entrée.

*

Depuis une des ailes des coulisses, j'observe les danseurs qui déambulent par deux ou par trois, en feignant d'assister à une grande réception. Je passe les dernières minutes d'attente avant mon entrée à me hausser sur l'avant-pied, à veiller à l'alignement de mes genoux, et à m'appliquer à bien redresser le buste, comme à la leçon du matin. Ce soir, je danse Clara dans *Casse-Noisette* de Tchaïkovski, rôle que je répète depuis des semaines. Ma robe est rehaussée de point d'Angleterre et ma chevelure ornée d'un nœud rose. Mes semelles sont enduites d'une épaisse couche de colophane, et les rubans de mes chaussons s'entrecroisent en un réseau serré autour de mes chevilles. Je me remémore les conseils du Maestro et respire profondément. Ce ballet est crucial. Si je me distingue, la compagnie envisagera de me nommer coryphée dès ma sortie de l'École. L'idée que je puisse un jour être promue, du sein de ce groupe trié sur le volet, au rang de soliste ou premier sujet, est presque trop exaltante. Sur le chemin du théâtre, j'ai confié, dans un murmure, à Tamara Karsavina combien je craignais d'oublier une partie de mes pas.

« Mon petit chou, m'a-t-elle rassurée, un bras passé autour de mes épaules, si tu as un trou, invente ! Laisse-toi guider par la musique, et même ceux qui connaissent la chorégraphie croiront que les pas ont été spécialement inventés pour toi. »

Le régisseur s'approche, flanqué de son assistant, qui tient le livret du ballet, ouvert. L'entrée des enfants est imminente. Sur un signe de tête du régisseur, je saisis la main de ma voisine. Je me concentre sur la musique et guette les accents primesautiers des flûtes.

Un gigantesque sapin de Noël, orné de guirlandes de papier et de joujoux, domine tout le plateau. D'autres jouets s'amoncellent au pied de l'arbre, tandis que, de part et d'autre, de petits groupes de danseurs échangent menus propos et salutations. Mes yeux s'adaptent rapidement à la lumière, et j'entraîne les enfants au milieu des adultes. Ma nervosité m'a quittée. J'ai une assez longue habitude des planches pour m'y sentir comme en mon milieu naturel. Nous dansons une ronde jusqu'à un limpide glissando de harpe. Nous faisons alors courbettes et révérences aux grandes personnes. Le garçon qui incarne mon frère Fritz se tient trop près de moi. Il a deux ans de moins que moi et je l'intimide beaucoup. Il m'empêche de déployer mes bras comme il faut. Je l'écarte donc d'un coup de coude. Ce n'est pas un des jeux de scène que l'on nous a inculqués, mais je suis charmée d'entendre l'éclat de rire général qui salue cette improvisation. Les trompettes entament leur fanfare. Ce passage n'est dansé que par les garçons, ce qui me laisse tout loisir de scruter, sans qu'on me remarque, les visages attentifs qui s'alignent dans la pénombre. Le Tsar assiste à la représentation, mais je n'ose pas lever les yeux vers sa loge. Je m'efforce en revanche d'apercevoir les princes et les comtes qui siègent à sa droite et à sa gauche, selon leurs rangs. Après le ballet, certaines des danseuses de la compagnie seront conviées à les rejoindre dans leurs loges, où on les gratifiera de présents somptueux. Si les rumeurs que j'ai entendues disent vrai, une poignée d'entre elles accompagneront ces gentilshommes à leur résidence, d'où elles ne reviendront que pour la leçon du matin.

Les parents des enfants exécutent une valse lente et solennelle. J'aime la manière dont ils procèdent, sans hâte, avec la démarche un peu hésitante de gens d'âge mûr, bien que ce soit loin d'être leur cas en réalité. J'imagine que c'est à cela que ressemblent les bals donnés par l'Empereur au palais d'Hiver. Récemment ont fleuri dans les journaux des vignettes d'une fête où les invités étaient tous travestis en personnages historiques, certains arborant des costumes vieux de plusieurs siècles. Selon notre habilleuse, dont la sœur est attachée au service de la maison impériale, les robes de la Tsarine étaient si richement brodées qu'elle avait peine à rester debout et a dû passer l'essentiel de la soirée assise. Quand s'achève leur danse solennelle, un air d'alto, soutenu par les notes graves et pénétrantes du trombone et du tuba, modifie soudain l'ambiance. Un magicien, le visage masqué par un loup, surgit dans un grand envol de cape, et offre à Clara un casse-noisette en forme de poupée. Je manifeste ma joie en le berçant dans mes bras, puis m'éloigne en courant à reculons, sur les pointes, la poupée brandie au-dessus de ma tête. Petipa était ravi lorsqu'il m'a vu le faire pendant les répétitions, mais cela m'est aisé et si je tournais le dos au public, d'ailleurs, je lui cacherais la poupée. Les violons se font plus langoureux, et je commence à compter les secondes qui me séparent de mon solo. Il comprend une série de rotations et de bonds à effectuer à l'intérieur du cercle formé par les autres danseurs. Tout l'enjeu est de se fixer un repère auquel revenir, afin de ne pas être prise de vertige. J'exécute ma première pirouette, en redressant bien le buste et en m'appliquant à ouvrir simultanément bras et jambes. Suit le jeté, que je prolonge, pour accumuler de l'élan. Une seconde pirouette, et voilà que j'ai accompli le quart de mon tour de scène. J'ai plaisir à danser. Bien des fois par le passé, j'ai répété cet enchaînement, et pourtant, à cette heure, revêtue du costume de Clara, le casse-noisette entre les mains, j'y discerne un sens que je ne percevais pas auparavant. Je comprends que Clara cherche à se faire valoir et que c'est par son solo qu'elle espère attirer l'attention. Je repousse le sol du pied avec vigueur pour m'élever plus haut encore. Puis, le menton levé, j'incline la tête légèrement de côté et suis récompensée par une ovation et un concert d'applaudissements. Quand j'achève mon circuit, des guirlandes de roses pleuvent à mes pieds.

Dans les coulisses, une costumière m'enfile une chemise de nuit blanche et dénoue le nœud qui retient mes cheveux. À la scène suivante, Clara, assise sous le sapin, pleure sur son casse-noisette brisé. Je patiente en m'efforçant d'ignorer la douleur qui palpite dans mes chevilles et mes mollets. Je me rappelle que je suis Clara, une charmante et gracieuse jeune fille qui n'a pas mal aux jambes. De surcroît, je m'apprête à danser une de mes séquences favorites. Le magicien revient, donne vie à tous les jouets, et une bataille s'engage entre un détachement de soldats de plomb et une bande de souris en maraude. Clara commence par défaillir et se pâmer de terreur, ce dont je m'acquitte si bien qu'un spectateur chuchote « Pauvre petite ! ». Puis, lorsque le combat gagne en violence et que les soldats de plomb semblent voués à la défaite, je rassemble tout mon courage et ôte ma pantoufle. Au signal du cor, qui joue à sons bouchés, je dois l'abattre sur l'épaule du Roi des souris. Emportée par mon ardeur, je me jette trop tôt dans la mêlée et, dans le tohu-bohu, lâche mon arme. Éperdue, je m'agrippe à la queue du Roi des souris et suis entraînée dans son sillage quelques mesures durant. Je n'ai plus d'issue que de suivre les conseils de Tamara. Je m'éloigne en pirouettant, et reviens à l'assaut, cette fois pour lui marteler la poitrine de mes poings. J'entends monter les vivats de la salle, et je me prépare à sauter sur le dos du Roi des souris, quand, à mon vif soulagement, le danseur s'aperçoit de mon erreur et s'affaisse théâtralement sur les planches.

De retour au vestiaire, j'attends avec résignation que l'on m'inflige une amende pour avoir perdu ma pantoufle et tiré la queue du Roi des souris, mais il n'en est nullement question, à ma grande surprise. Plusieurs danseuses me caressent les cheveux en passant, et quand arrive le chariot de rafraîchissements, le serveur m'apporte des lamelles de pomme et un verre d'eau, qu'il sucre d'une cuillerée de miel. Je réclame des cerises, ce qui amuse beaucoup mes voisins. Je m'assieds dans un coin avec mes pommes et mon eau miellée, et décontracte pieds et jambes. Ils m'élancent toujours, mais la douleur se fait désormais lointaine, comme si elle taraudait les membres d'autrui plutôt que les miens. J'aime côtoyer le corps de ballet au vestiaire, attentive aux menus propos des uns et des autres, tout en observant leurs préparatifs. Il me semble que nous ne formons qu'une seule vaste famille. Ce soir, l'on ne parle que d'Alexander, qui a été mis à l'amende et radié de la distribution pour avoir diffusé des tracts. Quand je m'enquiers de leur sujet, ma voisine chuchote :

« La condition prolétaire.

— Alexander juge inique que les danseurs de la compagnie soient propriété impériale, comme des serfs, complète une ballerine, en qui je reconnais une amie de ma sœur.

— Chut, souffle une de nos compagnes, qui nous a entendues. La simple mention de son nom est passible d'amende. »

Le second tableau voit le casse-noisette de Clara se métamorphoser en un beau prince, qui la mène au Pays des bonbons.

Prise par le ballet, j'oublie tout, sauf la musique et ma chorégraphie. Mon salut final est accueilli par un tel fracas d'applaudissement que je soupçonne les machinistes d'avoir mis en branle le mécanisme qui contrefait le tonnerre. Je croule sous les fleurs. Au vestiaire, surexcitée, je ne tiens pas en place tandis que l'on m'aide à quitter mon costume de scène et mes chaussons. Des messagers surgissent ; certaines des danseuses sortent en hâte. Celles qui restent se regardent en faisant la moue. Puis j'entends crier mon nom. Je vais être présentée au Tsar.

À mon approche, sous la conduite d'une gouvernante, des laquais écartent les portières bleues et dorées de la loge impériale. Je fais une profonde révérence, en veillant à bien effleurer le sol de mon genou. En relevant la tête, j'aperçois un homme élancé au vaste front, le teint pâle et les yeux bleus. Les cheveux du Tsar sont de la même couleur que ceux de mon père, mais sa moustache et sa barbe sont plus claires. Il a de très grandes oreilles. Son habit bleu est serré par une large ceinture azur et agrémenté d'un collet rigide, brodé d'or, qui se redresse contre son cou. Tant de médailles sont épinglées sur sa poitrine que je m'étonne que l'étoffe ne se déchire pas sous leur poids.

Un valet lui présente un écrin de velours sur un coussin.

« Ceci est pour vous, profère le Tsar d'une voix étonnamment sonore. Pour vous récompenser de la manière dont vous avez dansé ce soir. »

Il agrée d'un signe de tête ma révérence.

La gouvernante me pousse en avant. J'ouvre l'écrin et entrevois une broche façonnée en forme d'oiseau. Je la soulève et les perles luisent à la lumière. Je tente d'épingler la broche sur ma robe, en m'écriant avec effusion :

« Merci ! On ne saurait trouver cadeau mieux choisi. J'aime à la folie les oiseaux. Si l'École le permettait, j'en aurais de pleines volières ! »

On m'ôte prestement le bijou des mains. Ma gouvernante le replace dans la boîte, qu'elle retire du coussin. C'est là ce que j'aurais dû faire. Je suis profondément humiliée.

« Merci », fait en écho le Tsar, avec une note d'amusement dans la voix cette fois.

Ce n'est que lorsque j'ai réintégré le vestiaire que je peux rouvrir l'écrin, et que je découvre le billet qui l'accompagne.

« À Lydia, nouvel ornement de notre ballet. »

*

Par un dimanche matin de janvier 1905, je roule vers le palais d'Hiver, avec quatre de mes camarades de classe dans une des antiques calèches de l'École. Tout à l'heure, nous danserons à une fête intime du Tsar. Il gèle sans discontinuer depuis des semaines. Même à l'intérieur de la voiture, notre haleine se change en buée. Nous nous enveloppons étroitement dans nos pèlerines d'uniforme doublées de renard, tout en déplorant que l'on ne nous ait pas alloué des bonnets de fourrure plutôt que des capotes de soie noire. Les stores sont hermétiquement clos pour empêcher les badauds de jeter des regards indiscrets à l'intérieur, et les pensionnaires de voir ce qui se passe à l'extérieur, mais l'un d'entre eux a un accroc par lequel j'aperçois les rues sous leur carapace de glace. Notre surveillante est jeune et tolère que nous bavardions tant que nous nous cantonnons à des sujets approuvés.

Nous nous plaignons du froid qui règne dans le studio pendant le cours du matin, et dans la salle de classe l'après-midi. Nous rivalisons de doléances sur les nuits où nous grelottons dans nos lits que rien ne réchauffe, et les levers où nous tournons en vain le robinet pour faire notre toilette, sans rien obtenir d'autre qu'un grondement profond des canalisations comme en proie à un dérangement d'entrailles. Nous touchons presque au palais d'Hiver quand je remarque, à travers la déchirure du rideau, la foule qui se presse dans la même direction que notre voiture.

« Au moins, nous aurons du thé chaud à l'arrivée, dis-je, en me remémorant le joli boudoir où nous nous changeons, avec son samovar dans un coin. La dernière fois, nous avons eu droit à des brioches grillées. »

Une de mes camarades, Elizaveta, n'a encore jamais dansé au palais d'Hiver et nous demande comment les choses se déroulent. Je me charge de la renseigner.

« Les spectateurs sont assis tout près de nous. Et ils se livrent à diverses occupations pendant que nous dansons.

— Mais que font-ils donc ?

— Il y en a qui causent, et il y a des domestiques qui font circuler les rafraîchissements. Les hommes déambulent de-ci de-là. Certains d'entre eux parlent si fort que le bruit de leur conversation couvre presque la musique. Une fois, la Tsarine et une des grandes-duchesses ont éclaté de rire, alors qu'Anna Pavlova était au beau milieu de *La Mort du cygne*, pour laquelle elle est si fameuse. Elles bavardaient sur un autre sujet et ne s'étaient pas aperçues qu'il s'agissait d'un morceau tragique. »

Soucieuse de ménager Elizaveta, je me garde d'avouer tout ce que cette étroite proximité avec la famille impériale peut avoir de déstabilisant.

« Mais le Tsar est notre protecteur. Il idolâtre le ballet, objecte Elizaveta, les sourcils froncés.

— Certes. Et il envoie ses émissaires jusqu'à Paris, Bruxelles, et Milan se procurer les plus riches étoffes pour nos costumes. »

Je regarde furtivement la gouvernante, avec la crainte subite de me faire réprimander pour avoir répété des rumeurs. Elle joue avec ses gants, l'air absent.

« Bien entendu, le Tsar a d'autres préoccupations urgentes et ne peut passer sa vie à assister à des ballets. En ce moment, il a à se soucier de la guerre avec le Japon. »

« Surtout après la défaite de Port-Arthur », suis-je tentée d'ajouter, mais je n'ose pas, de peur que la gouvernante ne nous écoute sans en avoir l'air, et ne juge mes propos peu patriotiques. L'École a prohibé la lecture de tout journal critiquant la capitulation des amiraux et le blocus qui immobilise la flotte russe.

La rue qui mène à l'esplanade du palais d'Hiver est envahie par une telle foule que notre calèche s'en trouve presque à l'arrêt. Une marée humaine déferle de part et d'autre de notre véhicule. Bien que les stores soient toujours baissés, nous entendons entonner des chants et psalmodier « Longue vie au Tsar ! ».

« Peut-être y a-t-il un concours de patinage sur la Neva », suggère Elisaveta.

Les paupières closes, je me transporte en pensée sur le fleuve gelé avec mes frères et ma sœur. Quand nous faisions la course, j'étais toujours une des premières au but. Aucun d'entre eux ne filait plus vite sur ses patins, pas même Fedor. Des clameurs éclatent. Je rouvre brutalement les yeux. J'ignore ce qui peut se produire dans la rue, mais cela ne ressemble pas à des cris de liesse. Les doigts me démangent, je brûle de relever le store. Je conjure la tentation en les enfouissant dans la doublure de ma pelisse fourrée.

C'est peut-être une nouvelle grève.

Voilà des jours et des jours que l'électricité est coupée. De dehors nous parvient la voix de notre cocher qui décline notre identité et demande à passer.

On frappe à la portière. Sur un signe de tête de la gouvernante, j'ouvre. Un soldat inspecte l'intérieur de la voiture. Il ôte sa casquette en constatant que nous sommes bel et bien des pensionnaires de l'École impériale de ballet. Il a boutonné jusqu'au cou sa capote pour se garantir du froid et porte son fusil en bandoulière sur l'omoplate. Il nous interroge sur notre destination et, informé que nous devons danser au palais d'Hiver, nous conseille d'attendre. Des grévistes, porteurs d'une supplique pour le Tsar, se sont massés sur l'esplanade. Jusqu'à nouvel ordre, nous ne pourrons continuer notre route.

Nous nous regardons. Elizaveta se tourmente, craignant que nous n'arrivions en retard à la représentation, mais je lui rappelle que nous avons encore du temps devant nous. D'ailleurs, le Tsar ne souhaitera certainement pas nous voir danser avant d'avoir débattu avec les ouvriers de leur pétition. Nous entendons des bottes marteler à l'unisson le pavé et reconnaissons à travers la portière ouverte une unité de la garde du palais. Ils défilent en épaulant leur fusil, comme s'ils s'apprêtaient à affronter un ennemi. Notre interlocuteur nous engage encore une fois à ne pas bouger de là où nous sommes et se hâte d'aller les rejoindre.

Presque immédiatement, on cogne de nouveau à la portière. Cette fois, c'est le cocher.

« Excusez-moi, mademoiselle, demande-t-il à notre surveillante. Dois-je faire demi-tour et regagner l'École ? »

La gouvernante examine ses mains gantées comme si elles détenaient la réponse.

« Et qu'en est-il des autres calèches de la compagnie ? Savez-vous si elles ont déjà atteint le palais ?

— C'est bien possible, acquiesce le cocher. Elles étaient parties avant nous.

— Alors non, tranche-t-elle. J'ai reçu pour instruction de conduire mes élèves jusqu'au palais d'Hiver pour y danser devant le Tsar, comme convenu. Efforcez-vous de continuer, je vous prie. »

Le cocher effleure sa casquette et referme la portière. Nous l'entendons encourager les chevaux. La voiture s'ébranle, avance de quelques mètres et s'arrête avec quelques cahots. Je me renverse contre le dossier de la banquette, en songeant qu'à cette heure je pourrais être à la maison, en train de me chauffer les mains à la chaleur de la cheminée et de narrer à Mère ma semaine.

« Si nous restons bloqués des heures, se tracasse Elizaveta, nous arriverons en retard ! »

Je hausse les épaules.

« Cela ne sera pas de notre faute. On ne pourra pas nous mettre à l'amende.

— Mais on ne pourra pas commencer sans nous.

— Exact. Nous figurons dans la première danse.

— Ils nous trouveront peut-être des remplaçantes.

— Qui ? »

Une inspiration malicieuse s'empare de moi.

« Pourquoi pas les grandes-duchesses ? Elles ont toutes pris des cours de danse. »

Je me représente les filles du Tsar contraintes de s'entraîner sous la férule du Maestro, qui leur fustige les chevilles de sa badine. L'idée qu'elles puissent danser à notre place paraît si cocasse que même notre gouvernante ne peut réprimer un sourire. Je fais remarquer que les grandes-duchesses sont trop grosses pour faire des ballerines. La gouvernante m'impose silence. C'est un délit passible d'amende que de se gausser du Tsar ou de tout autre membre de sa maisonnée, me réprimande-t-elle sévèrement.

Le calme semble revenu à l'extérieur et je me demande pourquoi nous n'avançons pas. Je m'agite sur la banquette et parviens à glisser un œil par la déchirure du store. Sur le trottoir, une famille se blottit autour d'un feu de bois. J'observe la mère qui tient dans ses bras un nourrisson roulé dans une couverture, et deux bambins recroquevillés à ses côtés. Ils ont des figures faméliques aux traits pincés par le froid. Les enfants n'ont pas de souliers. Une salve de tirs explose soudain, si violente que nous en tressaillons. Nous entendons le cocher apaiser les chevaux hennissants d'effroi. Nous nous figeons sur nos sièges. Des hurlements s'élèvent, suivis de nouvelles détonations. Je relève le store, sans plus me soucier des éventuelles amendes.

Les gens refluent en masse dans la rue et s'éloignent à toutes jambes de la place, en se heurtant mutuellement dans leur précipitation. J'aperçois des hommes chargés d'icônes empruntées à leur paroisse, des femmes qui agrippent leurs enfants par la main. La peur est peinte sur leurs visages. Deux hommes titubent jusqu'à notre calèche, mi-portant mi traînant un troisième. Sa pelisse est déboutonnée et sa chemise maculée de sang écarlate. Ils s'arrêtent devant notre glace en reconnaissant la couronne impériale.

« Voyez comment le Tsar traite nos doléances ! clame l'un d'entre eux. Il a ordonné à ses gardes d'ouvrir le feu sur une foule innocente ! »

Il se tourne vers nous. Le visage du blessé qu'il soutient nous fait soudain face. Un profond sillon creuse son front, comme si une bête avait cherché à s'y terrer. Il a un trou béant et livide à la place de l'œil droit. Elizaveta pousse un cri perçant.

« Ramenez-nous à l'École, commande la gouvernante en martelant la cloison pour alerter le cocher. Vite ! »

D'un coup sec, elle rebaisse le store et assujettit solidement le cordon.

*

C'est Mikhaïl Fokine[1], qui dansait encore récemment dans la troupe du Mariinksy, qui va désormais assurer le cours du matin. Le bruit court qu'il est sensible aux maux du prolétariat et qu'il soutient les grévistes. Nous n'avons aucun moyen de vérifier ces rumeurs, puisque les journaux sont proscrits. Après la fusillade de l'esplanade du palais d'Hiver, de nouvelles règles ont été placardées sur le tableau d'affichage, qui nous interdisent d'évoquer la situation politique. Cela ne nous empêche pas d'échanger des informations en cachette à la première occasion. Dimanche dernier, à la maison, Fedor m'a confié que les garçons avaient envoyé une liste de revendications aux crapauds et a recommandé que les filles suivent leur exemple. Je décide d'en propager la nouvelle durant le bain, vendredi soir, même s'il ne nous a pas échappé que les servantes nous surveillent de plus près qu'auparavant, comme si elles avaient reçu pour consigne d'espionner nos conversations et de signaler aux autorités tout propos qui s'écarterait des sujets admis. Malgré les risques, nous nous entretenons des grèves en cours et débattons pour savoir si le Tsar fait bien de châtier les meneurs. C'est aux bains que j'apprends l'arrestation du père d'Elizaveta et l'éviction de sa famille, chassée du logement qu'elle louait. Notre camarade cache depuis lors dans sa poche un drapeau rouge miniature, de la taille d'un mouchoir, qu'elle glisse sous son oreiller le soir.

Fokine est bel homme et nous a toutes un peu tourné la tête. Ses méthodes d'enseignement nous ont tout d'abord paru insolites. Au lieu de rester dans un fauteuil à nous suivre des yeux en

1. Mikhaïl Fokine (1880-1942), célèbre danseur et chorégraphe russe, qui fut en particulier l'auteur des principaux ballets de Diaghilev entre 1909 et 1923, dont *Carnaval*, *L'Oiseau de feu*, *Petrouchka* et *Le Spectre de la Rose*. Chassé par la révolution en 1918, il se partagea entre l'école de danse qu'il avait fondée à New York et des tournées européennes avec les diverses troupes issues des Ballets russes de Diaghilev.

battant la mesure du bout du pied ou de sa canne, il se place à la barre et effectue en même temps que nous les exercices. Quand nous passons au centre du studio, il nous incite à ne pas nous contenter de reproduire les enchaînements, mais aussi à nous représenter visuellement les figures que nous décrivons. Il nous vante les danses populaires russes et leur extraordinaire capacité à exprimer les émotions, et déplore que le ballet se soit coupé de telles racines au profit de stériles traditions étrangères.

J'apprécie les cours de Fokine. Je lui sais gré de nous rappeler que nous avons des bras, en plus de jambes, et de nous encourager à danser avec notre esprit aussi bien qu'avec notre corps. Je comprends ce qu'il veut dire lorsqu'il nous exhorte à écouter non seulement le piano ou l'orchestre, mais aussi notre propre cadence intérieure. Il nous invite à nous approprier chaque pas non seulement en danseuse, mais également à la manière des comédiens, ce que je trouve stimulant.

Un jour, à la fin des exercices à la barre, Fokine annonce que nous allons avoir de la visite. La porte s'ouvre, livrant passage à une grande jeune femme svelte, vêtue d'une sobre tunique blanche à la grecque. Au lieu d'être retenue par la résille réglementaire, sa chevelure drape ses épaules d'un manteau cuivré. Ce qui nous stupéfie le plus, c'est qu'elle a les bras et les jambes nus.

« Mesdemoiselles ! nous interpelle Fokine, nous avons aujourd'hui l'honneur d'accueillir au sein de notre institution Isadora Duncan[1]. Elle est de passage à Saint-Pétersbourg avec ses élèves et j'ai la joie de vous informer qu'elle a bien voulu vous dispenser une leçon aujourd'hui. »

1. Isadora Duncan (1877-1927), danseuse et pédagogue américaine considérée comme une des initiatrices de la danse contemporaine. Grande ennemie du ballet classique strictement codifié, du tutu et des pointes, elle créa trois écoles et fut aussi célèbre pour sa grâce et ses innovations hardies que pour sa vie privée tapageuse et tragique.

« Ôtez vos chaussons et vos bas, je vous prie », ordonne la jeune femme.

Elle manie sans peine le français, mais avec des inflexions inaccoutumées, de sorte que les mots perdent leur caractère familier lorsqu'elle les prononce.

Nous nous regardons nerveusement les unes les autres. C'est la première fois que l'on nous demande pareille chose en cours, et nous ne sommes pas certaines que le règlement le permette. Quand Fokine nous y autorise d'un signe de tête, je suis la première à m'asseoir sur le parquet pour dénouer les rubans qui enserrent mes chevilles.

Une à une, nous obtempérons. Quelques-unes de mes camarades protestent en silence par une moue boudeuse. Je leur tourne le dos.

« Très bien ! nous félicite notre visiteuse, lorsque nous sommes toutes prêtes. Je me soucie peu, aujourd'hui, de savoir à quelle hauteur vous pouvez lever la jambe, ou combien de pirouettes vous pouvez enchaîner. Je sais que ce sont là des figures dont vous vous acquittez brillamment, car vous êtes élèves de l'École impériale de ballet, où vous vous y exercez depuis votre plus jeune âge. »

Elle parcourt la salle du regard, avec un sourire aussi magnétique que les visages rayonnants de paix des fidèles abîmés en prières à l'église. Elle ouvre les bras.

« Voilà, vos pieds sont libres. Je voudrais à présent vous voir évoluer où et comme il vous plaira. Je ne requiers qu'une chose de vous : quoi que vous fassiez, il faut que vous le ressentiez ici. »

Sa main se plaque sur sa poitrine.

« Au niveau du plexus solaire. C'est le siège de l'âme, et la source de la danse. »

Aucune d'entre nous ne bouge. Je ne sais trop, moi-même,

comment interpréter cette directive. Rieuse, elle s'élance parmi nous, en nous distribuant de petites tapes sur l'épaule, comme si elle jouait à chat. Elle court agilement, avec une joie enfantine. Au contact de sa main, je me mets en mouvement à mon tour, en m'efforçant d'égaler sa grâce et sa légèreté. Elle s'arrête à la barre pour nous observer.

« Oui, c'est cela ! Nulle tension, nulle raideur ; laissez votre corps se mouvoir à sa guise. »

Elle gagne le piano et murmure à l'oreille du pianiste.

« Vous allez entendre une musique dont le son évoque l'eau, explique-t-elle, car ce sera là le thème du prochain ballet du Maestro Fokine. Je voudrais que vous dansiez en ayant à l'esprit l'eau, de l'eau qui jaillit et rejaillit çà et là, avant de trouver sa propre route. »

Elle tend le bras, en un geste lent et sinueux, telle une vague qui se propage sur la mer.

« J'incarne l'océan Atlantique, que j'ai traversé lorsque j'ai quitté l'Amérique pour l'Europe, l'Atlantique, majestueux, mystérieux et terrible. »

Son bras s'incurve par saccades aussi vives que l'éclair, qui m'évoquent les prémices d'une tempête.

« Choisissez une image d'eau, et laissez-vous guider par elle. Ce peut être, par exemple, une fontaine, la pluie, ou les flots paisibles d'un lac silencieux. Peu importe votre choix, pourvu que cela vous inspire. »

Je médite ses paroles et, sous l'œil attentif de Fokine, me figure être une rivière au cours rapide, qui traverse en bondissant plaines herbues et forêts touffues pour me jeter enfin dans la mer. J'ignore celles de mes camarades qui signalent, par leurs regards maussades, qu'elles jugent l'exercice ridicule et ne s'y prêtent que de mauvaise grâce, et je m'adonne de toute mon âme à la danse. Si c'est là la prochaine révolution du ballet, eh bien, je suis une révolutionnaire ! Je me promets de demander à Elizaveta, lors du bain hebdomadaire, où me procurer un drapeau rouge.

*

À Saint-Pétersbourg, le printemps est si tardif que les dernières glaces de la Neva ne fondent pas avant mai. Après la leçon, chaque matin, je traverse le grand vestibule du théâtre Mariinsky et me poste devant le tableau d'affichage. C'est là que la direction placarde les mentions spéciales et les coupures de presse des productions récentes, ainsi que les distributions et les horaires des répétitions, les noms des danseurs retenus pour les spectacles privés du Tsar ainsi que de ceux qui représenteront la compagnie pendant la tournée estivale. Aujourd'hui y figure l'annonce du ballet qui clôturera la présente saison, imprimée sur un épais papier crème frappé de l'aigle d'or impérial à deux têtes. Comme de coutume, tous les rôles principaux ont été attribués aux premiers sujets, et bien que je les effleure à peine d'un coup d'œil, c'est avec un mouvement d'orgueil que j'y aperçois Tamara Karsavina, ma tutrice et mon amie. En Russie, elle est un des espoirs du ballet et jouit d'une certaine célébrité à l'étranger depuis qu'elle a dansé dans diverses capitales européennes l'été dernier. Cette année, elle a signé un engagement au Coliseum[1], à Londres, pendant la relâche estivale. Je m'attache à présent aux danseurs sélectionnés pour des rôles secondaires, mais je n'en suis pas. Mon regard erre jusqu'à la dernière colonne, où est énuméré le reste de la distribution, et j'y déniche enfin mon nom.

C'est une déconvenue. Voilà plus d'un an que je suis au Mariinsky, et bien que j'aie brillamment réussi l'examen de fin d'études, et sois sortie de l'École avec un dossier élogieux, je suis

1. Voir « Stoll, Sir Oswald » dans la « Liste des personnages ».

toujours membre du corps de ballet. Je ne m'en suis nullement chagrinée au début, car j'en goûtais la camaraderie et me réjouissais de cette possibilité de monter sur les planches tous les soirs, mais l'invisibilité me pèse désormais. J'aspire à des rôles plus exigeants. Depuis six mois, je prends des cours particuliers à mes frais au studio de mon ancien professeur, le Maestro Cecchetti. J'y travaille les points qui m'ont valu des critiques, comme mon porté de bras.

Un bras enlace doucement ma taille. Je reconnais la main légère de Tamara et je m'accote à ce corps dont émanent tout à la fois chaleur humaine et sueur. Elle sort, elle aussi, de la leçon du matin.

« Félicitations ! » dis-je en désignant son nom sur le tableau.

Elle me fait pivoter sur moi-même et scrute de ses yeux sombres mon visage.

« Ne t'en fais pas, ton tour viendra.

— Vous croyez ? Je ne vois vraiment pas comment. On ne se préoccupe de moi que pour me taper sur les doigts parce que je ne bouge pas exactement de la même manière et en même temps que les autres. Savez-vous que l'on attend même de nous que nous respirions à l'unisson ? »

Les poings sur les hanches, je contrefais Petipa :

« Le corps de ballet n'existe que pour amplifier le travail des premiers sujets. Il ne devrait jamais forcer l'attention, jamais se faire remarquer en lui-même. »

Et je conclus, avec un grognement indigné :

« Ainsi, je dois mettre toute mon énergie à danser dans le seul but de passer inaperçue ! »

Tamara lisse ma chevelure en désordre.

« Quand donc cesseras-tu d'avoir l'air négligée ? me morigène-t-elle. Un peu de patience ! Tu seras bientôt versée dans les coryphées, où tu pourras donner toute ta mesure.

— Mais cela prendra des siècles ! Franchement, j'ai l'impression que ma carrière est en pleine régression. À la fin de ma scolarité, Fokine me confiait des rôles. J'ai dansé Cupidon dans *Acis*, le flocon de neige dans sa mise en scène des *Quatre Saisons*. J'ai récolté de bonnes critiques, d'ailleurs.

— Ah, soupire Tamara, mais c'était avant que Fokine n'en vienne à passer pour un dangereux extrémiste. Les administrateurs redoutent à présent que son intérêt pour les danses paysannes ne dissimule une remise en cause de l'autorité du Tsar. Qui, ajoute-t-elle avec un clin d'œil, en haussant la voix pour tranquilliser tous ceux qui, en passant, pourraient nous soupçonner d'échanger des propos séditieux, est notre protecteur et notre très généreux bienfaiteur. »

Sourcils froncés, je proteste :

« Mais Fokine a insufflé une vie nouvelle au ballet. Ses innovations lui ont valu les éloges du Tsar en personne.

— Quelles innovations ? raille Tamara. Choisir à dessein des musiques qui écorchent l'oreille, avec des rythmes conçus pour dissoner et heurter ? Commander des costumes conçus pour illustrer le ballet plutôt que pour nous avantager ? »

Avec un sourire goguenard, je me remémore le retentissant esclandre de Mathilde Kschessinska lorsque Fokine avait prétendu lui interdire de paraître sur scène avec ses célèbres diamants, qu'il jugeait en contradiction avec son rôle.

« Ou nous obliger à ôter nos chaussons de pointe pour danser pieds nus…

— Quand ce n'est pas la poitrine nue ! » glousse Tamara.

Fronçant le nez, je singe les moues dégoûtées de plusieurs ballerines chevronnées, informées que Fokine leur avait attribué des rôles d'esclaves arabes, et les priait en conséquence de mettre bas leur corset pour danser demi-nues.

« Et Diaghilev, je demande, en me souvenant que le nouveau

directeur adjoint a inscrit le ballet en question au programme de la tournée d'été. Est-ce qu'il ne peut pas plaider la cause de Fokine ? »

— Ils se méfient plus encore de Diaghilev qu'ils ne détestent Fokine. Ils sont furieux que ses Ballets russes, comme il les a baptisés, aient fait autant sensation à Paris. L'expérience s'est soldée par des pertes sèches, mais Diaghilev a réussi à persuader les producteurs qu'il pouvait faire de la culture russe l'envie de toute l'Europe. Et sur ce point, il a la bénédiction du Tsar. »

Je la regarde en écarquillant les yeux. Ses propos me semblent absurdes.

« Pourtant, le succès de Diaghilev rejaillit sur la compagnie, certainement ?

— Mon petit chou, soupire Tamara en hochant la tête, ne sais-tu donc pas que c'est la jalousie et non la raison qui régit le monde ? Du reste, si la direction est hostile à Diaghilev, c'est parce qu'il fait ce dont eux, précisément, se dispensent : s'intéresser activement à toute la dimension artistique. De leur point de vue, un administrateur ne devrait pas s'abaisser à dîner avec les compositeurs et à choisir les décorateurs ; et, ajoute-t-elle à voix plus basse, ils ne décolèrent pas, car il organise une nouvelle tournée en Europe cet été.

— Avec Fokine ?

— Et Nijinski. »

J'aurais dû m'en douter. Quand j'ai dansé Cupidon, avec mon frère Fedor comme cavalier, les critiques n'en avaient que pour cet adolescent au long cou et aux jambes velues, qui tenait le principal rôle de faune.

« Est-ce que la tournée inclut Paris ?

— Oui. Ainsi que Berlin, je crois. Et peut-être Bruxelles…

— Oh, pourvu que je sois choisie !

— Mais es-tu sûre que cela te plairait vraiment ? Cela te retiendrait loin de Saint-Pétersbourg pendant plusieurs semaines. »

Je ferme les yeux, avec un coup au cœur en pensant à ma mère. Puis je redresse haut le menton.

« Je serais aux anges. Je déteste le moment où, la saison finie, le théâtre clôt ses portes, et on ne peut plus danser. »

Ce n'est qu'en formulant cet aveu que je prends conscience de la profonde appréhension que m'inspiraient les vacances toutes proches. En juillet dernier, au sortir de l'École, j'ai dansé devant le Tsar, à Krasnoïe Selo, sa résidence estivale. Cette année, en revanche, l'été s'étend devant moi, interminable, sans rien d'autre pour le meubler que l'ivrognerie de mon père et la menace permanente de ses accès de violence.

Le regard clairvoyant de Tamara s'emplit de sollicitude. J'ajoute vite :

« Et d'ailleurs, qui serait assez fou pour dédaigner une chance de voir Paris ? »

Je m'exerce plus assidûment que jamais. La liste des danseurs qui accompagneront Diaghilev ne fait l'objet d'aucune publication sur le tableau d'affichage, puisque cette tournée n'entre pas dans les entreprises officielles de la compagnie. Au contraire, on nous avertit par un communiqué que toute absence lors de la rentrée, à la fin de l'été, sera considérée comme une entorse au contrat assez sérieuse pour entraîner un renvoi immédiat. Un après-midi, pendant que nous répétons sur le plateau, je remarque soudain un homme qui nous observe depuis un des fauteuils d'orchestre vides. Il est vêtu avec une élégance tapageuse, comme s'il s'apprêtait à poser pour un cliché de mode de Brizak[1], et une mèche d'argent strie sa chevelure de jais au-dessus de la tempe droite. Ramassé sur lui-même, les deux mains jointes sur le pommeau de sa canne, il semble prêt à bondir. On a le

1. Auguste Brizak, fondateur d'une célèbre maison de couture de Saint-Pétersbourg, particulièrement appréciée de la famille impériale.

sentiment qu'il ferait un redoutable adversaire. Je devine instantanément de qui il s'agit.

Sitôt la répétition finie, je me rue au bas des planches. Diaghilev, en grande conversation avec Fokine et le décorateur Léon Bakst, m'ignore. Sans me laisser décourager, je le tire par la manche, en un geste irréfléchi.

« Je veux vous accompagner à Paris. Vous avez emmené ma sœur Eugenia, l'année dernière. »

Lentement, il ajuste son monocle dans son orbite. Deux yeux noirs me jaugent d'un regard acéré. Je redoute qu'il ne me foudroie pour cette interruption, et me dandine nerveusement d'un pied sur l'autre. À mon grand soulagement, il se tourne vers Fokine.

« Son nom ?

— Lydia Lopukhova. Promotion de l'année dernière.

— Elle danse convenablement ?

— Plus que convenablement.

— Elle ne fait guère plus de dix-sept ans, commente Diaghilev avec un grognement. Ça pourrait plaire au public. Cite-moi une bonne raison de t'emmener », lance-t-il à mon intention, d'un air rogue.

Je lâche, tout d'une traite :

« Je saute aussi haut que Nijinski. »

Et c'est la vérité même. Il se peut que j'aie les bras trop charnus, ou que mon port de bras ne soit ni aussi maîtrisé ni aussi gracieux que celui d'Anna Pavlova, mais mes pieds sont mieux formés, et j'ai des jambes musclées.

« Mais Nijinski, j'ajoute avec mon sourire le plus charmeur, ou du moins je l'espère, atterrit toujours gauchement, comme s'il avait des sabots de bouc. Moi, je retombe parfaitement. »

*

Selon une anecdote que j'aime à conter, je me serais agenouillée et j'aurais baisé le quai de la gare en descendant du train, lorsque nous sommes arrivés à Paris à l'été 1910. À force de la répéter, je ne sais plus si l'histoire est véridique, mais si elle n'est pas authentique, elle mérite de l'être. Je ne pouvais m'en douter à l'époque, mais ma tournée en Europe avec Diaghilev et les Ballets russes devait marquer un tournant dans mon existence.

Je loge au Grand Hôtel, où j'ai un lit si vaste que je n'en atteins pas les bords, même lorsque je me couche en travers. Je passe tous mes après-midi à m'y prélasser et m'y reposer avant chaque représentation, le dos calé sur un des nombreux traversins qui nous sont fournis en guise d'oreillers. L'hôtel est situé boulevard des Capucines, et j'écoute monter, par la fenêtre ouverte, l'écho des sabots des chevaux sur le pavé, le vrombissement sonore des moteurs et le vacarme des klaxons des autos qui défilent en cornant, ainsi que les voix qui s'élèvent dans un français aussi précis et limpide que celui que l'on nous enseignait à l'École, et que nous ne parvenions jamais à égaler. Durant la première semaine de notre séjour dans la capitale, j'ai vécu avec les autres danseurs dans une pension de famille d'un quartier plus modeste, mais bientôt Diaghilev s'est mis en tête de m'installer dans cette suite, d'un effet plus prestigieux.

Une chocolatière d'argent attend sur ma table de chevet, pleine de chocolat chaud. Il s'en échappe, lorsque je le verse, un parfum infiniment plus subtil et délectable que celui de tous les mets que j'aie jamais goûtés à Saint-Pétersbourg. J'en ferme les yeux d'extase… Sur la courtepointe, à côté de moi, est posé un sachet de viennoiseries que j'ai acheté en revenant de ma répétition. Je le déchire et les trempe dans le breuvage velouté. Affamée, je dévore à belles dents les brioches à la mie fondante et les pains aux raisins garnis de crème onctueuse.

J'ai aussi sur mon lit une série de cartes postales accolées les unes aux autres, en manière d'accordéon. J'en ai déjà envoyé deux à Mère, une vue de la tour Eiffel, et une autre de l'arc de Triomphe. J'en détache une troisième en m'appliquant à bien suivre la ligne prédécoupée, à la jonction. Elle représente les jardins du Luxembourg, où Diaghilev a organisé une séance de photographies de presse hier. Il a répandu le bruit, à l'intention des journalistes, que je n'avais que dix-sept ans, alors que je vais en avoir dix-neuf en octobre. Il justifie ce mensonge en soutenant que cela fera vendre des billets et contribuera ainsi au succès de notre saison parisienne. Les rédacteurs des journaux et revues ont mordu à l'appât aussi voracement que les poissons qui viennent gober du pain à la surface de la Neva, quand arrive enfin le dégel, et m'ont célébrée comme une enfant prodige dans leurs articles. Cela me fait chaud au cœur de penser que certains d'entre eux parviendront peut-être jusqu'à Saint-Pétersbourg.

Je contemple les bassins sur la carte postale, en me remémorant les hommes en complets de couleur claire et cravates rayées qui jouaient aux boules sur le gravier, les femmes qui flânaient entre les plates-bandes, à l'abri de leur ombrelle, en promenant leurs petits chiens en laisse, les garçonnets en costume marin qui faisaient faire la course à leurs voiliers miniatures sur l'onde miroitante, les fillettes à capelines de paille enrubannées, qui attendaient leur tour de monter les ânes. Le socle de la fontaine est entouré de superbes chevaux de bronze. Je mourais d'envie d'aller m'asseoir sur leur dos pour sentir rejaillir sur moi les jets d'eau. Aux abords de la grille du Luxembourg, des vendeurs ambulants, tantôt munis de grappes de baudruches oscillant au vent, tantôt de plateaux de glaces, se disputaient notre attention, tandis qu'un clown au visage blanc, vêtu d'amples pantalons bouffants et bigarrés, faisait la roue en distribuant des prospectus pour un spectacle de guignol. Hier, j'ai envoyé à ma mère une vue de l'Opéra, où nous dansons actuellement, avec sa colonnade à l'antique, et la couronne de son dôme vert surmonté d'allégories dorées de la poésie et de l'harmonie. J'ai indiqué par une flèche le site de mon hôtel, tout proche.

J'ai aussi posté à Mère une carte de Berlin, notre première étape, où nous avons fait halte deux semaines. Elle représentait la porte de Brandebourg que seuls les membres de la famille royale ont le droit d'emprunter. Au verso, j'ai narré notre voyage en train vers la frontière sud, et lui ai rapporté que l'on nous servait de la viande à tous les repas en Allemagne, petit-déjeuner compris. Je me figure ma mère en train de disposer mes cartes sur la cheminée, de les lire et relire, les yeux embués de larmes. Elle n'a pas fait la moindre tentative pour me dissuader de participer à la tournée, bien qu'il lui en coutât beaucoup de se séparer de moi. Elle était heureuse que j'aie l'occasion de visiter l'Europe et certaine qu'il ne m'arriverait rien de fâcheux, puisque Fedor se trouverait dans le même train que moi. Je gagnerais autant durant ces six semaines que pendant toute une année au Mariinsky, ce qui a contribué également à la convaincre. Naturellement, elle espère que je serai assez raisonnable pour mettre cet argent de côté et me constituer un petit pécule qui me servira de dot, mais je n'ai pas envie de me fixer pour l'instant. Et en plus, il y a encore trop de choses que je convoite.

Mes emplettes gisent éparses dans toutes les pièces de la suite, tantôt jetées sur le dossier des chaises, tantôt dans des cartons dont elles débordent, tantôt amoncelées, en équilibre précaire, sur le couvercle de ma malle. De temps à autre, un éventail peint par un artiste de Montmartre, ou un chausson de danse en cuir fait sur mesure glisse sur le parquet dans un bruissement de papier de soie. La femme de chambre chargée de mes appartements aimerait bien ranger mes achats dans l'armoire vide, mais je m'y oppose formellement. Je prends plaisir à contempler toutes mes acquisitions. Quand Tamara a su que l'intégralité des

300 francs donnés par Diaghilev pour me récompenser d'avoir appris au pied levé un rôle de soliste était passée dans un nouveau chapeau et des boucles postiches, cela l'a tant contrariée que j'ai craint qu'elle ne me pardonnât jamais. Je l'ai priée de s'abstenir de juger avant d'avoir examiné par elle-même lesdits objets, car, j'en étais persuadée, elle ne manquerait pas de convenir qu'ils valaient amplement mes 300 francs, jusqu'au dernier centime. Le perruquier m'avait juré être le fournisseur attitré des meilleures familles de Saint-Pétersbourg et m'avait assuré qu'en m'approvisionnant directement chez lui, j'économisais les frais de port. Dans tous les cas, avais-je protesté, tout ceci n'était pas uniquement pour moi. Je rapportais aussi des canifs pour Nikolai et Andrei, des livres pour Eugenia et son jeune mari, une mantille en dentelle de Chantilly à porter à l'église pour ma mère. Je continue à vanter mon flair commercial à une Tamara imaginaire en énumérant tous les souvenirs que j'ai empochés gratis en plus de ceux que j'ai payés. La liste inclut plusieurs savonnettes, destinées à l'origine au lavabo du train, car j'ai eu l'idée géniale d'envelopper soigneusement la première que l'on avait pourvue dans une serviette de toilette et de m'en resservir. J'ai même un flacon d'eau de Cologne pour homme, qui garnissait la salle de bains de l'hôtel à l'intention de mes éventuels visiteurs masculins. Je compte l'offrir à mon père.

Mon chapeau trône à la place d'honneur, au milieu de la coiffeuse. C'est une capeline à large bord, ornée d'une telle quantité de plumes d'autruche que l'on croirait que la modiste, n'ayant pas le cœur de plumer le volatile, s'est résolue à le fixer tout entier sur le couvre-chef. Ma garde-robe a également été renouvelée, mais c'est là moins un luxe qu'une nécessité, étant donné le nombre de réceptions auxquelles j'assiste. Diaghilev est enchanté de mes succès mondains et affirme que j'ai un don inné pour cela, ce dont je ne suis pas si sûre, puisque les douzaines d'individus auxquels il me présente me posent invariablement les mêmes questions. Ils commencent tous par me demander poliment si je me plais à Paris, ce qui me paraît absurde, car qui ne s'y plairait pas ? À ceux qui veulent savoir ce que je préfère, je réponds que c'est le réseau d'égouts, parce qu'ici le contenu des seaux de nuit ne reste pas à empuantir les rues en attendant le passage des éboueurs. Certains d'entre eux veulent connaître les secrets des Ballets russes, mais quand je leur explique qu'il réside dans l'étirement méthodique, jour après jour, de chaque muscle du corps, jusqu'à en avoir mal à hurler, dès l'âge de neuf ans, ils ne font que rire, persuadés que je plaisante. Une fois, j'ai proposé de leur montrer mes pieds pour parachever ma démonstration, mais Diaghilev m'a entraînée en toute hâte sous prétexte de me présenter à je ne sais qui. Dans les faits, ce n'était que pour me recommander dans le creux de l'oreille de ne pas divulguer les arcanes de notre art. Les soirées se déroulent souvent dans des salons particuliers brillamment illuminés, tout grouillants de bailleurs de fonds potentiels que Diaghilev souhaite éblouir. Des laquais en livrée y font circuler champagne et amuse-gueules, tels que des crevettes piquées sur de minces canapés du format d'un timbre-poste, ou des œufs de caille farcis de caviar, afin de nous rappeler notre patrie, à nous autres Russes. Lorsque je suis particulièrement affamée, je m'empare d'un plateau et, assise dans un coin, le cale sur mes genoux et le vide méthodiquement jusqu'à ce que je sois rassasiée. Parfois, les soirées ont lieu dans des estaminets obscurs et enfumés, où Diaghilev invite les compositeurs, décorateurs ou peintres avec lesquels il envisage de travailler. Lors de ces réunions, la conversation dérive invariablement sur ce nouveau courant artistique qui délaisse la quête d'une ressemblance superficielle, pour l'expression d'une vérité plus profonde. Quand je les interroge sur la nature exacte de ladite vérité, je me trouve face à un éventail de réponses les plus contradictoires. Un soir, on m'a présentée à mon idole, la tragédienne Sarah Bernhardt. Elle possède la même aura dans la vie que sur scène, mais j'ai été déçue de ne pas la voir flanquée de son crocodile apprivoisé.

J'ai acheté mon chapeau sur un coup de tête, après l'avoir aperçu au Bon Marché. Pour ce qui est des vêtements, en revanche, je ne me sentais pas l'audace nécessaire pour me risquer seule dans une des prestigieuses maisons de haute couture parisienne. Par bonheur, plusieurs de mes camarades partageaient ma timidité et nous avons donc arpenté la rue de la Paix dans les deux sens, jusqu'à ce qu'une porte s'ouvre tout grand devant une femme qui nous a conviées du geste à entrer. Conquises par l'époustouflante modernité de sa tunique évasée aux manches de couleurs contrastées, nous lui avons emboîté le pas. Là, on nous offrit des verres de menthe à l'eau agrémentée de glace pilée et des coupes de sorbet au citron, pour nous rafraîchir de nos pérégrinations dans les rues torrides. Puis on nous présenta des rince-doigts où flottaient des pétales de rose. Il n'y avait pas jusqu'à l'air ambiant de cet intérieur frais et spacieux qui n'embaumât l'opulence, comme si quelque parfumeur invisible s'affairait derrière l'un des nombreux paravents à composer un cocktail de senteurs propre à nous ranimer. Toute l'appréhension que nous avions ressentie à la perspective de pénétrer en un lieu mondialement fameux s'évanouit promptement, car la renommée des Ballets russes nous avait manifestement précédées, et nous fûmes accueillies en clientes de marque. En quelques minutes, nous fûmes environnées d'une armée de mannequins, qui exhibaient les dernières créations, tandis qu'agenouillées à nos pieds, des stylistes en robe noire nous montraient dessins et photographies ou crayonnaient dans leurs calepins des modèles à notre idée. L'on produisit des échantillons et l'on déploya des rouleaux d'étoffe, afin que nous puissions comparer nuances et textures.

L'on nota nos préférences et nos mensurations, l'on tailla des patrons que l'on épingla sur nous, et en un rien de temps, nous nous trouvâmes à la tête de garde-robes incluant des toilettes pour toutes les circonstances possibles – ainsi que de plusieurs autres que nous n'entrevoyions pas, à dire vrai, la moindre occasion de porter. Quand le commissionnaire avait livré à l'hôtel mes tenues, je m'étais empressée de les étrenner. La camériste m'avait aidée à agrafer corsets et boutons, et sitôt habillée, je m'étais postée devant la psyché pour m'admirer. Un fou rire m'avait saisie devant le spectacle qu'elle me renvoyait. Mon reflet ne ressemblait en rien aux élégants mannequins des gravures de mode qui avaient inspiré mes choix. En m'apercevant pour la première fois, engoncée dans une jupe à bouillonnés, un corsage à falbalas et une veste à volants étagés, Diaghilev m'avait lancé, railleur, que j'avais l'air d'un petit pâté feuilleté à la russe, empaquetée dans toutes ces couches successives. Les bras croisés, j'avais reparti que s'il daignait examiner les étiquettes cousues sur l'envers, il constaterait que mes multiples épaisseurs étaient l'œuvre de l'illustre Paul Poiret en personne.

Je cherche mon porte-mine, trace le nom de ma mère et notre adresse sur la carte, puis m'arrête. Jusqu'à présent, je n'ai pas beaucoup parlé de mes activités artistiques. J'évalue, sourcils froncés, ce que je peux tasser dans l'espace restant. Je songe aux deux rôles de Tamara que j'ai appris pour la doubler lorsqu'elle est retenue à Londres par son autre engagement. Je m'apprête à décrire par le menu tous les pas que j'ai dû maîtriser en quelques bien courtes semaines, puis me ravise. Si j'écris tout cela, il n'y aura plus de place pour annoncer la grande nouvelle : je remplace à nouveau Tamara ce soir même, cette fois-ci dans le rôle principal, face à Nijinski, dans *L'Oiseau de feu*, le ballet de Fokine. Je frissonne, malgré l'atmosphère étouffante de la chambre, en prenant conscience que cela aura lieu dans moins de trois heures. C'est une chorégraphie ardue, en particulier à cause des sauts et du difficile pas de deux, mais tout cela est à ma portée. Non, ce qui me tourmente, c'est que mon principal atout, la spontanéité qui fait tout mon charme et qui a poussé Fokine à m'élever au rang d'étoile de sa tournée, ne me servira à rien cette fois. Ce soir, en montant sur la scène de l'Opéra de Paris, il me faudra oublier que je suis Lydia Lopukhova pour me métamorphoser en une créature capable de rompre les maléfices du sorcier Koschei. Il me faut devenir l'Oiseau de feu, et braver les périls de la forêt enchantée pour aider le prince Ivan à libérer les victimes du sortilège. Le prix de leur délivrance sera la destruction de la source de l'immortalité, mais c'est là un prix que je dois l'exhorter à acquitter. Si je parviens à exprimer tout ceci en dansant, alors je crois que plus aucun rôle ne me sera refusé à l'avenir.

*

Mon taxi freine devant le restaurant. Un homme dont la moustache soigneusement brillantinée pourrait rivaliser avec celle de Diaghilev m'offre le bras.

« Josef Mandelkern à votre service, énonce-t-il dans un russe qui coule sans peine, tout en remettant au chauffeur un billet, et en lui faisant signe de garder la monnaie. J'espère que vous êtes en appétit. C'est un des restaurants les plus raffinés de Paris, je le tiens d'une des meilleures autorités, et c'est là une cité où les plaisirs de la gastronomie ne manquent pas. »

Je passe sous un vaste auvent de toile, puis franchis la porte du restaurant, grande ouverte.

« Leur spécialité est le homard, poursuit mon guide, tandis qu'on nous mène à une table d'angle, dans un coin de la salle lambrissée. Ils extraient la chair, la pilent avec du cognac et de la crème, en regarnissent la carapace avant de rôtir le tout au four. Le goût est inoubliable, m'a-t-on assuré. »

Une bouteille de champagne attend dans un rafraîchissoir empli de glace. Mon compagnon fait signe au garçon de l'ouvrir.

« Je me suis permis de commander moi-même. Même si, par malheur, ils n'ont pas de caviar de Beluga. "Quoi ? ai-je tonné, lorsque je l'ai appris. Ne savez-vous donc pas que c'est Lydia Lopukhova en personne, l'une des plus grandes, non, que dis-je, la plus grande des étoiles du Ballet russe impérial, que j'ai invitée à déjeuner aujourd'hui ?" Mais j'eus beau taper du poing et leur promettre tout l'or du monde, il était impossible de s'en procurer. Nous devrons donc nous contenter de ces modestes huîtres en attendant notre homard. »

Je cale mon sac entre mes pieds et me laisse choir sur le capitonnage moelleux de la banquette. Depuis que j'ai commencé à danser en Europe sous l'égide de Diaghilev, je me suis accoutumée aux éloges. D'ordinaire, on me loue parce que l'on se figure que ce que je fais est exceptionnel, au lieu d'y reconnaître un savoir-faire acquis au fil de longues années. Mon interlocuteur est différent. Bien qu'il manifeste la familiarité immédiate et l'attitude attentionnée que j'associe toujours aux Américains, la kyrielle de messages qu'il a laissée à mon hôtel contenait assez d'éléments qui dénotaient un amateur éclairé de ballet… Je ne sais donc trop, par conséquent, si je dois rire ou m'offusquer de ses flatteries outrées.

Le garçon, boutonné jusqu'au cou dans sa veste immaculée malgré la chaleur, enveloppe d'un linge blanc le bouchon de liège de la bouteille et lui imprime une torsion d'une main experte. Une détonation assourdie se fait entendre, et le voilà qui verse le liquide mousseux dans deux coupes. Il déploie la serviette pliée en accordéon et l'étale sur mes genoux. Bien qu'il soit très tôt et que peu de dîneurs soient encore attablés, je songe avec embarras à ma robe d'une netteté douteuse et à mes sandales. J'arrive tout droit de ma séance d'entraînement du matin, et la toilette que j'ai enfilée au sortir du studio n'a ni l'élégance, ni la fraîcheur, ni l'empois requis pour un tel cadre. Un second serveur, sanglé lui aussi dans une veste boutonnée, s'approche de nous, un plateau en équilibre sur sa paume qu'il lève à hauteur d'épaule. Le tapis épais étouffe le bruit de ses pas. Comme ses collègues, il s'adresse à nous d'une voix feutrée et pleine de déférence, qui contraste fortement avec le vacarme et les vociférations des cafés et des bistrots où je me restaure d'ordinaire. On place entre nous un plateau d'huîtres, relevé de demi-citrons. Avec la désinvolture d'un habitué, Mandelkern choisit un citron, en presse le jus de ses doigts vigoureux et en arrose généreusement les mollusques gris perle. Puis il saisit un des coquillages, en fait glisser le contenu dans sa bouche, et déglutit, les yeux clos.

« Exquis », déclare-t-il en se tamponnant méticuleusement la moustache à laquelle ni une goutte de citron ni le moindre fragment d'huître n'ont pourtant adhéré.

Il lève son verre.

« Puis-je vous proposer de boire au succès de notre collaboration, mademoiselle Lopukhova ?

— Mr Mandelkern, je suis navrée de vous décevoir, mais je ne suis nullement parvenue à la conclusion que je souhaitais danser en Amérique. Comme vous n'êtes pas sans le savoir, le congé accordé par le Mariinsky expire à la fin de l'été et je dois être de retour à Saint-Pétersbourg dans quelques semaines. »

À ma grande surprise, mon hôte, qui s'est montré d'une loquacité ininterrompue depuis qu'il m'a accueillie à la descente du taxi, ne me répond pas, mais ferme de nouveau les paupières, cette fois pour mieux savourer sa flûte de champagne. Ce n'est que lorsqu'il l'a vidée qu'il rouvre les yeux et me fixe.

« Mesurez-vous bien, Lydia – j'espère que vous me permettez

de vous appeler Lydia, et que vous voudrez bien m'appeler Josef –, que le champagne que nous buvons ce soir, c'est-à-dire du véritable champagne et non une de ses nombreuses et pâles contrefaçons, a conservé son essence originelle depuis sa création, qui, au passage, n'est pas due à un Français, mais à un ingénieux scientifique anglais ? Bien sûr, la technique s'est affinée depuis, mais on continue de le cultiver et de le produire selon des procédés ancestraux, transmis de maître à apprenti et de génération en génération. »

Il se penche vers moi, dans un mélange d'odeurs d'eau de Cologne et de cigare.

« Ce que je vous offre, Lydia, n'est rien de moins qu'une chance unique d'exporter en Amérique le champagne du Ballet impérial. »

Il se carre de nouveau contre le dossier de la chaise, content de sa propre comparaison, et avise alors mon verre encore plein.

« De grâce, c'est du champagne de 1901, le dernier grand cru avant près d'une décennie de récoltes endommagées par les inondations. Ce serait criminel que de ne pas le goûter. »

J'obéis. Le champagne est délicieux avec une rafraîchissante pointe d'acidité, et cependant moelleux. Je le bois goulûment, en oubliant qu'une répétition m'attend cet après-midi, suivie d'une représentation le soir, et que je ferais mieux de m'abstenir. Comme s'il lisait dans mes pensées, Mandelkern choisit une huître.

« Et maintenant, mangez ! ordonne-t-il en portant la coquille à mes lèvres et en l'inclinant. Gardez un instant l'huître en bouche, puis laissez-la glisser le long de votre gorge. N'essayez pas de mordre ou de mâcher. »

Je suis ses instructions. Un bouquet d'arômes marins et citronnés pétille comme du champagne au creux de ma langue. Une expression satisfaite se peint sur le visage de Mandelkern.

« Je vais être honnête avec vous, Lydia. L'homme qui m'emploie, Charles Frohman, est l'un des plus gros producteurs de New York. Il m'a expressément envoyé vous recruter. Je ne vous cacherai pas qu'il n'est pas homme à se satisfaire d'un refus. »

Le garçon remplit de nouveau nos flûtes. Je vide aussitôt la mienne et m'octroie une deuxième huître. Je commence à bien m'amuser. C'est fort agréable d'être ainsi courtisée, surtout lorsque cela s'accompagne de propositions si délirantes qu'elles ne souffrent pas le moindre examen sérieux, comme de rompre mon contrat avec le Mariinsky, m'embarquer pour l'Amérique et y danser pour un producteur que je connais ni d'Ève ni d'Adam.

« L'Amérique, poursuit Mandelkern d'un ton rêveur, comme s'il contait une histoire au lieu de tenter de me convaincre d'accepter une offre, est une nation qui s'enorgueillit de sa nouveauté et de son esprit d'entreprise, mais n'en soupire pas moins après les traditions et les talents du Vieux Monde qu'elle a abandonné. Il n'y a rien qui ressemble aux Ballets russes en Amérique. De fait, la plupart des Américains n'ont pas la plus petite idée de ce qu'est un ballet. Cela ne vous dirait rien de révolutionner tout cela, Lydia ? »

Il s'interrompt, le temps de gober une nouvelle huître, puis s'essuie la moustache.

« Mais ce n'est pas tout. Si vous acceptez la proposition de Mr Frohman, c'est la célébrité garantie. »

Il pousse le plateau d'huîtres dans ma direction, tire un étui à cigarettes en argent de sa poche et en extrait un cigare, qu'il roule entre ses doigts. Instantanément, un garçon surgit à ses côtés. Du cigare allumé monte un ruban de fumée qui s'enroule autour de lui.

« À présent, laissez-moi vous prédire ce qui vous attend, si vous retournez à Saint-Pétersbourg. Ici, à Paris, durant quelques courtes semaines, pendant le séjour du Tsar dans sa résidence d'été et la fermeture du Mariinsky, vous aurez tenu des rôles principaux, occupé une suite particulière au Grand Hôtel, été encensée dans de nombreux articles et adulée par la presse. Vous figurez-vous que cela continuera comme cela ? »

Il secoue la tête d'un air profondément affligé.

« Permettez-moi de vous assurer qu'il n'en sera rien. Je connais bien l'étiquette et les rituels du Ballet impérial. Vous réintégrerez le corps de ballet, et, si vous trimez comme un forçat et vous montrez polie avec les gens bien placés, vous serez peut-être, à la longue, promue coryphée. Puis, après encore des années et des années de labeur ingrat et de nouvelles compromissions, dont, peut-être, entre autres, celle de devenir le jouet d'un des grands-ducs, vous vous verrez éventuellement récompensée par un petit solo de rien du tout. »

Il se renverse en arrière dans son fauteuil, tel un avocat sûr d'avoir gain de cause.

« Je me trompe ? »

Oubliant répétition et représentation, je vide ma coupe d'un trait. Pour la première fois depuis le moment où j'ai accepté son invitation, je redoute que cet homme à la voix mielleuse ne parvienne à me faire dévier de ma trajectoire.

« Je n'ai jamais eu d'autre désir que de danser au Mariinsky, dis-je précipitamment, sans lui laisser le temps de rouvrir la bouche. Et voici que mes ambitions sont près de se réaliser. Vous savez certainement que nous devons cinq années de service après notre scolarité, afin de rembourser nos frais d'éducation. Toute entorse au contrat est une faute passible de renvoi. »

Le garçon refait son apparition pour débarrasser coquilles vides et écorces de citron.

« C'est un obstacle que l'on peut contourner, raisonne Mandelkern, sitôt le serveur parti. Si vous avez du succès en Amérique, le Mariinsky vous réengagera. Et à vos propres conditions.

— J'avoue que c'est tentant. Mais ma décision est prise. Je regagnerai Saint-Pétersbourg, je reprendrai ma place dans la compagnie, et l'été prochain, pendant la fermeture du théâtre, je reviendrai danser en Europe avec Diaghilev. »

Mandelkern ferme à demi les yeux.

« Oh Lydia, susurre-t-il, d'une voix pleine de commisération, comme s'il s'adressait à un enfant à qui il va devoir, bien malgré lui, faire de la peine, combien cela m'attriste de vous informer que rien de tout cela n'aura lieu. Diaghilev a réussi un exploit presque inégalé, celui de faire la conquête des capitales européennes, en y transportant les splendeurs de la culture russe. Mais à Saint-Pétersbourg, son triomphe suscite jalousie et suspicion. On considère ses idées comme trop avant-gardistes, et l'on craint qu'il ne nuise à l'image du Ballet impérial. Et son arrogance n'est pas pour arranger les choses. Ses partisans eux-mêmes commencent à se lasser de ses prétentions exorbitantes. »

Il aspire quelques bouffées de cigare et souffle un chapelet de ronds de fumée entrelacés, qui s'élèvent lentement dans les airs. Lorsqu'il reprend, c'est à mi-voix, bien que le restaurant soit loin d'être comble, et que nul ne puisse nous entendre.

« Le bruit court que l'on projette d'évincer Diaghilev de la compagnie. Et poursuit-il, la main levée comme pour endiguer d'éventuelles protestations, oui, Fokine également. Il y a toute une faction qui ne rêve que de voir le Mariinsky renouer avec ses pratiques de jadis, et ressusciter ses triomphes passés. Ils vénèrent Petipa et son répertoire à l'ancienne mode. Or ce n'est pas là le style qui convient à votre talent. »

Je laisse le garçon remplir mon verre pour la troisième fois, bien que j'aie la tête qui tourne furieusement. Si ce que rapporte Josef est exact, je ne peux guère espérer connaître un avenir radieux en Russie. Je ne possède ni la grâce de la Pavlova ni la technique parfaite de Tamara, et sans l'appui de Diaghilev et de

Fokine, je risque de me morfondre pendant toute ma carrière dans le corps de ballet. Soudain me revient le souvenir cuisant d'un matin, pendant la leçon, où Petipa m'avait pincée en menaçant de m'expédier aux cuisines, où, jurait-il, l'on apprécierait sûrement mes gros bras de marmitonne.

Le garçon nous apporte des rince-doigts pour nous laver les mains. Mandelkern procède méticuleusement, en plongeant chaque doigt, un à un, dans l'eau, avant de le sécher avec sa serviette, son cigare entre les dents.

« Envisageons maintenant cela sous un autre angle, voulez-vous ? suggère-t-il, une fois que l'on a emporté les rince-doigts. Combien gagnerez-vous l'année prochaine ? »

Une seconde durant, il lève la main pour prévenir toute réponse.

« Comprenez-moi, je vous prie, la question est purement rhétorique. Je suis déjà au courant du montant de votre salaire. À dire vrai, j'ai pris à tâche de m'informer des rémunérations de tous les employés de la compagnie. Permettez-moi simplement de vous faire observer qu'avec le contrat que j'ai été autorisé à rédiger, vous toucherez chaque mois 1 000 roubles de plus que ce que le Mariinsky verse en un an à la grande Anna Pavlova elle-même. »

Je suis prise d'un vertige incontrôlable, effet soit du champagne, soit des déclarations extraordinaires de Josef, je ne saurais le déterminer. Je demande un verre d'eau, et me figure tout ce que je pourrais accomplir avec cette somme. Je songe à mon père, déchu de son poste au théâtre, sans grande chance de retrouver une autre place, à notre appartement trop exigu, aux longues journées de travail de ma mère.

« L'Amérique est bien loin… fais-je, hésitante. Ce serait un contrat pour combien de mois ?

— Pas beaucoup. Huit, tout au plus. Je peux m'arranger pour

que votre frère vous accompagne, si cela rend la chose plus séduisante. Je suis en quête de bons danseurs. »

Je hoche la tête, juste une fois, tandis que deux garçons s'avancent vers notre table, en procession, chargés de deux assiettes sous des cloches d'argent qu'ils soulèvent d'un grand geste théâtral, dévoilant les carapaces roses de deux homards encore tout grésillants.

« Donc, conclut Mandelkern, cessant de jouer les avocats pour endosser le rôle de juge achevant d'instruire une affaire, votre unique et dernière objection tient à votre contrat avec le Mariinsky. »

Il rentre le coin de sa serviette dans son col, en couvant son homard d'un œil plein de convoitise.

« Le problème est facile à résoudre. Ils vous autoriseront, vous et votre frère, à me suivre. Cela ne nécessite rien de plus que de vous faire accorder un congé. Je rédigerai les lettres requises à votre place si vous le désirez. »

Cependant, on a versé une copieuse rasade de cognac dans une petite casserole de cuivre, craqué une allumette et arrosé nos assiettes du liquide embrasé.

« Je suis nettement plus âgé que vous, Lydia, poursuit Josef, une fois les flammèches éteintes. Et s'il y a bien une chose que j'ai apprise, c'est que la vie est brève. Surtout celle d'une danseuse. »

Il pique un morceau de homard de sa fourchette, l'enrobe de sauce et se tait le temps de déguster.

« Sublime, décrète-t-il. Je sens bien le homard, la crème, le cognac. Mais ce ne sont pas les seuls ingrédients. »

Il clôt de nouveau les paupières, comme pour mieux les savourer.

« Du citron, de l'échalote, du persil, et une pointe d'ail. Et bien sûr, un excellent fumet de poisson. Je soudoierai le chef pour en obtenir la recette », se promet-il avec un sourire.

Il se tamponne la bouche de sa serviette et c'est alors que je remarque sa dentition d'une blancheur presque excessive.

« Dites-moi, Lydia, attaque-t-il de nouveau, d'un ton jovial, comme si le repas lui avait fait oublier qu'il a pour mission de me recruter, y-a-t-il déjà quelqu'un dans votre vie ? »

Bien que résolue à ne rien dévoiler de ma vie privée, je sens mes joues s'enflammer.

« Haha, démasquée ! Diaghilev a parlé d'un Polonais. C'est du sérieux ? »

Je m'empourpre un peu plus, et Mandelkern glousse d'hilarité.

« Parfait, décrète-t-il en replongeant sa fourchette dans les entrailles du homard. Nous allons mitonner un petit roman, et raconter à la presse que vous êtes fiancée à un comte polonais. Qui, naturellement, vit dans un château. »

Il assène une claque sur la table.

« Bon Dieu, Lydia, quand je vous promettais la célébrité, tout à l'heure, je me trompais. J'irai plus loin. En Amérique, je ferai de vous une vedette. Vous aurez droit à de si gros titres qu'ils seront lus non seulement à Saint-Pétersbourg, mais aussi dans le monde entier. »

*

Après des jours où je n'ai rien vu d'autre que l'océan, voici que la terre se profile des deux côtés de notre paquebot. Je suis sur le pont, où se sont massés la plupart des autres passagers. J'attends avec impatience l'instant où, pour la première fois, je découvrirai l'Amérique. Des hommes d'équipage, en uniforme marine et béret blanc, me saluent familièrement en passant. L'un d'entre eux me demande si je vais travailler mon développé, et je réponds que non, pas aujourd'hui. Après avoir surmonté le mal de mer qui m'a contrainte à me reclure dans ma cabine pendant les premières quarante-huit heures de la traversée, je me suis acquis une certaine notoriété en me servant du bastingage comme d'une barre. Les matelots croisent les bras, d'un air faussement déçu, mais je leur promets qu'ils me verront danser pour de vrai à Broadway, et je leur offre à tous des billets de faveur. Ils s'étonnent de ne pas voir mon frère Fedor, ou Volinine, que Josef a engagé pour danser avec moi les pas de deux, mais je feins de croire qu'ils sont encore en bas, à boucler leurs bagages, même si je subodore qu'ils sont bien plutôt en train de jouer aux cartes, à moins que Fedor n'ait ouvert une bouteille de vodka pour célébrer notre arrivée.

Josef surgit à mes côtés et s'accoude au bastingage. Un cigare à la bouche, il me désigne une rive qui s'incurve au loin.

« L'île de Manhattan, annonce-t-il. Les contours sont encore flous, mais à mesure que l'on se rapprochera, on distinguera peu à peu les gratte-ciel. La tour de la Metropolitan Life Insurance est pour l'heure l'édifice le plus haut du monde, avec ses cinquante étages. »

Aveuglée par la lumière violente, je louche dans la direction indiquée, en tentant d'imaginer ce que cela fait d'habiter à une telle hauteur et de surplomber les cimes des arbres et les nids d'oiseaux.

« Et regardez, poursuit Josef, en tendant de nouveau l'index, on commence à l'apercevoir. Ellis Island, où arrivent chaque jour des milliers de voyageurs attirés par l'espoir d'une vie meilleure en Amérique. C'est votre public, Lydia, tous ces gens. Mais nous devons d'abord nous arranger pour que votre réputation vous précède. »

Il se retourne et me toise d'un regard critique, avec des airs de propriétaire, comme si j'étais sa chose. Hier, après la leçon d'anglais qu'il m'inflige quotidiennement, puisque apparemment pas un Américain ne parle le français ou le russe, il m'a raccompagnée à ma cabine et s'est mis à inventorier le contenu de ma malle, malgré mes protestations.

« Ça fait trop respectable mère de famille », a-t-il grommelé en rejetant un tailleur de lin, avant d'écarter une robe décolletée de chez Poiret comme « trop sophistiquée ! ». Lorsque je me suis plainte que la toilette qu'il a retenue pour finir me donnait l'allure d'une écolière, il a acquiescé, en me tapotant le bras :

« Exactement ! »

Il a même un instant agité avec la femme de chambre l'idée de me coiffer avec deux nattes, mais je me suis montrée intraitable sur ce point. Une fois réglée la question de mon costume, il m'a placée face à la glace, avec pour consigne d'y travailler mon « masque-photo ». Je suis censée considérer cela comme une variante des expressions que je revêts pour chacun de mes rôles, tels que les mines rêveuses de la « Sylphide » ou canailles de l'aguichante Colombine de *Carnaval*. Assis sur le bord de ma couchette, Josef aboyait des instructions. Mon sourire, en particulier, a l'heur de lui plaire, car il révèle l'interstice naturel de mes dents de devant, trait qu'il qualifie d'« irrésistible ».

Josef jette négligemment le mégot encore rougeoyant de son cigare dans les remous en contrebas, et me propose de répéter une dernière fois, tous les deux, les répliques destinées à la presse. Je ne voudrais pour rien au monde manquer les gratte-ciel, et j'affirme donc que je les sais sur le bout des doigts, grâce à l'entraînement constant auquel il m'a soumise. C'est la vérité. Chaque après-midi, après ma leçon d'anglais, Josef m'a dicté des phrases à mémoriser à l'intention des journalistes. À deux reprises, nous nous sommes isolés dans un coin du pont, où il m'a bombardée de questions saugrenues, censées me préparer aux médias américains, dont il suppléait souvent lui-même les réponses. Certaines de celles qu'il a inventées sont fallacieuses, mais il m'engage à les traiter elles aussi comme une autre variété de masques. Les journaux et les revues, plaide-t-il, caressant, n'aiment rien tant que les histoires sensationnelles, et le meilleur moyen d'empêcher les rédacteurs d'en élaborer eux-mêmes, est de leur en fournir une. De cette manière, nous gardons au moins le contrôle de notre image. Josef ne corrige mes fautes d'anglais que lorsqu'elles nuisent à la clarté de mes propos. Quand je lui en demande compte, il m'explique que mes erreurs ne font que souligner ma « russité », que la presse adorera. Il m'incite à parsemer généreusement mon anglais de locutions russes, et à ne pas me tracasser pour mon accent.

À deux pas de nous, un homme, le bras passé autour des épaules de deux enfants, laisse soudain échapper une exclamation. Il soulève chacun des petits, tour à tour, afin qu'ils puissent voir par-dessus le bastingage, puis embrasse la femme à ses côtés. D'autres passagers suivent la direction de son regard et bientôt tous gesticulent, poussent des hourras et échangent des poignées de main.

« Que se passe-t-il ? »

Leur excitation est contagieuse et je suis tentée d'aller chercher Fedor.

« C'est la statue de la Liberté, proclame Josef. Là, sur la gauche. On distingue tout juste son bras tendu et la flamme dorée de son flambeau. »

Une fois à quai, il nous faut encore attendre que l'on ait installé la passerelle. Cependant, même lorsque celle-ci a été mise en place et que nos compagnons de voyage commencent à descendre à terre, Josef nous empêche de débarquer. En guise d'explication, il désigne un essaim d'hommes et une petite poignée de femmes, armés, pour certains, d'appareils photographiques, qui patientent au pied du bateau.

« Ils guettent Lydia Lopukhova, m'informe-t-il, dont, soit dit en passant, ils seront bien incapables de prononcer ou d'orthographier le nom. Regardez-les donc suivre des yeux chaque jeune femme, en se demandant si "c'est celle-là?". Nous n'allons pas leur gâcher leur plaisir en coupant court trop vite à leurs spéculations. D'ailleurs, un petit temps d'attente ne fera que piquer davantage leur intérêt. »

Ce n'est que lorsque le tohu-bohu de la descente s'est un peu atténué, que Josef nous autorise à débarquer. Il s'empare de mon bras au moment où nous accédons à la passerelle, et, au lieu de patienter derrière le couple qui nous précède, assène une tape sèche sur l'épaule de l'homme.

« Excusez-moi, pourrions-nous passer? claironne-t-il si fort que j'en sursaute. J'accompagne Miss Lopukhova que voici, et ses camarades du Ballet impérial. »

Cette annonce suscite tout l'émoi escompté, et ne tarde pas à parvenir aux oreilles des journalistes attroupés sur le débarcadère. À peine avons-nous posé le pied sur le quai, que nous nous trouvons submergés.

« Par ici, Miss Lydia, me prient tous les porteurs d'appareils photos. Parfait! Encore un cliché! »

Je souris, en tournant la tête afin de présenter à chacun l'angle le plus favorable, comme Josef me l'a appris. Les objectifs cliquettent comme s'ils émettaient tous simultanément des douzaines de messages télégraphiques. L'interrogatoire commence.

« Est-il vrai que vous êtes une des artistes favorites du Tsar? »

« Est-il vrai que vous savez danser sur les pointes? »

« Est-il vrai qu'Anna Pavlova elle-même vous jalouse? «

Je débite les réponses apprises par cœur en les agrémentant de fioritures de mon cru chaque fois qu'une idée me vient. La course effrénée des stylos des journalistes sur leurs calepins, où ils notent mes moindres mots, me grise et me flatte autant qu'une salve d'applaudissements quand je danse. Je n'achoppe qu'une seule fois, lorsqu'une femme me demande si j'ai vraiment seize ans, et si je sors tout juste de l'École. Josef, que je consulte d'un coup d'œil, hausse les épaules, d'un air de dire : « Considérez cela comme un nouveau rôle. »

Enfin, quand il estime que tous ont pu engranger assez de photographies et de citations pour leur premier article, il s'interpose. Un bras passé autour de moi, si bien que je disparais presque derrière son imposante silhouette, il harangue le groupe.

« Ce sera tout pour aujourd'hui, mes amis. Nous vous remercions d'être venus, mais Miss Lopukhova et ses compatriotes ont accompli un long périple, et vous leur pardonnerez volontiers si je vous dis qu'ils sont exténués. Vous pourrez les voir danser dès la première de leur spectacle, dans une semaine. »

Puis, d'une main aussi experte que lors de notre première entrevue à Paris, il me pilote jusqu'à un taxi où l'on a déjà chargé mes bagages.

Pendant qu'il ouvre la portière, je me retourne vers les journalistes qui se dispersent et m'écrie :

« À bientôt, New Yorski ! »

Tandis que l'auto démarre, j'entends cette apostrophe se répercuter tout le long du débarcadère.

*

De l'autre côté de la vitre du train, les champs de blé qui commencent à dorer s'étendent à perte de vue. Sur mes genoux gisent une carte et un crayon, mais je n'écris pas. Josef, qui occupe le siège voisin, s'est éclipsé, soit au lavabo, soit au wagon-restaurant. Il aime avaler une assiettée d'œufs au plat en milieu de matinée. C'est grâce à cela, prétend-il, qu'il ne souffre jamais du mal des transports. Face à moi, mon partenaire en scène, Volinine, s'est assoupi sur son fauteuil. Le sommeil qui détend ses traits délicats leur communique un air de douceur. À côté de lui, Fedor garde aussi les yeux clos mais je devine, à sa nuque plaquée contre l'appuie-tête, qu'il ne dort pas. À intervalles réguliers, il lampe une grande gorgée de vodka à même la bouteille qu'il camoufle d'un sac en papier brun. Cette habitude de boire, qu'il a contractée sur le paquebot, n'a fait que se renforcer depuis notre arrivée en Amérique, au point qu'il achève rarement une seule journée sobre. Il est furieux que l'on nous ait contraints à nous produire dans une sorte de music-hall de bas étage, au lieu du théâtre promis. Quand je me suis plainte de cette substitution, Josef a rétorqué qu'elle était inévitable : le Globe Theatre avait offert une somme plus importante que le Palace. Je pousse Fedor du coude ; il ouvre brusquement les yeux. Brandissant mon stylographe, je lui demande s'il a un message pour notre mère. Il secoue la tête, puis porte à ses lèvres le sac de papier et boit avidement.

La photographie qui illustre la carte représente Broadway, mais a dû être prise d'une grande hauteur, car la rue y apparaît comme un mince ruban ; ses voitures à chevaux, ses automobiles et la cohue des passants sont réduites à des têtes d'épingle. Elle fait partie de la série que j'ai achetée à New York quand nous semblions voués à demeurer toute la durée de notre contrat au Globe, à exécuter soir après soir la même chorégraphie fastidieuse, telles des machines à danser. Notre lassitude devait être communicative : au bout de six semaines, Frohman a annoncé que nous allions être remplacés par un montreur d'ours. Nous avons alors espéré un engagement plus sérieux, mais nous sommes trouvés contraints de nous joindre à une tournée d'artistes de variété, et nous figurons maintenant à l'affiche entre une imitatrice de célébrités et un lanceur de poignards.

J'essaie de me rappeler les villes dont j'ai envoyé des photographies à ma mère après notre départ de New York. Je suis sûre que Chicago était du nombre, mais je n'ai gardé qu'un souvenir brumeux des autres. Les scènes sur lesquelles nous nous sommes produits, les chambres d'hôtel médiocres où nous avons fait halte, les milliers de miles parcourus en train, tout cela se confond et ne m'apparaît qu'à travers un brouillard. Seuls me reviennent en mémoire leurs plateaux, qui n'étaient jamais conçus pour la danse, mais c'est un point que je ne peux confier à ma mère. Mes genoux ne sont pas encore bien remis d'une chute que j'ai faite pendant la première au Globe, où nous avions requis que l'on humidifie la scène, ce qui a été mal interprété, de sorte que j'ai glissé sur les planches détrempées. Je me demande dans quelle ville nous allons danser ce soir, mais au lieu de l'excitation que je pensais éprouver, lorsque Josef nous a informés des projets de Frohman et nous a montré notre itinéraire sur une carte, je m'aperçois que je m'en moque désormais.

Dans mon sac, je conserve les coupures de journaux que Josef recueille assidûment, et j'envisage d'en poster un choix à ma mère. Toutes font mon éloge, ce qui devrait lui faire plaisir. À dire vrai, la plupart des journalistes me traitent comme la vedette que l'Amérique consacrerait en moi ainsi que me l'avait juré Joseph. Si je me suis abstenue d'envoyer des entrefilets en Russie, c'est parce que fort peu d'entre eux manifestent la moindre connaissance du ballet. C'est leur force physique qui vaut à Fedor et Volinine les faveurs du public, et Fedor a droit à des acclamations sitôt que, ramassé sur lui-même, il commence à se mouvoir en cercle, lançant la jambe, pour sa danse cosaque ; quant à moi, on me voit comme un petit prodige, qui dissimule sans nul doute sous son costume des câbles destinés à faciliter ses bonds. Nul ne s'attarde beaucoup sur ce que la presse baptise ma « danse sur les orteils ». Bessie McCoy, dont les néons du Globe proclamaient le nom, a juré aux reporters qu'il lui suffirait de se former deux mois à Saint-Pétersbourg pour maîtriser le « truc ».

« Allons, ne fais pas cette tête », exhorte Fedor, qui singe mon air déconfit, avec le front plissé et les coins de la bouche tombants, si drôlement que je ne peux m'empêcher de sourire. Je devine, à ses joues empourprées, qu'il n'est encore que dans une demi-ivresse, trop peu poussée pour songer à se jeter sous les roues du train, mais assez légère pour qu'il puisse mesurer combien nous sommes loin de chez nous et combien la vie que nous menons en réalité en Amérique diffère de ce que nous avions imaginé. Je suppose que c'est aussi pour cette raison que mon père boit : parce que sa vie n'a pas tourné comme il le souhaitait.

« Peut-être que, ce soir, l'orchestre jouera correctement notre pas de deux, dis-je en fredonnant à dessein l'air avec une lenteur funèbre.

— Certainement pas, ricane Fedor, mais qu'importe ? Ça ne dérange personne d'autre. »

Je jette un coup d'œil alentour. Le reste du wagon est occupé par les autres membres de notre troupe : un ventriloque, accompagné d'un mannequin baptisé Lester, deux jongleurs, des frères, un couple de danseurs de claquettes, mari et femme, et la vieille Miss Leonora, avec ses caniches dressés à parader sur leurs pattes arrières, et reconnaître les lettres de leur nom. Par bonheur, aucun d'entre eux ne domine assez le russe pour saisir les sarcasmes de Fedor. Du reste, me dis-je, quand ce serait le cas, ils imputeraient cela à son ivrognerie. « Ce fou de russe », le surnomment-ils. Je soupçonne qu'ils nous étendent à tous ce qualificatif quand nous ne sommes pas à portée de voix. Au début de la tournée, Fedor, Volinine et moi nous sommes efforcés de maintenir les critères d'exigence élevés que l'on nous avait inculqués en Russie. Nous n'avons pas tardé à nous apercevoir que les obstacles rencontrés à New York, où nous disposions tout du moins d'un lieu fixe, étaient bien insignifiants en regard de ceux qui nous attendaient en route. Lorsque nous atteignons une de nos étapes, il ne nous reste souvent que quelques heures avant le spectacle et nous avons rarement l'occasion de répéter seuls en scène. Jusqu'à présent, Josef a fait la sourde oreille chaque fois que je l'ai supplié de louer un local où nous puissions nous entraîner. Bien souvent, nous n'avons pas même la possibilité de nous entretenir avec le chef d'orchestre ou de repasser nos pas avec les musiciens. Lorsque nous ne sommes pas en représentation, nous nous trouvons claquemurés dans l'espace exigu des trains, où il est impossible de s'exercer. Durant la première partie de notre voyage, j'ai demandé à une troupe de danseuses hawaïennes, habituée des tournées, comment elles se débrouillaient, mais elles m'ont expliqué qu'il leur suffisait, pour assurer le succès de leur numéro, de se déhancher dans leurs pagnes d'herbe, en exhibant autant de chair dénudée que la loi l'autorisait. Le seul autre point à prendre en compte était leur positionnement sur le plateau, et elles pouvaient le déterminer au jugé depuis les coulisses.

Fedor absorbe une nouvelle gorgée de vodka.

« Et après, nous pouvons mettre les voiles. »

Je me penche vers lui, objectant :

« Mais regarde ce qui s'est passé au Bolchoï, à Moscou. Ils ont renvoyé tous les danseurs qui n'étaient pas rentrés à temps pour la saison d'automne. Même Volinine. »

Instinctivement, nous tournons les yeux vers sa silhouette endormie.

« Et nous n'avons jamais eu de réponse aux demandes de congé que Josef avait rédigées pour nous. J'ai peur que le Mariinsky ne nous mette à la porte, nous aussi.

— Il y a un risque.

— Et ce n'est pas le seul. Nous pourrions nous voir interdire de quitter la Russie. Il nous faut un laissez-passer du Tsar pour voyager, et il pourrait nous le refuser.

— Je m'en fiche. Je rentrerai, même si je ne dois plus jamais danser. J'ai assez voyagé pour toute ma vie. »

Josef se dirige vers nous, une assiette de sandwiches à la main. Ils sont généreusement garnis de bœuf salé. Il en offre d'abord à Fedor, puis me les tend. Nous refusons tous deux. La voracité insatiable de Josef finit par nous écœurer.

« J'ai une bonne nouvelle », déclare-t-il en se rasseyant à sa place.

Fedor déballe sa bouteille, boit ostensiblement, puis me la présente. Après une hésitation, je suis son exemple. Au bout de tant de mois en compagnie de Josef, nous ne croyons plus à ses bonnes nouvelles, à moins que cela ne désigne une nouvelle manière de se faire de l'argent sur notre dos.

« Nous arriverons à Oakland tout à l'heure », poursuit Josef, en se renfrognant à la vue de la vodka, qui pourrait nous attirer des ennuis en cas de dénonciation. Je restitue la bouteille à Fedor pour qu'il la cache.

« Oakland n'est pas loin de notre prochaine étape, San Francisco, où Anna Pavlova se produit en ce moment avec sa compagnie. Elle nous accueillera à la descente du train. »

Je suis ébahie. Au Mariinsky, Anna Pavlova se situe tellement au-dessus de moi, comme de Fedor, dans la hiérarchie que je doute qu'elle nous connaisse même de nom. Je flaire là une combine de Frohman :

« Qu'est-ce que c'est que cette histoire ? »

Au lieu de me répondre, Josef mord dans un des sandwiches.

« Un délice ! proclame-t-il, la bouche pleine. Ce bœuf est succulent, goûteux et salé à point. »

Il tire un mouchoir fraîchement blanchi de sa poche.

« Il y a une rumeur qui court en ce moment, reprend-il. On parle d'une confrontation entre vous deux. Quand la presse apprendra que vous allez vous rencontrer à Oakland, tous les journalistes à 100 miles à la ronde se précipiteront pour assister à la scène. Ce sera un regain de publicité bienvenu pour l'une et pour l'autre », conclut-il en s'essuyant méticuleusement la moustache.

Je m'apprête à protester, quand George, un joueur de banjo avec qui nous nous sommes liés d'amitié, passe à côté de nous.

« Et comment vous portez-vous aujourd'hui, Miss Lydia ? » lance-t-il avec une grande courbette, en ôtant un couvre-chef imaginaire, avant d'allonger un coup de coude à Fedor.

« Qu'est-ce que tu berces donc aussi tendrement qu'un nouveau-né ? »

Lorsque Fedor le lui montre, il pousse un gloussement, et inspire bruyamment.

« Voilà un sacré mal aux cheveux en perspective ! » avertit-il d'un ton guilleret, avec un clin d'œil dans ma direction, avant de s'éloigner dans la travée.

« Racaille ! marmonne Josef, les yeux rivés sur son dos.

— Qu'avez-vous contre lui au juste ? s'enquiert Fedor en russe. À la différence des soi-disant artistes de cette satanée expédition dans laquelle vous nous avez embringués, George a du talent et de la technique.

— Je vais vous dire ce que j'ai contre lui, réplique Josef en anglais cette fois. Ça ne me plaît pas d'avoir des nègres qui voyagent dans mon wagon.

— Et où voudriez-vous qu'ils voyagent ? »

Je retiens Fedor par le bras, mais il balaye ma main d'un geste.

Miss Leonora lève le nez de son livre et ôte son lorgnon avec un hochement de tête approbateur.

« Je vais vous dire dans quel wagon les mettre, moi, appuie Josef, encouragé. Dans le wagon à bestiaux. »

Je me lève. Fedor est assez ivre à présent pour se colleter avec lui. Je réveille Volinine d'une secousse et lui fais signe de m'aider. Il passe un bras autour de Fedor, et à nous deux, nous arrivons à l'entraîner hors du wagon. La voix de Josef résonne encore derrière nous quand nous refermons la porte.

« Et de préférence, sous les verrous, dans la cage aux singes. »

*

Je sors la missive de Josef de son enveloppe. Voilà une semaine qu'elle est arrivée, et si je ne me dépêche pas de répondre, je risque de le voir surgir pour me persuader de vive voix d'accepter sa proposition. Dans ma dernière lettre, j'ai répliqué à ses questions sur la durée probable de mon absence que je resterais là aussi longtemps que j'en ressentirais le besoin. Quand il a protesté, au téléphone, que la presse ne se contenterait jamais d'une telle réponse, je lui ai rappelé ce dont nous étions convenus. Il devait expliquer dans un communiqué qu'après avoir dansé pendant près d'un an dans un music-hall de Broadway, j'étais épuisée et requérais un peu de temps pour reconstituer mes forces.

Il flotte dans ma chambre un parfum de forêt. Murs, plafond et sol sont revêtus d'érable caramel. En sus du lit, qui est en chêne, je dispose d'une table de toilette, avec broc et cuvette, d'un miroir décoré de pommes de pin, d'un coffre de bouleau, dont une moitié est composée de tiroirs, et d'un fauteuil à bascule de rotin, garni de deux coussins de patchwork. Mon lit est également recouvert d'une courtepointe en patchwork, faite de tant de fragments d'étoffes différentes que la tête m'en tourne. Et, par-dessus tout, la pièce comporte deux fenêtres, dont l'une donne sur un jardin et un verger planté de pommiers, et l'autre, sur une étendue boisée, que domine au loin la crête bleutée des Catskill. Les croisées sont ouvertes ; seuls pénètrent dans la chambre le chant des oiseaux et le bourdonnement des insectes.

C'est une petite pension de famille, dont les autres hôtes sont

Miss Meadows, une institutrice à la retraite, ainsi qu'une mère et ses quatre filles, récemment émigrées d'Italie. Elles comptent rester ici, où les loyers sont bon marché, jusqu'à ce que le père et les deux frères aînés des jeunes filles gagnent assez d'argent à New York pour les faire venir. La famille rêve de fonder sa propre boulangerie. Je me félicite de ce que personne, ici, n'ait jamais entendu parler de moi, et de ce que nos propriétaires soient si peu curieux. Martha, comme elle m'invite à l'appeler, est une ménagère avisée aux épaules carrées et une partisane de l'émancipation féminine. Elle élève des vaches et des volailles, cultive des légumes sur une parcelle de terre à l'arrière de la maison. C'est son mari, Frank, qui a inscrit mon patronyme dans le registre, le premier jour.

« Lopukhova, a-t-il ânonné, quel drôle de nom !

— Lopokova », ai-je rectifié en articulant avec soin et en adoptant l'orthographe que Josef recommande comme plus facile pour les Américains.

À cet instant, Martha est sortie de la buanderie, ses manches roulées jusqu'aux coudes, les mains tout irisées de bulles de savon.

« C'est un nom parmi d'autres, a-t-elle réprimandé son époux, en m'adressant un sourire de bienvenue. Note-le donc dans le registre. »

Je suis allongée sur le lit, de moelleux oreillers de plume sous la nuque. En plus de la lettre de Josef, j'en ai une de Fedor, qui est à nouveau au Mariinsky et me presse de revenir en Russie. Je la déplie et lisse le papier. Elle aussi attend une réponse depuis près d'une semaine. Pour la centième fois, je tourne et retourne dans mon esprit la proposition de Josef, qui m'offre 1 000 dollars pour danser à l'hôtel Waldorf Astoria, dans Park Avenue. J'étire mes jambes et mes pieds sur l'échiquier multicolore de la courtepointe, comme pour vérifier qu'ils sont encore en état de marche.

Il y a un an, j'aurais cédé à l'appât du gain et accepté sans hésiter. À présent, l'idée me répugne. J'en ai soupé des hôtels truffés de chroniqueurs mondains en embuscade, qui soudoient les chasseurs à la réception pour obtenir le numéro de ma chambre. Je me moquerais bien d'être rayée de toutes les listes d'invités, et de ne plus jamais avoir à assister à tous ces raouts. Je n'ai pas la moindre envie de courir sur les pointes, juste pour que le public américain puisse me reluquer comme un phénomène de foire. J'ai connu des heures difficiles en Amérique, où rares étaient les contrats, mais je n'ai aucun besoin d'argent dans l'immédiat. J'ai pu envoyer à ma mère des mandats pendant la longue période où *The Lady of the Slipper*[1] a été à l'affiche, et j'ai mis à l'abri des économies. Du bout du doigt, je trace un zigzag sur le patchwork, d'un carré vivement coloré à un autre. C'est un jeu auquel je me livre presque tous les après-midi. Tantôt, je choisis une destination précise, telle que n'importe quel morceau d'étoffe comportant du violet ou bien uniquement un tissu à rayures, et tantôt, je ferme les yeux, pour voir où me conduit le hasard.

Mes pensées vagabondent. Un basson joue sur un registre si aigu que je n'ai jamais rien entendu de semblable. Je me représente une scène, où des danseurs forment deux cercles devant un décor composé de grands aplats de bleu et de vert, qui évoquent un paysage de pâturages et de collines. Des nuages blancs, qui s'interpénètrent, pèsent sur les danseurs, accroupis à la manière des paysans. Il n'y a pour l'heure que des hommes, le visage à demi dévoré par une barbe noire. Ils sont vêtus de tuniques resserrées à la taille par un ceinturon, et dont l'encolure, les poignets et l'ourlet sont rehaussés de motifs rouges, orange et ocrés

1. *The Lady of the Slipper, or A Modern Cinderella*, opérette avec ballet sur une musique de Victor Herbert, fut donnée à Broadway d'octobre 1912 à mai 1913 au cours de plus de deux cents représentations. Lydia y tenait le rôle de première danseuse.

disposés en larges bandes. Ils sont aussi immobiles que des poupées de bois. Les notes discordantes d'un hautbois résonnent ; les cordes grondent comme des tambours, comme si toutes les forces créatrices ou destructrices de la vie devenaient soudain audibles. Tirés de leur torpeur, les paysans bondissent au ras du sol, les pieds à l'horizontale, comme s'ils étaient captifs de l'attraction terrestre. Quelle étrange sensation cela doit être, que de danser ainsi, en orientant toute son énergie vers le sol, après avoir passé tant d'années à s'exercer à paraître flotter sans effort dans les airs ! Mais ô combien grisante !

J'ai lu tant de récits de la première du *Sacre du Printemps* par les Ballets russes à Paris que je peux en dévider la trame sur l'écran de mon esprit, comme s'il s'agissait d'un film dont je serais à la fois spectatrice et actrice. Mes amis danseurs ne me parlent dans leurs lettres que de sa musique dissonante et de sa chorégraphie iconoclaste. J'entends les quolibets et les protestations d'un public ulcéré de se voir renvoyer à sa propre barbarie, là où il escomptait la gratifiante et voluptueuse excitation d'un régal visuel et sonore. J'imagine Nijinski, en coulisse, qui scande à gorge déployée la mesure afin que les danseurs puissent continuer à exécuter les figures irrégulières et syncopées au milieu du tumulte. S'y ajoute Diaghilev qui monte sur scène pour fustiger le conservatisme et la lâcheté de l'assistance. Les poings serrés, je rejoue les gestes des vierges happées par le rite sacrificiel ancestral. Josef, qui s'obstine à acheter tous les journaux, y compris étrangers, m'a montré les comptes-rendus pour me divertir, lorsque je me produisais à New York. Il se délectait de chacun des articles qui stigmatisaient la brutalité et la laideur du ballet.

« Écoutez donc ! m'enjoignait-il, en se tapant sur la cuisse, hilare. Le journaliste écrit que les danseurs trépignaient comme des brutes. Diaghilev s'est laissé emporter trop loin, avec son obsession pour Nijinski. Cette fois, c'est la fin des Ballets russes. »

Je me tourne sur le côté et ramène mes genoux contre mon torse, en me souvenant combien j'étais sensible, comme Josef, à l'opinion d'autrui au début. Je conservais toutes les coupures de journaux qu'il pouvait rassembler, sitôt qu'elles me mentionnaient ou évoquaient quelqu'un de ma connaissance. Le temps passant, j'en accumulai trop pour pouvoir les emporter dans mes déplacements. Je me limitai aux articles qui m'étaient spécifiquement consacrés ou figuraient dans les publications que Josef désigne comme « de haute volée ». Maintenant, je ne garde presque plus rien. Je suis lasse de lire que mon mets préféré en Amérique est la crème glacée, lasse de trouver des photographies soigneusement posées où je patauge, pieds nus dans l'eau, comme une enfant. Les neuf dixièmes de ce que l'on écrit sur mon compte concernent ma jeunesse. Josef a certes fait de moi une vedette, mais ce n'est pas en tant que ballerine diplômée de l'École impériale. Je suis, selon l'étiquette attribuée par la presse, « une agile gambilleuse russe ». On m'engage en guise d'intermède exotique dans un music-hall de Broadway, je suis la dernière attraction du dancing d'un hôtel. Et toutefois, me dis-je en poursuivant un monologue entamé depuis des semaines, ce n'est pas, à proprement parler, vraiment de la faute de Josef. C'est grâce à lui que j'ai pu mettre de côté assez d'argent pour pouvoir séjourner ici sans travailler, et ce, des mois entiers si je le désire.

Je retourne au *Sacre du Printemps*, avec sa cacophonie enivrante et son déferlement d'émotions, et je mesure alors combien m'a manqué l'ambiance de la compagnie, où chacun, du chorégraphe au plus humble machiniste, a foi en ce qu'il fait. Je me force à me lever. La chambre est suffisamment spacieuse pour me permettre de m'exercer, mais je me suis bornée, depuis que j'en ai pris possession, à tenter quelques prudentes flexions. Je m'agrippe au rebord de la fenêtre ouverte, et monte en relevé, mais, sans souffrir aucunement, il me semble que mon corps et mon esprit ne sont plus coordonnés. Les voix mêmes de Cecchetti et de Fokine, que mon imagination ressuscitait si aisément jadis, durant les séances d'entraînement, me paraissent aussi lointaines que mon foyer. Mécaniquement, mes pieds exécutent les cinq positions, mais je ne suis pas sûre de leur correction, et, si ce n'est pas le cas, je ne sais comment les rectifier. Ma main libre se pose sur mon abdomen. Je me répète, pour me rassurer, que je n'ai besoin que d'un peu de temps, et que mon corps retrouvera ses automatismes ; mais cela m'attire sur un terrain trop douloureux encore. J'abandonne tout effort et me jette de nouveau sur mon lit.

En vérité, je ne parviens tout bonnement pas à penser à ce qui est arrivé, pas plus que je ne peux concevoir de moyen de renouer avec la carrière que m'a fabriquée Josef. Chaque jour que je passe ici me rend plus distant cet univers, tel un paysage que voile peu à peu la neige. Josef m'a montré toute la gentillesse dont il est capable, mais sa manière de me vanter de nouveaux engagements ne fait que trahir son incompréhension. Je ne suis pas plus en mesure de danser au Waldorf Astoria à la fin du mois que de me doter par miracle d'une paire d'ailes pour voler jusqu'à Saint-Pétersbourg. Même si mon esprit était convaincu, mon corps est loin d'être prêt.

Josef a du moins perçu que le secret était de rigueur. Ma mère a toujours affirmé que l'honneur d'une femme, une fois compromis, ne pouvait être restauré. Mis au courant de la situation, Josef m'a fixée en tirant sur son cigare au bout rougeoyant. Il s'est informé de ce que je comptais faire, et j'ai suggéré que je pourrais disparaître, car cette règle vaut même en Amérique. Il a accédé à toutes mes demandes d'argent, et a proposé de procurer le nom d'un docteur. Il a été plus ardu de lui arracher la promesse de ne pas échafauder d'histoires mirobolantes pour la presse, aucun conte de fées avec comte polonais et château.

Quand il s'est plaint que ma renommée allait décliner, je me suis emportée.

« Cette renommée, c'est la mienne. C'est moi qui ai à me démêler de cette situation, et c'est à moi de décider ce que l'on dira aux gens. C'est-à-dire, jusqu'à nouvel ordre, rien, précisément. »

Mon corps a, pour finir, tranché de lui-même. Je n'ai eu qu'à me soumettre à ses commandements. Josef a du moins eu le tact de ne pas s'enquérir de si j'étais soulagée de ce dénouement.

Une de ces dernières soirées, Martha est venue me rejoindre sur la véranda, où je contemplais la crête des montagnes, peu à peu gagnée par les ténèbres. Pendant un moment, elle est restée à coudre en silence, puis, lorsque le jour a trop baissé, elle a posé la chemise qu'elle reprisait.

« Avez-vous de la famille en Russie ? » m'a-t-elle interrogée d'une voix mélodieuse dans la pénombre.

Je me suis éclairci la gorge et dans mon anglais hésitant, je lui ai peint ma mère, Eugenia et mes frères, et je lui ai conté que nous avions tous été formés au sein du Ballet impérial, à l'exception de Nikolai.

« Et votre père ? »

J'ai secoué la tête.

« Il est mort l'année dernière. Il y a presque un an, jour pour jour.

— Et donc l'homme qui vous accompagnait, dans le taxi qui vous a amenée, n'était pas votre père ?

— C'est Josef Mandelkern, mon impresario, ai-je répliqué en souriant de sa méprise. Il aime à se désigner comme mon père, c'est vrai. Mon second père », ai-je ajouté en me souvenant de la manière dont Josef s'était présenté lorsque nous nous étions trouvés englués dans un procès après sa querelle avec l'ancien danseur du Bolchoï Mikhaïl Mordkin. Josef avait accusé Mordkin de m'avoir écartée par jalousie de son « Ballet des étoiles russes » et tous deux en étaient venus aux mains sur scène, ce qui avait causé un scandale public.

« Est-ce un bon impresario ?

— Dans l'ensemble, oui, ai-je répondu, hésitante, avant de me remémorer combien la témérité de Josef m'avait coûté à l'occasion. Il y a des moments où il me rappelle beaucoup mon père.

— Ah ?

— Mon père aurait pu devenir acteur, dans d'autres circonstances », lui ai-je confié, jugeant plus simple de détourner la conversation sur un autre terrain que d'expliquer comment Mordkin, par un changement de programme de dernière minute, avait mis en vedette à ma place une autre danseuse, si bien que je n'avais pas touché de cachet.

« Mais dans les faits, il n'a jamais réussi à tirer parti de ses dons.

— Il a dû être fier, en revanche, de vous voir faire fructifier les vôtres.

— Le problème est que je ne suis pas sûre d'y être parvenue. »

Je reste interdite de ma propre réponse. Jamais encore je n'avais avoué aussi ouvertement l'insatisfaction que m'inspire ma carrière de ballerine.

Comme pour me donner le temps de m'habituer à cette idée, Martha a attrapé une bougie.

« Cela éloignera les moustiques, a-t-elle promis en protégeant la mèche de sa main et en craquant une allumette. J'ajoute de l'essence de citron à la cire. »

Elle a placé entre nous deux la bougie, dont la douce lueur me la révèle, forte et fiable comme ces icônes que l'on brandit aux mariages pour chasser le Malin.

« Alors, que faire pour y remédier ? »

Le souvenir de l'orgueil que mon père tirait de mes succès et celui de la complaisance avec laquelle Josef me voyait accumuler ma petite fortune s'entrechoquent et se mêlent intimement dans mon esprit.

« Je donnais satisfaction à l'École, mais c'était par mes talents de comédienne que je sortais du lot. Un de mes professeurs aurait souhaité que j'arrête complètement la danse et que je me consacre davantage au théâtre.

— C'est encore faisable.

— Pas avec mon anglais de bric et de broc ! me suis-je récriée en riant.

— Et si vous retourniez en Russie ?

— Je n'ai rien à espérer là-bas. J'ai rompu mon contrat, si bien que je ne retrouverai pas de travail. Peut-être que cela aurait été possible, si j'étais rentrée en même temps que mon frère, mais cela fait trop longtemps maintenant. Et même si je brûle de revoir ma famille, je ne supporterais pas de vivre à la maison, surtout si je n'ai pas de revenu… »

Je me suis interrompue, au bord des larmes, et quelques minutes durant, nous sommes restées silencieuses, tandis que le chant des cigales nous enveloppait comme un voile de gaze.

« Toute mon enfance, j'ai vu mon père boire, m'a confié Martha, au bout d'un moment. C'était sur ma mère que tout reposait. Sans autre aide que la mienne et celles de mes sœurs, elle faisait pousser de quoi nous nourrir, tenait la maison, confectionnait nos vêtements, et a même soigné mon père quand il est tombé malade. J'ai appris de bonne heure qu'il n'y a pas d'obstacle dont on ne puisse triompher, et qu'il n'y a rien qui ne soit à la portée d'une femme. »

Je m'attendais si peu à une telle révélation que je me suis tournée vers elle, pour la regarder en face.

« Si c'est votre anglais qui vous retient de vous lancer dans le théâtre, pourquoi ne pas prendre des cours ? Je crois que

Miss Meadows, qui occupe la chambre voisine de la vôtre, a été un excellent professeur en son temps, et je suis certaine qu'elle appréciera ce complément de revenu. J'ai entendu dire qu'elle avait elle-même joué la comédie, autrefois.

— J'ai peine à imaginer que mon agent accueille avec enthousiasme la perspective de mes débuts théâtraux. Gérer ma carrière de danseuse le fait déjà bien assez maugréer !

— Qui parle de votre impresario ? Peut-être que l'heure est venue de prendre vos propres affaires en main ? Vous vous êtes bien tirée d'affaire seule, cette fois, après tout. »

C'était la première fois que Martha faisait allusion à ma situation. Je me suis armée de tout mon courage en me préparant à un interrogatoire. Mais Martha s'est levée sans poser de questions.

« On nous ressasse toujours que nous ne sommes que de faibles femmes, lance-t-elle en pinçant la mèche de la bougie pour l'éteindre. Ce n'est que pour nous empêcher de nous rebeller. Bonne nuit. Il est l'heure d'aller dormir. »

J'ai bel et bien demandé à Miss Meadows si elle consentirait à me donner des leçons, et j'ai passé deux heures ce matin dans sa chambre à perfectionner mon anglais. Elle me rappelle les crapauds de l'École impériale par sa sévérité et son exigence, mais aussi par sa sollicitude pour ses élèves. J'étais nerveuse, et tout mon vocabulaire anglais semblait s'être évaporé. Après plusieurs tentatives malheureuses, où ma langue se refusa obstinément à prononcer le *r* anglais, et mon oreille, à distinguer le *v* du *w*, Miss Meadows m'a ordonné d'arrêter. Elle m'a désigné un mince volume sur la dernière étagère de la bibliothèque, en me priant de le lui apporter. Elle a ouvert le livre, l'a feuilleté avec révérence d'une main veinée de bleu et déformée par l'arthrite, puis m'a indiqué un extrait. Je l'ai reconnu immédiatement. Il s'agissait de la tirade finale d'Olga dans *Les Trois Sœurs* de Tchekhov, où elle se demande avec désespoir pourquoi l'on vit, et pourquoi l'on doit tant souffrir. Je n'avais pas l'habitude de voir ces mots dans un autre langage que le russe, mais le sens, même en traduction, m'en était si familier, que je les ai lus presque sans trébucher. Quand j'atteignis l'ultime exclamation : « Si l'on savait, si l'on savait ! », Miss Meadows a hoché la tête. Elle est restée assise un moment, les mains immobiles dans son giron, au creux de la couverture drapée autour de ses genoux malgré le soleil qui se déversait par la fenêtre, comme pour nous laisser le loisir de nous imprégner de toute la signification de ces lignes. Puis elle a saisi un carnet qu'elle avait glissé à côté de sa chaise, et dressé un emploi du temps. Il faudra, m'avertit-elle, bien des mois pour amener mon anglais au degré de correction requis, mais je lui semblais avoir du talent, et elle ne voyait rien qui s'opposât à ce que je réussisse dans cette voie, pour peu que je m'y consacre avec autant de rigueur et de ferveur qu'à la danse.

Je prends la missive de Josef, qui gît sur la table. Je sais quoi lui dire à présent, et je détache une feuille de mon bloc. Il ne me faut guère plus d'un instant pour rédiger ma réponse, qui est que je ne souhaite pas accepter d'autres engagements de ballerine et que j'entends me vouer à l'avenir au théâtre. Je libelle l'enveloppe à son adresse, afin que le facteur puisse l'emporter le lendemain matin. La seconde lettre me demande plus de temps, d'autant que je dois la copier en plusieurs exemplaires. C'est un encart à insérer dans les pages publicitaires de tous les journaux qui tiennent une rubrique théâtrale. J'y annonce que je suis à la recherche d'un rôle et prie que l'on me fasse parvenir par l'entremise de mon agent tout scénario adapté. Puis j'écris à Fedor pour l'informer que je compte prolonger encore un peu mon séjour en Amérique, et l'assurer que tout va bien.

*

La neige new-yorkaise ne ressemble nullement à celle de mon pays natal. À Saint-Pétersbourg, elle s'abat avec fougue et sans parcimonie aucune, en revêtant rues et bâtiments d'un manteau si dense que seuls la pelle et des bras robustes peuvent en venir à bout. Les neiges américaines sont bien falotes en comparaison ; on dirait qu'elles n'ont pas réussi à cesser d'être pluie. Les flocons fondent si rapidement que tout ce que l'on foule se mue en boue et qu'à mon arrivée au théâtre, l'on croirait, à en juger par l'état de mon chapeau, de mes habits, et de mes bottines, que je l'ai rejoint à la nage.

La ville est encore toute pavoisée de décorations de l'Avent, bien que les Pères Noël en houppelandes rouges n'agitent plus leur cloche au coin des rues en lançant à pleine gorge vœux de saison et ho-ho joviaux. Mon hôtel voisine avec un magasin de joujoux, qui aligne toujours dans ses vitrines des locomotives à vapeur miniatures et des poupées à têtes pivotantes, mais en solde désormais. Ma suite s'enorgueillit d'une salle de bains particulière, ainsi que d'une femme de chambre spécifiquement attachée à mon service, une Irlandaise du nom de Molly, dont les boucles rousses échappées de dessous sa charlotte me rappellent ma mère. Nous nous entendons à merveille. Lorsque je me suis plainte de la neige de New York, elle a ri et m'a promis qu'il ferait bientôt assez froid pour que le lac de Central Park gèle et que l'on puisse y patiner. Elle est animée d'un si insatiable appétit de conversation qu'elle oublie souvent la tâche dont elle est chargée. Je lui ai demandé de repasser mon costume avant la représentation de tout à l'heure, mais elle est perchée sur le rebord de la baignoire. Elle imprègne l'éponge et fait ruisseler sur mon dos un filet d'eau chaude. Je pouffe, tandis que me revient le souvenir des soirs de bain à l'École, où, temporairement soustraites à la vigilance des crapauds, nous échangions des secrets à voix basse. Josef m'a déconseillé de me lier trop intimement avec Molly, de crainte qu'il ne m'échappe quelque confidence qu'elle pourrait ensuite rapporter à la presse. Je me suis récriée que jamais Molly ne s'abaisserait à pareille vilenie, et que ces discussions étaient une excellente occasion de pratiquer mon anglais. À cette heure, nous sommes en train de parler de la pièce où je joue, qui est à l'affiche depuis une semaine à Broadway.

« Vous étiez fantastique, Miss Lydia, profère Molly avec enthousiasme. Meilleure encore, même, hier soir, que la première fois où je vous ai vue. Et pourtant, vous étiez déjà formidable », s'empresse-t-elle d'ajouter de crainte de m'offenser, d'autant que c'est moi qui lui ai obtenu des billets de faveur. « Bon, ma voisine se moquait de la manière dont vous prononciez vos répliques, avec un accent étranger, mais je lui ai expliqué que c'était bien comme ça que votre personnage les aurait dites, puisqu'elle revenait tout juste d'un long séjour en Allemagne.

— Ça ne vous paraît pas trop tiré par les cheveux, dis-je, en exagérant mon accent russe, qu'une jeune Américaine fortunée, qui s'est imprégnée d'idées nouvelles en Europe, s'éprenne d'un chauffeur, et tout cela pour découvrir à la fin que ce dernier est en réalité fils de millionnaire ?

— Non, pas du tout ! proteste avec conviction Molly. D'ailleurs, c'est ce que chacune d'entre nous souhaite – un petit moment de rêve. Et vous jouez si bien. Surtout quand vous dansez. »

Au lieu de me rassurer, ses commentaires me démoralisent. Si j'ai eu des critiques favorables tout au long de notre tournée dans l'arrière-pays, elles sont devenues impitoyables dès notre arrivée à New York. Je soupire.

« Les gens n'aiment que ça. Me voir exécuter des pas que je suis censée avoir appris d'un protégé d'Isadora Duncan.

— Ce n'est pas vrai, proteste Molly. La deuxième fois que j'y suis allée, j'étais assise à côté d'un journaliste, qui a noté sur son bloc : "Lopokova, jolie comme un cœur, même en pantalon !" »

Elle rougit en se souvenant soudain du pantalon.

« J'en ai pour moins d'une seconde à le repasser. Oh, j'ai failli oublier la dame, vous savez, celle qui est propriétaire du théâtre et vous fait répéter votre rôle…

— Minnie Fiske.

— C'est cela ! confirme Molly. Elle vous a demandée au téléphone tout à l'heure. »

Je m'en étonne :

« Elle a appelé ici ? »

En temps normal, Minnie attend pour me donner ses indications scéniques que je puisse les examiner avec elle au théâtre.

« A-t-elle laissé un message ?

— Non. C'est Daisy qui a répondu. Elle a raccroché quand elle a su que vous étiez sortie. »

Il est temps que je me prépare. Je sors de mon bain, tandis que Molly déploie ma serviette.

« Vous êtes si menue, Miss. Comme une enfant, s'attendrit-elle en me frictionnant vigoureusement. Quand mes frères et sœurs et moi étions petits, nous nous lavions tous les samedis soir. Nous attisions le feu jusqu'à ce qu'il puisse chauffer assez d'eau pour remplir le tub, et après, nous nous y entassions tous, un à un, l'aîné en premier, le bébé en dernier. Comme ça, nous étions bien propres pour la messe du dimanche. Une vraie portée de porcelets tout roses, on aurait dit ! Et nous restions à nous tortiller devant le feu pour nous sécher sous toutes les coutures. »

J'aime entendre Molly évoquer l'Irlande. Je l'écoute parler pendant qu'elle m'aide à m'habiller. Je sais à quel point sa famille lui manque, en cette période de l'année tout particulièrement. Elle a fondu en larmes le matin de Noël lorsque je lui ai offert une paire de longues boucles d'oreilles qu'elle avait admirées. Son cœur se fendait à l'idée que sa mère se trouvait toute seule dans leur foyer déserté, sans ses sœurs qui s'étaient toutes placées comme domestiques et sans ses frères qui se battaient en France. Elle m'a assuré qu'elle ne se faisait pas trop de souci quand même parce tout le monde dit que la guerre serait bientôt finie, mais cela l'afflige de les imaginer en train de coucher à la dure et d'avaler Dieu sait quoi, au lieu de pouvoir s'attabler devant une oie rôtie et un pudding. À part moi, j'ai remercié Dieu d'avoir préservé mes frères des combats. Josef, qui suit les événements dans les journaux, rapporte que les Russes ont essuyé des pertes désastreuses et que nos généraux envoient désormais en première ligne des hommes sans armes ni munitions.

« Dépêchons-nous, dis-je, en m'efforçant de bannir la guerre de mon esprit, ou bien le taxi arrivera pour me conduire au théâtre avant que je ne sois prête. »

Molly décroche le pantalon du cintre, et le secoue comme si cela devait suffire à le défroisser.

« Porterez-vous le haut rouge ou le bleu, ce soir ? Le bleu met en valeur vos yeux, c'est sûr, mais sur scène, c'est le rouge qui ressort le mieux, surtout pour les spectateurs des fauteuils bon marché, tout au fond. »

Je suis assise à la coiffeuse, tandis que Molly me brosse les cheveux, lorsque l'on frappe. Je lance :

« Entrez ! »

La porte s'ouvre. Josef pénètre à grandes enjambées, comme lorsqu'il s'apprête à faire quelque annonce fracassante, bombant le torse, tête baissée, comme un taureau sur le point de charger. Je me rebelle, avec une brusquerie involontaire.

« Je ne suis pas habillée. Ne pouvez-vous donc m'attendre en bas, dans le hall ? »

Josef fait signe à Molly de nous laisser. Elle me jette un coup d'œil interrogateur. Je hausse les épaules.

« Je resterai à côté, promet-elle. Appelez-moi si vous avez besoin de moi. »

« Je reviens tout juste du théâtre. »

La voix de Josef tremble légèrement, comme si le fait d'avoir congédié Molly avait ébranlé sa superbe. Il cherche son étui à cigares dans sa poche.

« Eh bien ? » dis-je, tranchante, en me préparant à subir unc de ses scènes habituelles.

Il soulève d'une chiquenaude le couvercle de l'étui et contemple fixement la rangée de cigares bien alignés.

« Ils ont retiré la pièce de l'affiche.

— Ce n'est pas possible. Le lever de rideau est dans trois heures.

— Non, ce n'est plus le cas. »

Il roule son cigare entre ses doigts en le palpant. C'est un geste que j'ai pris en horreur.

« On m'a téléphoné à mon hôtel. Quand l'équipe est arrivée sur place, ils ont trouvé porte close et, placardés à l'extérieur, des écriteaux qui annonçaient l'annulation de la représentation. La rumeur s'est vite répandue : le temps que je me rende sur les lieux, les journalistes étaient déjà là à fureter, dans l'espoir d'un article. Mieux vaudrait que tu les évites.

— Je ne comprends pas… »

Ma colère est retombée. Je ne désire qu'une chose : que Josef m'explique ce qui, à mes yeux, ne peut être qu'une erreur, afin que l'on puisse trouver une solution, et que la représentation puisse avoir lieu comme prévu.

« Les critiques ont été calamiteuses. »

J'accuse le coup.

« Elles n'étaient peut-être pas spécialement flatteuses à New York, mais nous n'y sommes que depuis une semaine et nous avons eu des critiques dithyrambiques pendant toute la tournée.

— La province ne compte pas. »

Josef cherche son briquet. Je lui tends le mien qui était posé sur la coiffeuse. Il est en argent avec une danseuse gravée sur le dessus. Un admirateur me l'a offert.

Josef l'examine un instant.

« Joli ! » commente-t-il.

« Quelques critiques défavorables ne suffisent pas à faire tomber une pièce. J'ai consulté Minnie à la sortie du compte-rendu de *The Herald*. Elle ne m'a pas paru s'en inquiéter outre mesure. »

Josef dévisse la tige métallique de mon briquet et percute la molette contre le silex, puis insère le bout de son cigare au cœur de la flamme, et tire une bouffée, aspirant l'air à travers le tabac. Des nuages de fumée flottent dans toute la chambre.

« Minnie a dû se raviser. Peut-être lorsque l'article de Nathan est sorti. Ou si ce n'est pas elle qui a changé d'avis, c'est son mari qui l'a fait pour elle. Ces “quelques critiques défavorables” pour reprendre ta formule étaient joliment dévastatrices. »

Le coup asséné, il s'est détendu, mais ne s'est pas adouci pour autant.

« “Une gestuelle artificielle”, cite-t-il en soulignant ses propos d'un moulinet de cigare, “une palette d'émotions restreinte”, “une voix si monotone que même l'agitation discrète d'un public lassé finit par en paraître poétique à la longue”… »

Je bondis sur mes pieds en tempêtant :

« C'est entièrement de ta faute. C'est toi qui es chargé des relations avec la presse.

— Ça, ça valait du temps où je me figurais avoir à faire la publicité d'une ballerine. »

Je le mets en garde, en lui tendant un cendrier frappé du nom de l'hôtel, sans doute pour dissuader les clients de le subtiliser :

« Ne mens pas ! Tu étais aussi euphorique que moi quand Minnie Fiske et son mari m'ont déniché une pièce. Tu as acheté un magnum de champagne ! »

Je me souviens de Molly qui patiente derrière la porte, et je me félicite qu'elle ignore le russe. Elle a dû percevoir nos voix.

« M'a-t-on payée ?

— La consigne, officieusement, est que personne ne touchera un sou.

— Quoi ? »

Cette dernière nouvelle me consterne plus encore que celle de l'annulation des représentations. Les noms et les visages de tous ceux avec qui j'ai travaillé pour *Just Herself* tourbillonnent à travers mon esprit comme les images d'un zootrope à l'ancienne. Lily, ma doublure, qui se formait en autodidacte à la sténographie et à la dactylographie, au cas où elle ne parviendrait pas à percer comme actrice ; Bill, un machiniste, qui travaillait aussi comme souffleur, et dont la femme vient d'accoucher…

« Allons, du courage ! m'exhorte enfin Josef. J'ai aussi une meilleure nouvelle.

— Ah oui ?

— J'ai trouvé un producteur prêt à t'engager. Comme danseuse. C'est un music-hall, là encore, mais ça rapporte gros.

— Où est-ce ?

— Juste après Times Square. C'est le Knicker Bocker. »

*

On croirait qu'une tornade s'est abattue sur la scène du Metropolitan Opera et qu'une expédition de secours s'y active. À ma droite, des menuisiers assemblent à grands coups de marteau un escalier ; au-dessus de ma tête, deux autres manœuvres, juchés sur un échafaudage, s'efforcent de fixer un dais de soie. Un autre, encore, déroule un tapis de scène, en chassant à grand renfort de vociférations tous ceux qui se trouvent sur son chemin. Sur ses talons, un jeune garçon, muni d'un pot de peinture rouge, s'emploie à masquer les éraflures laissées par les précédentes représentations. Dans les coulisses, encore béantes, on repasse des capes brodées, on pique des plumes sur des tiares étincelantes de pierreries, tandis que le chef accessoiriste compte des cimeterres et des sautoirs de perle, secondé par une troupe d'assistants. Je m'écarte d'un saut de la trajectoire d'un chariot où s'amoncellent des tapis persans et des cruches, des éventails de plumes d'autruche et des lampes en filigrane d'or. De la fosse d'orchestre, où l'on accorde des instruments et l'on étudie des passages particulièrement épineux de la partition, montent de capricieuses fanfares. Partout autour de moi, des musiciens pratiquent des étirements en discutant bruyamment.

« Lydia, viens donc m'embrasser ! »

Cette invitation impérieuse, lancée d'un ton sans réplique, perce le vacarme ambiant. Je passe à côté d'un groupe d'ouvriers qui disposent des lampes à arc.

« Avec cette voix de stentor, vous étiez fait pour être tsar, dis-je à Diaghilev en traversant la salle. Vous avez manqué votre vocation en vous occupant du ballet ! »

Je me jette au cou de la silhouette massive. Il m'emprisonne dans une vigoureuse étreinte, me soulève de terre et me broie contre l'orchidée qui orne sa boutonnière.

Je le taquine, quand mes pieds reposent de nouveau sur le plancher : « Vous avez engraissé ! »

Je m'étire pour tapoter le col raide d'amidon, le monocle qui oscille au bout d'une chaîne à son cou. Il s'est produit tant de choses depuis le jour où j'ai rejoint les Ballets russes, à Paris, voilà des années, que cela me rassure de voir que son style vestimentaire n'a en rien changé.

Les lourdes paupières de Diaghilev se ferment à demi. Je crains une minute de l'avoir froissé. Puis il renverse la tête en arrière et part d'un grand rire.

« Et toi de même, Lopushka ! » rétorque-t-il en me pinçant la taille de ses doigts dodus chargés de bagues. « Je t'avais bien dit, il y a dix-huit mois, que tu aurais dû nous accompagner en Amérique du Sud, au lieu de céder aux appâts des gains faciles et d'une molle existence, en restant à danser et à jouer la comédie ici. Cependant, il te suffirait de quelques semaines entre les mains du Maestro Cecchetti pour retrouver ta ligne.

— Il est ici ? »

Je parcours la salle d'un coup d'œil, comme si je m'attendais à voir mon vénérable professeur jaillir tel un génie d'une des lampes de filigrane d'or.

« Bien sûr qu'il est là. C'est lui notre principal acteur de genre. Il dirige l'entraînement quotidien, de surcroît. »

Diaghilev plisse les yeux.

« Tu te doutes bien que je n'ai aucun rôle majeur à t'offrir. Pas à New York. »

C'est ce que m'avait prédit Josef. Quand j'ai voulu à toute force revoir Diaghilev, quoi qu'il arrive, il m'a prévenue qu'accepter tout rôle moindre que celui de soliste équivaudrait à un suicide professionnel. J'ai refusé de l'écouter.

« Diaghilev remporte un triomphe partout où il passe, ai-je fait observer à Josef. Et qui plus est, voilà si longtemps que je n'ai pas dansé – dansé sérieusement, du moins – que je ne suis pas en état de me mesurer à ses dernières recrues. »

Diaghilev a reporté son attention sur la scène, et aboie des instructions en russe et en français. Un homme barbu, aux cheveux noirs et au front déjà dégarni, retransmet ses ordres en anglais. Ses traductions, certes fidèles en substance, sont généreusement épicées de jurons absents de la version originale, à la grande joie de tous ceux qui maîtrisent les trois langues.

« Cela me va, dis-je à Diaghilev. Je joue aussi dans une pièce de théâtre en ce moment, de sorte que je ne dispose que de peu de temps. »

« Par les fesses du Seigneur ! poursuit l'homme au front dégarni. Si vous n'accélérez pas la manœuvre, vous autres, les électriciens, on n'aura plus à craindre d'offusquer la pudeur des Américains. Il fera si sombre que le public ne distinguera même pas les danseurs, et encore moins le plus petit sein nu. »

Il vient à moi, la main tendue.

« Très honoré, déclare-t-il, avec un pétillant regard de ses yeux noirs. J'ai beaucoup entendu parler de l'ensorcelante Miss Lydia, et c'est un grand privilège que de faire sa connaissance. »

Il porte ma main à ses lèvres.

« Randolfo Barocchi, mon nouvel agent, présente Diaghilev. Et ces messieurs, continue-t-il en m'indiquant un petit groupe d'hommes assis, représentent le Metropolitan Opera. »

Puis, se tournant vers eux :

« Votre verdict, messieurs ? Offrirons-nous une seconde chance à Miss Lydia ?

— La pièce où vous jouez… » s'enquiert l'un d'entre eux, en anglais, en dardant sur moi un regard perçant à travers ses lunettes à fines montures d'acier.

« *The Antick*. C'est sur les festivités du 4-Juillet. Je joue une jeune fille pendant la majeure partie, jusqu'au dernier tableau, où je fais le cow-boy. Je chevauche un bouc, déguisée en Pierrot.

— Ce n'est pas un théâtre de Broadway. Et à combien sont les entrées ? Un dollar et demi ? Deux ? J'ai peine à imaginer que les gens soient prêts à débourser pour cela les cinq dollars que nous leur demanderons ici. »

Je croise les bras et m'adresse directement à Diaghilev :

« À Saint-Pétersbourg, à Paris, à Londres même, le public sait ce qu'est un ballet lorsqu'il va en voir un. Ici, dans ce pays, la majorité n'en a aucune idée. Du moins, pour ce qui est des ballets comme celui que vous montez. Cela sera un atout pour vous d'inclure dans la liste un nom déjà connu des Américains. Je parle un anglais correct, or il vous faudra des danseurs capables de s'entretenir avec la presse. »

Les lampes à arc s'allument, et révèlent l'intérieur somptueux d'un palais exotique.

« Les fêtes dans le goût des *Mille et Une Nuits* font peut-être fureur en Europe, dis-je, en désignant le décor, mais ce pays est encore très pudibond. Si vous voulez voir des Américaines en pantalons bouffants se prélasser sur des divans, il faut quelqu'un dont elles ont entendu parler pour leur donner l'exemple.

— Ah, ah, s'exclame Diaghilev, en me considérant d'un air rayonnant, une vraie impresaria ! Randolfo, qu'en pensez-vous ?

— Que nous ne devons pas nous priver d'une aussi charmante et éloquente personne, réplique Randolfo en me gratifiant d'un sourire éclatant.

— Bien, voilà qui est réglé », conclut Diaghilev, en vissant fermement son monocle, comme pour désamorcer par avance toutes les objections éventuelles de la délégation de l'Opéra.

Puis il glisse son bras sous le mien, et baisse la voix, jusqu'à ce qu'elle ne soit plus qu'un chuchotis complice.

« Alors, qu'est-ce que c'est que cette histoire de fiançailles avec un Américain ? »

J'étouffe un petit rire. J'avais oublié combien Diaghilev était curieux, en particulier envers les affaires des membres de la compagnie.

« Il s'appelle Heywood Broun, et tient la chronique théâtrale du *New York Tribune*. Nous ne sommes pas fiancés en bonne et due forme, bien qu'il ait déjà demandé ma main.

— Bien commode, d'être mariée à un Américain, surtout

avec cette guerre aberrante qui s'éternise en Europe, intervient Randolfo qui nous a écoutés. Même nous autres, Italiens, n'avons pas résisté à la tentation de nous en mêler.

— Varsovie a été prise par les Allemands, déplore Diaghilev, avec un frisson.

— Et Nijinski ? Est-ce vrai qu'il a été arrêté ? »

Il est risqué de mentionner Nijinski depuis son mariage avec une jeune ballerine, qui lui a valu d'être chassé par Diaghilev. Si je m'y hasarde, c'est parce que Léonide Massine, que j'ai connu à l'École, a dit-on, remplacé Nijinski tant comme danseur étoile que comme amant de Diaghilev.

À mon grand soulagement, Diaghilev ne s'en irrite pas. Il m'entraîne à l'écart.

« Il n'est pas impossible que nous arrivions à faire venir Nijinski en Amérique. On est en train de négocier sa libération et le roi Alfonse, avec qui j'organise une tournée estivale, lui offre la traversée sur un de ses navires. Si l'Allemagne respecte sa promesse de ne pas attaquer les vaisseaux neutres, il ne courra aucun danger. Je suis encore stupéfait que nous ayons pu tous traverser l'Atlantique sans être torpillés. » Il effleure son front et ses épaules en un bref signe de croix. « J'ai à peine pu fermer l'œil pendant tout le temps que nous avons passé en mer. »

Il embrasse du regard le plateau.

« À propos de naufrage, si je n'y mets pas le holà, ces imbéciles vont me décolorer tout le décor, à braquer comme cela leurs lampes. Mais c'est entendu, conclut-il en se dirigeant à grandes enjambées vers les ouvriers. Tu danseras pour nous. »

Randolfo me raccompagne jusqu'à la sortie en me contant mille anecdotes comiques sur les préparatifs de leur prochaine réalisation. Il m'ouvre la porte de la salle.

« Alors, quelle sorte d'homme est-ce donc, ce Heytree ? » plaisante-t-il.

Je ne relève pas la confusion volontaire sur son nom.

« Il est beau, intelligent et très bon. Et il m'adore. Que demander de plus ?

— Et vous allez l'épouser ? »

Dans le couloir vivement éclairé, il me paraît plus jeune que tout à l'heure. La trentaine, tout au plus. « Vous savez ce que c'est. Loin de chez soi, il est plus facile de s'abandonner aux circonstances. Jusqu'à ce que quelque chose vienne réveiller votre véritable personnalité. »

Nous avons atteint le foyer, où m'attend le chauffeur du taxi qui me conduira au théâtre. Randolfo me baise une seconde fois la main.

« Alors tout espoir n'est pas perdu pour moi. »

*

Minuit a sonné, mais un souffle d'air tiède caresse toujours mes épaules et mes bras nus. Nous sommes à Madrid, assis devant un des restaurants très fréquentés de la Puerta del Sol. Sur chaque table, des chandelles illuminent les visages des convives, animés et rieurs. La place est bondée : respectables mères de famille qui papotent sur les bancs, hommes accroupis sur leurs talons qui jouent aux dés, amoureux qui échangent à la dérobée des baisers dans l'ombre, enfants somnolents qui s'affalent contre les adultes. J'achève ma cigarette et souris à mon compagnon, Igor Stravinsky, récemment arrivé pour diriger la première de *L'Oiseau de feu* en Espagne.

« Je suis heureuse, dis-je en ouvrant tout grand les bras, comme pour en emprisonner et étreindre sur mon cœur ce décor. Je danse à nouveau tous mes rôles d'autrefois avec les Ballets russes, le roi Alfonse paie tous nos frais, et même Diaghilev semble satisfait. Et par-dessus tout, quand nous aurons terminé nos représentations ici, il nous restera encore deux mois de vacances avant de repartir en Amérique. »

Stravinsky m'écoute, non pas d'une oreille comme le commun des mortels, mais en musicien, qui capte le substrat émotionnel de mes propos en même temps que leur signification superficielle. Ses yeux sombres sont vrillés sur moi, tels deux organes de l'audition supplémentaires. Ses cheveux noirs, plaqués sur son crâne, dégagent l'ovale presque parfait de son visage. Seules font légèrement saillie ses oreilles, qui ont les courbes élégantes des chevilliers de violon.

« L'Amérique... », fait-il en écho en reposant ses couverts sur son assiette, en une diagonale si exacte qu'il semble avoir pris ses mesures avec une règle graduée, comme un majordome. « Comptez-vous y passer le reste de votre vie ? »

Je contemple la place. La foule se dilue à mesure que l'on s'en va coucher les enfants. J'observe une jeune mère, à peine plus âgée que moi, qui soulève son fils endormi, dont la joue repose contre la sienne.

« Si je pouvais, je retournerais chez moi.

— Sauf que rien ne vous garantit que ce "chez-vous" existe encore. »

Je suis désarçonnée par son réalisme brutal. Stravinsky joint les extrémités de ses longs doigts comme s'il priait.

« Des millions de soldats russes ont été tués ou capturés. Le Tsar lui-même est emprisonné. On ne sait trop qui gouverne. C'est une époque terrifiante. Votre famille est saine et sauve, j'espère ?

— Mon plus jeune frère vient d'intégrer le Mariinsky. »

Stravinsky se penche à l'intérieur du disque de lumière que projette la bougie posée sur notre table, et sourit.

« Pourquoi souriez-vous ?

— J'ai passé la moitié de mon enfance au Mariinsky. Mon père y chantait l'opéra et nous bénéficiions d'une loge. »

Il replie sa serviette en un triangle bien régulier et la place à côté de son verre.

« Ma mère tremblait toujours que je ne contracte le choléra en empruntant les quelques rues qui nous séparaient du théâtre. Vous souvenez-vous de la puanteur qui s'élevait des fosses d'aisances, à l'arrière de toutes les maisons ? Saint-Pétersbourg n'avait rien à envier aux autres grandes capitales pour l'éclat de ses œuvres d'art et de ses palais, mais nul n'osait boire une seule goutte de son eau. »

Un serveur ôte nos assiettes et nous propose un dessert.

« On ne semble pas manquer de vivres, ici, fais-je remarquer après avoir passé commande.

— C'est l'un des avantages de ne pas s'être mêlé à la guerre. Mais il n'est pas certain que l'Espagne puisse y échapper jusqu'au bout. J'espère qu'elle y parviendra. »

Stravinsky se redresse, et la pénombre me voile de nouveau ses traits, soustraits à la lueur de la bougie.

« J'aime l'atmosphère de ce pays. J'aime cette coutume qu'ont les gens de veiller jusqu'à une heure avancée pour jouir de la fraîcheur et de la sociabilité, au lieu de se claquemurer derrière des volets hermétiquement clos. Cela m'a tout d'abord pris au dépourvu : je suis arrivé par un train de nuit et je n'ai trouvé personne à l'hôtel pour m'accueillir. Il était neuf heures passées, mais le personnel dormait encore.

— Est-ce ce qui vous a décidé à venir ? La possibilité de se coucher très tard et de faire la grasse matinée ?

— Je suis venu sur les instances de Diaghilev.

— Et vous obéissez toujours à Diaghilev ?

— Il a souligné que le roi Alfonse s'attendrait à ce que le compositeur soit présent. »

Je perçois qu'il n'a pas compris que je le taquinais.

« Cela détournerait certes l'attention de Sa Majesté de mon

interprétation de *L'Oiseau de peu* ! » j'ajoute en singeant ma propre danse, la tête branlante, battant l'air de mes bras, jusqu'à ce qu'il ait saisi le calambour. Je fouille ma mémoire, à la recherche d'une nouvelle anecdote amusante.

« Au moins, votre ballerine dans *Petrouchka* est censée être en bois ! Ça m'ira comme un gant ! Est-ce vrai que, comme le raconte Diaghilev, l'inspiration vous est venue à Saint-Pétersbourg, après avoir passé la nuit à boire en compagnie de cochers, et à les écouter jouer de la garmoshka[1] ?

— Ah, la garmoshka... »

Il pianote du bout des doigts, comme pour évoquer ce son grêle aux accents de fête foraine, puis fait mine d'actionner un soufflet invisible.

« Que devient Nijinski ? interroge-t-il, en cessant sa pantomime. C'était un Petrouchka sublime.

— Il est en Amérique avec les Ballets russes, plus femme et enfant. Diaghilev a organisé une réconciliation solennelle. Le seul problème est que Nijinski s'est refusé à danser tant que Diaghilev ne lui aurait pas intégralement versé tout ce qu'il lui devait. Nous avons redouté que la tournée ne finisse par être annulée. »

Le serveur apporte nos desserts, accompagnés d'un compotier de pêches mûres à point. Stravinsky en choisit une, qu'il porte à ses narines.

« Et à présent, Nijinski est devenu l'idole de l'Amérique ! »

Je plonge ma cuillère dans mon flan et en identifie une à une les saveurs : caramel, orange et crème suave.

« Bien sûr. Mais il fait aussi scandale. Les Américains ont tout autant de goût que nous pour le sexe, mais ils ne le reconnaîtraient pour rien au monde. Du moins, pas publiquement.

1. Variété d'accordéon russe.

Quand Nijinski a dansé son *Après-midi d'un faune,* sur la musique de Debussy, l'indignation des spectateurs n'aurait pas été plus grande s'il avait commis un meurtre sous leurs yeux. Par la suite, il a été contraint de feindre d'être plongé dans une rêverie mélancolique, au lieu de suivre la chorégraphie, c'est-à-dire de se masturber en se consumant de désir pour les nymphes »

Je m'interromps le temps d'engloutir le reste de mon dessert, puis de racler du bout du doigt le nappage qui poisse l'assiette.

« Dès que l'on dénude la moindre parcelle de chair, ou presque, cela suscite un tollé. À Boston, le maire a menacé de fermer le théâtre si un seul danseur se produisait sans être intégralement vêtu des pieds à la tête. »

Stravinsky caresse la peau veloutée de sa pêche.

« J'ai été à la corrida hier avec Diaghilev. Il m'a dit qu'il ne retournerait pas en Amérique.

— Il passe son temps à menacer de ne pas s'embarquer, depuis qu'une bohémienne lui a prédit qu'il périrait en mer.

— La traversée de l'Atlantique est dangereuse. Les journaux nous en ont bien avertis. Si un bâtiment tombe aux mains de l'ennemi, tous les passagers munis de passeports alliés seront faits prisonniers.

— Eh bien, espérons que nous serons plutôt arraisonnés par notre propre camp.

— Vous n'avez donc pas peur ?

— À l'aller, notre bateau transportait des chevaux destinés au front. Nous les entendions ruer avec des hennissements de terreur suraigus à fond de cale. Il y avait là de quoi alarmer même les plus braves d'entre nous. Mais », je demande, soudain frappée par une nouvelle préoccupation, « qui dirigera la compagnie, si Diaghilev ne rentre pas ?

— Nijinski. »

Je secoue la tête, incrédule.

« Mais il a à peu près autant le sens de l'organisation qu'une mêlée de singes.

— C'est ce que m'a laissé entendre Diaghilev, acquiesce Stravinsky avec flegme. Pourquoi cela ? Cela changerait-il quelque chose à votre décision de retourner en Amérique ? »

Je pose ma cuillère sur mon assiette, envahie par une soudaine lassitude, comme si je sentais soudain peser sur moi la longue journée de répétitions couronnée par le spectacle de ce soir.

« Je n'ai pas le choix. Il n'y a pas de travail pour nous en Europe, une fois finie notre saison ici. Et c'est pareil en Russie. J'ai passé trop de temps à l'étranger. »

Stravinsky partage sa pêche en quartiers rigoureusement égaux.

« J'étais à Lausanne quand j'ai appris l'abdication du Tsar. Je compte rentrer au pays le plus tôt possible. L'ancien régime avait bien des défauts. Maintenant, la Russie peut repartir sur un nouveau pied.

— Votre femme est russe, n'est-ce pas ? Souhaite-t-elle rentrer, elle aussi ?

— Katya est malade, si bien que nous devons attendre, explique Stravinsky en se rembrunissant. Et votre époux ? »

Je rougis. J'ai encore peine à me concevoir comme une femme mariée.

« Vous êtes jeunes mariés, insiste Stravinsky. Il doit vous manquer.

— Il imite à la perfection Diaghilev, dis-je, en me représentant Randolfo dans son complet de tweed américain sur mesure, coiffé de son feutre beige.

— Il vous fait rire, constate Stravinsky avec un hochement de tête approbateur. Katya, elle, travaille au salut de mon âme. Ou, du moins, s'y efforce. »

Il marque une pause, comme s'il escomptait d'autres confidences sur Randolfo, mais, quoique je goûte cette conversation, et que je n'ai nul désir de lui dissimuler le moindre secret, je ne trouve rien à raconter. Mentalement, je fais défiler les semaines passées à New York, où je dansais de nouveau pour Diaghilev, en côtoyant constamment Randolfo, puis les mois de tournée, et enfin sa demande en mariage. Je n'ai vu aucune raison de refuser. À la différence de Josef, qui me considérait uniquement comme une source de profit, Randolfo comprenait mon désir de travailler avec les Ballets russes. Même Heywood, mon éphémère fiancé, aurait préféré que je mette un terme à ma carrière artistique afin que nous puissions « fonder un foyer », selon sa formule. Bien que les fonctions de Randolfo dans la compagnie se limitent à celles d'administrateur, il se fond comme s'il était l'un d'entre nous dans l'atmosphère d'intimité et de potins de notre petite troupe.

« Avec un passeport italien, vous voyagerez aussi aisément que s'il était américain, m'a promis Randolfo, pensant annihiler un des atouts supposés de Heywood. Voire plus facilement encore, puisque personne en Europe n'aime les Américains. Et en plus, avait-il chuchoté en m'attirant à lui, les Italiens ne font-ils pas de meilleurs amants ? »

Seule une poignée de clients s'attarde encore. Notre serveur dénoue son tablier et allume une cigarette. Nous réglons l'addition et sortons sur la place, où des hommes, assis sur de petits escabeaux, jouent de la guitare. À notre approche, une femme se met à chanter, d'une voix si puissante et si rauque que nous comprenons sa souffrance, bien que ses mots nous soient inintelligibles. Des gens s'attroupent autour d'elle. Certains battent des mains en cadence, d'autres improvisent de hardis contrepoints. Stravinsky m'effleure le bras.

« Voyez comme ils brodent sur la mélodie, en y ajoutant des ornements, des variations, tant et si bien que ce que nous entendons ce soir diffère de ce que nous aurions entendu hier, ou entendrions demain. Nous ne pouvons suivre les paroles, puisque nous sommes étrangers, mais nous en percevons la passion brûlante et la sincérité brute. »

Il glisse sa main sous mon sein gauche, à la recherche de mon cœur, et l'y laisse posée.

« Telle devrait être toute musique, spontanée, et sans autre dessein que de s'exprimer. »

La foule s'écarte, un espace s'ouvre devant les musiciens. Trois femmes à longues jupes cramoisies y pénètrent. Leurs cheveux sont retenus par des peignes, des châles de dentelle noire sont drapés sur leurs épaules. Deux d'entre elles fixent des castagnettes à leurs doigts, tandis que la troisième relève le volant qui borde sa jupe et balance ses hanches. Puis, heurtant le sol du talon, vive comme l'éclair, elle enchaîne une série de pas sur le pavé. Sa main libre et son bras décrivent des cercles, avec des ondulations d'une souplesse toute serpentine. Fascinée, je ne peux en détacher mes regards. Stravinsky se met lui aussi à frapper des mains en rythme, avec un sourire chaque fois qu'il parvient à coïncider avec le tempo scandé par le martèlement des talons de la danseuse. Nos voisins se poussent du coude d'un air approbateur.

D'autres femmes fendent à leur tour la foule, entraînant parfois un compagnon dans leur sillage. J'observe attentivement leur manière de plier les genoux, tout en gardant le tronc rigide, de telle sorte que tout le mouvement émane de la partie inférieure de leurs jambes, ainsi que de leurs bras et de leurs yeux. D'un coup de pied, je retrousse l'ourlet de ma jupe, que je pince dans ma ceinture, avant de risquer quelques claquements de talon. Stravinsky m'encourage, mais il est hors de question qu'il se borne à être spectateur. Je place ses mains sur mes hanches, pose les miennes sur ses épaules. Nous évoluons d'abord timidement, puis avec un plaisir et un abandon croissant. Peu importe, bientôt, que j'ignore la langue de la chanteuse. Intuitivement, je devine ce que traduit cette musique : l'immuable et lancinant appétit charnel qui aimante les corps les uns vers les autres.

Ce n'est qu'à une heure tardive que Stravinsky me raccompagne à mon hôtel. Arrivée devant ma porte, je répugne à le laisser partir, et l'invite à boire un dernier verre. Lorsque je tourne la clef dans la serrure, mon mariage avec Randolfo s'est tant estompé qu'il me semble concerner une autre femme. Je débouche une bouteille de ce vin liquoreux que les habitants de la région baptisent xérès.

« Vous ne devriez pas vous fier constamment à Diaghilev, m'avertit Stravinsky tandis que je verse l'alcool. Voilà des années, j'ai assisté à un ballet au Mariinsky où une jeune danseuse jouait le rôle d'une rusée coquette, pendant la saison du Carnaval. Elle se nommait Colombine et elle était charmante et puérile, mais aussi malicieuse en diable. C'est en souvenir de cette jeune fille, et non pas à cause des cochers de droschki, que j'ai composé *Petrouchka.* »

Je ris, pointe le menton, et me voici redevenue Colombine.

« Et laquelle de mes incarnations préférerez-vous, ce soir quand je danserai la ballerine de *Petrouchka* ? La cruelle qui dédaigne l'amour sincère ? La vaniteuse, séduite par la prestance du beau Maure ? La jeune fille effarouchée qui fuit le Charlatan ? Ou celle qui, avec tristesse, mesure trop tard ce qu'elle a perdu ?

— Toutes », repartit Stravinsky en levant son verre.

*

Des cris de fureur éclatent à l'extérieur de ma loge. J'échange un coup d'œil avec ma costumière, qui concentre toute son attention sur la paire d'ailes qu'elle recoud avant la représentation de ce soir. Depuis que j'ai rejoint les Ballets russes en Amérique, les crises se sont enchaînées sans trêve. En tant que directeur, Nijinski s'est montré aussi capricieux et turbulent que les hautes eaux qui inondent périodiquement les rues de Saint-Pétersbourg. Pas plus tard qu'hier, quand nous avons quitté Dallas, il a arpenté le train en proclamant que l'effondrement des hiérarchies d'Ancien Régime en Russie l'amenait à renoncer à son rang de danseur étoile, et qu'il allait répartir entre nous ses rôles. Aujourd'hui, lorsque nous sommes arrivés à Houston, il s'est précipité chez le confiseur où il a acheté des sucettes pour toute la troupe, avec une exubérance enfantine. Je me laisse tomber sur une chaise, sans craindre de froisser ma jupe de tulle. Après des mois de tournée, elle est si chiffonnée que mon habilleuse, malgré tous ses efforts, ne parvient plus à en effacer les faux plis. Je sais que je devrais sortir dans le couloir et aider à apaiser le nouveau cataclysme, quel qu'il soit, qui s'annonce, mais la tâche me rebute. À ses pires heures, Nijinski est capable de s'enfermer dans sa chambre sans parler à quiconque.

On frappe. Je rassemble toute mon énergie, pensant avoir affaire à Nijinski. Mais c'est Randolfo, avec son habituel air de chien battu. Je le dévisage. Tel est donc l'homme que j'ai épousé, avec ses yeux caves et son menton mou. Autant prier une casserole de lait tiède de conjurer la calamité imminente.

« Ce coup-ci, il a vraiment été trop loin », gémit Randolfo, qui débarrasse une chaise d'un bouquet, puis s'écroule dessus. « Il nous reste du moins un admirateur », constate-t-il en déchiffrant la carte qui accompagne les fleurs.

Je grille de lui demander si c'est expressément pour inspecter les témoignages d'appréciation de mon public qu'il est venu, mais je m'en abstiens. Ce qui l'amène est l'espoir que j'interviendrai dans le dernier mélodrame en date. Bien que Diaghilev l'ait confirmé dans ses fonctions de directeur financier, Randolfo redoute tout heurt avec Nijinski. Les problèmes ont débuté dès New York, où Nijinski a accumulé tant de retard dans la création de ses nouveaux ballets qu'il a fallu repousser toutes les premières. Quand cela n'a plus été possible, nous les avons représentés dans un tel état d'impréparation qu'il a fallu en improviser des pans entiers sur scène. Les danseurs ont fait grève pendant deux jours, ce qui a conduit l'épouse de Nijinski à les accuser de saboter délibérément la carrière de son mari. Lorsque Randolfo s'est plaint à Diaghilev, celui-ci n'a rien voulu entendre, au motif que c'était pour voir Nijinski que les spectateurs déboursaient.

Je songe à l'autre menace qui pèse sur notre tournée :

« As-tu câblé à Diaghilev ? Cela fait des semaines que nous ne sommes plus payés. Plus personne n'a d'argent. Nous avons dû tout partager entre nos fournisseurs. Moi la première, Randolfo. Il ne reste rien des quelques économies que j'avais emportées. »

Randolfo, affalé sur sa chaise, son crâne partiellement dégarni appuyé sur ses bras repliés, me répond d'une voix étouffée :

« Nijinski refuse de danser *Les Sylphides*, qui est à l'affiche ce soir, et que le public attend. Les décors, les accessoires, les costumes, tout est paré pour *Les Sylphides*. Mais Nijinski s'y oppose et veut à tout prix que nous donnions *Carnaval* à la place. »

Je suis prise d'un rire irrépressible. Je suis pleinement consciente de la gravité de la situation, mais l'expression dolente de Randolfo et la vision de Nijinski, travesti en Arlequin, en train de pourchasser des sylphides à travers toute la scène, me rappellent irrésistiblement les querelles de mes frères, jadis, pour savoir quel gâteau notre mère devait confectionner.

« Pour l'amour du Ciel, où est Nijinski ? Dans sa loge ?

— Je présume que oui », marmonne Randolfo.

J'ordonne à mon habilleuse :

« Allez me chercher le régisseur. Qu'il apporte ses clefs ! »

Pendant qu'elle s'exécute, je considère Randolfo. Les épaules voûtées, le visage enfoui dans ses mains, il geint à intervalles réguliers, doucement, avec un accent plaintif. Je pourrais le gifler.

Le régisseur arrive. Je l'entraîne dans le couloir, et le précède jusqu'à la porte de Nijinski, que j'ouvre sans frapper. À la vue de mon tutu, il proteste que je ne porte pas le bon costume. Je l'ignore et j'examine les lieux. Sa perruque des *Sylphides* attend sur sa marotte, sa chemise à amples manches, et son pourpoint noir de poète, repassés de frais, sur le dossier d'une chaise.

« Rien ne me plairait davantage que de danser la Colombine de *Carnaval*, je déclare, mais ce n'est pas le ballet que nous avons répété. Alors, change-toi en vitesse. »

Je tire la porte derrière moi en partant et enjoins au régisseur de la fermer à clef, en lui faisant jurer de ne pas laisser sortir Nijinski avant qu'il ne soit vêtu de pied en cap pour *Les Sylphides*.

Je regagne ma loge, songeuse : aurions-nous encore les moyens de monter *Carnaval* au cours de cette tournée ? Ce n'est pas dans le dessein d'apaiser Nijinski, mais parce que je n'aimerais rien tant que de danser de nouveau Colombine. Bien que je sois sans nouvelles de Stravinsky, depuis nos adieux en Espagne, je sais, par des amis communs, qu'il s'enquiert toujours de moi. Quand j'ouvre la porte de ma loge, Randolfo bondit sur ses pieds. Je le rassure :

« C'est bon. Dis juste à la doublure de Nijinski de se préparer. »

La costumière m'avertit que mes ailes sont prêtes, et je me place devant elle afin qu'elle puisse me les ajuster.

« Pour ma part, cela ne me gênerait pas qu'il se fasse remplacer, dis-je à Randolfo. Nijinski a beau danser divinement, comme partenaire, c'est un vrai démon. As-tu remarqué, hier, pendant notre pas de deux, qu'il a ôté une main dans le second porté ? J'avais une peur terrible qu'il ne me laisse tomber. »

Je jette un regard à mon mari. Loin de sympathiser, il arbore un sourire radieux. Il me rappelle mon père après ses disputes avec ma mère, avec sa naïve certitude que la vie allait reprendre comme si de rien n'était. Le parallèle éveille ma cruauté.

« Ce sera merveilleux d'être à nouveau dirigée par Diaghilev. »

Le sourire de Randolfo se fige, comme fixé à jamais par un photographe.

« Je croyais que Diaghilev ne reviendrait pas en Amérique ?

— C'est exact. »

Après un ultime réglage, la costumière abandonne les lacets de mes ailes et me rend la liberté. Je ramasse le bouquet qui gît sur le parquet, et déchire le papier de soie.

« Mais rien ne m'empêche de partir le rejoindre en Europe. »

Randolfo s'assombrit. Il commence à deviner où je veux en venir.

« Mais tu ne peux… »

Je délie roses et lis, puis cherche un vase.

« Si, parfaitement. »

L'ironie de cette situation n'échappe à aucun de nous deux : c'est en tant que femme d'un Italien qu'il m'est loisible de voyager.

« Tu te risquerais à traverser l'Atlantique ? En ce moment, avec tous les torpilleurs ?

— Je tenterai ma chance, dis-je, le menton haut. Ça ne peut pas être pire que de rester ici. »

Randolfo s'appuie contre le dossier de sa chaise. Il reconnaît sa défaite.

« Ainsi, Diaghilev monte un nouveau ballet.

— Oui, avec des saltimbanques qui vendent des billets pour leur spectacle. »

Je renonce à chercher un vase, vide la corbeille à papier sur le parquet et y arrange ma gerbe.

« Diaghilev jure que cela va faire sensation. »

*

« Peste ! fais-je, avec un sifflement à l'adresse de Picasso. Diaghilev a peut-être réussi à faire venir, bon gré mal gré, le Tout-Paris pour assister à la première, ce soir, mais vous allez tous les éclipser ! »

J'effleure du bout des doigts son habit orné de passementeries et de sequins dorés, la chemise immaculée, et son nœud papillon impeccable.

« Vous avez dû faire joliment les yeux doux à une des costumières. Et moi, je n'ai droit qu'à ça ! »

Je pince le justaucorps et le collant bleu étoilés de blanc qu'il a conçus pour mon rôle dans le ballet.

« Que je danse un garçon ou une fille, cela m'est égal, mais cet accoutrement m'ôte tout sexe.

— Balivernes. »

Picasso débarrasse un coin de ma coiffeuse et tire des tubes de peinture de sa poche.

« Vêtue d'un sac postal, vous seriez encore désirable. »

Il presse le bleu cobalt sur ses doigts et en frotte mes bras nus, sans se soucier de mes protestations aiguës parce qu'il me chatouille.

« J'aurais préféré un tutu », je rétorque, allusion à son rideau de scène, où il nous a tous figurés : Jean Cocteau, le librettiste, en Arlequin rouge, Diaghilev, en marin malgré sa phobie de la mer, moi, debout sur le dos d'un Pégase aux ailes blanches, Erik Satie, le compositeur, avec un chapeau plat et de longs lacets en croisillons, en train de gratter une guitare.

La frange drue de Picasso lui tombe sur les yeux. Il la repousse de la main, la striant de bleu. Il me demande si c'est mon premier séjour à Paris.

« J'y suis déjà venue en 1910. On se croirait dans une autre ville. Les rues sont désertes, il y a sans cesse des coupures d'électricité, et l'on ne vend plus de brioches dans les boulangeries.

— C'est la guerre, nous ne sommes pas loin du Front. »

Il applique du blanc sur mon encolure et sur ma gorge. Le contact de sa main dégage un je-ne-sais-quoi de sensuel et d'expérimental, comme si l'effet recherché ne pouvait s'atteindre que par l'intuition et l'instinct autant que par la réflexion et le calcul.

« Le trac ? demande-t-il en reculant d'un pas pour juger de son œuvre.

— Un peu. Ce n'est pas un rôle facile.

— Mais ce n'est pour pas le ballet en lui-même que vous vous inquiétez ? »

Il cherche en vain un chiffon et, à défaut, s'essuie les mains sur sa chemise, elle aussi désormais maculée de bleu.

« Vous voulez dire par là que le public est loin d'être prêt à ce qui l'attend : des hommes déambulant lourdement sur la scène sous vos gigantesques échafaudages de papier mâché, au son des coups de pistolet et des cornes de brume ! »

J'attire un tabouret, et m'assieds face à lui.

« Vous souvenez-vous de ce qu'a déclaré Diaghilev à la première représentation ? Qu'il ambitionnait d'aller plus loin que le simple divertissement ? C'est la raison pour laquelle il a eu recours à Cocteau pour l'argument, à Erik pour la musique, à vous-même pour les costumes et les décors. Il veut que l'on prenne le ballet au sérieux. »

Picasso revisse les capuchons de ses tubes et les glisse dans sa poche.

« Mais au mieux, il ne pourra y avoir que quelques représentations. Et même si l'on en garde des traces écrites, il ne restera rien de tout votre travail. »

Ses mains, libres à présent, gesticulent comme s'il façonnait ses paroles à partir de l'air ambiant.

« Si vous ressemblez un tant soit peu aux autres artistes de ma connaissance, ce ne sont pas les tableaux achevés qui vous intéressent. Seule importe l'œuvre en cours. Et qui sait ce que les spectateurs en retireront ? Ou ce qu'ils en relaieront à autrui ?

— *Touché* ! s'exclame Picasso avec un rire singulièrement communicatif. Et après, que ferez-vous ?

— Diaghilev a vaguement parlé de Londres, mais je doute qu'il envisage sérieusement de traverser la Manche alors qu'elle est sillonnée par les sous-marins allemands. À supposer qu'il y parvienne, je ne suis pas sûre qu'il aura un rôle à m'offrir. Il ne peut plus guère me présenter comme sa jeune protégée ! À cet égard, vous avez raison. C'est une brève carrière que celle de danseuse. »

Un machiniste, bloc en mains, passe la tête dans l'embrasure de la porte. Avec un baiser affectueux, Picasso s'éclipse pour rejoindre Diaghilev. J'atteins les coulisses au son des premières mesures de l'ouverture, dont les cordes mélancoliques jouent en sourdine, de sorte que l'on peut entendre les toux et les menus propos des spectateurs qui s'installent. Je salue mon partenaire, Nicolas Zverev, et nous allons nous positionner afin de préparer notre entrée. De l'autre côté de la scène, face à nous, Léonide Massine, qui a chorégraphié le ballet, attend lui aussi.

Le rideau, décoré par Picasso dans le style d'un dessin animé, se lève sur une scène baignée d'une aveuglante lumière blanche, comme un écran de cinéma avant le début de la projection. Le tapis de sol est également blanc, et il est difficile de le fixer, car il est sous le feu des puissants projecteurs de 1 000 watts acquis par Diaghilev. Le regard l'esquive involontairement ; on louche, ébloui, désorienté. Des gratte-ciel, évocateurs de l'Amérique, encadrent la scène. Leurs contours irréguliers et leurs fenêtres biscornues se découpent en noir et blanc. Au premier abord, on pourrait les prendre pour des échelles si hautes que l'on ne peut que spéculer sur leur usage. Ils penchent de façon quelque peu alarmante, comme s'ils menaçaient de s'effondrer d'un moment à l'autre. Ils dominent deux balustrades, dont l'une est en partie masquée par un rideau de flammes, l'autre surplombée par deux esquisses, une femme munie d'une faux, ainsi qu'une tête de cheval. Dans une trouée entre les façades, on a tendu une toile blanche bordée d'un motif de torsades d'une maladresse volontaire, couronnées d'une harpe.

Une exclamation de stupeur étouffée, mais parfaitement audible salue l'entrée d'un géant, qui s'avance à grandes enjambées sur la scène. Il doit bien mesurer 3,50 mètres de haut, et ressemble, au premier abord, à un homme-sandwich, bien que l'on s'étonne de l'allure de son panonceau vert, aux bords festonnés comme une ébauche de nuage. Il est coiffé d'un haut-de-forme, et a le visage mi-blanc mi-noir, avec des cercles en guise d'yeux et la bouche simplement suggérée par une épaisse moustache à l'impériale. Une pipe fumante, longue d'un mètre environ, dépasse de ce que l'on suppose être des lèvres. Un bras factice, manœuvré depuis l'intérieur de l'édifice de papier mâché, la soutient. De son autre bras, qui appartient, pour sa part, au danseur, il frappe les planches d'une canne, assez bruyamment pour se faire entendre malgré l'orchestre.

Annoncé par une fanfare de trompettes, Massine, vêtu d'un manteau de soie rouge et jaune, bondit en scène, avec des gestes saccadés, plus mécaniques qu'humains, comme si ses membres étaient mus par des câbles. Ses bras et ses jambes semblent agir de leur propre chef, comme si son corps était en proie à une sorte de dédoublement. Ses bras repliés à angles droits, ses chevilles et ses genoux exagérément arqués cassent ce qui aurait pu être une série de bonds magistraux. Entre chaque saut, il exécute une arabesque, la tête et le buste parallèles au sol, parmi les oscillations de la longue natte de mandarin qui dépasse de sa toque de bouffon rouge et jaune. Bien que son costume suggère celui d'un prestidigitateur, il a le visage peint en blanc, comme celui d'un clown. La musique prend des accents de cirque, rythmée par un flonflon de tubas et par le choc des cymbales. Parvenu au centre de la scène, Massine porte à ses lèvres, avec un geste d'une ampleur exagérée, un objet invisible. Ses yeux s'écarquillent, les muscles de ses joues s'incurvent comme s'il s'apprêtait à l'avaler. Quant à la nature dudit objet, c'est un mystère.

Un second géant débouche en trébuchant sur le plateau, pendant parfait du premier à ceci près qu'il a un mégaphone, au lieu d'une pipe, vissé à son semblant de bouche. Il brandit un panneau où s'étale le titre de notre ballet, « Parade ». Un mât, où sont accrochés des fanions, est fixé à son épaule. Tel un kiosque de presse offrant sa marchandise, il a les côtés bardés de journaux roulés, ficelés à l'horizontale. Les flonflons se muent en marche militaire ponctuée de hurlements de sirènes antiaériennes. Je plaque mes mains sur mes oreilles pour assourdir le vacarme.

Violons et flûtes entament une mélodie sautillante et alerte, tandis qu'une fillette en jupe plissée blanche et veste d'uniforme scolaire bleue entre en scène à son tour. Elle porte de hautes chaussettes blanches et des souliers de claquette, et ses cheveux, qui flottent librement, s'ornent d'un gigantesque nœud à la *Alice au pays des merveilles*. Des machines à écrire cliquettent furieusement, dont elle reproduit, en frappant du pied, les rythmes syncopés. Sa chorégraphie inclut des moulinets de ragtime ainsi qu'une pantomime inspirée de Charlie Chaplin et des acrobaties mélodramatiques de Pearl White[1]. Il y a même une fuite empruntée au naufrage du *Titanic*, quoiqu'il semble douteux que quiconque dans le public saisisse l'allusion. Cocteau a proposé de scander la représentation d'explications criées, mais Diaghilev a jugé préférable que les spectateurs se forgent leurs propres associations d'idées.

1. Pearl White (1889-1938), vedette de cinéma et cascadeuse américaine.

Le cheval lui succède pour une pantomime sans accompagnement orchestral. Son corps, composé de deux danseurs sous une bâche de jute marron, produit l'effet comique accoutumé, mais ce n'est nullement le cas de sa longue face plate aux yeux minuscules et aux dents monumentales. Si cette tête est conçue pour effrayer, ce sont des émotions bien plus anodines que suscitent les évolutions de la bête, qui se lance dans un shuffle à quatre temps, s'incline gauchement, puis, après une révérence pataude, se cabre, dressée sur deux pattes. À ma grande surprise, la salle est plongée dans le silence, mais il est difficile de discerner si celui-ci dénote plaisir, désarroi ou mécontentement.

Notre tour est venu. Nicolas me juche sur son épaule. Nous voici acrobates de cirque. Je respire profondément, tandis qu'il me porte au centre de la scène. J'affermis mon équilibre, lâche la main de Nicolas et mes bras voltigent au-dessus de ma tête, telles des ailes, comme si j'étais un oiseau en vol. Je courbe les genoux, tourne les pieds en dehors, afin de me trouver déjà en plié lorsqu'il me repose au sol. Il me soulève de nouveau, et j'arque cette fois mon corps jusqu'à ce que je sois la tête en bas, comme debout sur les mains, bien que suspendue dans les airs. J'ai oublié les soldats qui agonisent sur le champ de bataille, les pénuries de combustible et la famine en Russie, mes soucis financiers et l'avenir incertain après Paris, et mon mariage inconsidéré avec Randolfo. Peu importe qu'il ne survive rien de ceci, ou même que cela puisse être la dernière apparition de ma carrière de ballerine. Il me suffit d'avoir vécu intensément ce moment majeur dans l'histoire de la danse.

La musique renoue avec un air de marche pour le final, mais l'atmosphère est tout sauf triomphale. L'entreprise des géants, quelle qu'elle fût, a échoué, et il paraît de plus en plus probable que le spectacle dont ils faisaient la réclame est voué au même insuccès. Nos pas s'enchaînent avec une frénésie croissante, qui confine au désespoir, jusqu'à ce que le cheval, après un frémissement, s'effondre. Le rideau tombe, tandis que la salle éclate en cris et en sifflets, qui se muent en une tempête d'applaudissements à tout rompre et de quolibets sarcastiques.

« C'est sur-réaliste, c'est la vérité transcendée ! »

« Bande de lâches, vous devriez être au Front ! »

Je cherche des yeux la loge où se trouvent Diaghilev, Picasso et les autres.

« Nous avons réussi ! voudrais-je exulter. Nous avons réveillé les gens, nous les avons arrachés à leur confortable placidité ! »

Je salue, les bras tendus vers Diaghilev en signe d'hommage, et vocifère à son adresse, bien que consciente que mes paroles vont se perdre dans le tumulte :

« Qui se soucie de savoir s'ils aiment ou abhorrent notre *Parade* ? C'est là le but que vous recherchiez. L'Art lui-même. »

Acte III

Invoqué par le Prince, l'Oiseau de feu apparaît. Il danse, entraînant à sa suite le sorcier Koschei et ses démons, jusqu'à ce qu'ils tombent d'épuisement et s'endorment. L'Oiseau de feu sait qu'il ne peut restaurer l'harmonie qu'en détruisant la source du pouvoir de Koschei. Or cette dernière n'est autre que le secret de l'immortalité, qu'il a dissimulé dans une cassette d'or. Lorsque le Prince en force le couvercle, Koschei est changé en pierre, et les victimes de ses maléfices sont libérées. Le Prince et l'Oiseau de feu célèbrent leur liberté retrouvée.

Le printemps est venu, et les deux rangées de tilleuls qui bordent de chaque côté le boulevard Haussmann sont tout en feuilles. Lydia et Vera fument à la terrasse d'un de ses nombreux bistrots, attablées devant une tasse de café. Si elles s'attirent des regards intrigués, ce n'est pas parce qu'elles s'entretiennent en russe. Paris, comme Londres et Berlin, s'est accoutumé aux vagues d'émigrés russes, qui ont fui d'abord la révolution, puis les ravages de la guerre civile et de six années de régime bolchevique. Car en ce mois d'avril, et malgré la mort d'un Lénine de plus en plus despotique, la situation ne promet guère de s'améliorer sous aucun de ses éventuels successeurs. Ce n'est pas non plus l'allure des deux femmes, qui fait que les têtes se tournent dans leur direction, et que les conversations baissent d'un ton, même si Vera, avec sa tenue de velours turquoise et son audacieuse coupe à la garçonne, très courte, ne saurait passer inaperçue. Lydia, en revanche, qui sort d'une répétition, s'est contentée d'enfiler une robe chasuble de coton uni très simple sur son justaucorps. Non, ce qui force l'attention des autres habitués du café, c'est qu'elle est en larmes.

« Pleure tout ton soûl, l'encourage Vera. C'est une tragédie, et il est normal que cela t'atteigne tout particulièrement.

— Les danseurs sont une race maudite ! Et plus ils sont doués, plus la malédiction s'acharne sur eux, sanglote Lydia. D'abord Tamara, qui a été si bonne pour moi quand j'étais à l'École, et dont la technique est sans égale, condamnée à vivoter dans une pension de famille miteuse, avec à peine de quoi payer son loyer ! Et maintenant, Nijinski, les bras et les jambes de mon cœur, qui ne me reconnaît même plus ! Moi ! Moi qui danse avec lui depuis notre adolescence ! »

Elle s'essuie les yeux sur sa manche.

« Et la malédiction s'est abattue sur moi aussi. Je le sens jusque dans la moelle de mes os. Au moment même où je paraissais sur le point de devenir Mrs Keynes et où tous mes soucis semblaient finis. »

Vera, qui est accourue à Paris dans le seul dessein de réconforter son amie, ouvre sa pochette de soirée brodée de perles, et offre un mouchoir à Lydia.

« Que s'est-il passé pendant l'entrevue avec Nijinski ?

— C'était sa femme qui l'avait l'arrangée. Les médecins espéraient que le ballet pourrait l'arracher à la terrible dépression où il a sombré. Mais rien n'a pu le tirer de son apathie. Même lorsque je l'ai embrassé, c'était comme si je n'avais été qu'une silhouette de papier translucide, que son regard fixe traversait. »

Elle pousse un tel gémissement de désespoir que le garçon, pourtant cuirassé contre ce type de scènes après avoir officié pendant trente ans aux tables des cafés, doit se cramponner des deux mains à son plateau pour éviter de renverser les verres de pastis.

« Il y a eu des moments où je n'aimais pas Nijinski, confesse Lydia, en acceptant le mouchoir de Vera. Il a l'âme trop pleine de trous. Sauf quand il est sur les planches. Alors son âme retrouve son unité, et c'est comme si Dieu lui-même dansait. »

« Merci d'être venue, ajoute-t-elle en tapotant le bras de Vera.

— Allons, allons, proteste Vera, en dissimulant son émotion. Comment aurais-je pu te laisser te débrouiller seule ? Cela étant, ma chère Lidulechka, l'hôtel du boulevard Raspail ne paraît franchement pas si affreux que cela et je ne peux croire que tu sois aussi esseulée que tu le dis, avec tous ces gens qui sont venus à Paris tout exprès pour te voir danser. J'étais bien loin de m'imaginer, en m'habillant pour la soirée à l'atelier de Picasso tout à l'heure, que nous y retrouverions tout Bloomsbury !

— Non, pas tout le monde, l'interrompt Lydia. Juste Duncan, Clive et Vanessa. Et ils ne sont pas là uniquement pour le ballet. Clive écrit de nouveau sur Picasso. »

Il y a dans sa voix une note mélancolique qui n'échappe pas à Vera, mais qu'elle choisit d'ignorer. Elle a aperçu la photographie de Maynard sur la table de chevet de Lydia, et s'efforce de faire dévier la conversation sur un terrain plus sûr.

« Je dois faire un article, pour le compte de *The Nation*. Sur la dernière création de Massine, donc je t'y ferai la part belle, bien sûr. Mais je suis intriguée par ces rumeurs de guerre ouverte entre Massine et Diaghilev. Quel sera le vainqueur, si elles disent vrai ?

— Oh, il n'y a aucun suspens. Ce vieux bouddha de Diaghilev l'emporte toujours haut la main, même s'il faudrait que je lui invente un nouveau surnom. La Grande Catherine, peut-être…

Il peut se comporter en véritable monstre à l'occasion, en laissant en plan ses danseurs quand les coffres sont vides, par exemple, mais il sait diriger une troupe, lui. Ce qui n'est pas le cas de Massine, et encore moins du misérable freluquet qui nous finance, et qui aurait sans doute organisé à merveille d'admirables bals costumés, mais qui est bien incapable de monter un ballet ! Un de ces derniers soirs, il nous a infligé une interminable série d'illuminations, qui ne ressemblait à rien tant qu'à une omelette crue, dans l'espoir d'éblouir la reine de Roumanie. »

Lydia, qui prend goût au sujet, range le mouchoir de Vera dans sa manche.

« Il y a même eu une fois où Diaghilev est venu se planter à côté du guichet, pour accuser Massine de lui avoir volé ses idées et ses artistes. J'ai dû me mordre la langue pour ne pas rire. Ce n'en est pas moins contrariant, à l'occasion, quand la claque de Diaghilev perturbe nos représentations par son chahut.

— Mais Massine doit avoir sa propre claque.

— Oui, mais ce misérable grippe-sou se refuse à les payer correctement, si bien que leurs applaudissements sont vite noyés.

— Et quand débute le ballet de Diaghilev ?

— À la mi-mai.

— Et tu préférerais danser pour Diaghilev ? demande Vera, en sortant son étui à cigarettes, qu'elle ouvre.

— Il n'a pas voulu m'engager. M'a fait dire par Walter que j'avais trop engraissé. » Lydia prélève une cigarette et s'interrompt le temps de l'allumer. « Et il a raison, l'existence d'un danseur est non seulement maudite, mais aussi éphémère. À quarante ans, tout est fini.

— Tu n'en as que trente et un, lui rappelle Vera. Et Massine t'a confié le rôle vedette.

— Ce satané faux jeton, qui ment comme il respire ! » s'écrie Lydia en frappant du poing sur la table avec tant de vigueur que le garçon qui empilait leurs tasses vides fait un bond en arrière, pris par surprise. « Il m'a appâtée en me promettant que ce serait moi qui fixerais mon cachet, et sitôt que j'ai signé, il s'est rétracté en incriminant le producteur, qui avait prétendument sous-estimé le coût d'un ballet. »

Ses yeux s'emplissent de larmes, et elle tire le mouchoir de Vera de sa manche.

« Il ne me reste déjà plus rien des malheureuses 200 livres qu'il m'a versées ce mois-ci. Et il refuse de nous défrayer pour tous les pas inédits que nous avons à apprendre en supplément. Je m'en moquerais bien, si toutes ces répétitions en plus servaient à quelque chose, mais c'est un véritable ours. Et il sait que je me suis démoli le genou », ajoute-t-elle en massant tendrement l'articulation meurtrie.

Vera commande deux nouveaux cafés. Elle écoute souvent les doléances de Lydia sur Massine et elle est rassurée de voir son amie revenir à ce sujet. Depuis le désastreux séjour de Lydia et de Maynard dans le Dorset, Vera a abandonné tout effort de neutralité. Elle est désormais fermement convaincue que cette idylle a assez duré. Cette collaboration avec Massine n'est pas seulement une diversion opportune. Elle devrait remettre à flot les finances de Lydia. C'est avec consternation qu'elle a appris, au détour de quelques propos fortuits de son amie, que celle-ci touchait toujours des subsides de Maynard.

« Tu dois être contente du spectacle que Massine a créé spécialement pour toi ?

— Celui où je danse une amante dédaignée n'est pas trop mal. Par contre, *Mercure* est une catastrophe. C'est Cocteau qui a eu l'idée de prendre pour sujet le dieu romain. Mais voilà que Massine a chipé Satie à Diaghilev pour composer la musique et que Satie et Cocteau se sont brouillés. Picasso, en chenapan fini qu'il est, s'en est mêlé, et s'en est donné à cœur joie. Il y a un passage où trois danseurs masculins, assis dans une baignoire, feignent d'être les Trois Grâces avec de gigantesques poitrines factices, pouffe Lydia. Mais ce n'est pas le pire. Il y a aussi un ballet du cru de cet ahuri de producteur, qui n'a même pas le mérite d'être comique. Il nous l'impose par vanité pure. »

Le café arrive. Lydia dissout un morceau de sucre dans le sien et souffle dessus pour l'attiédir. Elle paraît plus calme. Sitôt l'addition réglée, Vera propose de se mettre en route.

L'atelier de Picasso n'est qu'à quelques pas de là. Une statue grecque, sans tête ni membres, maintient la porte ouverte. La vague rumeur d'une conversation accueille les deux femmes à leur entrée dans le vestibule exigu. Une voix domine les autres. Lydia prête attentivement l'oreille un instant, puis glisse à Vera, dans un chuchotement presque inaudible : « Clive ! »

« Le ballet devrait imiter le grand art, l'entendent-elles déclamer, au lieu de chercher à refléter l'existence. Il doit révéler au grand jour forces et structures sous-jacentes. »

Elles se dirigent vers un escalier en colimaçon qui s'élève sur leur droite, quand une autre voix intervient :

« Mais assurément, il faut bien qu'il conserve un lien avec la personne ou l'objet qui l'inspire ? »

« Vanessa », murmure Lydia en s'arrêtant net, si brutalement que Vera manque de la heurter.

« Du cran, l'encourage à voix basse Vera. Tu es à Paris, pas à Gordon Square. C'est Vanessa, la visiteuse, ici. »

« *La voilà* », proclame Clive en français sitôt qu'elles sont en vue, en étreignant Lydia avec tant de chaleur qu'elle se dérobe involontairement. « Comme vous le voyez, nous avons formé un comité d'accueil sur le palier. *Enchanté* », ajoute-t-il en tendant la main à Vera.

Tout en la lui serrant, Vera jauge son interlocuteur et prend bonne note du front qui se dégarnit et de la chevelure auburn qui recule, de la cravate de soie, nouée, lui dit son instinct, avec une négligence étudiée pour se donner un air bohème, des pantalons à revers au pli irréprochable, et des solides souliers anglais. Clive retient plus longtemps que nécessaire sa main, peut-être pour se dédommager de la froideur de Lydia. Quand elle recouvre sa liberté, elle tourne de nouveau les yeux vers son amie, dont elle constate avec soulagement qu'elle a apparemment secoué l'abattement qui l'a oppressée tout l'après-midi. Ce n'est pas la première fois que Vera assiste à ces passages caméléonesques de l'affliction à la joie, métamorphose d'autant plus frappante qu'elle s'accompagne toujours d'une parfaite sincérité. Lorsque Vera a tenté de décrire ce phénomène à Harold, son mari, elle l'a attribué à cette enviable faculté qu'a Lydia de vivre toute dans l'instant présent. C'est là, a-t-elle avancé, ce qui lui insuffle son dynamisme quand elle danse, et qui la rend si fascinante sur scène. Elle observe Lydia, au même moment, un bras autour du cou d'un homme aux boucles en bataille et aux traits harmonieux, qu'elle identifie par déduction comme Duncan. Vanessa se tient à ses côtés, vêtue d'une robe à carreaux jaunes et noirs, rehaussée de lignes bleues onduleuses comme des vagues et de boutons verts. Elle braque sur Lydia des yeux gris au regard impassible.

Une exclamation amicale jaillit de la pièce voisine et, à la minute suivante, une jeune femme au visage en cœur, une mantille espagnole jetée sur sa chevelure noire, s'est emparée de Lydia, qu'elle couvre de baisers, en parlant avec animation en russe.

« Olga, confirme Lydia. Nous dansions toutes deux pour Diaghilev avant qu'elle ne remise ses chaussons pour épouser Pablo. »

Elles se laissent entraîner à l'écart des petits groupes de visiteurs, jusqu'à un recoin tranquille près de la fenêtre. Vera observe, non sans satisfaction, que les voisins de Lydia à Bloomsbury demeurent, eux, près de la porte. Il y a une banquette capitonnée sous la croisée. Olga la débarrasse d'une demi-douzaine d'esquisses éparses, avant de les inviter à s'asseoir; durant quelques minutes, Vera suit la conversation, écoute Olga égrener les nouvelles de son fils de trois ans, et les doléances sur son mari. Quand ses compagnes en viennent à évoquer des tiers qu'elle ne connaît pas, elle s'intéresse de nouveau au déroulement de la soirée. Bien que les Russes, étonnamment, soient en majorité, Vera ne discerne nul interlocuteur potentiel au sein de cette assistance composite. Elle laisse donc son regard errer tout autour de la pièce, qui regorge tant de tableaux et d'objets insolites qu'elle lui rappelle des coulisses. C'est tout juste si elle parvient à dénombrer les toiles, tant il y en a. Certaines sont accrochées, mais la plupart sont adossées aux murs. Plusieurs d'entre elles s'entassent les unes sur les autres, ce qui forme de curieux assemblages, pour peu qu'elles soient de tailles différentes. Vera remarque une tête de femme, que des ailes nimbent d'une auréole de plumes, la pointe d'un obélisque qui se surimpose à une scène de baignade aux coloris violemment contrastés.

En sus des œuvres achevées, d'autres, encore en cours, sont exposées çà et là, parfois sur des chevalets, le plus souvent sur des meubles. Des croquis voisinent même sur la table avec les bouteilles de vin et les verres destinés aux visiteurs. Vera suppose que la plupart sont de Picasso, quoique certaines de ces productions soient manifestement d'autres mains. Juste en face d'elle s'étale une série de masques de bois sculpté, africains, présume-t-elle. Vera n'est pas certaine que ce qu'elle voit lui plaise, mais cela n'en pique pas moins sa curiosité. Elle jette un coup d'œil à Lydia, toujours en grande conversation avec Olga, et quitte son siège. Sur le premier tableau qu'elle contemple, on reconnaît sans peine une guitare, bien que ses composantes (la table d'harmonie avec sa rosette circulaire, le manche avec sa touche, les cordes) soient représentées séparément, comme si l'instrument avait été soumis à dissection. Vera discerne ce qui pourrait être la main et le bras du musicien, mais s'efforce en vain d'identifier un visage.

« À moins que, conjecture-t-elle, l'on n'attende du spectateur qu'il le crée lui-même à partir de toutes ces formes imbriquées. »

Elle tourne la tête vers la fenêtre, constate que la banquette est vide. Elle repère aisément Olga près de la porte, où elle accueille deux nouveaux venus. Clive et Vanessa ont gagné le buffet ; Duncan flirte avec un jeune homme athlétique, qui, devine-t-elle, doit être un danseur. Une seconde pièce s'ouvre sur la gauche, mais Lydia ne se figure pas dans la cohue qui s'y presse. Vera la découvre enfin perchée sur le bord d'une baignoire, l'œil rivé sur une toile où deux géantes foulent à grands pas le sable d'une plage. Leurs silhouettes se détachent sur le bleu éclatant du ciel et de la mer. L'une renverse la tête en arrière, l'autre scrute le lointain. Elles brandissent leurs mains jointes en un geste de triomphe.

« On les croirait prêtes à conquérir le monde, observe Vera, debout à côté de son amie.

— N'est-ce pas ? C'est tout juste si on ne sent pas le sol trembler sous leurs pieds. Elles n'ont rien à craindre, sans hommes pour les tourmenter. »

Vera s'abstient de suggérer qu'elles courent peut-être, au contraire, vers leurs mâles, en s'apercevant que Lydia est en larmes.

« Rentrons à l'hôtel, propose-t-elle. Tu dois être épuisée, alors que tu as deux représentations demain. Et Harold doit arriver par le train de nuit, si bien que j'aurai à me lever aux aurores. »

À ces mots, les sanglots de Lydia se font si bruyants que Vera renonce à l'aider à se lever pour lui faire traverser discrètement la salle bondée.

« Tu as tant de chance d'avoir Harold ! gémit Lydia. Je n'ai pas le droit de le souhaiter, mais j'aimerais tant que Maynard arrive lui aussi par le train de nuit. »

*

Un écriteau interdit l'accès du rectangle verdoyant de la pelouse à quiconque ne détient pas une des chaires de King's College. Maynard, qui est à la fois professeur et gestionnaire, l'ignore. L'herbe a été tondue par bandes horizontales et verticales, si parfaitement rectilignes que leur entrecroisement dessine un vaste échiquier en plein air. Maynard a déjà surpris les étudiants, au mépris de toutes les défenses, en pleine partie clandestine, où chacun figurait un pion, avec des brassards pour différencier les camps. Il s'est amusé de voir que tous les joueurs capturés se trouvaient instantanément affectés à divertir la vigilance des concierges, qui, s'ils les avaient pris sur le fait, n'auraient eu d'autre choix que de signaler le délit aux autorités.

En quelques-unes de ses longues foulées, Maynard a traversé le gazon et gravit les marches de la chapelle, dont la pierre est creusée par endroits par les pas de siècles et siècles de visiteurs. Lors de sa première visite à Cambridge, Lydia a été si frappée par ces cavités qu'elle a voulu s'y camper fermement sur ses deux pieds chaussés de bottines, pour écouter, immobile, Maynard retracer l'histoire de son *college*. Elle a prêté une oreille attentive tandis qu'il lui expliquait que tout au long des quatre cents premières années, seuls les élèves de son ancienne école, Eton, pouvaient bénéficier de bourses, assorties du privilège de se voir décerner leur diplôme sans passer d'examens. Lydia étrennait un chapeau qu'elle avait orné d'une guirlande de roses artificielles prélevée sur un costume de scène, ainsi que d'une clochette d'argent qui ne cessait de tinter. Cette dernière était censée lui rappeler de respirer à pleins poumons le vent revigorant de Cambridge, qui soufflait tout droit de Russie. Quand Maynard lui a narré comment les bâtisseurs de la chapelle avaient mis bas leurs outils pour protester contre la capture de leur protecteur Henry VI, Lydia, pour qui la guerre des Deux-Roses n'a plus de secret grâce à l'un des précédents cours d'histoire de Maynard, a désigné la garniture de fleurs multicolores de son couvre-chef, en affirmant que c'était là même sa raison d'être : elle commémorait, avait-elle soutenu, non seulement les deux rois avec leurs roses rouge et blanche, mais aussi tous les hommes et femmes ordinaires balayés par le conflit.

Les puissants accords de l'orgue déferlent soudain à l'instant où Maynard franchit le chancel de bois sculpté qui divise la chapelle. C'est un don d'Henry VIII, dont il porte toujours les initiales, entrelacées à celles d'Anne Boleyn. Lydia a une prédilection pour toutes les anecdotes relatives à ce fameux Henry, qui lui rappelle les tsars par son empressement à faire exécuter épouses, ministres et dignitaires religieux tombés en défaveur. Maynard s'assied dans une des stalles réservées au corps professoral. Comme de coutume à cette heure, la chapelle est comble, et il ne s'agit pas uniquement de membres du *college* en toge noire, mais aussi de leurs concitoyens. C'est un trait que Maynard a signalé à Lydia en soulignant que King's était le seul *college* de Cambridge à autoriser des fidèles extérieurs à se mêler à ses propres ouailles, ce dont il tire fierté. Le soleil du soir se déverse à travers les vitraux en émaillant murs et sol de taches de lumière fugaces et mouvantes, aux couleurs de l'arc-en-ciel. Le solo d'orgue atteint son point culminant. Maynard, la tête rejetée en arrière, fixe la célèbre voûte de pierres, où sont ciselés une multitude d'éventails, tous ouverts avec le même degré d'amplitude. Quand il l'a fait admirer à Lydia, elle s'est demandé à voix haute ce que pouvaient dissimuler lesdits éventails, en avançant qu'il s'agissait sans doute d'un spectacle délicieusement obscène, tel que quelques douzaines d'amants en plein accouplement. Peut-être était-ce parce qu'elle renversait la tête en arrière et ne pouvait voir ceux qui l'entouraient que, loin de chuchoter, elle avait formulé cette hypothèse à haute et intelligible voix.

Le silence descend sur la chapelle. Un soprano de jeune garçon, si pur et si léger qu'il en paraît aérien, entonne les premiers versets de l'introït, bientôt rejoint par les autres chanteurs. Le chœur fait son entrée, précédé par le doyen et le chapelain, et, comme mue par un signal, l'assemblée se lève. Maynard observe les petits choristes en aube, sélectionnés à l'âge de huit ans à l'issue d'une audition publique, puis éduqués au sein de la maîtrise du *college*. On peine à attribuer ces voix angéliques à ces garçons qu'il a vu rosser magistralement leurs adversaires sur le terrain de rugby, ou soutirer de l'argent aux touristes en posant devant les objectifs avec leurs hauts-de-forme, débitant des histoires inventées de toutes pièces sur le passé de la ville. Une prière débute. Par respect, Maynard incline la nuque, sans toutefois montrer la moindre velléité de répondre à l'unisson avec les autres fidèles, bien qu'il connaisse par cœur les paroles liturgiques. Il assiste régulièrement aux vêpres et n'hésiterait pas, si nécessaire, à les défendre avec persévérance et acharnement. Il soutiendrait, en toute sincérité, que le rituel, tel qu'on le pratique ici depuis le XVe siècle, constitue une occasion salutaire de réflexion, ainsi qu'un rappel que toutes nos épreuves et nos soucis pèsent bien peu lorsqu'ils sont suffisamment remis en perspective. Ce sont là des thèses qu'il affirmerait sans se référer aucunement au christianisme, quand bien même il serait prêt à admettre les concordances entre son argumentation et les justifications traditionnelles de la foi auxquelles beaucoup recourraient. Il songe à tous les étudiants de King's College fauchés par la guerre, dont la mémoire est désormais honorée dans une chapelle latérale, de construction récente. Maynard a bien connu nombre de ceux qui s'enrôlèrent, notamment deux autres

« Apôtres », Rupert Brooke, mort de septicémie sur la route de Gallipoli en 1915, et Ferenc Békássy, qui avait rejoint les rangs de l'armée austro-hongroise et a été tué dans les combats contre les Russes, la même année. Nul esprit lucide, conclut Maynard après avoir égrené mentalement la liste des noms, comme s'il priait en secret, ne pourrait accepter l'idée d'un Dieu disposé à sanctionner pareilles destructions.

Le chœur entonne un hymne. Maynard s'absorbe dans la contemplation des vitraux, où sont représentées avec un réalisme haut en couleur des scènes bibliques. Il a entendu dire que ces figurations étaient destinées à instruire un public majoritairement illettré. Il doute qu'il en ait été ainsi à King's, où les étudiants savaient lire, postule-t-il. Elles lui paraissent plutôt, dans le cas présent, dictées par le désir de célébrer la vie, songe-t-il en détaillant deux personnages agenouillés, dépeints avec tant de minutie qu'ils en paraissent vivants. C'est une hypothèse qu'il associe au philosophe George Moore, autre membre des « Apôtres » de Cambridge, dont les théories, notamment sur la préséance de la relation au prochain sur toute communion avec le divin, font encore l'objet de débats au sein de ce petit groupe de discussion aussi confidentiel qu'exclusif. Maynard n'ignore pas que ceux qu'il considère comme ses amis ont érigé cet axiome, de même que celui de la suprématie de l'art, en principe fondamental, ou peu s'en faut. Il attribue son adhésion sans faille à ce dernier point à son admiration déjà ancienne pour Duncan, bien qu'il soit plus influencé qu'il ne consente à l'avouer par Clive, qui, sans être lui-même artiste, a toujours soutenu avec persistance que l'art favorisait le développement d'états intellectuels et psychologiques inaccessibles par tout autre canal. Le doyen entame le *Credo*, et Maynard se tourne, avec l'ensemble des fidèles, en direction de l'autel. Poussé dans ses ultimes retranchements, il se définirait comme un pragmatique, témoin direct de la vanité, des préjugés et de la myopie responsables de la guerre et de ses lendemains, qui n'en chérit pas moins avec idéalisme l'espoir qu'une plus large diffusion de l'art pourrait porter des fruits salutaires.

Il entonne lui aussi le cantique, quoique sans illusion sur ses capacités vocales. Emporté par ses rêveries, il se rappelle que ses relations avec ses amis de Londres sont en péril. Cela l'ébahit d'autant plus que la cause de toutes ces tensions n'occupe plus, depuis des mois, qu'une position incertaine dans son existence. Même si Lydia et lui continuent de se voir, et que son avoué traque toujours l'époux dont elle est séparée pour lui arracher un divorce, il n'est nullement convaincu qu'ils finiront par convoler. Mais cela n'a pas suffi à combler le fossé qui s'est ouvert avec Gordon Square. Après l'entrevue où Vanessa lui a signifié qu'elle n'était pas disposée à accueillir Lydia pendant l'été à Charleston, ils n'ont plus guère abordé le sujet. Il n'en a pas moins conscience qu'ils persistent à penser que Lydia ne doit pas intégrer leur cercle de manière permanente. Lydia elle-même a sa part de responsabilité dans leur animosité, malgré ses efforts frénétiques pour apaiser la situation. Il y a comme une symétrie inverse entre ses tentatives pour se concilier leur faveur et l'hostilité croissante qui en est le corollaire, car elle réagit le plus souvent aux rebuffades par un comportement outrancier. Le doyen bénit l'assemblée, qui se lève. Maynard se réjouit que Lydia soit à Paris, où Vanessa, Clive et Duncan la verront se produire sur scène. Il ne doute pas que sa collaboration avec son ancien partenaire, Massine, lui rendra confiance en elle-même. Il la sait taraudée par la crainte d'avoir perdu de sa maîtrise. Lui, pour sa part, juge qu'elle a encore devant elle plusieurs années de triomphes et assez de talent pour réussir dans la voie qu'elle empruntera par la suite, quelle qu'elle soit. Il a lu les comptes-rendus du ballet qu'elle avait monté avec Vera où le critique Cyril Beaumont lui prédisait un bel avenir de chorégraphe. L'organiste exécute son dernier solo, tandis que Maynard emboîte le pas au doyen, au chœur et au corps professoral, qui sortent en procession.

Le portier souhaite une bonne soirée à Maynard qui vient chercher son courrier à la loge. Une enveloppe l'y attend, libellée de la main de Lydia, à l'écriture reconnaissable entre toutes. Sur les timbres sont représentés les torses nus de héros athlétiques, en l'honneur des Jeux olympiques d'été, que Paris accueille cette année. Lydia a inscrit leurs noms sur deux d'entre eux, en les entourant d'une débauche d'astérisques, de points d'exclamation, et X à répétition. Maynard est si pressé d'en lire le contenu qu'il l'ouvre sur place, sans avoir la patience de regagner d'abord l'intimité de son bureau, comme à son ordinaire. La missive de Lydia est brève, mais couchée en des termes qui le font frissonner d'excitation. Il est, affirme-t-elle, son élixir, le breuvage sans lequel la vie n'est faite que d'ombres sans consistance. Elle se languit de lui à chaque instant du jour et rêve de lui la nuit. Elle jure que s'il était là, elle dévorerait de baisers, de ses lèvres humides et vulpines, chaque centimètre de son corps dénudé. Le portier, qui n'a pas l'habitude de voir Maynard s'attarder dans la loge, craint qu'il n'ait reçu de fâcheuses nouvelles et propose ses services. Maynard consulte la pendule accrochée au-dessus du bureau, et calcule qu'en partant dans la demi-heure, il pourra sauter dans le train de Londres et arriver à Douvres à temps pour prendre le ferry qui assure la liaison nocturne.

« Pourriez-vous appeler un taxi pour me conduire à la gare ? demande-t-il. On me réclame de toute urgence à Paris. »

*

Vanessa patiente à côté d'une table où s'entassent livres, journaux, stylographes et encrier, papier à lettres, registre de compte, ainsi que les lunettes de sa sœur et son tricot, des bulbes à replanter pour ce printemps, et un album photo. Elle a toujours goûté le décor du salon de sa sœur. Avec ses poutres de bois apparentes, ses tomettes de la couleur de la terre, et le feuillage qui se découpe à travers les vitres, il semble faire partie du jardin, effet qu'accentue encore le vert pâle de ses murs. Elle aimerait copier cette fusion de l'intérieur et de l'extérieur dans l'atelier qu'elle rêve d'ajouter à sa propre demeure de Charleston, non loin de là, en y créant un espace baigné de lumière naturelle, où elle pourrait peindre toute l'année.

Virginia survient enfin, emmitouflée dans un épais cardigan bien que la température soit douce, et que le petit chalet où elle travaille ne soit qu'à quelques pas de la maison.

« J'ai perdu le sens du temps, avoue-t-elle, en embrassant Vanessa. Je n'ai rien pu écrire pendant une heure, et puis, au moment où je cédais au désespoir, les mots me sont subitement venus.

— Ton roman avance bien ?

— Par à-coups. À peine ai-je franchi un obstacle et commencé à me flatter que je vais pouvoir écrire à bride abattue, que soudain quelque nouvelle difficulté surgit devant moi et mon coursier tombe en arrêt. Je suppose que je suis trop ambitieuse.

— C'est exactement ce que tu disais pour *La Chambre de Jacob*, fait observer sa sœur, en passant la main sur un coussin de tapisserie, comme si elle ne pouvait se contenter de regarder, mais avait besoin d'en sentir le motif sous ses doigts.

— C'est vrai, reconnaît Virginia. Mais dans le cas présent, j'ai toujours eu une idée très nette de mon personnage principal. »

Elle est tentée d'ajouter que les sentiments qu'elle nourrit envers cette fameuse Clarissa Dalloway, apparue pour la première fois sous sa plume voilà deux décennies, ont été profondément transformés par la mort si tragique de l'amie qui, dans la vraie vie, lui en a fourni le modèle. Elle s'en abstient, non qu'elle désire le dissimuler à Vanessa, mais parce qu'elle risquerait, en s'efforçant d'expliciter le labyrinthe obscur des voies de la création, de figer prématurément l'œuvre en cours et d'exclure d'emblée mille possibilités, qui, explorées, auraient pu s'avérer fertiles.

« Veux-tu jeter un coup d'œil sur le verger, avant le déjeuner ? suggère-t-elle plutôt. Les arbres croulent sous les fruits cette année encore. Des pommes et des prunes, mais aussi tant de poires que nous en sommes venus à en manger au petit-déjeuner. Nous en avons inondé nos amis. Leonard est parti au marché de Lewes ce matin avec des paniers si remplis que j'ai craint que sa bicyclette ne s'effondre sous leur poids. »

Elles suivent l'allée cendrée et franchissent la brèche entre les deux murs où les poiriers en espalier ploient sous la récolte. Dans le verger, les arbres sont chargés de pommes à tous les stades de maturité, qui embaument l'air et attirent tout un peuple de merles et de grives gazouilleurs. Dans l'herbe déjà haute, des essaims bourdonnants de guêpes, ivres de sucre, se repaissent des fruits tombés. Virginia attribue fièrement cette moisson abondante à l'entretien méticuleux de Leonard, qui l'amène souvent à les tailler par un froid glacial ou en pataugeant dans un véritable bourbier. Les deux sœurs vont s'asseoir sur un banc ensoleillé, à l'abri du mur. Elles y demeurent quelques minutes à savourer ce paysage, dans une silencieuse entente.

« J'aurais dû apporter mes couleurs, soupire Vanessa.

— Les fruits ne doivent pourtant pas manquer dans le jardin de Charleston.

— Certes, mais c'est si calme ici. »

Les mains à plat sur sa jupe, elle se reporte en esprit aux longs jours que Virginia et elle-même employaient dans leur jeunesse à peindre et à écrire ensemble, sans être interrompues. Quels avenirs elles échafaudaient alors toutes deux !

« Maynard et Lydia m'ont fait perdre toute la journée d'hier.

Ils ont débarqué sans crier gare en annonçant qu'ils ne faisaient que passer, et sont finalement restés des heures. Je les soupçonne de n'avoir eu pour seul motif que de nous faire admirer la nouvelle voiture de Maynard. » Ses mains se contractent, elle serre les poings. « Tu ne peux imaginer combien ils sont insupportables.

— Je suis encore sous le coup des horreurs dont nous avons été témoins à Studland l'automne dernier, compatit Virginia, frappée par la soudaine mélancolie de Vanessa. Maynard, au petit-déjeuner, drapé dans sa robe de chambre léopard, avec Lydia demi-nue, perchée sur ses genoux, qui trempait l'index dans son jaune d'œuf pour le lui faire lécher… »

Elle lorgne sa sœur, pour vérifier que cette vignette satirique l'égaye bien, selon l'effet recherché.

« Lydia, armée d'un tisonnier, dans le grand salon du duc, en train de repêcher en triomphe sa culotte ensanglantée dans l'âtre où elle l'avait jetée, puis la brandissant au vent, tel un étendard, pour l'offrir à l'admiration générale… »

Rassérénée, Vanessa ramasse une pomme dans l'herbe.

« Cependant », modère-t-elle, retrouvant son sens de l'équité en même temps que son calme, « il ne faut pas être trop sévère avec Lydia. Personne n'y aurait trouvé à redire si le sang provenait de n'importe quelle autre partie de sa personne.

— Autant pour la permissivité supposée de "l'ère du jazz", rumine Virginia, songeant au titre d'un recueil de nouvelles américain. On croirait que l'on a droit de tout dire ou tout faire aujourd'hui, sauf évoquer les menstruations féminines. »

Le nom de l'auteur lui revient en mémoire : il s'agit de Scott Fitzgerald, elle en est certaine. Toutefois, puisque le sujet ne lui paraît guère susceptible d'intéresser sa sœur, elle remet la conversation sur le terrain de Maynard et de Lydia.

« Que faisaient-ils dans le Sussex ?

— Ils visitaient Tilton House. »

Vanessa mord dans sa pomme.

« Reinette ? s'enquiert-elle.

— Nous en avons récolté trois seaux pleins hier, juste sur un seul arbre, annonce Virginia, triomphante, tout en se choisissant à son tour un des fruits tombés. Leur dernier armistice en date ne peut pas durer. Maynard finira bien par se lasser de Lydia.

— En es-tu vraiment sûre ? Sitôt que l'on croit la rupture consommée, ils trouvent moyen de se raccommoder. Et les voilà, à présent, qui cherchent une maison hors de Londres. Mais s'ils parviennent à louer dans le Sussex, je jure que je plie bagage, et décampe dans le Norfolk. »

Virginia est désemparée, comme à chaque fois que sa sœur menace de déménager.

« Mais il n'y a rien qui les unisse vraiment. Ils ne parlent pas la même langue, ont peu d'intérêts communs, et des buts totalement différents. Imagine-les dans dix ans, s'ils restent ensemble. Lydia, trop vieille pour danser, mais toujours assoiffée d'adoration ; Maynard, incapable d'écrire le moindre texte d'importance, président de tant de conseils d'administration qu'il ne saura plus parler que bénéfices et déficits… »

Elle fixe sa pomme, dont une face a été picorée, si bien que la chair, mise à nu, s'est oxydée.

« Sous quelque angle qu'on envisage le problème, il n'y a pas grand-chose pour cimenter un mariage, et moins encore pour garantir qu'ils seront heureux en ménage. Peut-être qu'une ribambelle de petits Keynes pourrait remplir cet office.

— J'avais l'impression que Lydia ne voulait pas d'enfants, objecte Vanessa, qui s'alarme à son tour. Elle m'a confié une fois que c'était quelque chose que les ballerines redoutaient plus encore que les blessures, puisque cela les obligeait soit à abandonner la danse pour se marier, soit à se cacher jusqu'à la naissance, en trouvant un moyen de subvenir à leurs besoins dans l'intervalle. À moins qu'elles ne parviennent à se débarrasser du bébé par quelque procédé atroce.

— Mais à supposer que Maynard et Lydia aient des rejetons, il n'y a aucune raison de t'en préoccuper, souligne Virginia, surprise de la réaction de sa sœur.

— Tu ne vois donc pas ? Cela ôte toute perspective à Duncan. Si Maynard se contentait d'épouser Lydia, il pourrait encore espérer, mais s'il doit y avoir des enfants, Maynard leur léguera certainement tout. »

Elle jette sa pomme entamée dans l'herbe haute.

« Duncan est l'héritier de Maynard, confie-t-elle.

— Et Angelica, l'héritière de Duncan », murmure Virginia, enfin éclairée.

Comme à maintes reprises, elle déplore que sa sœur ne veuille pas rompre son silence, afin qu'Angelica puisse grandir en connaissant l'identité de son vrai père. Elle sait que Vanessa est contrainte au secret par Clive, qui craint des répercussions testamentaires si sa famille vient à l'apprendre. Cela lui paraît tout à la fois hypocrite et dangereux de laisser perdurer le mensonge.

« Ce n'est sans doute pas purement une question financière ? relance-t-elle, consciente que le moment est malvenu pour soulever le problème d'Angelica.

— Bien sûr que non. Même si je ne peux nier que cela me tourmente la nuit, surtout maintenant que les frais de pension de Quentin s'ajoutent à ceux de Julian. L'argent n'intéresse pas Duncan. Il est tombé des nues lorsque je lui ai expliqué que Maynard assumait un tiers du coût de Charleston.

— Et comment voit-il un éventuel mariage entre Maynard et Lydia ?

— Comme une catastrophe inéluctable, répond Vanessa, en chassant d'une tape une guêpe attirée par le jus de pomme qui poisse ses doigts. Il souhaiterait que nous restions bons amis. Il aime bien Lydia.

— Il n'est pas impossible qu'on lui refuse le divorce. L'affaire semble on ne peut plus épineuse.

— On doit rendre un jugement. Ils plaisantaient à ce sujet hier. Maynard s'efforçait de persuader Lydia de s'abstenir de proférer des obscénités, même au comble de l'exaspération, tandis que Lydia semble déterminée à ne comparaître que travestie en homme, avec le blazer et la cravate d'uniforme que Maynard portait au lycée. Elle parlait même d'une moustache postiche. »

Lydia a beau lui inspirer le même désarroi qu'à sa sœur, ce trait éveille l'intérêt de Virginia. Elle a déjà noté combien un simple changement de costume suffisait à transformer une personnalité, et a remarqué également que les hommes tiraient fort souvent leur autorité de leurs toges, décorations, et autres insignes de pouvoir. Si ses propres observations ne lui permettent guère de souscrire à la foi de Maynard en l'intelligence exceptionnelle de Lydia, elle lui accorde son estime, en cette occasion, pour avoir perçu que son avenir conjugal serait tranché par un tribunal masculin, et pour son désir espiègle de subvertir cet état de fait.

Vanessa détache un rameau d'une branche qui ombrage leurs têtes, pour éloigner la guêpe qui s'obstine.

« Je me souvenais, il y a quelques jours, de notre première rencontre avec Maynard, quand nous nous sommes installées à Bloomsbury après la mort de Père, et que Thoby s'est mis à inviter ses amis le jeudi soir. »

Elle prononce le nom de leur frère avec autant de révérence que s'il était mort la veille.

« J'ai eu le sentiment, en les écoutant débattre, de me trouver face à un groupe de gens résolus à vivre et à travailler comme nous-mêmes le projetions, sans concessions, sans duplicité, ni égoïsme ou cupidité. »

Virginia, qui médite toujours sur le projet aussi astucieux qu'intrépide de Lydia d'assister à l'audience en costume masculin, prend la défense de cette dernière.

« Il faut tout à la fois de la discipline et de la passion pour bien danser. Voilà au moins un point sur lequel nous pouvons être rassurées. Imagine que Maynard se soit mis sur les bras une militante enragée, qui n'aurait considéré l'art que comme un luxe coupable ou, pis encore, un moyen de propagande.

— Mais ce qui compte le plus pour Lydia, ce sont ses gains, objecte Vanessa. Elle passe sa vie à les additionner dans son inséparable calepin, et à informer qui veut l'entendre de ce qu'elle doit toucher, ou devrait toucher, mais n'a pas touché ! Et il en va de même des livres de Maynard. Je doute qu'elle soit capable d'en citer correctement le moindre extrait, mais elle vous mitraille à tout propos du nombre d'exemplaires vendus, pays par pays. »

Elle tiraille les feuilles cuivrées du rameau, crissantes comme du papier.

« Je ne veux pas dire par là qu'elle ne se soucie pas réellement de son métier, mais seulement que son approche diffère de la nôtre. »

À sa propre surprise, car elle savoure profondément ce rare instant d'intimité, outre qu'elle partage l'avis de sa sœur, Virginia se range à nouveau du côté de Lydia.

« Cela n'a pas toujours dû aller tout seul. On l'a envoyée à huit ans se former dans une institution du tsar.

— Sans aucun doute, elle a dû rencontrer des obstacles, concède Vanessa. Mais de son propre aveu, dès le départ, on y a su lui doser parfaitement éloges et réprimandes. Songe un peu combien cela peut être stimulant. »

Cette comparaison implicite entre les nombreux engagements et les multiples triomphes de Lydia, et ses propres difficultés à se forger une carrière d'artiste peintre, n'engendre pas les mêmes réflexions chez les deux sœurs. Bien que Virginia ne puisse se targuer d'avoir mieux réussi (deux cents exemplaires de son dernier roman prennent encore la poussière au sous-sol de leur résidence londonienne, qui abrite aussi leur presse à bras), ce qui se fait jour chez elle, c'est la crainte lancinante que sa féminité ne lui interdise de devenir un véritable auteur. Si elle trouvait moyen d'étouffer ces doutes, combien cela l'aiderait ! Mais sans lui laisser le temps de rêver davantage à tout ce qu'elle pourrait alors accomplir, Leonard surgit dans la brèche entre les deux pans de murs.

« À table ! » les convie-t-il, tandis que les deux sœurs se lèvent pour l'accueillir.

*

Endimanchée et coiffée d'un chapeau emprunté pour l'occasion à sa maîtresse, Ruby résiste à la poussée des journalistes et des admirateurs qui guettent les mariés à la sortie de l'état civil. Son appareil photographique, lampe flash allumée, déjà pointé, un journaliste au trilby crânement incliné lui demande pour quel magazine elle écrit. Ruby rougit, non pas parce qu'il la prend à tort pour une journaliste, mais parce qu'il est séduisant, avec ses yeux bleus et son sourire gouailleur. Elle réplique qu'il s'agit de sa première mission, ce qui lui paraît assez habile, puisqu'on lui a fortement déconseillé de livrer la moindre information, de crainte qu'elle ne soit publiée le lendemain dans les journaux. Elle se félicite également de la sincérité de sa réponse, car c'est bien sa première mission sérieuse dans ses nouvelles fonctions de camériste de Miss Lopokova, ou Mrs Keynes, comme elle doit désormais l'appeler.

« Mrs Keynes », se répète-t-elle intérieurement. Bien que ce nom soit plus facile à prononcer que son patronyme russe, avec sa cascade de longues voyelles, il lui plaît moins. Cela sonne trop simple, trop banal pour une femme qui a dansé sur les scènes du monde entier. Le beau reporter au chapeau trilby dégaine son bloc, comme s'il s'apprêtait à l'interroger. Pour l'esquiver, elle se faufile devant une troupe d'enfants excités, parvenus jusqu'au premier rang de la foule de curieux qui se bousculent dans l'espoir d'entrevoir la ballerine, et elle se retranche de l'autre côté de deux femmes en fauteuil roulant. Le champ de vision y est plus restreint, de sorte que le journaliste, espère-t-elle, ne sera pas tenté de l'y poursuivre. Elle ne s'étonne pas de cette affluence. Après tout, la nouvelle Mrs Keynes est célèbre, et même si Ruby doute que l'homme qu'elle épouse ait, pour sa part, attiré beaucoup de badauds, elle n'ignore pas qu'il a écrit des livres et travaillé pour le gouvernement. Ce qui l'a perturbée, c'est le petit nombre d'invités à la cérémonie qui se déroule dans les bureaux de l'état civil. Il y a les deux témoins, Mr Grant pour Mr Keynes, et Mrs Bowen, l'amie de Mrs Keynes, mais le reste de l'assistance se limite aux mère, grand-mère et sœur de Mr Keynes, ainsi qu'à son notaire.

L'absence du père de Mr Keynes, immobilisé par des problèmes de santé, leur a porté un coup. Hier encore, Ruby a dû courir poster un colis composé de remèdes pour son pied, assortis d'une lettre explicative qui détaillait leurs modes d'administration. Elle a écouté avec étonnement ces instructions, au fur et à mesure que sa maîtresse les notait, tandis qu'elle-même emballait des sels d'Epsom pour les bains de pied, du miel et de l'ail pour application directe sur la zone infectée, car tous deux sont de puissants cicatrisants, et une bouteille de brandy pour soulager la douleur, aussi torturante, à en croire sa maîtresse, qu'une rage de dents au gros orteil. Comme Ruby s'interrogeait sur l'emploi du paquet d'aiguilles, elle l'avait informée que celles-ci servaient à percer la peau pour permettre l'écoulement du pus, opération que sa maîtresse avait maintes fois exécutée sur sa propre personne, comme sur celle d'autrui. Les pieds, lui avait expliqué Lydia, étaient le cerveau du danseur, si bien que l'on apprenait à les soigner comme il faut. Ruby avait en sus été envoyée en ambassade à la cuisine, pour y demander une fournée de biscuits avec double dose de gingembre (autre adjuvant efficace), modérément cuits, car Mr Keynes père avait une piètre dentition. La cuisinière avait levé les yeux au ciel, mais puisque les ordres venaient de la femme qui s'apprêtait à épouser son patron, elle avait obéi, en augmentant dûment la proportion de beurre et d'œuf pour obtenir une consistance plus moelleuse, et en ajoutant une cuillerée à café de gingembre supplémentaire.

Un policier, posté à l'entrée de l'état civil, intercepte une femme munie d'un cabas qui tente de se glisser à l'intérieur dans son dos. Ruby se réjouit que sa maîtresse ait auprès d'elle Mrs Keynes mère, qu'elle semble affectionner. C'est du moins ce qu'a cru comprendre Ruby lors d'un après-midi passé à débattre d'éventuelles toilettes de noces. Si ses relations avec sa future belle-mère n'ont pas commencé sous les meilleurs auspices, lui a confié sa maîtresse, toutes deux sont à présent en termes très cordiaux, rapprochées en particulier par leur sollicitude pour Mr Keynes, dont la santé leur fournit matière à une correspondance nourrie. Mrs Keynes mère a été favorablement impressionnée par la douzaine de maillots de corps confectionnés sur les indications de sa maîtresse chez un tailleur de Jermyn Street pour atténuer les accès de fièvre dont souffre périodiquement Mr Keynes depuis une maladie d'enfance. Ruby en sait moins long sur la grand-mère de Mr Keynes, ainsi que sur sa sœur Margaret, qui se trouvent elles aussi à l'intérieur du bureau d'état civil, mais son frère Geoffrey, de même que sa femme et ses trois enfants, ont vu danser sa maîtresse au Coliseum et pendant une visite à Gordon Square. C'est d'ailleurs à cette occasion que Ruby a vu sa maîtresse se produire et elle a été émerveillée par l'aisance de ses bonds aériens et l'agilité avec laquelle elle se mouvait sur la pointe des pieds, dans ses chaussons spéciaux. Ruby s'est d'abord tourmentée en apprenant qu'aucun des membres de la famille de sa maîtresse ne pourrait assister à la cérémonie, mais elle s'est rassérénée en apprenant que Mr Keynes lui offrirait, en guise de cadeau de noces, un voyage en Russie, afin qu'elle puisse revoir sa mère, sa sœur et ses frères après une séparation de quinze ans.

Le journaliste au trilby a réussi à s'insinuer à ses côtés et spécule maintenant sur le lieu de la réception. Ruby, piégée par les deux fauteuils roulants et l'afflux croissant de spectateurs dans son dos, juge n'avoir d'autre recours que de feindre l'ignorance et de prétendre qu'elle n'en sait rien. Elle s'avise trop tard qu'elle aurait rendu davantage service à sa maîtresse si elle avait aiguillé son interlocuteur sur une fausse piste, en mentionnant quelque emplacement vraisemblable, loin de Gordon Square, où se dérouleront les festivités. Il est de notoriété publique que ce sera, durant ses séjours à Londres, le domicile du couple, dont l'installation a été facilitée par le déménagement de Mrs Bell et de Mr Grant au numéro 37, source de discussions acerbes et d'une animosité dont Ruby n'eût jamais cru capable des gens qui dissertent aussi souvent sur le bien de l'humanité. Même si l'on a convié plus de monde à la réception qu'aux formalités de l'état civil, les réjouissances demeureront discrètes. Ruby suppose que l'on en a prévu d'autres en août, pendant les vacances, que les nouveaux époux passeront dans une maison louée près de Lewes, où Mr Keynes a invité de nombreux amis. Quand Ruby a avancé cette hypothèse, sa maîtresse a affirmé, avec une moue, que la moitié d'entre eux étaient des horreurs, à commencer par un philosophe de Cambridge dénommé Ludwig Wittgenstein, à qui l'on ne peut même souhaiter le bonjour sans qu'il ne s'enquière de la signification de cet énoncé.

Ruby demande l'heure au policier en faction, et calcule, en se fondant sur sa réponse, que la brève cérémonie doit avoir débuté, et que les mariés paraîtront dans quelques minutes à peine. Sa tâche, le moment venu, consistera à sortir de la foule pour escorter sa maîtresse aussi vite que possible jusqu'à l'un des taxis à l'arrêt. Elle jette un regard alentour, mais la rue est envahie par une telle foule qu'elle ne peut voir l'emplacement où stationnent les voitures. Plusieurs journalistes, y compris l'homme au trilby, semblent avoir abouti à la même conclusion, et préparent leurs appareils photographiques. Ruby regrette de ne pas avoir conseillé à sa maîtresse de porter une cape, qui l'eût un peu dissimulée. Même un chapeau à larges bords, comme la capeline de paille claire à ruban rose que Ruby désirait tant lui voir mettre, l'eût mieux protégée que le chapeau cloche, très près du crâne, pour lequel elle avait finalement opté. Pour la centième fois, Ruby se reproche de ne pas s'être davantage évertuée à persuader sa maîtresse de choisir un autre costume. Quand cette dernière s'était décidée pour une jupe plissée et un chemisier sans aucun ornement, sinon une rangée de boutons, Ruby avait froncé les sourcils d'un air si désapprobateur que Lydia avait sollicité son verdict en toute franchise. Elle avait répondu (non sans un soupçon d'appréhension, puisqu'elle avait été engagée très récemment) que c'était, à son avis, une toilette qui convenait mieux à une quelconque petite secrétaire, jugement que sa maîtresse avait accueilli avec des cris d'enthousiasme. C'était, avait-elle assuré à Ruby, exactement l'impression qu'elle souhaitait produire, car cela détournerait les esprits de ce qu'elle décrivait comme « son passé sulfureux ». Au demeurant, elle espérait qu'en sa qualité de divorcée, qui lui restituait officiellement sa virginité, aucun des journaux et magazines ne s'intéresserait à elle. Ce qu'elle désirait avant tout, le jour de ses noces, était de devenir une respectable femme mariée, avec la bague au doigt pour le prouver.

Ruby avait relaté cette discussion aux autres femmes de chambre et, à l'unisson, elles s'étaient perdues en conjectures sur la phobie de la publicité de la nouvelle Mrs Keynes. Après tout, on avait écrit plus d'un article à son sujet et on l'avait photographiée dans toutes les tenues possibles, y compris ses costumes de danse, autant dire quasi nue. La question s'était avérée si fascinante qu'elle avait occupé plusieurs repas communs et avait même éclipsé la mésaventure de la cuisinière, qui s'était brûlée en saisissant le plat du rôti et avait dû rester assise la main dans une cuvette d'eau glacée, tandis qu'on courait chercher des sels et avertir Mrs Bell que le déjeuner serait servi en retard. Elles avaient longuement cogité, également, sur les raisons qui poussaient la fiancée de Mr Keynes à attacher tant d'importance à son alliance, puisque, récemment encore, elle n'éprouvait pas le besoin d'en afficher une, bien que toujours légalement unie à son précédent époux. Le mystère s'était élucidé lorsqu'elles s'étaient avisées que cela lui permettrait de s'inscrire sans rougir à la clinique de contrôle des naissances pour femmes mariées fondée peu auparavant par le docteur Marie Stopes, dont Mr Keynes, avaient-elles pu constater en époussetant, avait lu le traité de *L'Amour conjugal*. Le problème de l'anneau, en soi, leur avait inspiré quelque inquiétude, car Mr Keynes avait pris pour témoin Mr Grant, qui était une crème d'homme, mais qui aurait réussi à égarer un éléphant, pour ne rien dire d'une bague. Elles avaient unanimement été soulagées quand Ruby avait découvert que Mr Keynes comptait l'apporter lui-même à la cérémonie.

Il y a enfin du mouvement à l'intérieur des bâtiments de l'état civil, dont émergent les invités. Le notaire de Mr Keynes ouvre le cortège, suivi de sa mère, sa grand-mère et sa sœur.

Comme à un signal donné, la foule se tait soudain et se fait tout yeux. Vient ensuite Mr Grant, vêtu avec une élégance inusitée d'un costume trois-pièces et chaussé de souliers bien cirés ; puis Mrs Bowen, dans une délicieuse robe bleue et blanche avec chapeau et réticule assortis. Et voici, en dernier lieu, les nouveaux époux, Mr Keynes, plein d'assurance et souriant, avec la mariée à quelques pas derrière lui, l'air tétanisée, observe Ruby avec chagrin. Cela n'échappe pas non plus aux occupantes des fauteuils roulants.

« On croirait qu'elle s'apprête à passer devant un peloton d'exécution, au lieu de se marier ! » commente l'une des deux, au milieu du crépitement des appareils photo et des éclairs des lampes flash.

Les enfants, à qui l'on avait fait miroiter une ballerine, sont désappointés par cette créature insignifiante, qui ressemble à s'y méprendre à une gouvernante, et se plaignent qu'on les ait privés de leur promenade à Regent's Park pour les forcer à battre le pavé ici. Ruby aperçoit la femme au cabas qui déjoue la surveillance du policier, distrait, et fait pleuvoir les confettis sur les mariés. Les enfants sont ravis, à la différence de sa maîtresse, qui recule et se recroqueville davantage derrière Mr Keynes, perçoit Ruby. Les journalistes vocifèrent des questions, veulent savoir si Mrs Keynes poursuivra sa carrière après son mariage, et s'il est vrai que Mr Keynes a accepté une invitation de Moscou, qui a accordé à son épouse l'autorisation de revoir sa famille. Mr Keynes répond comme s'il discourait devant un plein amphithéâtre d'étudiants, patiemment, d'une voix distincte, tandis que la mariée, toute raidie, balaye d'un regard anxieux la cohorte de spectateurs, jusqu'à ce que ses yeux se posent sur Ruby, à qui elle adresse une muette supplique.

C'est le signal. Ruby se faufile au-delà des enfants occupés à ramasser les confettis par poignées sur le pavé. Puis, sur un hochement de tête de Mr Keynes, elle va se placer à côté de sa maîtresse et la prend par le bras. Alors qu'elle la guide au-delà de la foule, qu'elles contournent, elle sent sa maîtresse trembler, bien qu'on les laisse passer sans que quiconque tente de leur barrer la route. Quand enfin elles se retrouvent assises au fond d'un taxi, à l'abri, Ruby a le sentiment d'avoir arraché sa maîtresse à des tourments plus terrifiants encore que toutes les inventions maléfiques du sorcier de son *Oiseau de feu*.

*

Maynard pose sa serviette sur le dallage du vestibule du numéro 46, ôte son chapeau et sa veste, et passe sa main dans sa chevelure clairsemée pour y remettre un peu d'ordre. Il entend la voix roucoulante de Lydia qui fredonne à l'étage un des derniers airs de jazz en vogue. Il se déleste de ses piécettes et du billet pris à Cambridge dans le vide-poche, sur le guéridon. Dans l'entrée flotte une odeur de lavande, dont il détecte la source au fond d'un carton empli de deux douzaines environ de pains de savon. Il n'a pas le temps de se demander pourquoi il leur en faut une telle quantité : déjà Lydia a dévalé les escaliers quatre à quatre, et s'est jetée dans ses bras, tel un boulet de canon.

« Tu es en avance ! s'exclame-t-elle, en l'embrassant avec une telle exubérance qu'il en oublie complètement le savon. Je ne t'attendais pas avant deux bonnes heures, au moins. Comme c'est formidable que tu aies pu te débarrasser de tous ces beaux garçons, qui te vénèrent comme un dieu tandis que tu leur expliques les monnaies anciennes et pourquoi le gouvernement doit se faire orfèvre de l'argent de la nation ! Ou peut-être que tu as tapé sur la table avec le maillet à la réunion du comité, et que tu as pu leur démontrer qu'au lieu de discuter pendant des heures pour savoir s'il fallait dépenser un don de 100 livres en ouvrages pour les étudiants, ou en porto pour les professeurs, le plus raisonnable était de diviser l'argent et d'acheter les deux ? Comment vont les chers B. M. et B. P. ? Est-ce que B. P. fait des applications d'ail comme je lui ai montré ?

— Tu me prêtes une inquiétante ressemblance avec les bolcheviques ! s'amuse Maynard en la serrant dans ses bras. Mais si jamais j'ai besoin qu'on me remplace au pied levé, soit comme administrateur, soit comme professeur, j'enverrai chercher Mrs Keynes, sûr que les finances du *college* et la maîtrise des théories économiques de mes étudiants seront en bonnes mains. Belle-Maman et Beau-Papa ont regretté ton absence, hier, à déjeuner, mais ils espèrent que tu pourras te joindre à nous un dimanche, bientôt. Et comment s'est passée ta petite réception ? Avez-vous bu tout le bordeaux que je t'avais sorti ? »

Lydia paraît confuse.

« Peut-être que j'avais mis le vin trop près du feu pour le réchauffer, parce qu'il pétillait quand je l'ai servi, avoue-t-elle. Mais personne n'a fait attention et tout a été fantastique. Le déjeuner s'est prolongé jusqu'au thé, qui s'est transformé en cocktails, qui ont duré jusqu'au souper, que j'ai préparé moi-même, en détachant de mes mains la chair des carcasses de poulets froids et en ouvrant des bocaux de cornichons. Après ça, nous avons déménagé les meubles pour faire une magnifique piste de danse, et aussi un dortoir quand il a été trop tard pour que les invités rentrent chez eux. Tout ça m'a inspiré une très prodigieuse idée. » Elle s'extrait de l'étreinte de Maynard et s'empare de sa main. « Viens admirer ! »

Ce n'est qu'en montant les escaliers à sa suite que Maynard remarque son accoutrement. Elle porte une vieille robe de chambre et des pantoufles, une écharpe en turban autour de la tête, toutes étoilées d'éclaboussures blanches. Ils se faufilent entre les bibliothèques et les chaises empilées sur le palier, et pénètrent dans le vaste salon. Maynard reste pétrifié d'étonnement devant la vision qui l'accueille. Les fresques peintes par Vanessa et Duncan ont été badigeonnées de blanc.

« Mon cadeau de noces ! annonce Lydia, rayonnante. Puisque ce vieux bouddha s'est décidé, finalement, à m'offrir à nouveau des rôles dans ses ballets, je crée un nouveau foyer pour mon Maynarochka avec mes gains. »

Elle gambade jusqu'à la fenêtre et se saisit d'un échantillon, punaisé sur le rebord.

« Tandis que toi, tu fais des recherches pour ton livre, je fais les miennes de mon côté. Je commande ce satin jaune pour les rideaux, comme ça, ce sera gai comme des vacances d'été quand nous nous tiendrons ici. Les fleurs sur le satin sont des violettes, symboles de l'amour fidèle. J'ai acheté ce tapis, poursuit-elle en frappant le sol, bleu comme l'azur, pour que nous ayons toujours un horizon exaltant et que je ne devienne jamais une femme trop intéressée par la manucure pour débattre des dangers de l'étalon-or. J'ai débusqué des candélabres parfaits, également. Vraiment pas chers et jumeaux de candélabres en laiton véritable, si on ne les regarde pas de trop près. »

Elle remarque alors les taches de peinture blanche qui maculent le pantalon de Maynard.

« Et ce n'est pas tout, jubile-t-elle, en frottant l'étoffe de ses mains nues, ce qui ne fait qu'aggraver les choses. Je prévois une bibliothèque en haut pour toi et, au sous-sol, une barre et un miroir pour m'exercer sans te déranger. » Elle renonce à ses tentatives de nettoyage manuel, et cherche un chiffon. « Et des salles de bains avec une tuyauterie de premier ordre. Je suis un excellent expert plombier. »

Maynard, toujours sidéré par l'énormité même du bouleversement qui s'offre à sa vue, ne parvient pas, sur le moment, à suivre les propos de Lydia, qui disserte sur ses candélabres et les salles de bains. Pour l'heure, les vestiges des fresques de Duncan et de Vanessa retiennent seuls son attention. On croirait qu'une tornade a balayé les murs, laissant dans son sillage de longues spirales irrégulières d'éclaboussures. Il pense aux heures innombrables que Vanessa, en particulier, a consacrées à la décoration non seulement de cette pièce, mais aussi de tant de celles où s'est déroulée sa vie d'adulte, dont elle a déniché les meubles, confectionné les rideaux, conçu tapis et coussins, jusqu'à ce qu'il ne reste presque plus aucune surface qui ne porte sa marque. Pour Dieu sait quelle raison, c'est dans sa chambre de Charleston qu'il la revoit, agenouillée devant ses étagères le jour où elle avait appris les pertes de l'offensive de la Somme, lorsqu'elle lui avait demandé s'il ne préférerait pas les dos de ses classeurs en jaune. Il avait abandonné les documents du ministère des Finances, pour étudier la question de concert avec elle, avec tant de concentration que, plusieurs minutes durant, le terrible carnage de la guerre s'était estompé. Il avait alors eu le sentiment que, quelque démence, quelque atrocité convulsât le monde, il se trouvait ici entouré d'amis qui sauraient lui rendre espoir.

Lydia, qui a aperçu son pinceau et le plonge dans un pot de peinture blanche, poursuit son babil.

« Bien sûr, ce n'est pas un cadeau de noces aussi merveilleux que de m'emmener à Saint-Pétersbourg, où je pourrai embrasser Mère pour la première fois depuis mon adolescence, et saluer Fedor, si révéré désormais pour ses chorégraphies, et devenu un exemple pour ses danseurs, en ces temps si durs. Sans oublier mon Eugenia chérie, dont les pieds sont toujours couverts d'ampoules et qui a le bon sens d'ajouter le chant à son répertoire si bien qu'elle est aujourd'hui aussi une vedette de comédies musicales. Tu vas découvrir quelle famille illustre est la mienne à l'exception de ce vilain garçon de Nikolai, qui aurait pu devenir danseur, mais a préféré être ingénieur comme son grand-père. »

Elle s'interrompt, le temps d'ajouter une grande traînée de blanc sur les murs.

« Depuis la révolution, Mère doit se résigner à prendre des pensionnaires, alors je me prépare à trouver un foyer différent de mon souvenir. Et, s'avise-t-elle, en rechargeant son pinceau de peinture après un ultime coup de badigeon, je ne dois plus parler de Saint-Pétersbourg ou même de Petrograd comme on l'avait renommé, mais je dois dire Leningrad et bientôt, je suppose, Trotskigrad ou plus probablement Stalingrad, puisqu'il semble qu'il va s'emparer du pouvoir. Quand je broie du noir en pensant à tout ce que la Russie a enduré, j'ai terriblement honte, car mes jours paraissent en comparaison nappés de chocolat ! Nous convoierons là-bas tout ce que nous pourrons emporter. J'ai déjà mis de côté du savon. Tu te plaindras que cela pèse très lourd, mais tu me remercieras à notre arrivée en contemplant le plaisir que cela fait !

— C'est donc pour cela, tout ce savon ! » murmure Maynard, dont le regard erre toujours sur la fresque.

Lydia, constate-t-il, n'a pu, faute d'échelle, peindre qu'aussi haut que ses bras le lui permettaient, de sorte que les déprédations se limitent à la moitié inférieure des cloisons.

Comme si elle lisait dans son esprit, Lydia pointe son pinceau, ce qui provoque une nouvelle averse de gouttes de peinture sur ses mains et sa robe de chambre.

« Tout à l'heure, je grimperai sur une chaise, et ferai le haut. Hier soir, j'ai parlé avec le bon ami de Katya, qui est un des machinistes de Diaghilev, et il m'a enseigné l'art de boucher les trous. »

Elle barbouille de blanc tout un pan de fresque délicatement exécuté.

« Cette balafre que Vanessa a creusée avec ses outils quand elle a volé ton tableau, on peut la combler avec de l'enduit. Je suis sûre que tu ne te doutais pas, conclut-elle, avec un sourire espiègle, qu'en m'épousant tu acquérais non seulement une femme en adoration et une danseuse de talent, mais aussi une habile décoratrice. »

Maynard contemple les petits cratères dans le plâtre et le souvenir de Charleston s'évanouit, supplanté par celui de ses démêlés récents avec Vanessa au sujet de son déménagement au numéro 37, qui a donné lieu à toutes sortes de différends peu agréables sur le loyer et les charges ainsi qu'à des querelles sur les objets qu'elle emporterait et ceux que conserveraient Maynard et Lydia. L'épisode avait atteint son comble lors d'une altercation à propos d'une toile qui, à en croire Vanessa, lui appartenait, ainsi qu'à Duncan. Maynard avait en vain cité la date et le prix d'achat, et proposé de lui montrer le reçu. À ces mots, Vanessa avait paru rendre les armes, mais l'incident avait troublé Maynard au point qu'il avait vissé le cadre au mur à titre préventif. Découvrant que Vanessa avait profité d'une de ses absences pour revenir s'en emparer, munie d'un tournevis, il avait cogné à sa porte en exigeant restitution immédiate, pour se heurter à une résistance si farouche qu'il avait dû battre en retraite. À cette heure encore, puisqu'il ne possède pas la clef de leur habitation, Duncan et Vanessa restent maîtres du tableau, par un abus aussi éhonté qu'injuste, dont Maynard enrage toujours.

Lydia, absorbée par ses travaux de peinture jusqu'alors, se tourne soudain vivement pour le regarder, avec la crainte subite que son silence ne masque du mécontentement.

« Mon cadeau de mariage te plaît, n'est-ce pas ? » s'enquiert-elle.

En guise de réponse, Maynard ôte son gilet et retrousse ses manches. Quant à son pantalon, il lui paraît d'ores et déjà irrémédiablement gâté. Il empoigne un pinceau, l'enduit de détrempe, et se dresse de toute sa hauteur pour atteindre la partie supérieure du mur, épargnée par Lydia. C'est avec un tressaillement d'appréhension qu'il trace une bande blanche en travers de la fresque, et ses premiers efforts d'annihilation demeurent hésitants. Il a toujours admiré la production artistique de Vanessa, et plus encore celle de Duncan, et mesure pleinement la transgression qu'il commet en détruisant leur œuvre, lui entre tous.

« Devine ! le met au défi Lydia en dessinant une créature pourvue d'un long groin, d'yeux en boutons de bottine et d'une paire d'ailes déployées.

— Un cochon volant ! » hasarde Maynard, qui, pour ne pas être en reste, ébauche un dos et une tête arrondis. Son pinceau glisse aisément sur le plâtre et, bien qu'il ne s'abuse aucunement sur son absence de talent et de technique, il commence à y prendre plaisir.

« Un écureuil ! » s'exclame Lydia, tandis qu'il orne sa bestiole d'un somptueux panache luxuriant. À eux deux, ils donnent vie à un chien qui ronge un os, ainsi qu'un chat à grandes moustaches qui court après une souris, suivi de toute une ménagerie de lapins qui cabriolent, et d'une ribambelle de poissons qui font des bulles. Bientôt, le moindre pouce de mur qui n'a pas encore été badigeonné grouille d'animaux qui semblent sortis d'un dessin animé. Quand il ne reste plus une parcelle d'espace, Lydia se rabat sur le pantalon maculé de Maynard, qu'elle décore de rayures fantaisistes. Lui, de son côté, se venge en l'aspergeant de peinture. Tous deux ne tardent pas à être imprégnés de détrempe, et en proie à un tel fou rire qu'ils sont contraints de lâcher leurs pinceaux.

« Quelle créativité ! proclame Lydia, lorsqu'elle est redevenue suffisamment maîtresse d'elle-même pour parler. Sans cesse, tu te décris comme quelqu'un qui aurait voulu être un artiste, mais désormais, je décrète que ce n'est pas vrai. Sur la foi de ce zoo, j'atteste que tu es doué d'un courage et d'une capacité de rêve exceptionnels.

— Ce cadeau de lune de miel me plaît beaucoup, déclare Maynard en l'enlaçant. Cependant, peut-être pourrions-nous engager des professionnels pour achever la tâche ?

— Lune de miel, fait en écho Lydia. Quelle ravissante expression ! J'espère que la lumière d'une telle lune illuminera notre train quand nous gagnerons la Russie à toute vapeur.

— Cela ne t'ennuie pas de passer des nuits en train, alors ?

— Bah ! Tu oublies que je suis une voyageuse aguerrie. Si je touchais une guinée par nuit où j'ai dormi en train, je serais riche. Le grand inconvénient, c'est que les couchettes sont étroites. Tu devras faire pendre tes longues jambes sur le côté. Et ce sera moins facile de partager la même couche.

— Ça, pour le coup, cela m'ennuie considérablement.

— Dans la Grèce antique, l'informe Lydia fière de son savoir, la lune de miel ne présageait pas seulement un mariage harmonieux. On vantait aussi le miel comme un puissant aphrodisiaque. Cela favorisait l'érection chez les hommes et l'humidité chez la femme, et on s'en enduisait directement le corps comme lubrifiant. Alors, maintenant, tu n'as plus qu'à ajouter "sexologue avertie" à tous les autres experts que tu acquiers en m'épousant », achève-t-elle, en mouchetant de blanc le bout du nez de Maynard.

« À Cambridge, quand un de mes étudiants avance une thèse audacieuse, je réclame des preuves, rétorque Maynard. C'est pourquoi je ne pourrai te croire que sur démonstration immédiate. Sans quoi, force me sera de conclure que les compétences sexuelles hors pair dont tu te targues ne sont que forfanteries. »

*

Les trois femmes qui siègent côte à côte dans la salle du Chiswick Empire forment un trio qui ne saurait passer inaperçu, même dans l'opulent intérieur conçu par l'omniprésent Frank Matcham, qui, comme se font une joie de le rapporter les bavards, a non seulement commis plusieurs théâtres ou restaurations de théâtres à Londres, mais en a aussi à son actif au moins un dans une myriade de villes des quatre coins d'Angleterre. Même si ces trois femmes n'auraient pas détonné de la sorte au milieu des foules qui se bousculent aux spectacles de variétés de l'Empire, très en vogue, elles tranchent d'autant plus vivement sur le public des deux tragédies grecques représentées en ce jour, que ce dernier est assez maigre.

Ce qui leur prête une allure si frappante tient moins à la flamboyance de leurs atours qu'au contraste marqué de leurs styles. La plus grande, sur la gauche, arbore un sombrero noir qui s'accorde étrangement avec la coupe très classique de sa jupe et de sa veste sans prétention. L'unique détail qui, dans sa toilette, fasse écho à son couvre-chef est l'étole à motifs abstraits, d'une audacieuse modernité, qu'elle a nouée autour de son cou et avec laquelle elle joue sans cesse. La femme du milieu est plus petite que ses compagnes et porte sur des vêtements de tous les jours, assez passe-partout, un gilet de laine masculin trop grand de plusieurs tailles, probablement jeté à la hâte sur ses épaules pour se prémunir des courants d'air. La dernière est la seule à avoir endossé une tenue appropriée à une soirée au théâtre, à condition de se reporter quarante ans en arrière, et d'imaginer que ces dames ont trouvé quelque stratagème pour se dispenser de tout chaperon masculin. Bien que sa jupe n'ait pas toute l'ampleur qu'aurait permise une crinoline et qu'elle soit plus courte qu'il n'aurait été toléré, sa taille de guêpe et son décolleté, en harmonie avec les tresses roulées en macarons sur les oreilles, évoquent davantage la reine Victoria que la mode plus sobre issue de la guerre. Le mystère s'éclaircit peut-être un peu lorsque l'on sait qu'il s'agit là de Berta Ruck, ou plutôt Mrs Oliver Onions comme il convient de l'appeler depuis son mariage, car elle est sur le plan professionnel, la plus conservatrice du trio. Après des débuts assez prometteurs à la Slade School of Art, suivis d'un séjour à Paris, elle a embrassé pour finir la carrière de romancière à succès. Sa dernière publication, dont l'intrigue tourne autour du vol d'un sautoir de perles, s'est fort bien vendue de part et d'autre de l'Atlantique. Quoique la disparité des costumes des trois femmes n'ait pas été sans susciter quelques réactions dans le reste de l'auditoire – en très grande majorité masculin –, ce sont les commentaires incessants et la plupart du temps sarcastiques de la plus petite, émis à haute et intelligible voix, sur la pièce d'Euripide en cours qui sèment la consternation alentour.

« Té-el-lement eu-nuyant ! maugrée Lydia, qui marque son mécontentement, non seulement en haussant la voix, mais aussi par un accent exagérément traînant et par l'interversion délibérée des voyelles.

— Chut, implore Virginia en tiraillant nerveusement son étole. Vous dérangez les autres spectateurs.

— Mais je ne fais que dire la vérité, rétorque Lydia. Cela aurait dû rester le passe-temps méritoire d'étudiants en lettres classiques, dans la salle des fêtes de Cambridge, au lieu d'être représenté sur une vraie scène. Stoll n'a pas dû y assister avant de leur proposer son théâtre ; ou alors, c'est qu'il a perdu la boule complètement. Les acteurs principaux ne sont pas sans talent, mais où est passée la main qui devrait le diriger ? Les mots leur sautent d'entre les dents comme si personne n'avait médité d'abord sur leur sens, si bien qu'on se fiche pas mal de savoir si Hélène arrive à s'enfuir avec son Ménélas, ou doit épouser le roi d'Égypte. Là, par exemple, poursuit-elle, les bras croisés sur la poitrine en signe de protestation, pendant que les acteurs s'assemblent en un nouveau tableau, Hélène et Ménélas se tiennent raides comme des balais dans leur bateau, tandis que le roi sur le rivage rage si mollement qu'on est obligé de s'enfoncer le poing entier dans la bouche pour ne pas éclater de rire, en priant pour que l'entracte arrive bientôt. »

L'action atteint son dénouement, et le rideau tombe. Lydia s'associe aux applaudissements, malgré ses attaques, sans quoi, explique-t-elle à ses compagnes abasourdies, la mauvaise atmosphère pourrait persister.

« Je vais chercher des rafraîchissements », propose Berta, avec un empressement excessif, sitôt que les lumières s'allument et qu'une ouvreuse munie d'une corbeille de friandises vient se poster devant la scène. Elle remonte la travée déserte jusqu'à l'allée centrale.

Lydia se lève et s'étire, comme s'il lui était impossible de demeurer un moment de plus immobile sur son siège. Quelle grâce, quel naturel dans ses gestes, note Virginia, dont l'irritation s'évanouit, à présent que Lydia a cessé d'être un embarrassant trublion. Elle observe la ballerine tandis que celle-ci envoie un baiser à Jack Sheppard, qui a introduit la pièce par une petite allocution, et qui lui répond en agitant la main avec enjouement. Ravie de cette marque d'attention, Lydia lui témoigne son plaisir par une révérence dans les règles de l'art. Virginia, à qui reviennent soudain les récits de Lydia sur les parties de patinage sur la Neva, à Saint-Pétersbourg, l'imagine un instant enveloppée de fourrures, en train de filer sans effort à travers un paysage russe figé par le gel. Comme cela doit être enivrant, de sentir en son propre corps tant de vigueur et de liberté !

« Et comment auriez-vous mis en scène Euripide ? s'enquiert-elle, une fois Lydia rassise.

— La première grosse erreur a été de repousser le chœur à l'arrière-plan, soutient Lydia. La tragédie grecque est comme le ballet moderne, elle oblige à regarder en plusieurs endroits différents au même moment, et non pas en un seul. Sinon, on n'arrive pas à rassembler tous les éléments nécessaires pour suivre. »

Virginia est prise au dépourvu par la pertinence de cette remarque. Serait-il possible, médite-t-elle, que Lydia soit plus intelligente qu'elle ne le supposait et que son exaspérante manie de papillonner d'un sujet à l'autre, sans jamais sembler mener de réflexion approfondie, ne soit qu'une habitude superficielle ? Voire un mécanisme de défense ? Elle n'ignore pas, grâce à d'autres membres de son entourage, comme Samuel Koteliansky, avec qui elle a traduit Dostoïevski pour sa maison d'édition, la Hogarth Press, qu'il n'est pas facile, loin de là, d'être un émigré russe à Londres. Sans qu'elle puisse tout d'abord se l'expliquer, ce n'est pas la situation de Samuel qui s'impose à son esprit, ni même celle de son époux Leonard, qui, en tant que Juif, sait ce que c'est que d'être traité en intrus. Non, c'est l'écrivain néo-zélandais Katherine Mansfield, tragiquement emportée par la tuberculose trois ans plus tôt, dont la mort la hante toujours. À la différence de Lydia, Katherine n'avait jamais tenté de dissimuler son intelligence, mais lui donnait cours sans réserve, si bien que certains de ses jugements parfois acerbes conservent encore tout leur mordant, tel cet article, où elle fustigeait Virginia comme un auteur poussif, désuet et timoré.

Surprise de ne pas l'entendre répondre, Lydia la scrute d'un œil aigu. Virginia fait un effort pour se ressaisir.

« J'aime bien votre manière de suggérer que l'on doit laisser le spectateur déterminer par lui-même où réside le sens. Ce n'est pas une autonomie absolue, pourtant, puisqu'il faut, de votre propre aveu, une main pour diriger le tout.

— Mais pas comme celle de notre amie ! réplique Lydia avec un sourire malicieux, en indiquant Berta qui fait la queue devant la vendeuse de glace. Son *Voleur de perles* a cela d'eu-nuyant que, dedans, les bons sont seulement bons, et les mauvais, rien que mauvais. Comme le bien doit triompher, le lecteur n'a pas d'autre source d'amusement que de se demander comment on va y arriver. »

De nouveau, Virginia est frappée par la finesse de cette observation.

« En d'autres termes, vous dites que dans ce cas précis la main de l'auteur déforme et fausse, au lieu de laisser la vie se manifester telle qu'elle est, dans toute sa complexité et son ambiguïté.

— Sinon, fait Lydia avec un petit rire, les lecteurs crient : "Remboursez !" Mais l'art n'a pas besoin d'être rebutant. Diaghilev, lui, a su commander des chorégraphies controversées, tout en trouvant moyen de les rendre séduisantes aux yeux du public. Pourquoi, ajoute-t-elle, les sourcils froncés, n'y-a-t-il pas de ballet en Angleterre ? Vous avez une tradition littéraire robuste, d'excellentes écoles pour les beaux-arts et la musique, mais pour les danseurs, c'est un désert. »

Elle se renverse dans son fauteuil, pensive.

« Je ne suis pas bornée au point de croire que les traditions robustes ne peuvent pas se briser ou dépérir. Pour le ballet, comme tout le reste en Russie, les temps ont été durs. Ça m'a horrifiée quand j'ai mesuré les conséquences, en retournant dans mon pays. Pour les artistes, la seule source d'aisance et de sécurité est de concevoir des affiches pour le gouvernement ou d'ériger des statues aux héros de la révolution. »

Il y a diverses pistes, dans ces confidences, que Virginia aimerait à développer. Elle est intéressée par l'idée d'une école de ballet anglais, même si elle ne se prononcerait pas aussi catégoriquement que Lydia sur les tendances au déclin des formes artistiques. Elle aimerait bien également en savoir plus long sur le voyage de Maynard et Lydia en Russie, et sur la vie sous le régime communiste, sujet qui fait l'objet de multiples débats, alors que se profile la menace d'une grève ouvrière d'ampleur nationale. Et, pour être honnête, elle est aussi fascinée par la famille de Lydia, tout particulièrement par son frère Fedor, et par les détails qu'elle a glanés sur ses ballets qui analysent les grands phénomènes naturels et politiques, plutôt que de retracer des destinées individuelles. Le thème qu'elle choisit est celui qui se rapproche le plus des questions qui l'habitent lorsqu'elle écrit.

« J'aime bien votre idée sur la simultanéité. C'est une difficulté avec laquelle je me suis colletée moi-même. Comment, par exemple, faire entendre la vibration du passé et du futur dans le moment présent. »

La main de Virginia, qui s'était immobilisée un instant, tiraille de nouveau son écharpe.

« Toute la difficulté, me semble-t-il, est de laisser l'œuvre suffisamment ouverte pour que le lecteur puisse y pénétrer et s'y mouvoir à sa guise, tout en lui fournissant une structure assez solide pour que l'édifice ne se disloque pas. Ce qui me chiffonne, dans le ballet, c'est la multiplicité des sources rivales de stimulation sensorielle. On risque de se noyer dans cette surabondance de jouissances, en perdant de vue l'architecture qui permet d'envisager l'œuvre dans son ensemble. »

Comme pour conjurer la gravité qui, insidieusement, prend le dessus dans leur conversation, Lydia frappe dans ses mains.

« Ah, vous autres Anglais, raille-t-elle gentiment. Constamment, vous vous méfiez du premier mouvement, et vous vous figurez que l'on ne comprend qu'avec son cerveau ! Je reconnais que l'accumulation d'ingrédients n'est qu'un moyen superficiel de faire passer le temps et qu'on ne tarde pas à s'en détourner, repus et écœurés. Une composition symphonique nous fait voyager plus loin qu'une cacophonie aléatoire, même si cette cacophonie est faite des plus beaux sons. Mais c'est avec le cœur que l'on voyage. Et le savoir que nous gagnons, c'est celui du cœur.

— Ah, l'âme russe ! taquine Virginia, en souriant à Lydia. Je me demandais quand elle allait faire surface.

— Elle aurait bien dû le faire, ici, rétorque Lydia, le menton levé d'un air de bravade, si bien qu'au lieu de scinder Hélène en captive vertueuse et en spectre perfide, elle aurait été une femme à part entière, capable d'être les deux à la fois.

— Ainsi pourrions-nous aimer et haïr à proportions égales, conclut Virginia, en riant. Reconnaître le bien dans l'âme du scélérat, et le mal qui est dans le juge.

— C'est une réaction plus humaine que votre arrogance sarcastique, à vous autres, Anglais, face à nous tous, pauvres pécheurs ! »

Virginia, qui se souvient soudain des plaisanteries cruelles qu'elle a souvent concoctées aux dépens de Lydia, détourne brièvement les yeux. Ce n'est qu'un mince réconfort de songer qu'elle est loin d'être la seule, dans leur cercle, à avoir exploité et exagéré les travers et les excentricités de Lydia. Elle ne peut davantage se disculper en se disant qu'elle n'a fait que distraire les autres, puisqu'il en a résulté des rancœurs. Elle perçoit à quel point Vanessa, en particulier, regrette la perte de l'amitié déjà ancienne de Maynard.

« Ho ! » intervient Lydia, qui ignore tout de la direction qu'ont prise les pensées de Virginia. « Mais, répète-t-elle, en anglais, quoique certaine que c'est là un terme russe connu de Virginia, je dois vous faire changer d'opinion sur la danse. Les mots sont de vrais sésames, et sur ce point, je vous rejoins, mais ils sont aussi traîtres, quand ils figent le sens, en empêchant d'autres significations d'exister. Le geste, à l'inverse, exige constamment l'interprétation à cor et à cris. »

Au lieu de la riposte qu'attend Lydia, Virginia lui passe le bras autour des épaules.

« Si votre thèse tient, alors le théâtre est le mode artistique idéal, puisqu'on y communique à la fois par la parole et le corps. »

Sa main glisse jusqu'à une mèche folle, échappée du chignon de Lydia, qu'elle enroule avec sensualité autour de ses doigts.

« Vous pourriez faire du théâtre, vous-même.

— J'ai essayé, en Amérique, révèle Lydia, encouragée par l'attitude affectueuse de Virginia et par cette soudaine profession de foi en son talent. Cela a été un échec monumental à cause de mon accent horripilant. »

Elle sent les doigts de Virginia qui lui caressent doucement la nuque, là où ses cheveux sont noués dans le chignon accoutumé, et ferme les yeux.

« Et les pièces traduites en anglais, où votre prononciation, loin de causer des problèmes, ajouterait au contraire une note d'authenticité ? »

Virginia s'incline vers Lydia, si bien que ses dernières réflexions tombent en un murmure au creux de l'oreille de Lydia.

« Vous pourriez jouer Nora dans *La Maison de poupée* d'Ibsen. Vous rendriez à merveille son alliage d'honnêteté et de duplicité, de courage et prescience. Nora », poursuit-elle, en caressant du bout des doigts la joue de Lydia, « n'est, tant à ses yeux qu'à ceux de son mari, qu'une "poupée", non qu'elle soit par nature eu-nuyante, comme vous dites si joliment, mais parce qu'elle appartient à une société dominée par les hommes, et où la femme ne peut agir, sinon par transgression. »

Reconnaissante de ces encouragements à entreprendre une carrière théâtrale en Angleterre, une fois passé l'âge de danser, Lydia couvre de baisers la main de Virginia. Puis, comme s'il s'agissait, là encore, d'un de ces enchantements qu'il lui faut rompre, elle se soustrait à son étreinte, et bondit sur ses pieds en frappant dans ses mains.

« Vous ne devinerez jamais, lance-t-elle, la promesse que m'a extorquée ma mère lorsque nous nous sommes dit adieu. Je vous donnerai un indice. Ça n'avait rien à voir avec ma santé, ni avec les recommandations habituelles qu'on fait à ceux qui s'en vont. »

Décontenancée par cette saute d'humeur, et quelque peu froissée par la brusquerie avec laquelle Lydia a mis fin à ce moment d'intimité, Virginia secoue négativement la tête.

« Elle m'a exhortée à être une bonne épouse pour mon Maynard, et je m'efforcerai de l'être, non pas parce que c'est mon devoir, mais parce que je le désire. »

Elle aperçoit Berta qui se fraye un passage vers elle, et bat de nouveau des mains, cette fois de ravissement.

« Vous êtes la déesse de la pure bienfaisance ! s'exclame-t-elle, tandis que Berta leur distribue ses emplettes, avant de se tourner avec un petit rire vers Virginia. Nous regrettions de ne pas avoir votre verdict sur la pièce. »

Le clin d'œil dont elle accompagne cette assertion s'assortit d'une telle expression de connivence amusée que Virginia revient sur sa résolution initiale de ne plus broder de récits comiques aux dépens de Lydia. Elle accepte la glace que lui offre Berta et écoute Lydia disserter sur les mérites comparés de la vanille et de la fraise en babillant avec autant de volubilité que si Berta était son amie la plus chère au lieu d'une personne qu'elle connaît à peine. L'élégante silhouette, athlétique et enveloppée de fourrure, de la patineuse qui était apparue un peu plus tôt à Virginia a disparu, tout comme la Nora acculée et désenchantée d'Ibsen. Il ne reste rien non plus de celle qui commentait avec tant de lucidité la tragédie grecque et dont les observations la captivaient tant, pas plus que de la voyageuse avisée et bien renseignée, de retour de Russie. Qui est donc cette Lydia qui occupe à l'instant le siège voisin, se demande Virginia, tandis que l'éclairage s'assombrit, puis se ravive, illuminant Ulysse et le cyclope monstrueux.

*

Il neige légèrement lorsque Vanessa referme la porte d'entrée derrière elle. Bien qu'une querelle avec son fils aîné Julian l'ait mise en retard, elle s'arrête une minute pour embrasser du regard Gordon Square et savourer le spectacle inhabituel de toute cette blancheur, où se détachent en noir, comme des ombres chinoises, les arbres dénudés et les grilles du petit square, illuminés par les réverbères. Elle aurait plaisir à s'aventurer dans le jardin malgré le froid et à déambuler, seule, le long d'une des allées enneigées. Les propos irrités de Julian se répercutent à l'infini dans son esprit, et il lui faudrait un peu de temps pour retrouver sa sérénité. Elle est encore trop bouleversée pour se rendre directement à la soirée que donnent Maynard et Lydia. Elle voudrait bien pouvoir se résoudre à accepter le désir croissant d'indépendance de Julian comme une phase inéluctable de l'évolution qui fera de lui un jeune homme, mais elle ne peut concevoir sans alarme qu'elle devra inévitablement le laisser voler de ses propres ailes.

Elle songe soudain qu'elle aurait dû y aller en même temps que Duncan ou s'entendre avec Clive et Mary pour qu'ils passent la prendre. Elle serait ainsi arrivée escortée chez les Keynes. En l'occurrence, elle devra saluer Maynard seule, et elle risquera d'avoir à soutenir une conversation embarrassante. Leurs relations demeurent tendues depuis l'affaire de Charleston, et la situation ne s'est guère arrangée avec son mariage. Bien au contraire, les querelles suscitées par la fin de leur cohabitation londonienne n'ont fait qu'aggraver leur contentieux. Elle redoute également de se trouver face à Lydia alors qu'elle n'aura personne à ses côtés. Si elle peut, décemment, abréger un éventuel entretien avec Maynard sous prétexte qu'il doit s'occuper de ses hôtes, Lydia fera la sourde oreille à toute suggestion semblable. Vanessa, prise au piège, se verra contrainte de subir un déluge d'inanités jusqu'à ce que Lydia avise quelque nouvelle distraction.

Franchissant l'angle du pâté de maisons, un couple débouche sur la placette. Lorsqu'ils passent sous le premier bec de gaz, Vanessa les reconnaît, et agite la main.

« Tu es en retard, toi aussi, la sermonne Virginia, en s'approchant avec Leonard.

— J'étais tentée de repousser encore le moment d'y aller, juste le temps de faire un tour dans le square, avoue Vanessa en l'embrassant.

— Excellente idée ! Nous n'avons qu'à envoyer Leonard en ambassade, pour garantir notre arrivée imminente. Nous ne prendrons pas froid, promet-elle, enjôleuse, en tapotant le bras de son mari, et nous ne risquons rien. »

Comme pour prouver qu'elles ne courent aucun danger, Vanessa exhibe son trousseau de clefs.

« Nous ferons juste le tour, plaide Virginia, et en échange, je te donne ma promesse solennelle de ne pas émettre la moindre protestation lorsque tu jugeras que je me suis assez fatiguée, et qu'il est temps de prendre congé. »

Après des semaines passées au chevet de sa femme, terrassée par une grippe qui l'a considérablement affaiblie, Leonard est loin d'être persuadé qu'il soit sage de s'exposer plus que nécessaire au froid.

« Dix minutes, pas plus ! concède-t-il en drapant tendrement sa propre écharpe autour des épaules de Virginia. Sinon, j'organise une expédition de secours. »

Les deux sœurs traversent la rue. Le jardin n'est pas éclairé et, quelques minutes durant, elles foulent les sentiers dans un silence que seuls troublent le bruit de leurs pas sur le gravier gelé et le grondement occasionnel d'une lointaine voiture.

« Merci ! dit Vanessa en glissant son bras sous celui de sa sœur. Je ne sais pas si j'aurais eu le courage d'affronter seule Maynard et Lydia. Comment cela s'est-il passé, lorsqu'ils sont venus vous voir dans le Sussex ?

— Mieux que prévu, répond Virginia. Maynard était moins agressif que d'ordinaire, comme si son mariage et toutes les souffrances dont il a été témoin en Russie avaient adouci son caractère. Il estime que la répartition des richesses devrait être plus équitable, bien que sur un autre mode que les méthodes brutales et trop autoritaires de Staline et du parti communiste. »

Elle resserre l'écharpe de Leonard autour de ses épaules.

« Naturellement, il avait l'air absolument ridicule dans sa blouse à la Tolstoï et sa toque d'astrakan noir, tandis qu'il nous exposait ses projets de porcherie modèle à Tilton.

— Ah, c'est donc vrai ? Ils vont louer Tilton ?

— Leur bail n'expire pas avant cet été. Mais après, qui sait ?

— L'avoué de Maynard réglera certainement la question. Quelle impression t'a faite Lydia ? »

Virginia constate que ses efforts pour présenter sous un jour rassurant le ménage Keynes produisent un résultat tout opposé sur sa sœur, et essaie le mode satirique.

« Décidée mordicus à jouer les bonnes maîtresses de maison. Elle jacasse à tort et à travers sur les meilleures adresses de poissonniers et sur la manière dont elle soutire les abats les plus frais au boucher. Elle jure qu'il les extirpera directement d'entre les entrailles de la vache pour un seul de ses sourires. »

Au grand soulagement de Virginia, Vanessa éclate de rire.

« Est-ce bien la même Lydia que celle qui a dû me téléphoner trois fois de suite pour me demander comment faire cuire un œuf ? Et pour qui donner un dîner se résume à distribuer à la ronde tout ce qui peut lui tomber sous la main dans le garde-manger, y compris des quartiers de viande qu'elle partage entre ses hôtes à mains nues ? As-tu vu ce qu'elle a fait au numéro 46 ?

— J'ai entendu parler des salles de bains neuves et du bidet. »

Elle montre à sa sœur un moineau qui s'abrite dans un arbre, en faisant bouffer son plumage pour se protéger du froid.

« Comment le prend Duncan ?

— Il a toujours le sentiment que Lydia a ruiné son avenir en le supplantant comme héritière de Maynard. Mais il abhorre les disputes. Il voudrait bien que je me réconcilie avec tous deux.

— Et comptes-tu le faire ?

— Si possible, oui. »

Elles ont achevé le tour du jardin. Vanessa pousse le portail.

« Je me force à bavarder avec Lydia, mais je ressors de ces séances avec le sentiment d'avoir été menée par le bout du nez sur des chemins que je n'avais aucune envie d'emprunter. Même si je me borne à l'écouter, je finis par être si agacée et si contrariée que c'est à peine si je parviens à me reconnaître. Ou plutôt », avoue-t-elle en refermant la grille et en glissant la clef dans la poche de son manteau, « si, je me reconnais très bien, mais je hais et méprise ce que je suis devenue ».

Virginia effleure les cheveux de sa sœur, où sont restés accrochés quelques flocons de neige.

« Tu t'imposes un niveau d'exigence inaccessible. Je suis certaine que l'animosité que tu décris comme un sentiment si méprisable n'est jamais que ce que nous autres, pauvres mortels, ressentons la plupart du temps. Allons, il faut rentrer, ajoute-t-elle en frissonnant sous la bise. Avant que Leonard n'ait déclenché son expédition de secours. »

Elles gagnent la porte du 46, de l'autre côté de la place, qui est toujours la seule à être peinte en vermillon. Une fois à l'intérieur, elles ôtent manteaux et chapeaux, avant que la femme de chambre ne les introduise dans le vaste salon où les invités s'entretiennent par petits groupes.

Virginia entraîne sa sœur vers le coin où Duncan converse avec animation avec Lytton. Vanessa se détourne un instant pour se poster devant un des murs fraîchement repeints, et frotte de ses paumes la paroi d'une blancheur uniforme, comme si elle pouvait, par son simple contact, ressusciter les motifs de sa fresque.

« Quelle horreur ! murmure Virginia, avec un frisson de répulsion, en jetant un regard circulaire dans la pièce. On serait excusable de se croire dans une maison de passe refaite à neuf, avec ces appliques clinquantes en toc et ces rideaux criards. Heureusement qu'il y a les tableaux ! »

Elle désigne le Cézanne, une nature morte à sept pommes qu'elle sait particulièrement chère à Vanessa.

« On pourrait difficilement imaginer un ensemble de plus mauvais goût. Et d'où sort donc tout ce mobilier hideux ?

— De ventes aux enchères, pour l'essentiel. Maynard a toujours acheté des livres, mais désormais il épluche les catalogues pour y trouver des meubles, de préférence par lots. Et Lydia, pour ne pas être en reste, rapporte de toutes les ventes de charité auxquelles elle est invitée des cargaisons de bric-à-brac, toute fière d'avoir acquis neuf chopes ébréchées pour 6 pence, ou une trousse de manucure dont ne manquent que la moitié des accessoires. L'unique critère de sélection est que cela contribue au confort, et soit bon marché. Tu vois combien je deviens malveillante », conclut-elle, en tirant sa sœur par sa manche.

Avant que Virginia n'ait eu le loisir de répondre, une exclamation aussi théâtrale que suraiguë perce le brouhaha ambiant. Comme en réponse à un signal, Lydia se fraye un chemin vers elles à travers l'assemblée en les hélant à grands cris.

« Je redoutais que vous ne nous fassiez pas l'honneur de venir, puisque Duncan, puis Leonard sont arrivés les bras vides, s'écrie Lydia, les poings sur les hanches, telle une virago de farce. Et puis on m'apprend que vous faites un tour dans la neige, et moi, je grille d'enfiler mes bottines pour aller vous rejoindre. Mais puisque je suis la maîtresse de maison et Mrs Keynes, j'ai renoncé. »

Elle charge une femme de chambre qui passe à proximité d'apporter deux flûtes.

« Je n'ai acheté qu'une bouteille, explique-t-elle, avec un petit rire, son mécontentement envolé, pour que la note des courses ne nous mette pas sur la paille. Je vous la réserve exprès. »

Quel personnage extraordinaire que cette Lydia, songe Virginia, tout en caressant du regard la robe de style Empire en soie violette. Toute révoltée qu'elle est par le saccage du décor conçu par sa sœur, elle ne peut se défendre d'une certaine admiration devant l'exubérance sans complexe de Lydia.

« Quelle toilette originale, remarque-t-elle, en palpant légèrement les manches ballons qui dévoilent l'harmonieux modelé des bras de Lydia. Vous avez l'air d'une héroïne de Jane Austen.

— C'est une robe ancienne, l'informe Lydia. Sauf la dentelle, qu'on a dû remplacer parce que les souris et les mites s'en étaient régalées. Je craignais que ce ne soit trop sombre, alors je l'ai relevée par du ruban orange. »

Elle place une main en coupe sous sa poitrine pour mettre en évidence la garniture.

« Est-ce un mariage heureux ? »

Cette dernière question s'adresse à Vanessa, qui s'apprête à confirmer que oui, l'orange et le violet forment une combinaison parfaite, lorsque la femme de chambre apporte le champagne.

« À votre santé ! lance Lydia en leur tendant à chacune une flûte. Maintenant, je dois vous abandonner pour essayer de dénicher ma fidèle amie Vera. »

Elle se fond de nouveau dans la foule, tandis que les deux sœurs contemplent leur champagne avec un certain désarroi.

« Il est éventé ! » décrète Virginia à la première gorgée.

Betty, la femme de chambre, spécialement engagée pour l'occasion, ne sait pas si elle doit lui emboîter le pas ou rester auprès des deux dames qui bougonnent à propos du champagne. C'est la caméristе de Mrs Keynes, Ruby, qui l'a recommandée pour cette tâche, après avoir sympathisé avec elle en entendant le marchand de primeurs se plaindre que ses filles étaient toutes trois enragées de cinéma. Leurs emplettes achevées, les deux bonnes avaient lié conversation devant la boutique, et étaient tombées d'accord sur le fait que rien ne valait le cinéma pour passer une bonne soirée, absorbée par les imbroglios sentimentaux et les aventures d'autrui. Betty, pour qui la patronne de Ruby est une créature aussi exotique que toutes les actrices qu'elle a pu voir sur l'écran, se souvient qu'elle a promis de tout rapporter dans les moindres détails aux autres domestiques de la maison où elle est employée. Elle contemple de loin Mrs Keynes, en se demandant si la nuance de sa robe, avec son reflet moiré bleuté, peut être qualifiée avec exactitude de « prune », ou s'il est préférable de la décrire comme un « lavande soutenu ».

Une dame à la physionomie frappante, que Ruby a d'ores et déjà identifiée comme Lady Morrell, réclame du champagne. Puisque Betty n'est censée le servir que sur ordre exprès de Mrs Keynes, elle ne répond que par une révérence en guise d'excuse, et se dirige précipitamment vers sa maîtresse, qui est en train de présenter une femme élégante, en veste brodée de perles, à deux messieurs, debout à côté de la cheminée.

« Nous venons quémander urgemment votre opinion, réclame Lydia à Duncan et à Lytton. Nous nous disputons sur le dernier roman de Virginia. Je dis que l'épouse étourdie qui ne remarque que les chapeaux ne peut être moi, et que même si c'est moi, je ne dois pas m'en fâcher. »

Lytton, qui appréciait ce tête-à-tête avec Duncan, accueille d'un froncement de sourcils cette interruption. Cela le contrarie tout particulièrement de constater, en ajustant son pince-nez, que c'est pour faire la connaissance d'une de ces abominables mondaines que la nouvelle Mrs Keynes considère comme ses amies. Il note la coupe à la garçonne à la dernière mode, et la jupe bizarre à l'ourlet irrégulier, qui, déduit-il, doit être l'ultime ridicule en vogue. Le bracelet de style égyptien, en or et serti de pierreries (inspiré sans doute par la découverte de la tombe de Toutankhamon), doit avoir coûté l'équivalent du salaire mensuel d'un ouvrier. Il s'inquiète à l'idée que Maynard, du fait de son mariage malvenu, va vivre dans un tel milieu. La veille encore, il a appris avec horreur que les Keynes avaient trôné comme invités de marque à un dîner de grands noms de la banque et de l'industrie. Dans ces circonstances, suppose-t-il, il doit se féliciter que la conversation ne porte que sur le roman de Virginia.

« Vous parlez de *Mrs Dalloway*, je présume ? C'est un livre que j'ai baptisé "un diamant impur".

— Pourquoi cela te serait-il égal que l'un des personnages soit modelé sur toi ? » demande Duncan, embarrassé par l'hostilité de Lytton, mais non moins intrigué. C'est une question qu'il s'est parfois posée envers les individus qu'il peint. « Veux-tu dire que tu acceptes de bon cœur que l'artiste, Virginia en l'occurrence, fasse ce qu'elle veut de tout ce dont elle s'empare ?

— Pas exactement, répond Lydia. L'artiste en devient maître temporaire, mais seulement le temps de créer de l'art. Ensuite, cela appartient à l'œuvre. D'ailleurs, il est transformé par le processus de création, comme une alchimie. »

Les sourcils froncés, elle s'efforce de s'expliquer.

« Même si j'essaie de copier à l'identique un autre danseur, je ne peux pas y arriver. Mon corps et ma manière de me mouvoir, mes pensées et mon expérience, et même mes intentions sont différents. Aussi tout ce dont je m'empare devient différent. En fait, confie-t-elle en baissant la voix, à mon avis, Virginia n'est pas assez attachée à ses personnages pour qu'ils puissent acquérir une vie indépendante.

— Voilà une remarque que je me garderais bien de communiquer à Virginia, recommande Duncan, goguenard.

— Le tempo du cerveau de Virginia est allegro, mais son rythme d'écriture est andante, poursuit Lydia, encouragée. Maynar' compare la tendance actuelle du roman aux rêveries d'un dépressif profond. Il n'aime que les histoires qui finissent bien. Je préfère les articles de Virginia, qui sont si pleins de son imagination qu'ils m'entraînent à leur suite, même si je ne comprends que lento. »

Elle coule un regard rusé à Lytton.

« C'est vous qu'elle pille, en réalité. Votre livre sur les Victoriens est la plus délicieuse accointance entre érudition et invention que j'ai jamais vue. »

Duncan, qui voit à l'expression plus amène de Lytton que cette flatterie a atteint son objectif malgré son probable manque de sincérité, s'esclaffe.

« Cela aussi, je me garderais bien d'en faire part à Virginia !

— Pourquoi ? L'échec a autant d'importance que le succès. Bien qu'il ne soit jamais agréable d'être celui qui annonce l'échec. À moins d'être sadique. Et maintenant, il faut que je montre quelque chose à mon amie. »

Elle entraîne Vera au sous-sol, envoyant au passage un baiser à la cuisinière et aux femmes de chambre qui s'activent fébrilement à la cuisine. Elle ouvre la porte d'une pièce côté rue, qui ne contient qu'un grand miroir et une barre fixée au mur opposé.

Son ameublement se réduit à un petit bureau et une chaise près du soupirail. Le plateau de la table disparaît sous les albums-souvenirs et les coupures de presse, ainsi que sous tout un attirail de crayons, ciseaux, pinceaux, et pot de colle. D'autres journaux encore s'amoncellent entre les pieds de la table.

Lydia place la main droite sur la barre et, automatiquement, exécute les cinq positions. Puis, avec un sourire à Vera, elle lance, en russe :

« Est-ce que ce n'est pas parfait ? Il n'y a pas de femme plus heureuse que moi à Londres.

— Malgré l'hostilité de tes voisins ?

— Je crois que je peux apprivoiser Lytton.

— Et les deux sœurs ? »

Lydia se tourne et pose sa main gauche sur la barre.

« Lorsque l'on est insatisfait de sa vie, on s'aigrit facilement.

— J'ai remarqué que le mari de Vanessa était arrivé en compagnie d'une femme brune. Les choses en sont toujours au point que tu m'avais décrit avec Duncan Grant ? »

Lydia examine sa posture dans le miroir, son bras droit incurvé devant elle.

« Oui, mais je ne suis pas certaine que cela soit ce qui la rend malheureuse. Duncan et elle sont proches comme ça, ajoute-t-elle, en croisant les doigts.

— Serait-elle jalouse, alors ? À ce que tu m'as rapporté, Vanessa a peine à vivre de sa peinture. »

Vera se poste devant la table et jette un coup d'œil à l'empilement instable d'albums et de coupures.

« Pourquoi les chats ont-ils des moustaches ? » lit-elle à haute voix.

Lydia juge d'après son reflet son port de tête fautif, et abaisse les épaules.

« Elle n'a guère de raisons de me jalouser, puisque je n'ai

aucun engagement en ce moment. De toute façon, ce n'est pas cette forme de réussite qui l'intéresse. C'est un de ses mérites. Toutefois », poursuit-elle en inclinant le menton et en évaluant d'un œil critique le résultat dans la glace, « elle ne considère les ballerines que comme des artistes de rang inférieur. Pour elle, une danseuse n'est que comme une nuance particulière dans un tableau, précieuse, mais remplaçable.

— Et Mrs Woolf ? » s'enquiert Vera en balayant de côté les coupures éparses sur toute la table pour ouvrir le premier album de la pile. Elle parcourt en diagonale un article consacré à des vaches américaines, que l'on retrouve mystérieusement traites alors même que les fermiers montent la garde.

« Leonard est un homme adorable, mais c'est un grand anxieux, et cela convient autant à Virginia qu'une paire de souliers trop étroite. Ce n'est pas du tout comme mon Maynar', qui adore que je m'agite et me tracasse pour ses moindres bobos ou petit rhume. »

Elle lâche la barre et rejoint Vera pour lui montrer une lettre collée dans l'album, qui défend l'extension du scrutin féminin[1], au nom de l'égalité avec les hommes.

« Le bruit courait qu'elle était amoureuse d'une autre romancière ?

— Vita Sackville-West ? Elle est à Bagdad avec son mari. J'imagine qu'elles s'entr'écrivent des lettres brûlantes de passion. Ce que Virginia préfère vraisemblablement », conclut Lydia en regagnant la barre.

« Cela fait une telle différence, de pouvoir m'exercer quand je veux. Bientôt, même Diaghilev ne pourra plus me reprocher de

1. Le suffrage féminin accordé en 1918 en Grande-Bretagne ne s'adressait qu'aux femmes de plus de trente ans. Il fallut attendre 1928 pour que l'âge minimal fût ramené à vingt et un ans, à l'égal de celui des hommes.

manquer de souffle ou de flageoler sur les pointes, ou d'être trop grosse pour qu'on me porte.

— Et te confiera-t-il d'autres rôles ?

— S'il ne le fait pas, eh bien, ce ne sera pas faute d'avoir essayé. Voilà quinze jours que je n'ai mangé ni gâteaux ni sucreries. »

Lydia se place face au miroir.

« Si Diaghilev est d'accord, je poursuivrai encore un peu ma carrière. Sinon, et si aucune autre occasion ne se présente, peut-être aurai-je plus de chance avec un bébé.

— Toujours rien ? demande Vera en refermant l'album.

— J'ai eu des complications, voilà quelques années. On m'avait prévenue qu'il y avait un risque que je ne puisse plus avoir d'enfants.

— C'est trop tôt pour renoncer à espérer. »

Lydia lisse sa jupe pour en effacer les plis.

« Cela me fera de la peine, si je ne peux en avoir, mais pas autant que si n'avais pas pu épouser mon Maynar'. C'est l'homme de ma vie. »

Elle se contorsionne pour s'inspecter de profil.

« J'aime bien la coupe de cette robe, elle me fait paraître plus grande. On retourne là-haut ? »

Leurs maris sont aux deux extrémités de la pièce. Vera s'en va rejoindre Harold, tandis que Lydia s'arrête pour saluer de nouveaux invités. Lorsqu'elle atteint enfin Maynard, son petit cercle s'est élargi à Duncan, Lytton, Clive, Mary et Leonard. Virginia y figure aussi, flanquée de Vanessa. Lydia prend conscience qu'ils débattent de l'éventuelle candidature de Maynard aux prochaines élections du doyen de King's College. Quand elle prend place à ses côtés, il l'enlace affectueusement par la taille.

« Et Lydia ? s'enquiert Virginia. J'imagine qu'en pareil cas, Maynard devrait résider en permanence à Cambridge ? »

À l'exception de Vanessa, qui fixe obstinément le plancher,

tous les regards se tournent vers Lydia. Maynard lui-même relâche son étreinte afin de pouvoir la dévisager.

« Je crois que je pourrais réussir à Cambridge, déclare Lydia. Je suis restée discrète au début, intimidée par la conversation intellectuelle, mais au fromage et au porto, je me suis enhardie à poser des questions – auxquelles on a répondu de charmante manière.

— Je serais enclin à accuser le porto, intervient Maynard. Il est rare qu'on loue pour leur charme les convives de nos dîners universitaires.

— Sans oublier les vins qui accompagnaient la sole, les perdrix et le dessert, glisse Virginia, qui se souvient d'avoir soupé au *college* de Maynard. Des vins parfaits, si ma mémoire ne m'abuse, pour délier les langues et vaincre la timidité. Et avez-vous offert de danser ? » s'informe-t-elle, non sans une pointe de malice, car elle a peine à imaginer que l'on ait accueilli avec enthousiasme, à la table de professeurs, l'empressement avec lequel Lydia se produit dès qu'elle est en société.

« J'ai non seulement proposé, mais je me suis aussi exécutée, au milieu d'applaudissements fracassants. Tu n'oublieras pas ce que nous avons prévu ? » ajoute-t-elle à l'intention de Maynard, avec un clin d'œil complice.

Avec l'air d'un potache qui complote un chahut, Maynard réquisitionne Duncan et Leonard pour déblayer un espace devant la cheminée où installer le gramophone. Clive, Mary et Lytton s'évanouissent parmi les autres invités.

« J'espère que ce ne sera pas lui le nouveau doyen, confesse Lydia lorsque les trois femmes se retrouvent seules. Ce n'est pas Cambridge qui me fait peur. Après tout, je peux séjourner à Londres quand j'en ai besoin, et j'ai l'habitude que Maynar' ne soit pas là. Mais je n'ai pas l'étoffe d'une femme de doyen. Je sais qu'il est poli de m'écrire des lettres, maintenant que je suis

Mrs Keynes, mais quand j'essaie de répondre, tout mon anglais m'abandonne et je paragouine comme une élittrée. » Elle se plaque la main sur les lèvres, horrifiée. « Là ! Qu'est-ce que je vous disais ? Je vais faire rire tout King's College.

— Même si Maynard est élu, la réconforte Virginia, touchée de cet aveu, il aura une secrétaire qui pourra se charger de votre correspondance.

— Qui sait même s'il se présentera ? renchérit Vanessa, adoucie comme sa sœur par l'humilité de Lydia. Cela empiéterait trop sur ses activités d'auteur.

— C'est juste, concède Lydia, dont le visage s'éclaire. Et puis, si je n'ai pas d'engagement, il me faudra un autre rôle. Ah, cela me rappelle que j'ai encore médité sur la question du ballet anglais, et que j'ai quelqu'un à vous présenter. »

Betty, qui a monté de la cuisine un plateau d'œufs mimosa, circule parmi les invités, non sans une pointe d'inquiétude, car elle a goûté un de ceux qui s'étaient trop émiettés pour être présentés. Elle a toujours la bouche enflammée par la moutarde russe fortement relevée que Mrs Keynes a amalgamée aux jaunes, contre l'avis de la cuisinière. Betty distingue Mrs Keynes, debout près de la fenêtre, en grande conversation avec les deux femmes auxquelles elle a servi du champagne, et se dirige vers elles. Puis elle aperçoit Ruby non loin d'elles, et change d'orientation. La cuisinière a souligné à plus d'une reprise qu'il était important de bien répartir les rafraîchissements dans toute la pièce.

Betty se rabat donc sur les trois hommes qui s'affairent avec le gramophone. L'un d'entre eux narre une anecdote, en gesticulant théâtralement. Avec sa silhouette déliée, et ses prunelles sombres au regard ensorcelant, ce pourrait bien être, suppute Betty, un danseur comme Mrs Keynes. Un film qu'elle a vu au cinéma, dont le flamboyant héros s'éprend d'une modeste bouquetière, lui revient en mémoire et elle se laisse un instant aller à imaginer que le jeune homme en question l'entraîne dans une langoureuse valse musette. Puis elle se reprend sévèrement : si elle souhaite être de nouveau employée ici à l'avenir, elle se doit de remplir irréprochablement son office. Qui plus est, elle est pour ainsi dire invisible dans sa tenue de soubrette, en robe noire, tablier immaculé et petit bonnet blanc soigneusement empesés.

Il fait chaud, désormais, dans la pièce, et Betty, qui rougit à présent de ses rêveries ridicules, se sent mal à l'aise dans son uniforme. À son grand soulagement, l'un des trois hommes ouvre la porte-fenêtre. C'est Mr Keynes, dont Betty a moins entendu parler que de sa femme, mais dont elle n'ignore pas qu'il s'agit d'un personnage éminent. Jusqu'à cette soirée, elle s'était figuré que cela signifiait que Mr Keynes était riche, et elle est tombée des nues devant les tableaux malhabiles et les meubles fatigués, lorsque Ruby lui a fait visiter les lieux. Les pommes de la nature morte qui orne le manteau de la cheminée, par exemple, ne ressemblent en rien à de vrais fruits, et doivent être l'œuvre de quelque peintre encore novice. Dans la maison où elle officie, c'est à elle qu'il incombe chaque matin de cirer la table et les chaises de bois de rose et d'astiquer les diverses vitrines et armoires vitrées qui abritent la collection de couteaux et de petites boîtes de son maître, souvenirs glanés du temps où il était administrateur colonial aux Indes. Elle doute qu'il y ait ici le moindre objet qui requière autant de soin, ce qui doit être un don du ciel pour Ruby, reconnaît-elle en son for intérieur. Par la porte-fenêtre, ouverte désormais, elle observe Mr Keynes qui sort sur le balcon, un bras autour des épaules du jeune homme aux yeux noirs.

Lady Morrell prend un œuf sur le plateau. Un verre de vin à la main, elle semble avoir oublié qu'elle a précédemment réclamé du champagne. À la différence d'autres personnes qui y ont goûté, la recette paraît lui plaire, et elle s'en octroie un second. Du coin de l'œil, Betty distingue Mrs Keynes qui gagne la porte-fenêtre. Elle sert un couple, qui doit s'exprimer en français, à moins que ce ne soit en russe, et qui se régale aussi. Elle est tentée de suivre Mr Keynes et son ami sur le balcon, quand il se produit un événement qui la cloue sur place.

Le balcon est étroit et Mr Keynes se tient tout près du jeune homme dans cet espace exigu, le bras toujours autour de ses épaules. Tandis que Betty manœuvre son plateau afin de pouvoir se faufiler dans l'embrasure pour les rejoindre, elle voit Mr Keynes se pencher en avant et embrasser sur les lèvres, longuement, avec volupté, son compagnon. Quelques minutes durant, il lui semble que tout n'est soudain plus que silence et immobilité. Betty ne se ressaisit qu'en sentant glisser le plat d'œufs sur le plateau, qu'elle redresse juste avant que sa charge ne s'écrase au sol. La catastrophe évitée, elle jette un regard furtif alentour. Nul ne paraît avoir remarqué la scène. Le couple qui bavarde en français, à moins que ce ne soit du russe, poursuit sa conversation, Lady Morrell a inséré une cigarette dans un long fume-cigarette émaillé, et un des hommes occupés à mettre en place le gramophone la lui allume. Aussi dignement que possible, Betty se faufile entre les groupes serrés d'invités jusqu'à la porte, puis se réfugie au sous-sol pour y respirer profondément à plusieurs reprises.

Betty n'est pas seule à avoir surpris le baiser. Lydia, Virginia et Vanessa l'ont également entrevu alors qu'elles se dirigeaient vers la porte-fenêtre. Virginia se pétrifie, tandis que Vanessa lève la main, comme en un vain effort pour effacer l'incident. Il n'y a que Lydia qui ne manifeste aucun trouble. Elle gambade jusqu'au balcon où elle admoneste avec enjouement les deux hommes.

« Ah ! vous voilà, et moi qui vous cherche de la cave au grenier ! »

Elle s'empare de leurs mains et les attire à l'intérieur, sous l'œil abasourdi de Virginia et de Vanessa.

« Permettez-moi, prie-t-elle avec une solennité affectée, de vous présenter Fred Ashton, qui n'est pas seulement un amour d'homme, mais aussi un danseur et un chorégraphe de très grand talent. Et voici, poursuit-elle en désignant Virginia, Mrs Woolf, qui pourrait vous aider à créer un ballet anglais. Et, maintenant je dois vous laisser devenir excellents amis tous seuls, car mon mari et moi avons un divertissement important à préparer. »

Avec la même présence que lorsqu'elle paraît sur les planches du Coliseum, Lydia propulse Maynard au centre de l'espace libéré à leur intention devant la cheminée. À son signal, Duncan abaisse l'aiguille du gramophone et remonte la manivelle. Puis, aux premières notes de musique, Lydia réclame le silence.

« Mes chers amis, pour fêter nos noces, nous vous proposons, en guise de divertissement, le "Keynes-Keynes" ! »

Comme s'ils avaient maintes fois répété ce moment, Maynard et Lydia se font face et se saluent. Puis, un bras passé autour de la taille de son mari, sa main libre serrant fermement celle de son cavalier, Lydia l'entraîne dans une valse. Maynard se meut avec raideur, sa haute silhouette gauchement inclinée vers son épouse et partenaire, mais il ne s'en exécute pas moins avec panache. L'assistance fait entendre des applaudissements approbateurs. Duncan abandonne son poste auprès du gramophone pour inviter Vanessa à danser.

Fred Ashton, interrompu dans son entretien avec Virginia, se campe à son tour auprès du gramophone et choisit le disque suivant. Un sourire malicieux sur les lèvres, il le dépose sur la platine et réenclenche la manivelle. L'air qui jaillit du pavillon en forme de cloche est plus alerte et plus trépidant que le précédent. En l'identifiant, Lydia menace du doigt Fred. Elle libère Maynard et retrousse l'ourlet de sa robe.

Betty, qui, dans l'embrasure de la porte à côté de Ruby, n'en perd pas une miette, se dresse sur la pointe des pieds. Par-dessus les têtes, elle aperçoit Mrs Keynes qui martèle le sol, en une série de pas aussi complexes que rapides, tandis que sa jupe, qu'elle remonte d'une main preste, ondoie autour d'elle comme une vague. Avec un sourire espiègle qui rappelle à Betty son acteur favori sur les écrans, Harold Lloyd, elle lève tour à tour chaque genou, à la hauteur de sa poitrine, avant de tendre le pied à l'horizontale, orteils pointés vers le public.

« C'est le cancan, confirme Ruby, au septième ciel. La première fois que Mrs Keynes l'a dansé à Londres, les gens ont fait la queue des heures et des heures, dans l'espoir qu'une place se libérerait à la dernière minute. »

Au milieu des bravos et des sifflets, Mrs Keynes, dont les pieds se meuvent avec une telle agilité que Betty peine à les suivre, commence à décrire un cercle. Elle répète cette figure à tant de reprises que Betty finit par se demander comment elle peut échapper au tournis. Puis, à la grande stupeur de Betty et au ravissement de ceux qui connaissent la danse, elle se met à lancer la jambe à la verticale, les orteils pointés vers le plafond, au lieu de la projeter en avant, à l'horizontale.

« Je t'avais bien promis que ça serait tout comme au cinéma, n'est-ce pas ? » jubile Ruby, rayonnante de fierté devant les prouesses artistiques de sa maîtresse.

Betty, trop subjuguée pour pouvoir articuler un mot, ne peut qu'opiner du chef.

« Elle est vraiment extraordinaire, remarque Virginia, tout aussi fascinée par la démonstration. Elle parvient même à donner à Maynard l'air d'un cavalier convenable. »

Vanessa, momentanément distraite par le croquis que Duncan crayonne dans son calepin, fixe de nouveau le couple. Sa sœur dit vrai. Lydia danse autour de Maynard, virevoltant sous ses bras, auxquels elle imprime des moulinets comme aux rubans d'un mât de 1er mai. Son visage surgit tantôt de derrière son dos, tantôt au-dessus de la tête de Maynard, lorsqu'elle bondit en prenant appui sur ses épaules.

« Est-ce vrai que tu vas l'aider à fonder un ballet anglais ? »

Piquée par le ton réprobateur de sa sœur, Virginia se rebiffe.

« Et alors ? Il faut bien que nous trouvions un terrain d'entente. Et d'ailleurs, c'est honteux que nous n'ayons pas notre propre tradition de ballet. »

Vanessa reporte son attention sur les coups de crayon de Duncan, qui dessine rapidement, le visage empreint d'une profonde concentration. Leonard, qui a réussi à se glisser à travers la foule jusqu'à sa femme, marque la mesure du pied. Même Clive et Mary semblent prendre plaisir au spectacle. Seul Lytton affiche un air de désapprobation et tire ostensiblement sa montre de son gousset pour vérifier l'heure.

« Tu as raison, concède Vanessa. Mieux vaudrait que nous soyons tous bons amis. »

Lydia exécute une série de pas, et incite Maynard à les copier. Il obéit aussitôt, avec le zèle d'un élève trop empressé, et transforme involontairement les figures qu'on lui a montrées en petits sauts de carpe et bonds disgracieux. Le fruit de ses efforts est tellement inepte que toute l'assistance éclate de rire. Sans se décourager, les joues empourprées par cet exercice inaccoutumé, Maynard place les mains derrière ses oreilles et bat l'air de ses coudes, grotesque parodie de son épouse. Des bravos et des applaudissements tonitruants l'en récompensent. Fred vide de ses roses le vase posé sur la cheminée pour les lui lancer, et même Lytton, un sourire sarcastique aux lèvres, détache l'œillet qui orne sa boutonnière pour le jeter à Maynard. Lydia, feignant d'être jalouse de cette ovation, met un genou en terre, tend l'autre jambe derrière elle, jusqu'à ce qu'elle soit plaquée au parquet. Mettant Maynard au défi de l'imiter, elle fait glisser devant elle sa seconde jambe, jusqu'à ce qu'elle soit elle aussi parfaitement tendue, et achève en grand écart. Avec un haussement d'épaules, comme pour décrier cette gageure, Maynard écarte les jambes et se baisse précautionneusement. À peine est-il descendu de quelques centimètres qu'il s'arrête, grimace et tourne le dos à son public. Alors il soulève la queue de son habit et dévoile un fond de pantalon décousu.

Avec une exclamation consternée, Vanessa fend la foule jusqu'à la porte, et se précipite sur le palier.

« Je ne peux pas ! s'écrie-t-elle lorsque Virginia la rejoint. Je sais qu'il faut faire des concessions, et en regardant Duncan dessiner Lydia, il y avait toute une partie de moi qui désirait en faire autant. Mais sous le crayon de Duncan, elle sera fascinante, tandis que je ne perçois rien d'autre que son monstrueux égocentrisme. Elle ne cherche qu'à se mettre en vedette, et se moque bien de donner à Maynard l'air d'un crétin. »

Elle saisit le bras de sa sœur, le serre à lui faire mal :

« *Maynard*, répète-t-elle, les joues ruisselantes de larmes, le plus brillant de nous tous ! »

*

Lydia atteint le sommet de Firle Beacon[1], et contemple le panorama. Les South Downs s'étendent devant elle, onduleux paysage de pâturages non enclos coupés de boqueteaux. La main en visière, elle parcourt à rebours l'itinéraire qui l'a menée en haut de la colline en suivant les méandres de la route pareille à un ruban, entre les haies et les champs blancs de givre, jusqu'au clocher de l'église d'Alciston, son point de départ. De là, elle

1. Une des hauteurs de la chaîne des South Down, dans le Sussex.

s'efforce de distinguer le toit et les cheminées de leur demeure Tilton House, entourée d'un cercle d'arbres aux branches dénudées, un peu à l'écart. Elle se figure Maynard, tel qu'elle l'a laissé dans son fauteuil avec, calé sur ses genoux, son sous-main recouvert de toile verte en guise d'écritoire. Comme leur lit victorien sur roulettes métalliques, ils ont acquis ce siège pour sa solidité et son confort, car, à en croire Lydia, on s'y repose comme entre les bras d'un vieil ami.

Sur un guéridon, juste à côté de lui, Lydia a disposé un thermos de café et une assiette de biscuits au gingembre, de crainte que Maynard n'ait faim en l'attendant, si elle rentre en retard pour le déjeuner. Elle chérit la souplesse de leur emploi du temps à Tilton, où Maynard consacre ses matinées à travailler, pendant qu'elle s'exerce à la barre et pratique son piano, tandis que les après-midi sont dévolus aux excursions à deux, à pied ou en voiture. Ils reçoivent moins de visites qu'à Londres, et occupent leurs soirées à se faire mutuellement la lecture, souvent de la poésie ou du Shakespeare, mais aussi parfois des écrivains russes comme Tchekhov. Un jour, après avoir succombé à un fou rire incontrôlable alors que Maynard interprétait Mrs Gamp, la vieille garde-malade dépravée de *Martin Chuzzlewit*, Lydia avait confessé combien elle aimait qu'on lui lise à voix haute. Cela lui rappelait l'époque où son père leur rejouait les pièces représentées dans les théâtres où il était ouvreur, un de ses souvenirs d'enfance les plus heureux. En pareilles occasions, toute la famille écoutait ensemble, et tant que cela durait, pendant une heure et quelque, ses parents ne se querellaient pas et une atmosphère de contentement serein descendait sur la maisonnée. Maynard était retourné au volume de Charles Dickens, mais c'est un roman de Tolstoï qu'il avait choisi ensuite pour que Lydia le lui lise, en lui avouant que la dernière fois qu'il l'avait entendu, c'était, jeune garçon, dans la bouche de sa mère.

Quoique l'ascension de Firle Beacon ne l'ait pas fatiguée, Lydia s'accroupit sur le sol gelé pour se reposer. Les environs sont déserts, exception faite de quelques robustes moutons qui broutent les taches de verdure, là où le soleil a dégagé l'herbe de la blanche chape de givre miroitant qui recouvre toute chose. Sa respiration se change en buée dans l'atmosphère glacée, qui la suffoque brièvement en pénétrant dans ses poumons. Elle se sent revigorée. Elle s'est habituée à toujours revenir avec une provision d'anecdotes pour distraire Maynard, et elle réfléchit à ce qu'elle pourra lui relater aujourd'hui. La tête renversée en arrière, elle embrasse longuement le ciel, d'un bleu sublime malgré le froid. Elle aimerait s'imprégner jusqu'au plus profond d'elle-même de tout ceci, non seulement cet air pur et ce prodigieux azur, mais aussi les contours estompés des collines et les fermes qui s'étendent à perte de vue. Enfin, voici que lui vient à l'esprit l'image parfaite : seule tout là-haut, elle s'offre un cocktail avec Dieu.

Elle a commandé du bœuf pour le jour de Noël, en hommage aux repas dominicaux de la famille de Maynard, auxquels il continue de prendre part durant ses séjours à Cambridge. Le rôti de bœuf est un de ses mets de prédilection, et Lydia a longuement étudié livre de cuisine sur livre de cuisine, en quête de la meilleure recette de Yorkshire pudding pour l'accompagner. Ruby, dont les grands-parents sont du Yorkshire, a émis des doutes sur la plupart des instructions, en particulier lorsqu'elles recommandaient de répartir la mixture entre des petits moules, plutôt que de la laisser dans un plat creux placé dans la lèchefrite sous la viande de manière à en recueillir le jus. Pour finir, Lydia a proposé de multiplier par deux les quantités et d'essayer les deux modes de cuisson pour déterminer par elles-mêmes la méthode la plus savoureuse. Elle a chargé Ruby de demander à Edgar Weller, leur voisin de Tilton, son aide pour cueillir des boules de gui et des branches de houx dont elle veut orner la maison. Ruby a accepté la mission avec une confusion et un embarras si visibles que Lydia l'a accusée, avec une joie malicieuse, d'être amoureuse.

Ce sera la première fois qu'elle passera seule avec Maynard ces vacances, et elle est résolue à le gâter. Elle n'ignore pas qu'il considère Noël comme une occasion toute spéciale, malgré son agnosticisme. Cela fait des semaines qu'elle accumule des cadeaux, certains achetés après avoir consulté Maynard, d'autres acquis sur un coup de tête, et cachés avec soin. Quant à sa famille en Russie, voilà des mois qu'elle leur a envoyé leurs présents, bien qu'elle ne sache pas encore s'ils sont arrivés à bon port. Pour Vanessa, elle a un manuel de jardinage qu'elle a lu en secret en tournant les pages avec un mouchoir, de crainte de laisser des empreintes de doigts. Pour Duncan, elle a un carnet de croquis et une gravure satirique qui ridiculise la Royal Navy, ce qui, espère-t-elle, lui rappellera la fois où ses amis et lui ont réussi à s'introduire à bord d'un cuirassé en se faisant passer pour des princes d'Abyssinie. Quand on lui a conté cet exploit, qui incluait non seulement Duncan et Adrian Stephen, mais également Virginia, Lydia s'est déclarée très fière de fréquenter ces intrépides farceurs. Maintenant qu'elle la connaît mieux, elle a peine à imaginer Virginia, en particulier, en train de se livrer à une aussi colossale mystification. Toute sa puissance de subversion, suppose-t-elle, doit être canalisée dans ses écrits. Pour les enfants de Vanessa, elle a préparé des enveloppes renfermant des sommes d'argent proportionnées à leurs âges respectifs, la plus petite pour Angelica, la plus élevée pour Julian. Bien qu'il ait approuvé le principe, Maynard a craint que cela ne paraisse un peu impersonnel, aussi a-t-elle caché les enveloppes dans des sachets de bonbons pour les deux plus jeunes, et dans une boîte de cigarillos pour Julian. Elle a prévu des gants de cuir d'automobiliste pour Leonard et Virginia, qui envisagent l'achat de leur première voiture, et à l'intention de leur chienne Pinka, un cocker qu'elle affectionne, elle a ajouté un gros os à moelle sur sa commande de Noël au boucher. Par ce temps froid, il se gardera très bien à la cave jusqu'à ce qu'elle puisse se rendre à Monk's House, où les Woolf passent les vacances, et le remettre elle-même à sa destinataire.

Quant à Maynard, elle a amassé pour lui tant de cadeaux qu'il lui a fallu beaucoup d'ingéniosité pour en préserver le secret. Maynard en a deviné quelques-uns, comme la chemise de nuit neuve qu'elle a dû mesurer contre lui, non sans exiger qu'il ferme les yeux, afin de s'assurer qu'elle s'était bien procuré la bonne taille. Ses conjectures sur la nature de l'objet, toutes plus extravagantes les unes que les autres, lui avaient donné le fou rire, et il en avait profité pour désobéir, et couler un regard à la dérobée. En reconnaissant une chemise de nuit, il avait protesté que celle qu'il possédait déjà, quoique vieille, pouvait encore faire de l'usage. Sur ce point, Lydia s'était montrée intraitable. Il était hors de question qu'il aille se coucher vêtu de haillons infestés de mites dont même Ebenezer Scrooge[1] n'aurait pas voulu. Pas le jour de la naissance du Christ.

Maynard ignore tout de son cadeau le plus important, car Lydia l'a enfoui au fond de sa malle, dont elle porte la clef à son cou, pendue à un ruban. Bien que cela n'ait pas été sans éveiller les soupçons de Maynard, il n'a pas réussi à lui soutirer ladite clef, même lorsqu'elle prend son bain. Ce fameux présent est une sacoche de médecin, en cuir brun souple, agrémentée de fermoirs en laiton, qu'elle a dénichée à une vente de charité au bénéfice des réfugiés russes. Elle a dû appartenir à un médecin émigré, car elle renferme encore toute une collection de fioles de

1. Célèbre avare, héros du *Conte de Noël* de Dickens.

verre, aux étiquettes libellées en russe. Avec ravissement, Lydia a retrouvé parmi elles un élixir pour les maux de gorge identique à la décoction de betterave et de vinaigre que sa mère lui administrait quand elle était enfant. La sacoche contenait en sus un stéthoscope ainsi qu'une petite trousse à fermeture éclair, garnie de ciseaux de diverses formes. Lydia l'a d'abord dissimulée dans la cuisine de Gordon Square, puis, sitôt Maynard retourné à Cambridge, l'a emportée au St Bartholomew's Hospital, où Geoffrey Keynes exerce comme chirurgien. Geoffrey l'avait conviée à le suivre dans sa salle de consultation, la croyant amenée par quelque maladie. Elle avait pris place en face de lui et lui avait expliqué qu'en tant qu'épouse de Maynard, elle souhaitait apprendre à remédier non seulement à ses accès de fièvre périodiques, mais aussi à toutes les autres indispositions dont il pourrait souffrir à l'avenir. C'était, après tout, une figure publique de premier plan, et elle estimait qu'il lui incombait de l'entourer d'une sollicitude sans failles. Et sur ces mots, elle avait vidé la sacoche de médecin sur le bureau de Geoffrey, en le priant de lui fournir une liste de tous les instruments qui pourraient lui être nécessaires, et de lui montrer à se servir du stéthoscope.

Pour l'heure, Lydia ne détient que de très vagues indications sur le cadeau que Maynard lui destine. Il a glissé dans leurs conversations des questions, qui, subodore-t-elle, pourraient bien être des indices, bien qu'elle n'ait pas réussi à les décrypter. Certaines, d'ailleurs, étaient si mystérieuses qu'elle les soupçonne d'avoir été expressément conçues pour brouiller les pistes : ainsi, préfèrerait-elle vivre en ville ou à la campagne, ou encore se sentirait-elle plus heureuse au milieu d'êtres humains, ou d'animaux ? Elle sort une barre de chocolat de la poche de son manteau et en déchire l'emballage. Bien qu'elle ait promis à Diaghilev de perdre du poids, elle la dévore à belles dents, dans l'espoir que l'ascension de la colline et la marche du retour brûleront ces calories. L'une des demandes les plus insolites de Maynard concernait la proximité entre la maison qu'ils louent à Tilton et celle de Vanessa à Charleston. Elle avait perçu une note sérieuse dans sa voix et lui avait répondu que, tout en étant déconcertée par Vanessa, cela ne différait guère des arrangements domestiques auxquels elle s'était accoutumée à Londres. Elle avait ajouté qu'elle s'en réjouissait pour Maynard, puisqu'il avait passé tant de temps à Charleston. Qui plus est, cela faisait près d'une semaine qu'ils étaient dans le Sussex, et ils ne s'étaient pas rendus à Charleston, ni n'en avaient reçu de visite. Elle imaginait sans peine qu'ils puissent rester des mois entiers ici sans voir personne.

Après quoi Lydia se figurait que Maynard abandonnerait ce sujet, mais elle a eu la surprise de l'entendre y revenir le lendemain, cette fois au sujet de Virginia et Leonard. Il lui a rappelé que si la maison des Woolf à Rodmell était située plus loin que Charleston, la distance était assez rapidement franchie en voiture. Perplexe, Lydia avait répliqué que cela lui paraissait idéal, puisque Maynard et Leonard devaient collaborer pour *The Nation*. Cela lui fournirait aussi une occasion de faire des suggestions à Virginia pour l'article qu'elle rédige actuellement sur le point de vue littéraire russe. Puis, pour égayer l'atmosphère devenue trop grave à son goût, elle avait dit en badinant qu'elle espérait que Virginia pourrait de nouveau s'inspirer d'elle pour un autre personnage romanesque, en la peignant cette fois comme une authentique Russe. Pour l'y inciter, elle prévoyait de revêtir une tunique et des pantalons lors de leur prochaine visite aux Woolf. Cela laisserait planer, avait argumenté Lydia, afin de titiller Maynard, une ambiguïté suffisante sur son sexe pour que Virginia puisse, à son gré, la représenter sous des traits féminins ou masculins.

Elle est ankylosée d'être restée accroupie dans la froidure, et bat la semelle pour réveiller sa circulation. Une chouette solitaire, contrainte de chasser en plein jour, passe au ras du sommet. Malgré sa vaste envergure, elle ne fait presque aucun bruit, alors qu'elle s'éloigne d'un vol fluide. Lydia déploie les bras en une tentative pour l'imiter, tout en se demandant si les mouvements qu'elle a répétés pour incarner de nouveau l'Oiseau de feu ne sont pas trop frénétiques, et si son interprétation ne pourrait pas gagner en beauté, autant qu'en majesté, si elle cherchait à copier cette tranquillité. Elle ne s'attendait pas à ce que Diaghilev la sollicite pour *L'Oiseau de feu*, et bien que transportée par cette invitation, elle n'en est pas moins terrifiée. Elle n'est plus aujourd'hui la ballerine qu'elle était lorsqu'elle a dansé ce rôle pour la première fois à Londres, tant d'années auparavant.

Elle commence à redescendre la colline, ses mains glacées enfouies dans ses poches, bien que la marche l'ait réchauffée. Les hivers anglais ne ressemblent en rien à ceux de chez elle, tels qu'elle s'en souvient. Ce matin, avant de se mettre en route, elle a déterré des pommes de terre au potager, en creusant le sol à mains nues. C'est là que Maynard l'a découverte agenouillée, et il lui a proposé ses gants. Lydia, invoquant ses ascendances paysannes, lui avait montré la paire qui pendait à sa ceinture, et avait agité dans sa direction les doigts de caoutchouc ballants, en les désignant comme « ses pis ». Maynard l'avait interrogée sur ce qu'elle aimerait cultiver si le jardin leur appartenait. Des pois et des haricots, avait-elle répliqué sans hésiter, et aussi des cerisiers, ainsi que des marguerites, afin de pouvoir remplir la maison de fleurs en été.

« Et pas de dahlias ? » avait fait remarquer Maynard avec une déception feinte ; sur quoi elle avait répondu qu'elle lui laisserait ce soin, puisqu'il avait pour ancêtre le grand expert en la matière. Là-dessus, Maynard lui avait confié que, quoique son grand-père ait été un jardinier renommé, lui-même manquait entièrement de dispositions. Son unique contribution à l'entretien du jardin de Charleston avait été de désherber les allées gravillonnées à la pointe de son canif, occupation qui lui procurait une satisfaction inattendue. Assise sur ses talons, Lydia l'avait regardé avec un large sourire. Il y avait, avait-elle souligné, amplement assez d'espace à Tilton pour y créer tout un dédale de sentiers s'il souhaitait s'y livrer à ce plaisir. Pour sa part, elle avait hâte de prendre des bains de soleil nue parmi les massifs de verdure. Les cassis étaient si denses qu'ils la déroberaient aux yeux de tout éventuel visiteur de Charleston.

Elle a entreposé ses pommes de terre à l'office, afin qu'on les fasse bouillir, une fois pelées et tranchées. Elle a été étonnée de la vitesse avec laquelle a pu en accumuler assez pour leur déjeuner. L'odeur de la terre fraîche et sa texture granuleuse, quand elle l'a tamisée entre ses doigts, lui reviennent en mémoire. Il y avait une rangée de carottes à côté des pommes de terre. Au début, elle a tenté de les récolter en tirant sur les fanes, mais les tiges se sont brisées et les tubercules orange ont cassé net avant qu'elle n'ait pu les extirper. Elle a eu plus de succès en creusant avec ses ongles. Les longues racines effilées à la pointe de chaque carotte la fascinaient. Elle se les figurait, invisibles, enfouies sous ses pieds, tout comme celles des arbres qui s'enfoncent à des mètres sous le sol, tandis que ce sont leur tronc et leurs branches qui retiennent notre attention. Elle s'est efforcée d'exprimer son bonheur à Maynard en se comparant à une plante enfin capable de s'enraciner. De manière inaccoutumée, elle n'a pas réussi à développer sa métaphore et a été saisie d'un accès de silence et de timidité. Pour faire diversion, elle a encouragé Maynard à exposer ses rêves d'élevage porcin, en attribuant son choix à l'intelligence supérieure de cet animal. Quand il a supputé qu'elle tirait cette information d'une de ses coupures de journaux, elle lui a lancé des poignées de feuilles gelées. Puisque le bail de Tilton ne durait que jusqu'à l'été, elle a suggéré d'adopter plutôt des chats et des chiens, qui seraient plus aisés à convoyer. Ils pouvaient difficilement engraisser des cochons à Gordon Square, si séduisante que lui parût l'idée.

Tilton House, que Lydia est désormais assez proche pour distinguer entre les arbres, offre exactement l'aspect que tout foyer devrait avoir : assez solide pour résister à toutes les tempêtes, avec en même temps l'allure accueillante d'un lieu où il fait bon vivre pour ses occupants. Les fenêtres sont d'une agréable symétrie, tandis que le toit de tuiles descend un peu trop bas, comme si la maison avait troqué un chapeau plus seyant pour un couvre-chef qui la protégeât mieux des intempéries. Lydia entre par la porte de derrière et quitte ses galoches pour des pantoufles. Puis elle déboutonne son manteau et défait les écharpes enroulées autour de sa tête et de son cou. Durant la plus grande partie de sa promenade, elle s'est figuré Maynard en pleine rédaction au fond de son fauteuil, si bien qu'elle est prise au dépourvu lorsqu'elle le découvre dans le salon, en train d'alimenter une belle flambée. La table sur laquelle elle avait laissé du café et des biscuits a été regarnie d'une théière, de tasses, d'une assiette d'épaisses tranches de pain accompagnée d'un beurrier, et d'un pot du miel de Leonard.

« Tu n'as pas seulement perçu, mais aussi déchiffré mes prières ! s'exclame Lydia. Je mourais tellement de faim en redescendant la colline que j'ai failli manger les baies de la haie. Même si je ne pouvais pas être sûre que ce n'était pas du poison. »

Elle aperçoit la pile bien nette de pages couvertes de l'écriture de Maynard.

« As-tu fini ton chapitre ? Je te bombardais d'ondes d'énergie propices aux réflexions lumineuses depuis Firle Beacon.

— Non seulement j'ai bouclé mon chapitre, mais aussi fait le plan des deux suivants, déclare Maynard en soulevant la théière qu'il a enveloppée d'un journal, pour la garder au chaud, faute de couvre-théière. Aidé sans aucun doute par ton action télépathique. Quand j'ai à écrire, il faudrait que je vienne à chaque fois ici. On dirait qu'en une seule matinée ici, ce qui me prendrait des semaines à Cambridge ou à Londres est accompli. Et non seulement accompli, mais en plus, avec un résultat bien meilleur que prévu.

— Tu prouves donc ta propre théorie ! taquine Lydia alors qu'il lui tend une tasse de thé. Les pronostics ne servent à rien.

— Non, pas exactement à rien, proteste Maynard en piquant une tranche sur la longue fourchette à griller le pain, et en la présentant à la flamme. Même si c'est presque toujours précisément l'imprévu qui se produit. »

Ils regardent la mie dorer. Quand le toast est à point, Maynard le fait glisser sur une assiette et le tartine de beurre. Puis il offre le tout à Lydia avec le pot de miel.

« Certainement je ne prévoyais pas que je serais servie de manière aussi royale, constate Lydia dans un soupir d'aise, en étalant le miel. Dorénavant, je cesse de me tracasser pour les menus et je te consulte comme oracle suprême.

— Je crains bien que toutes mes prouesses ne se limitent au thé. Probablement parce que l'ingrédient essentiel, en plus des feuilles de thé et du pain, est un bon feu. Cela me détend de contempler les flammes après une journée de travail acharné.

— L'*oblomovchtchina,* proclame Lydia avec un gloussement de triomphe. Je vais t'enseigner l'art typiquement russe de ne rien faire ! »

Elle croque son pain grillé, en fermant les yeux pour mieux le déguster.

« Maintenant, j'ai l'esprit vidé de tout, sauf de cette saveur délectable.

— J'ai encore bien du chemin à parcourir avant de t'égaler.

Mon esprit à moi s'active sans trêve. Même lorsque je voudrais bien qu'il s'arrête un moment, déplore Maynard en garnissant le pique-toast d'une seconde tranche. Le facteur est passé pendant ta promenade.

— Est-ce qu'il y avait des lettres de Russie ? J'ai hâte de savoir s'ils ont bien reçu mes cadeaux de Noël.

— Non, rien, je crains. Mais il est au moins arrivé une bonne nouvelle. Du moins, j'espère que tu en jugeras ainsi. Je comptais la garder pour Noël, mais pour diverses raisons, il paraît préférable de te l'annoncer tout de suite. Au cas où ce ne serait pas ce que tu souhaites. »

Lydia cesse de manger pour le fixer.

« Qu'est-ce que c'est ? » s'alarme-t-elle.

Maynard cale la pointe de la fourchette à toast entre les charbons qui attendent dans la pelle, et exhume une enveloppe marron de sa liasse de notes préparatoires. « C'est de l'avoué de Lord Gage. On accepte finalement de nous accorder un bail à durée illimitée pour Tilton, aux conditions que j'avais proposées. La maison est à nous, aussi longtemps que nous le souhaiterons. »

*

Sous un tonnerre d'applaudissements, Lydia quitte la scène du Lyceum et gagne les coulisses. Elle est chargée de bouquets, dont l'un composé uniquement d'orchidées, fleur de prédilection de Diaghilev. Il n'a inscrit qu'un mot sur la carte épinglée sur le devant de la gerbe : « *Bravissima* ! » Elle a levé les yeux vers sa loge lorsqu'on lui a remis cet hommage et il lui a envoyé un baiser en réponse, toutes les querelles qui ont rythmé leur longue collaboration oubliées dans ce moment de triomphe partagé. Elle a salué avec son partenaire dans cette reprise par Diaghilev de *L'Oiseau de feu*, Serge Lifar, en qui beaucoup augurent un nouveau Nijinski. Transporté par la virtuosité de ce dernier, le public s'est dressé pour lui manifester son enthousiasme, mais sitôt qu'il s'est effacé, en laissant Lydia seule au centre de la scène, les ovations tumultueuses ont clairement démontré que c'était elle, leur idole. Quelques minutes durant, elle est demeurée seule, un sourire de gratitude et de plaisir aux lèvres, tandis qu'on lui apportait plus de fleurs que ses bras n'en pouvaient contenir. Quand elle a décidé de les faire distribuer aux autres danseurs, ses admirateurs l'ont acclamée avec un regain d'exaltation. Pour finir, elle a tendu sa main libre à Serge Lifar, en un geste d'invite qu'elle a étendu au reste de la troupe, les entraînant, pour sa dernière révérence, en un salut collectif. En relevant la tête, alors que le rideau tombait, elle a entrevu Maynard qui applaudissait avec tant de frénésie que ses mains en paraissaient floues.

À la moitié du couloir environ, elle aperçoit deux habilleuses qui se hâtent vers les coulisses pour y aider Koschei et ses démons à ôter leurs masques encombrants. Toujours habitée par cet intense accès d'affection qui l'a saisie en scène pour ceux qui ont collaboré au ballet, elle les gratifie d'un sourire rayonnant au passage. « *Bravissima* ! » Elle voudrait féliciter ces jeunes femmes timides pour leur contribution à la représentation de ce soir. Elle se contente de placer impétueusement dans leurs mains figées de stupeur lis et œillets, lorsque toutes deux la croisent précipitamment.

Lydia a tout lieu d'être reconnaissante aux costumières. Elle sait que Diaghilev, en lui proposant d'interpréter de nouveau l'Oiseau de feu, l'engageait pour sa popularité et non parce qu'il voyait en elle la danseuse idéale. Malgré tous ses efforts pour poursuivre son entraînement quotidien et pour contrôler sa ligne, elle perçoit bien qu'elle n'est pas au niveau des derniers protégés de Diaghilev. Elle a même dit à Maynard, en manière de boutade, que ses muscles semblaient déterminés à fondre et se distendre tandis que son ventre et son foie avaient dû quadrupler. Ce n'était, cependant, qu'au premier essayage de son costume – un court tutu écarlate, très ajusté – qu'il était apparu combien elle convenait peu pour ce rôle. Devant toute la troupe, Diaghilev lui avait déclaré qu'elle ressemblait davantage à un poulet de grain prêt à être découpé qu'à la créature fantastique et éthérée qu'était l'Oiseau de feu. Lydia, hors d'état de nier ces accusations, s'était enfuie, abandonnant la répétition, en larmes. Les costumières étaient venues à son secours en l'aidant à concevoir une tunique plus ample et plus seyante, avec une ceinture de plumes artificielles pour camoufler ses hanches charnues, tandis que les plus âgées d'entre elles lui avaient prêté des soutiens-gorge invisibles.

La porte de sa loge est entrebâillée et, sitôt à l'intérieur, Lydia donne à son habilleuse personnelle les orchidées de Diaghilev. Nombre de bouquets y ont été déposés, dont une splendide gerbe de roses rouges de la part de Maynard. Il lui a adjoint une carte, où il avoue que, la première fois qu'il lui a acheté des roses, il n'a pas su de quel message les accompagner. Le voilà aujourd'hui confronté au problème inverse : le petit rectangle de papier prévu à cet effet est trop exigu pour lui permettre de célébrer comme il se doit les innombrables qualités de Lydia, d'exprimer adéquatement la fierté que lui inspire sa brillante trajectoire, ou le bonheur inégalé qu'il ressent à l'avoir pour épouse. Il a adressé l'enveloppe à l'« Oiseau de feu », qu'il a d'abord orthographié l'« Oiseau de peu » en référence à une plaisanterie qui leur est chère depuis longtemps, avant de biffer d'une main ferme cette mention.

Lydia se juche sur son tabouret et recommande à son habilleuse de ne laisser personne entrer avant dix minutes. Elle sait d'expérience que, si elle entame une conversation trop tôt après la représentation, les impressions d'autrui, inévitablement différentes, vont coloniser, voire supplanter les siennes propres. Elle a besoin d'un moment de solitude pour graver dans sa mémoire son expérience, alors que tous les traits en conservent leur fraîcheur et leur vivacité. Sinon, comme dans un rêve, elle ne pourra plus par la suite se rappeler des détails avec précision.

Une carafe de limonade et des coupelles de chocolats et de cerises sont disposées sur sa coiffeuse. Lydia jette un coup d'œil dans la glace, mais peut-être parce qu'elle porte encore sa tiare et son maquillage, son reflet ne révèle rien. Elle croque une cerise, et la voilà redevenue la fillette en costume de corbeau, les joues poudrées, assise sur un banc dans le vestiaire du corps de ballet du Mariinsky. À ses côtés, sa sœur baigne ses pieds meurtris et écorchés dans une cuvette de sels d'Epsom. Elle suit mentalement l'enfant qu'elle fut jadis, qui s'insinue, inaperçue, dans la loge d'Anna Pavlova pour y troquer les chaussons éculés d'Eugenia contre une paire plus utilisable, non sans s'émerveiller de l'adulation et du luxe qui environnent l'étoile.

Elle enfile son vieux kimono. Le trémolo des flûtes à l'instant où l'Oiseau de feu accorde une de ses plumes au Prince avant de disparaître, lui résonne dans la tête. À chaque fois qu'elle revient sur cette scène, c'est Tamara Karsavina, son amie de l'École de ballet, qu'elle revoit dans le rôle de l'Oiseau de feu. C'est à Tamara qu'elle est allée demander conseil, dans le meublé où elle loge. Elle lui a énuméré, en les recensant sur ses doigts, tous les pas de la chorégraphie sur lesquels elle achoppait. Tamara l'avait écoutée patiemment égrener ses inquiétudes, puis, la litanie achevée, lui avait dit de fermer les yeux. Alors elle l'avait invitée à lever lentement les bras, en oubliant qu'elle était Lydia, pour n'être qu'oiseau. Avec raideur d'abord, puis avec une conviction croissante, Lydia lui avait obéi.

« Mon petit chou, avait assuré Tamara, le public se soucie peu de perfection technique. Ils attendent de toi que tu leur fasses voir l'Oiseau de feu, et cela, tu y parviendras à merveille. Tu es une interprète d'une grande générosité. Quand tu danses, tu convies le public à danser avec toi. »

Là-dessus, Tamara lui avait ordonné de ne plus bouger et d'ouvrir les yeux.

« Tu vois, avait-elle démontré, en esquissant d'un geste la courbe du poignet de Lydia et de ses doigts en éventail. Tes mains ont déjà découvert l'Oiseau de feu. Il ne te reste plus qu'à étendre ce savoir à Lydia tout entière. »

On toque à la porte, un coup redoublé, spécial, qui est le signal convenu avec Maynard. L'habilleuse déroule le turban de soie chatoyante, la recoiffe, et humecte une serviette. Lydia se rafraîchit le cou et s'essuie le front, puis, d'un signe de tête, indique que Maynard peut entrer.

« Tu étais envoûtante, jure Maynard en l'embrassant. Je n'en doutais pas, du reste.

— C'est vrai, et je pousse un énorme soupir de soulagement. Même si l'on ne me propose plus de rôle, et que je suis réduite à danser chez moi à l'avenir, je suis contente de finir sur un point d'orgue, plutôt que de rater ma sortie, comme une vieille gloire qui a fait son temps.

— Tu n'as rien à craindre de ce côté, fait Maynard, en riant. J'ai dû voir en passant au moins deux douzaines de journalistes qui réclamaient à cor et à cris un entretien avec toi. Les ouvreurs ont eu toutes les peines du monde à les convaincre d'attendre que tu te sois changée. Bientôt, il y aura toute une cohue d'adorateurs éperdus d'admiration et une véritable foire d'empoigne de correspondants de presse en train de jouer des coudes pour te féliciter. »

Il s'empare de l'unique autre siège et s'assied à ses côtés.

« Je réfléchissais à l'article que Virginia écrit sur le cinéma.

C'est bien beau de prendre des photographies, mais pourquoi ne pas filmer le ballet ? Ce serait un moyen de le préserver pour la postérité.

— Diaghilev n'accepterait jamais. Certains ont déjà essayé de l'en persuader, mais il refuse toujours. »

Elle pivote sur son siège pour faire face à Maynard.

« Et il a raison. Le ballet n'est pas comme les autres arts dont on peut jouir indéfiniment. Même si on garde la trace de la chorégraphie, il doit être entièrement recréé à chaque fois. Le ballet n'existe qu'au moment de son exécution, dans l'interaction de toutes ses composantes. Et donc il change à chaque fois. Filmer serait essayer de le figer, ce qui serait un mensonge. »

Elle présente à Maynard la coupelle de chocolats, puis verse la limonade.

« C'est l'histoire de l'Oiseau de feu. Pour être libre, il faut devenir mortel. »

Elle engloutit un chocolat.

« Ce qui n'est pas une morale triste, puisque cela nous apprend à savourer le moment présent. »

Le couloir résonne soudain de voix et de piétinements. Quelqu'un frappe à la porte, promptement imité par d'autres. Maynard et Lydia échangent un sourire. Elle se signe, carre les épaules. Puis, avec un clin d'œil à son mari, elle indique à sa costumière qu'elle peut ouvrir.

DANS LA MÊME COLLECTION

FRED D'AGUIAR, *Les cris de l'océan*
SAMINA ALI, *Jours de pluie à Madras*
CHLOE ARIDJIS, *Le livre des nuages*
CHLOE ARIDJIS, *Déchirures*
CHLOE ARIDJIS, *Fugue mexicaine*
HOMERO ARIDJIS, *La zone du silence*
SAWAKO ARIYOSHI, *Kaé ou les deux rivales*
SAWAKO ARIYOSHI, *Les dames de Kimoto*
SAWAKO ARIYOSHI, *Le crépuscule de Shigezo*
ELIZABETH VON ARNIM, *Mr. Skeffington*
LUKAS BARFUSS, *Les hommes morts*
JULIAN BARNES, *L'homme en rouge*
JULIAN BARNES, *La seule histoire*
JULIAN BARNES, *Un homme dans sa cuisine*
JULIAN BARNES, *La table citron*
JULIAN BARNES, *England, England*
JULIAN BARNES, *Dix ans après*
JULIAN BARNES, *Quelque chose à déclarer*
JULIAN BARNES, *Arthur et George*
JULIAN BARNES, *Rien à craindre*
JULIAN BARNES, *Pulsations*
JULIAN BARNES, *Une histoire du monde en dix chapitres ½*
JULIAN BARNES, *Une fille, qui danse*
JULIAN BARNES, *Quand tout est déjà arrivé*
JULIAN BARNES, *Par la fenêtre*
JULIAN BARNES, *Le fracas du temps*
JULIAN BARNES, *Ouvrez l'oeil!*
DIKSHA BASU, *Pauvres millionnaires*
LOUIS DE BERNIERES, *Des oiseaux sans ailes*
LOUIS DE BERNIERES, *La fille du partisan*
LOUIS DE BERNIERES, *Un immense asile de fous*
TONY BIRCH, *Du même sang*
MARLENA DE BLASI, *Mille jours à Venise*
MARLENA DE BLASI, *Mille jours en Toscane*
MARLENA DE BLASI, *Un palais à Orvieto*
DENNIS BOCK, *Le docteur rouge*
ANIRBAN BOSE, *La Mort de Mitali Dotto*
ALAIN DE BOTTON, *Les Consolations de la philosophie*
ALAIN DE BOTTON, *L'Art du voyage*
ALAIN DE BOTTON, *Du statut social*

ALAIN DE BOTTON, *L'architecture du bonheur*
ALAIN DE BOTTON, *Splendeurs et misères du travail*
IVAN BOUNINE, *L'amour de Mitia*
SYLVIA BROWNRIGG, *Quelques pages pour toi*
SYLVIA BROWNRIGG, *Un amour de plus*
THOMAS BUERGENTHAL, *L'enfant de la chance*
DOROTHY BUSSY, *Olivia*
BELLA CHAGALL, *Lumières allumées*
JEROME CHARYN, *Mort d'un roi du tango*
JEROME CHARYN, *Rue du Petit-Ange*
JEROME CHARYN, *La lanterne verte*
JEROME CHARYN, *Dans la tête du frelon*
JEROME CHARYN, *Sténo sauvage, la vie et la mort d'Isaac Babel*
JEROME CHARYN, *El Bronx*
JEROME CHARYN, *Citizen Sidel*
JEROME CHARYN, *Sous l'oeil de Dieu*
JEROME CHARYN, *Bronx amer*
JEROME CHARYN, *Cris de guerre avenue C*
TERRENCE CHENG, *L'étudiant chinois*
ANNE CHERIAN, *Une bonne épouse indienne*
JULIE COHEN, *Les inséparables*
JUSTIN CRONIN, *Huit saisons*
JUSTIN CRONIN, *Quand revient l'été*
JOSE DALISAY, *La sœur de Soledad*
ACHMAT DANGOR, *La malédiction de Kafka*
ACHMAT DANGOR *FRUIT AMER*
ANITA DESAI, *Le jeûne et le festin*
ANITA DESAI, *Poussière de diamant*
ANITA DESAI, *Un parcours en zigzag*
ANITA DESAI, *L'art de l'effacement*
ROBERT DESSAIX, *L'amour de toute une vie*
ROBERT DESSAIX, *Arabesques*
ELLEN DOUGLAS, *Le brasier d'une vie*
HELEN DUNMORE, *Le mensonge de Daniel Branwell*
HELEN DUNMORE, *Trahir*
MIRCEA ELIADE, *Minuit à Serampore*
STANLEY ELKIN, *Mrs. Ted Bliss*
ASHOK FERREY, *L'incessant bavardage des démons*
ANA GARCIA BERGUA, *L'île aux fous*
MAXIME GORKI, *Veilleur de nuit*
ELIZABETH GOUDGE, *Le domaine enchanté*
ELIZABETH GOUDGE, *L'auberge du pèlerin*
ELIZABETH GOUDGE, *La maison des sources*

SHILPI SOMAYA GOWDA, *La fille secrète*
SHILPI SOMAYA GOWDA, *Un fils en or*
SHILPI SOMAYA GOWDA, *« La famille »*
HAN SUYIN, *Multiple splendeur*
ASHLEY HAY, *La femme du chef de train*
CRAIG HIGGINSON, *Maison de rêve*
CRAIG HIGGINSON, *L'été de « La Tempête »*
ANDREA HIRATA, *Les Guerriers de l'arc-en-ciel*
A. E. HOTCHNER, *Les étonnantes aventures d'Aaron Broom*
SUE HUBBARD, *Le chant de la pluie*
GAIL JONES, *Pardon*
GAIL JONES, *Cinq carillons*
MIREILLE JUCHAU, *Le révélateur*
MARGARET KENNEDY, *Tessa*
JHUMPA LAHIRI, *L'interprète des maladies*
PENELOPE LIVELY, *Un paquet de cartes*
PENELOPE LIVELY, *Le tissu du temps*
PENELOPE LIVELY, *La photographie*
PENELOPE LIVELY, *Des vies multiples*
AMANDA LOHREY, *Un certain vertige*
JOAN LONDON, *Elsa et Frank*
PING LU, *Le dernier amour de Sun Yat-Sen*
DAVID MICHAEL LUKAS, *Le dernier veilleur du vieux Caire*
LING MA, *Les enfiévrés*
HEMA MACHERLA, *La brise qui monte du fleuve*
MIRA MAGUEN, *Des papillons sous la pluie*
MIRA MAGUEN, *L'avenir nous le dira, Anna*
MIRA MAGUEN, *La soeur du menuisier*
AMULYA MALLADI, *Une bouffée d'air pur*
AMULYA MALLADI, *Le foyer des mères heureuses*
MARGARET MASCARENHAS, *La couleur de la peau*
ELLEN MATTSON, *Le rivage de la joie*
SUSAN MINOT, *Trente filles*
LUANA MONTEIRO, *L'extase de São Mercúrio*
TIMERI N. MURARI, *Les arrangements de l'amour*
TIMERI N. MURARI, *Le Cricket Club des talibans*
SHOBA NARAYAN, *La laitière de Bangalore*
CHRIS OFFUTT, *Les hommes ne sont pas des héros*
EDITH OLIVIER, *Une enfant de l'amour*
KAROLY PAP, *Azarel*
JILL PATON WALSH, *La grotte serpentine*
I. L. PERETZ, *Contes hassidiques*
MEHER PESTONJI, *Dans les rues de Bombay*

CARYL PHILLIPS, *La nature humaine*
SOLEDAD PUERTOLAS, *Une vie inattendue*
SOLEDAD PUERTOLAS, *Ils étaient tous à mon mariage*
SOLEDAD PUERTOLAS, *Adieu aux petites fiancées*
MICHAEL PYE, *L'antiquaire de Zurich*
SARAH QUIGLEY, *La symphonie de Leningrad*
REBECCA RASMUSSEN, *Evergreen*
TORE RENBERG, *Charlotte Isabel Hansen*
TORE RENBERG, *Pixley Mapogo*
JOSE MIGUEL ROIG, *Souviens-toi, Schopenhauer*
JOSE MIGUEL ROIG, *Le rendez-vous de Berlin*
JOSE MIGUEL ROIG, *Le voyage qui ne finit jamais*
JOSE MIGUEL ROIG, *Soleil coupable*
ADINA ROSETTI, *Deadline*
ELIZABETH ROSNER, *Des démons sur les épaules*
MADELEINE ST JOHN, *Rupture et conséquences*
CAROLA SAAVEDRA, *Paysage avec dromadaires*
MAMEN SÁNCHEZ, *La gitane aux yeux bleus*
DAVID SANDES, *La méthode miraculeuse de Félix Bubka*
LAVANYA SANKARAN, *Le tapis rouge*
CATHLEEN SCHINE, *Rencontres à Manhattan*
MIHAIL SEBASTIAN, *L'accident*
MIHAIL SEBASTIAN, *La ville aux acacias*
SUSAN SELLERS, *L'oiseau de feu*
ISAAC BASHEVIS SINGER, *Ombres sur l'Hudson*
ISAAC BASHEVIS SINGER, *Au tribunal de mon père*
ISAAC BASHEVIS SINGER, *De nouveau au tribunal de mon père*
JOSEPH SKIBELL, *Bénédiction sur la lune*
SIMONE SOMEKH, *Grand angle*
VIDOSAV STEVANOVIC, *La même chose*
JAN STRUTHER, *Mrs. Miniver*
LARS SUND, *Une petite île heureuse*
MADELEINE THIEN, *Une recette toute simple*
MADELEINE THIEN, *Lâcher les chiens*
HITONARI TSUJI, *Le bouddha blanc*
HITONARI TSUJI, *La lumière du détroit*
HITONARI TSUJI, *L'arbre du voyageur*
SAMRAT UPADHYAY, *Dieu en prison à Katmandou*
SAMRAT UPADHYAY, *Le maître de l'amour*
ANNELIES VERBEKE, *Dors!*
PALOMA VIDAL, *Mar azul*
DAVID VOGEL, *Le sanatorium*
EDITH WHARTON, *La France en automobile*

ZOE WICOMB, *Octobre*
VIGINIA WOOLF, *Les années*
VIRGINIA WOOLF, *La maison de Carlyle*
VIRGINIA WOOLF, *Journal de Hyde Park Gate*
URSULA WERNER, *Cet été-là à Blumental*
KENICHI YAMAMOTO, *Le secret du maître de thé*
JIANG YUN, *Délit de fuite*
LAJOS ZILAHY, *L'ange de la colère*
LAJOS ZILAHY, *Le siècle écarlate*

Composition : Soft Office
Achevé d'imprimer
par CPI Firmin-Didot
à Mesnil-sur-l'Estrée, en avril 2021
Dépôt légal : avril 2021
Numéro d'imprimeur : 163526

ISBN : 978-2-7152-5584-5/Imprimé en France

374710